Zu diesem Buch

Ausbrechen aus den längst festgelegten und ausgetretenen Bahnen des Lebens, der Gewohnheiten und Verpflichtungen, Fesseln abschütteln und in irgendeinem fernen, exotischen Land einen neuen Anfang machen – wer hat ihn nicht schon einmal geträumt, diesen herrlichen Traum? Für eine Handvoll Menschen scheint er in Erfüllung gegangen zu sein, sie glauben ihr Sehnsuchtsland gefunden zu haben: Brasilien, dieses riesige, unermeßlich reiche und unermeßlich arme Land, ein Land der unbegrenzten Möglichkeiten für Spieler und Spekulanten, Abenteurer und Idealisten. Josh und Lia Moran, aus einer amerikanischen Kleinstadt eingewandert, haben sich in der Nähe von São Paulo eine Fazenda gekauft – ein bescheidener, aber stolzer Besitz, ein beschauliches Paradies für sie wie für ihre Freunde. Duncan Roundtree, Leiter einer Filiale einer nordamerikanischen Bank, der mit Josh eine Kette von Drive-in-Hühnerbratereien gründen will; Francisco Cavalcanti, der als Ingenieur seinem Land durch Staudämme und Bewässerungsprojekte zu einer besseren Zukunft verhelfen möchte, und seine Frau Delia, die sich als Philosophieprofessorin revolutionären Ideen verschrieben hat; Jacob Svedelius, ein Förster aus Dänemark, der den Dschungel kultivieren will; Harry McGuiness, der als Wissenschaftler ganz seiner Forschung lebt; der jüdische Bildhauer Malachai Kenath, der mit seiner Frau Clea ständig auf der Flucht war und jetzt endlich das Gefühl hat, zur Ruhe gekommen zu sein. Sie alle haben sich in der brasilianischen Lebensart gefunden, die die Dinge nie zu schwer nimmt und immer einen «jeito» (einen Ausweg) findet. Sie feiern miteinander, improvisieren Geschäfte, schmieden Pläne und debattieren über das Glück, das sie längst zu besitzen glauben. Doch jäh wird dieses Glück bedroht, bricht die rauhe Wirklichkeit mit Angst und Terror in ihre friedliche Welt ein – ein Alptraum, aus dem diese Menschen wissender hervorgehen.

Ellen Bromfield-Geld, 1932 in Paris geboren, ist die Tochter von Louis Bromfield, dem Autor zahlreicher in viele Sprachen übersetzter Romane wie «Der große Regen». Sie lebt mit ihrer Familie auf einer Fazenda in Brasilien. Sie schrieb ferner die erfolgreichen Romane «Wildes Land am Mato Grosso» (rororo Nr. 1788) und «Ein Tal in Ohio» (rororo Nr. 1932).

Ellen Bromfield-Geld

Paradies
auf dem Vulkan

Roman

Rowohlt

Die Originalausgabe erschien unter dem Titel
«The Dreamers» bei Doubleday & Company, Inc., New York
Aus dem Amerikanischen übertragen von Isabella Nadolny
Umschlagentwurf Manfred Waller (Foto: E. G. Carle/ZEFA)

Veröffentlicht im Rowohlt Taschenbuch Verlag GmbH,
Reinbek bei Hamburg, August 1978
Copyright © 1973 by Ellen Bromfield-Geld
Copyright © 1976 für die deutsche Ausgabe
by Franz Schneekluth Verlag KG, München
Lizenzausgabe mit Genehmigung des Schneekluth Verlages
Satz Aldus (Linotron 505 C)
Gesamtherstellung Clausen & Bosse, Leck/Schleswig
Printed in Germany
580-ISBN 3 499 14236 8

Für Manasse,
der sich alles so sorgsam überlegt
und dabei doch ein Träumer ist.

1

Malachai Kenath saß im Schaukelstuhl auf der Veranda des großen Hauses der Fazenda, hatte die Bildhauerhände über seinem leicht gerundeten Bauch gefaltet und gab sich dem süßen Nichtstun hin.

Diese Gewohnheit hatte er in Italien angenommen, als er während seiner selbstgewählten Verbannung aus Rumänien nach einem Ort suchte, an dem er in Frieden leben und nachdenken könnte. Dort hatte es *dolce far niente* geheißen, und in Brasilien nannte man es *o doce fazer nada*. Es war so ziemlich dasselbe.

Hier, 7000 Meilen weit davon und zwanzig Jahre später, war Malachai endgültig zu dem Schluß gekommen, daß Frieden etwas Unerreichbares war. Doch konnte man das süße Nichtstun an einem Ort wie diesem besser ausüben als anderswo. Und während man so, die Hände über dem Bauch gefaltet, leise schaukelte, konnte man rückwärts und vorwärts denken, an Kriege, Revolutionen und Friedensjahre und an die finsteren Zeiten, die sich in regelmäßigen Abständen auf die Welt niedersenkten. Man konnte über Ereignisse nachdenken, die im Leben der Menschen breiten Raum einnahmen – und doch winzig waren, verglichen mit dem Zerstörungsdrang der Welt – und sich fast so etwas wie unantastbar vorkommen.

Er saß hier seit vorgestern, fast ununterbrochen, seit er mit den anderen zum Wochenende angereist war und die große Kaffeeblüte, die Josh Moran seit vier Jahren immer wieder prophezeit hatte, wirklich gekommen war. Jedes Frühjahr, wenn der Südwind nicht zu beharrlich wehte, wenn der Regen rechtzeitig fiel und nach dem Regen kein Frost mehr kam und die Trockenheit nicht zu lange anhielt . . . Heuer war es geschehen. Nach Wochen heißer, staubbeladener Augustwinde hatten sich die Wolken über den Hügeln im Nordwesten zusammengeballt, genau dort, von wo nach Gottes unerforschlichem Ratschluß immer Regen kommen mußte, und hatten das Wunder bewirkt.

Josh und seine Frau Lia waren sofort losgezogen in die Hügel, hinter sich einen Schwarm begeisterter Menschen und Hunde, und waren nach ein paar Stunden bis auf die Haut durchnäßt zurückgekommen, Hüte voller Pilze in der Hand.

«Und jetzt paß mal auf», hatte Josh gesagt. «Morgen kommt der große Tag.»

Und dann kam es, wie Josh versprochen hatte: Als die Sonne die Erde erwärmte und die Pilze auf der Windseite der Hügel einschrumpeln ließ, war jeder Zweig auf jedem Kaffeestrauch zu einer Milchstraße weißer Blütensterne geworden.

Wenn die Blüten ansetzten und es tatsächlich Kaffee zu ernten gäbe, meinte Josh, würde er noch ein Stück Land dazukaufen, die Herde vergrößern, vielleicht sogar eine kleine Europareise unternehmen. Lia hatte sich immer schon gewünscht, ein Haus in England zu mieten, nur um von dort aus einen Monat lang eine alte Kulturlandschaft zu betrachten.

Malachai seufzte tief auf, er dachte an das Unvorhersehbare, er wußte, daß das Leben denen, die kühn genug waren, an einem Traum festzuhalten, gern einen Strich durch die Rechnung machte. Wie gut, daß es Joshs Kaffee und Joshs Fazenda war und nicht seine.

Trotzdem war es sehr unterhaltsam gewesen, Josh zuzuschauen, wie er auf die schönste Blüte der Geschichte trank und so lange tanzte, bis er in seliger Bewußtlosigkeit in seinem Stuhl zusammenbrach, so daß Lia ihm die Stiefel ausziehen und ihn lassen mußte, wo er war, da ohnehin in wenigen Stunden der Morgen grauen würde. Sie hatten alle getrunken und getanzt und sich albern aufgeführt und Joshs Optimismus anläßlich des großartigen Schauspiels der Kaffeeblüte geteilt, ohne daran zu denken, daß morgen ein kalter Wind aufkommen und die Blüten wie Schnee verstreuen konnte.

Jetzt senkte der Abend sich herab. Wieder hatten sich Wolken am westlichen Horizont aufgetürmt und verhießen einen prachtvollen Sonnenuntergang. In dem seltsamen, amethystfarbenen Licht, das über die Hügel ausgegossen war, graste rotes Vieh auf Weiden, die sich über Nacht aus windgedörrtem Braun zu saftigem, tropischem Grün gewandelt hatten.

Überall wimmelten Kinder herum. Auf dem Rasen, wo die Casuarina- und Flamboyantbäume freie Flächen zwischen sich ließen, wurde Fußball gespielt, das Tor hatte jemand mit einem Paar alter Stiefel markiert. Der jasminduftende Wind trug portugiesische Wortfetzen heller Knabenstimmen heran. Durch die Fliegengittertür, die auf die Veranda hinausführte, ging ein pausenloser Strom von Kindern und Hunden, die Tür quietschte und knallte in rhythmischem Protest. Mitten auf dem Rasen, vielleicht um die Kleinen außer Hörweite zu locken, hatte man ein kleines Zweimannzelt aufgestellt. Seinen Zweck erfüllte es zwar nicht – kein Kind ließ sich in seiner Nähe blicken –, doch es war trotzdem besetzt: Zwei Paar Männerbeine ragten heraus. Das eine Paar, nackt, braungebrannt und athletisch, wo es aus den verblichenen Shorts hervorschaute, gehörte zweifellos Duncan Roundtree, Joshs Freund und Partner in einer, wie es Malachai schien, endlosen Reihe von Unternehmungen, aus denen nie etwas Rechtes wurde. Das andere Paar in eben den Stiefeln, die Lia gestern abend fluchend ausgezogen hatte, waren unverwechselbar die von Josh.

Unter der Zeltplane fand eine angeregte Unterhaltung statt, von Lachsalven unterbrochen, unter denen die Zeltklappen erzitterten. Malachai hörte auf zu schaukeln, zündete sich eine Pfeife an, steckte sie sich dort, wo der Stiel die Zähne schon glattgewetzt hatte, zwischen die Kiefer und beobachtete das Zelt aus hellen, aufmerksamen Äuglein.

Er wußte, was sich da abspielte. Wieder einmal eine – wie sie es nannten – Aufsichtsratssitzung. In der einen Woche ging es um Immobilien, in der nächsten um riesige Viehherden im Mato Grosso, in wieder einer anderen um endlose Weizen- und Sojabohnenfelder in Rio Grande do Sul. Stets handelte es sich um ein ganz großes Geschäft, einen *grande negocio*, das sie beide zumindest unabhängig machen würde: Es würde Duncan Roundtree ermöglichen, seinen Posten als Vizepräsident einer der mächtigsten Banken von Amerika aufzugeben – Malachai konnte nicht einsehen, wieso man einen derartigen Posten überhaupt aufgeben wollte, da Duncan Roundtree ihn so mühelos ausfüllte, selbständig, ohne viel Dreinreden seitens der «großen Hauptbank droben in Nordamerika». Weiterhin würde der *grande negocio* es Josh erlauben, so viel Land zu kaufen, daß er ausschließlich vom Farmen leben konnte, demnach ein Gebiet, das so groß war wie ein kleinerer Bundesstaat. Denn trotz seiner saftigen Weiden und seines stattlichen roten Viehs und seiner Tausende von Kaffeebäumen genügte das, was er besaß, nicht. Josh hatte ebenso wie Duncan auch noch einen Job, einen höchst angenehmen, wie er selbst sagte, bei einer obskuren landwirtschaftlichen Agentur des nordamerikanischen Hilfsprogramms, der ihm importierte Autos, bezahlten Urlaub für die ganze Familie und gewisse Delikatessen wie steuerfreien Whisky und geräucherte Austern in Dosen einbrachte.

Da es viele auf der Welt gab, die ihn um einen solchen Job beneidet hätten, erschien es Malachai irgendwie verkehrt, daß die beiden unaufhörlich Pläne schmiedeten, um ihn loszuwerden.

Unaufhörlich – aber doch sonderbar unseriös. Worüber lachten sie nun schon wieder da drunten? Meinten sie wirklich, in einem Land unbegrenzter Möglichkeiten wie Brasilien ließe sich ein Vermögen erwerben, wenn man das Ganze als Witz behandelte?

Es machte Malachai nervös, sich die Folgen vorzustellen. Nicht so sehr für Duncan, denn trotz seiner aufrührerischen Attitüde zeigte er keine so große Eile, den Posten des Vizepräsidenten niederzulegen – zumindest nicht, bis fest stand, daß er anderweitig ein Vermögen machen konnte. Sondern für Josh, der, seit Malachai ihn kannte, offenbar dazu neigte, den Ast abzusägen, auf dem er saß. Gestern abend beispielsweise, ehe er abkippte, waren Joshs Schlußworte gewesen: «Und überhaupt war das mein letzter Bericht, ich schreibe keinen mehr! Das Hilfsprogramm kann sich künftig alle Berichte an den Hut stecken! Dort gehören sie hin, es liest sie ja sowieso kein Mensch. Ich kündige!» Kündigen, alles aufgeben, die Wagen, die Urlaube, die Schule für die Kinder – alles. «Und was bleibt dir?» hatte Malachai gefragt und sich dabei teilnehmend zu Josh hinübergeneigt. Doch Josh war bereits ins Reich des Unbewußten abgesunken, und Malachai durfte sich seine Frage selber beantworten: «Nichts als die unzuverlässigen Kaffeeblüten.»

«Und das da.» Wieder schielte Malachai seine jüdische Nase entlang, die in Größe und Form einer verwelkten Rübe glich, auf das Zelt, das bedrohlich so aussah, als würde es nach einer weiteren Lachsalve in sich zusammensinken. Er war so beschäftigt, daß seine Gefühle seine Rolle als distanzierter Beobachter zu sprengen drohten, als plötzlich eine wüste Drohung aus dem Hause ankündigte, daß Lia Moran sich näherte.

«Wenn noch ein einziges Kind durch die Fliegengittertür rennt, dreh ich euch allesamt durch den Fleischwolf, aber nicht nur einmal, sondern zweimal, verstanden?»

«Aber wir wollen doch durch», entgegnete ein Stimmchen dreist.

«Also dann durch mit euch, verdammt noch mal, und bleibt gefälligst draußen. Rein oder raus, ihr müßt euch entscheiden. Ich will meine Ruhe haben.»

Die letzten Worte äußerte Lia mit einem unterdrückten Lachen, das nicht dazu paßte, und ließ sich neben Malachai in einen Stuhl sinken, wobei sie ihre in ausgetretenen Sandalen steckenden Füße leger vor sich auf dem Tisch kreuzte.

«Himmel noch mal, was gäbe ich nicht für ein Riesendonnerwetter!»

«Haben Sie nicht eben erst behauptet, Sie wollten Ihre Ruhe?» fragte Malachai und warf einen raschen Seitenblick in das feingeschnittene, sensible Gesicht, das übergangslos wütend, sanft, besorgt und oft seltsam abwesend und verträumt aussehen konnte.

Sie gab ihm den Blick verständnislos zurück. «Für mich ist Gewitter etwas sehr Friedliches. Nach einem langen, heißen Tag ist es geradezu eine Erleichterung.»

«Ja, fürrrchten Sie sich denn nicht?» fragte Malachai und ließ sein balkanisches R schwelgerisch rollen.

«Wieso denn?»

«Nun, es besteht doch durchaus die Möglichkeit, daß der Blitz einschlägt. Ich spreche aus Erfahrung, ich habe das 1938 erlebt.» Er lehnte sich zurück und zog an seiner Pfeife. «Ich bin über die Alpen in die Schweiz geflüchtet. Es kam ein Gewitter auf, und ich kauerte mich an die windgeschützte Seite einer Scheune. Woher, frage ich Sie, hätte ich wissen sollen, daß ich mit dem Hosenboden an einem ungeerdeten Blitzableiter festhing?»

Statt ängstlichen Respekt hervorzurufen, löste die Warnung einen Ausbruch hemmungsloser Fröhlichkeit aus. «Ach, Malachai. Jemand anderem als Ihnen würde ich die Geschichte einfach nicht glauben!»

Darauf ging Malachai nicht ein. In ihrer Reaktion lag ein Körnchen bitterer Wahrheit, über die er nicht gern nachdachte. Er wollte schon das Thema wechseln und von Josh und seinen Plänen anfangen, als ihm etwas auf den Schoß sprang.

Es hatte die Größe eines kleinen Bären, Ringe um die Augen, eine zuckende Nase und gewaltige Klauen. «Hilfe!» sagte Malachai. Die zuckende Nase steuerte direkt auf seinen Tabaksbeutel los.

«Der verflixte Nasenbär!» murmelte Lia reumütig. «Noch vor einem Monat war er ein süßes Tierchen, dem man nicht widerstehen konnte. Bewegen Sie sich nicht.»

«Aber ich bin ja wie gelähmt!»

«Na, das ist nun auch wieder nicht nötig. Haben Sie keine Angst, sonst wird er nur frech.» Sie kniete sich behende neben seinen Stuhl und streckte einen Arm aus. «Komm, Nicki . . .» Das Tier knurrte und zwitscherte, nahm die Schnauze aus Malachais Tasche und kroch Lia auf die Schulter, wo es sich mit seinen mörderischen Klauen festkrallte und balancierte, bis sie über den Rasen zu einem Flamboyantbaum gegangen war, sich an einen bequemen unteren Ast lehnte und es dadurch dazu bewog, auf und davon zu gehen.

Sie war gleich wieder da und legte erneut die Füße auf den Tisch. Malachai rückte seinen Schaukelstuhl ein Stückchen weiter nach links. «Sie sind eine fast ebenso gefährliche Nachbarschaft wie der Blitzableiter. Hätten Sie das Vieh nicht ein bißchen weiter weg bringen können?»

Sie schüttelte resigniert den Kopf. «Nur wenn wir es am Amazonas ausgesetzt hätten, und das vom Flugzeug aus. Aber Josh hat bei seinem letzten Flug die Maschine zerschmissen, erinnern Sie sich noch?»

«Mit diesem Lebensabschnitt von Josh bin ich nicht so vertraut.»

«Es hat damals Spaß gemacht, aber das hier ist besser», sagte sie und blickte hinaus über die Hügel.

«Dabei fällt mir ein», sagte Malachai und setzte dort wieder ein, wo er vor ihrem Erscheinen aufgehört hatte. «Was habe ich gehört: Josh will seine Stellung aufgeben?»

«Ganz einfach – er hat sie bereits aufgegeben.»

«Darf ich fragen, warum?»

«Weil die uns versetzen wollen, weg von der Fazenda.»

«Und das brächten Sie nicht über sich? Nicht einmal vorübergehend?»

Lia antwortete nicht gleich, doch er spürte, wie sie sich innerlich fest verschanzte. Nach ihrer Miene zu schließen, hätte er genausogut einen überzeugten Zionisten auffordern können, sich den Gedanken an Israel aus dem Kopf zu schlagen.

«Nichts auf der Welt –» sie betonte jedes Wort übertrieben, wie um es ihm einzuhämmern, damit er nie wieder fragte – «nichts ist das wert.»

«Aber man muß doch schließlich seinen Lebensunterhalt verdienen.»

«Ja, ja.» Lia warf den Kopf in den Nacken und lachte wieder mit dem grandiosen Selbstvertrauen, mit dem sie dem abscheulichen Nasenbären ihren Arm überlassen hatte. «Josh wird schon etwas einfallen – wie immer.»

Malachai hob die Augen zum Ziegeldach und sah einem Paar Schwalben zu, die auf der Futtersuche für ihre lärmenden Jungen in einem Nest unter der Dachrinne stiegen und fielen. Das Verhalten der Vögel dem Leben gegenüber kam ihm vergleichsweise vernünftig, ausgeglichen und normal vor. Und doch, wer konnte es wissen? Vielleicht würde Josh tatsächlich etwas einfallen. In wenigen Augenblicken würde vielleicht der ‹Aufsichtsrat› eine Lösung finden, eine Möglichkeit, ein Vermögen zu machen, Land dazuzukaufen und ohne Anstellung zu leben. Und dann würden sie wieder alle feiern, Duncan, Josh und ihre Frauen, Malachais Clea und nicht zuletzt Malachai selbst, der so schrecklich gern feierte. Sie würden, wie gestern auf die Kaffeeblüte, ihr Glas heben. Wer konnte ernstlich behaupten, es käme nicht doch so oder so in Ordnung? War es nicht geradezu eine der Eigenarten Brasiliens, daß dort die Dinge selten so schlimm wurden, wie man befürchtete? *Enfim tudo dá certo* – am Ende geht alles in Ordnung. Es war eine Art Nationaleigenschaft und paßte Leuten wie Josh prächtig in den Kram, die daraufhin weiter voller Optimismus die Äste absägten, auf denen sie saßen.

Trotzdem schauderte er. «Um ganz ehrlich zu sein, mich wundert sein Entschluß nicht. Er ist typisch.»

«Wie meinen Sie das?» fragte Lia, die das Wort ‹typisch› nicht ausstehen konnte.

«Haben Sie schon einmal darüber nachgedacht, warum Sie wirklich in dieses Land gekommen sind?» fragte Malachai.

«Aber gewiß», erwiderte sie und rückte sich etwas zurecht, um den Sonnenuntergang über ihrem Besitz besser sehen zu können. «Wir haben immer gewußt, was wir wollten.»

«Also, warum sind Sie hergekommen?» beharrte Malachai.

«Weil wir geglaubt haben», sagte sie ungeduldig, «es wäre leichter, in einem erst schwach besiedelten Land anzufangen.»

«Und war es leichter?»

«Eigentlich nicht.»

«Und doch sind Sie immer noch da.»

«Alles im Leben ist eine Gewohnheitsfrage», sagte sie und zitierte damit ein weiteres brasilianisches Sprichwort.

«Gewohnheitsfrage – Blödsinn.» Malachai schüttelte den Kopf. «Wenn Sie nicht ehrlich genug sind, mir den Grund zu nennen, zwingen Sie mich, ihn Ihnen auf den Kopf zuzusagen. Josh ist nicht wegen Grund und Boden hierhergezogen, so wenig wie Duncan Roundtree von seiner Bank hierhergeschickt wurde. So oder so – er hätte hergefunden, das können Sie mir glauben. Weil Sie nämlich samt und sonders Träumer sind. Sie könnten dort nicht leben, wo alle Aufgaben und alle Fragen schon tausendmal vorher gelöst worden sind. Das stimmt doch? Vielleicht glauben Sie sogar, hier wären die Fragen anders zu lösen. Dadurch ist immer ein Element der Spannung, des Staunens mit im Spiel.»

Er wandte dabei nicht den Kopf, fing daher nur aus dem Augenwinkel ein nach innen gerichtetes Lächeln auf, das ihm bestätigte, einen Ton angeschlagen zu haben, der zwar selten berührt wurde, aber immer gegenwärtig war. Er bewirkte auch, daß sie sich schließlich mit der Frage an ihn wandte: «Na, und Sie? Wozu sind Sie hier? Den weiten Weg von Rom bis in dieses Mekka der Kunst gekommen, Malachai?» Sie sagte es scheltend, hörte dann aber gespannt zu, denn in den Äußerungen dieses Mannes, der lange Zeit nur beobachtete und nachdachte, lag manchmal etwas beunruhigend Prophetisches.

«Ich?» Aus irgendeinem Grund schien er nicht willens, darüber Auskunft zu geben. «Welche Lösungen auf die Fragen hätte ich zu bieten? Ich habe kein Urteil darüber. Ich habe viel zu lang – eigentlich jahrhundertelang – nachts über Grenzen fliehen müssen. Ich finde es sehr interessant, Träume verwirklichen zu wollen, aber ich habe nicht mehr die nötige Energie, verstehen Sie? Mir genügt es, auf der Tribüne zu sitzen und anderen zuzusehen, ob es gelingt.»

«Hübsch, wenn man das kann.» Wieder lächelte Lia, diesmal ebensosehr für ihn wie für sich.

Die Abenddämmerung senkte sich herab. Ein kühler Wind war aufgekommen, zerstreute den schweren Duft des Jasmins, der sich um die Verandastreben rankte, und damit auch Lias Hoffnung auf ein Gewitter. Der Schatten reichte nun fast über den ganzen Rasen. Vor seinem entschlossenen Vorrücken hatten die Fußballspieler weichen müssen. Die Jungen schienen sich in Luft aufgelöst zu haben, wie sie es gelegentlich taten, nur um sich zu anderer Stunde lärmend wieder zu materialisieren.

Zeltstangen, Leinwand und Schnüre wurden in die Höhe gestemmt, und der ‹Aufsichtsrat› kam wieder zum Vorschein. Als er den Rasen überquerte, spiegelte das letzte Tageslicht sich in Duncan Roundtrees Sonnenbrille. Selbst die dunklen Gläser vermochten nicht von der eleganten Erscheinung dieses Vollblutamerikaners abzulenken, dessen Nonchalance gut zu den oberen Zehntausend auf der ganzen Welt gepaßt hätte. Und doch kam er da aus dem Zelt gekrochen, mit Josh Moran, den man zwar in den Stahlwerken des Mittelwestens ein wenig gezähmt hatte, der aber Malachai immer noch an Porträts von Präriebewohnern erinnerte, mager und geharnischt, ohne viel Respekt vor Zäunen und gut zu brauchen, wenn es notwendig wurde, rasch mal eine Klapperschlange zu erschießen.

«Drinks!» befahl Josh, sowie er mit der Stiefelspitze die unterste Verandastufe berührte. «Wir müssen feiern. Wir haben gerade eine neue GmbH gegründet!»

«Schon wieder?» Malachai sah sorgenvoll, aber nicht überrascht aus.

«Ha!» sagte Duncan und entblößte die Zähne zu einem Lächeln wie ein Schuljunge, der etwas Scheußliches in der Tasche hat.

«Was heißt hier ‹Ha›?»

«Brathuhn zum Mitnehmen!»

«O nein», stöhnte Malachai entsetzt. Das war noch schlimmer, als er erwartet hatte. «Schnellimbiß – etwas noch Ausgefalleneres konntet ihr wohl nicht finden? Wollt ihr die Grundeigenschaften einer ganzen Nation umkrempeln?»

«Mäßig schneller Imbiß», sagte Josh und erinnerte Malachai an seine Gabe, sich lokalen Gegebenheiten anzupassen.

«Aber Brasilianer essen nicht einmal ein Sandwich ohne Messer und Gabel, von Geflügel ganz zu schweigen!»

«Dann werden sie es eben lernen», sagte Duncan. «Es ist Mode. Es ist in. *Para frente.*»

«Nun seien Sie doch nicht so niedergeschlagen», sagte Lia. «Denken Sie immer daran: Sie haben nichts damit zu tun.»

«*Graças a Deus.* Gott sei Dank.»

«Und was wollen Sie trinken?»

«Scotch mit Eis, bitte, und dazu ein paar von den geräucherten Austern, von denen wir nun bald Abschied nehmen müssen.» Mit diesen Worten sank Malachai Kenath tiefer in seinen Sessel und versuchte zu überhören, daß irgendwo aus dem Laub des Gartens das zwitschernde Gebrummel des Nasenbären ertönte.

2

Malachai hatte natürlich recht. Sie waren an diesen abgelegenen Ort gezogen, weil sie Träumer waren. Hätte er jedoch die Ereignisse, die mit Joshs Flugzeugabsturz vor etwa fünf Jahren zusammenhingen, genauer gekannt, er hätte sie wohl weniger als Träumer bezeichnet, sondern eher als Fanatiker oder gar als Irre.

Vermutlich kannte nur Lia die tieferen Beweggründe, aus denen heraus Josh sich hatte überreden lassen, das brasilianische Pantanal zur Zeit der *bruma seca* zu überfliegen, der alljährlich wiederkehrenden Zeit, in der in dem offenen flachen Flußbecken mit seinen mit Dschungelwuchs bedeckten Inseln und seinem ausgedörrten Sumpfland der Wind stürmisch auffrischt, Staub und Rauch mischt und Erde und Himmel mit einer schier undurchdringlichen schwarzen Wolkendecke voneinander trennt. Diese Wolkendecke macht demjenigen, der gerade oben ist, die sichere Rückkehr zur Erde nahezu unmöglich.

An einem solchen Tag und zu einer solchen Jahreszeit hatte Josh Lia auf dem Flugplatz der Grenzstadt Pirapora mit den Worten verlassen: «Bleib ganz ruhig. Es ist meine einzige Chance, diesen McGuiness wirklich kennenzulernen. Das weißt du, also schau nicht so ängstlich. Er ist der Chef des Forschungsinstituts. Mensch, Lia, wenn ich bei dem Eindruck schinden kann, komme ich vielleicht mit dem Job wieder, bei dem wir ein für allemal aus dem Gröbsten heraus sind.»

Sie war also «ganz ruhig» geblieben, denn sie wünschte sich damals vor allem eines: daß Josh aus dem Gröbsten herauskam. Selbst jetzt, während sie sich mit Malachai unterhielt und dabei den Sonnenuntergang beobachtete, konnte sie noch aus dem gleichen Grund leichthin äußern: «Ach, Josh wird schon was einfallen.» Denn was sie mehr als alles andere mit Josh verband, war ihr Vertrauen in seine Fähigkeit, zu handeln und im rechten Moment abzuspringen. In diesem Vertrauen hatte sie sich geborgen gefühlt, seit sie Josh Moran kennengelernt hatte.

Merkwürdig, sooft sie sich daran erinnerte, fiel ihr ein, wie lange es gedauert hatte, ehe sie ihn kennenlernte, und dabei hatten sie beide in der Stadt Elmira in Ohio gewohnt und waren ihre ganze Kindheit über in dieselbe Schule gegangen. Zuerst hatte sie seinen Bruder Johnny kennengelernt – wie alle Welt –, denn Johnny hatte ein Talent, überall Mittelpunkt zu sein.

Er war ein schwarzes Schaf im altmodischen Sinn des Wortes, trank zuviel Bier und Tequila und schwänzte die Schule, um mit Mädchen in einem auffrisierten Oldtimer herumzugondeln. Gewöhnlich wurde er dienstags aus der Schule geworfen und freitags wieder aufgenommen, weil freitags abends sein Fußballteam nicht ohne ihn auskam.

Johnny Moran! Sie lachte innerlich und war noch immer ein wenig in ihn verliebt, wenn er und die anderen Jungen in dem rußfleckigen Haus in der Unterstadt ihr einfielen. Die Gebäude waren laut und überfüllt und rochen nach Kaninchenragout und Paprikagemüse, täglich kamen die Jungen – die Augäpfel ihrer Mütter – mit angeberischen Riesenschritten aus ihnen hervor: gut aussehend, rauhbeinig, frech, verwegen, romantisch. Alle Mädchen der High School waren hingerissen von ihnen. Sie schienen so viel mehr über das Leben zu wissen als die Jungen, die in den ordentlichen weißen Häusern im Schatten der alten Bäume in der Oberstadt wohnten, die Jungen, deren Eltern alles und jedes vorausplanten und auch sie vorausgeplant hatten, so daß es an ihnen überhaupt nichts gab, was aufregend und verboten gewesen wäre.

Die Mütter der Mädchen, die sich so hingerissen von den Jungen in den grauen Häusern zeigten, sahen in ihnen eine große Gefahr und beteten jeden Abend (ohne sich vor Gott wörtlich so auszudrücken), daß ihre Tochter bitte nicht mit so einem was anfangen möge, ehe sie aufs College ging und den «Ernst des Lebens» kennengelernt hatte.

Wie so manche andere war auch Lia eine Weile Johnnys Mädchen gewesen, war mit ihm in seinem Klapperkasten gefahren, hatte sogar mit ihm das Haus betreten, in dem es nach Kaninchenragout und Paprikagemüse roch, und war dort mit Herzlichkeit, aber auch mit einem gewissen Mißtrauen aufgenommen worden, das kaum geringer war als das Mißtrauen ihrer Eltern Johnny gegenüber.

An Johnnys großen Bruder Josh hatte sie keinen Blick verschwendet. Josh galt als «komisch», las und studierte viel und schloß sich in seinem Zimmer ein, um die eine oder andere Symphonie zu dirigieren, die am Sonntagnachmittag gesendet wurde, wobei er wie verrückt mit den Armen fuchtelte, wie Johnny zu berichten wußte, der ihn durchs Fenster beobachtet hatte.

Oder er ging weg, zu Fuß, und keiner wußte so recht, wohin. Es wäre auch niemand eingefallen, danach zu fragen. Victor Moran, sein Vater, der mit vierzehn Jahren aus Ungarn eingewandert war und sich im Stahlwerk bis zum ersten Vorarbeiter emporgearbeitet hatte, hielt es für das beste, sich nicht einzumischen. Johnny machte ihm dauernd zu schaffen, Josh nie. Außerdem war Josh fleißig. Victor Moran arbeitete und sparte und erlaubte seinem Ältesten seiner Wege zu gehen, wobei er nie daran zweifelte, daß dieser eines Tages das College besuchen und später entweder Anwalt oder hoher Staatsbeamter werden würde. Denn das war Victor Morans Traum.

Doch an dem Tag, an dem Josh das Abschlußexamen hinter sich hatte, meldete er sich freiwillig bei der US Air Force. Die Kämpfe in Vietnam hatten gerade angefangen, und Mrs. Moran, die in ihrer Kindheit erlebt hatte, wie der Krieg ganz Europa überzog, weinte so lange, bis ihr keine Tränen mehr kamen, was etwa einer Trockenlegung des Nils gleichkam. Victor Moran wandte dem Sohn den muskelbepackten Rücken zu und winkte ihm mit der schwieligen Hand. «Geh nur zu, laß dich umbringen!» rief er. «Geh nur, sei nur ein gottverdammter Held. Ich habe ja ohnehin nichts mehr zu melden – nirgends mehr!» Von da an hatte er sich alt gefühlt und angefangen, an seine Pensionierung zu denken, denn ohne einen geheimen Traum schmeckte die Arbeit nicht mehr – und auch sonst nichts.

Über Josh hatte niemand viel gewußt, hatte auch niemand sich die Mühe genommen, nachzufragen. Johnny wollte sich eines Tages in Szene setzen, er riß Witze und meinte, das sonderbare Wesen seines Bruders datiere zurück bis zu dem Sommer, in dem er auf einer Farm gearbeitet habe und ihn die Falltür zum Heuboden am Kopf getroffen habe. «Seitdem ist er nicht mehr der gleiche . . .» Vielleicht erfuhr nur Lia, und das erst drei Jahre später, wie nahe der angeberische, witzige Johnny der Wahrheit gekommen war.

Josh kam einige Monate vor der offiziellen Entlassung nach Hause. Lia befand sich gerade in jenem Stadium ihrer Entwicklung, in dem man «aufs College geht und den Ernst des Lebens kennenlernt», und war in keinem von beiden sehr gut. Eine durchtrainierte Achtzehnjährige, am Swimmingpool gebräunt, das Haar von der Farbe dunklen Honigs und Augen, die an sonnigen Tagen blau, an bewölkten grau waren und immer respektlos dreinschauten.

Nicht, daß sie immer noch an Johnny gehangen hätte, der sein Fuß-ballteam mit Erfolg verlassen hatte, über seinem Bier saß, darauf wartete, eingezogen zu werden, und von den «alten Zeiten» sprach, als sei das Leben schon vorbei. Doch noch weniger sagten ihr die Jungens aus den Ziegelhäusern mit den schattigen Vorgärten zu, Jungen, die von Autos sprachen und verlegene Scherzchen über ihren Sommer-Job machten, den ihnen ihr alter Herr gegeben hatte, damit sie so tun konnten, als ob sie «ganz klein angefangen hätten». Puppen im Kokon, langweilig und gelangweilt, die sich eines Tages, ohne recht zu wissen warum, gegen die Langeweile ihres vorgeplanten Lebens auflehnen würden.

Auch Lia hatte einen Sommer-Job, in einer Buchhandlung. Sie saß dort hinter dem Ladentisch, noch lieber hinten zwischen den Regalen, wo es still und kühl war, las Salingers *Fänger im Roggen* und kam sich vor wie Holden Caulfield.

Eines Morgens kam Josh Moran herein, den sie nie so richtig angese-hen hatte, und wollte alle Bücher über Australien, Neuseeland, Nigeria, Rhodesien, Südafrika, Brasilien, Argentinien und Uruguay haben. Einen Augenblick lang sah sie ihn gespannt an, als erwarte sie fast, daß er eine Waffe ziehen oder sich in einem Anfall auf dem Boden wälzen würde. Doch er stand nur da, lehnte sich an den Kassentisch und sah geduldig, aber auch fest entschlossen aus, und so fing sie denn an zu suchen. Nachdem sie 45 Minuten unter Australien, Afrika, Amerika Nord und Amerika Süd nachgesehen hatte, kam sie zurück mit einem verstaubten Band über Giftschlangen und dem Gegenvorschlag: Über die genannten Länder habe ich nichts. Wie wär's mit *Die Leute von Peyton Place?*

«Eben weil niemand was über sie hat, möchte ich sie ja.»

«Wollen Sie durchbrennen, oder was? Was ist Ihre Masche?» Sie war seltsam übermütig und neugierig geworden. Sie wollte nicht, daß er wieder ging. Wie er sich an den Kassentisch lehnte und sie mit einem Blick festhielt, der nicht unfreundlich, aber seltsam gnadenlos war, mein-te sie, noch nie so lebendige Augen gesehen zu haben. Nicht ruhelos und ungeduldig wie die von Johnny, sondern lebendig im Sinne von nach-denklich und voller Erwartung. Er schien sie nicht bloß anzuschauen und ihre Züge in sich aufzunehmen, sondern gleichzeitig über sie nachzuden-ken und Betrachtungen über sie anzustellen.

«Wenn Sie wirklich etwas über meine Masche wissen wollen, kann ich sie Ihnen erklären, aber dazu brauche ich Zeit.»

«Sie halten mich offenbar für geistig zurückgeblieben?» Ihr stark ausgeprägtes Kinn schob sich angriffslustig vor.

Er kniff nachdenklich die Augen zusammen. «Das sind Sie vermutlich nicht. Aber um meine Masche zu begreifen, müßten Sie mindestens einen ganzen Tag mit mir verbringen, irgendwo weit draußen auf dem Land . . .» Er schien so etwas wie ein leichtes Erschrecken in ihrer Miene wahrzunehmen, etwas, das deutlich sagte: «Du meine Güte, und selbst seine eigenen Eltern haben nie gewußt, wo er hinfuhr.» Sein Gesichtsausdruck änderte sich schlagartig. Er bekam etwas Vertrauenerweckendes. Man wußte sofort, daß man mit ihm jederzeit überall hinfahren konnte. «Ich garantiere Ihnen», sagte er, «wenn Sie mitfahren, sind Sie mit mir so sicher, wie Sie wollen.»

3

Sie borgten sich Johnnys Wagen, weil Josh keinen hatte; Johnny wußte nicht, wen Josh damit aufs Land fuhr. Sie fuhren an einen Ort, an dem eine eiserne Brücke sich über einen Fluß spannte, dort ließen sie den Wagen stehen. Von der die Brücke tragenden Betonmauer sprangen sie hinunter auf den sandigen Damm und gingen dort zu Fuß, manchmal auf dem Uferstreifen, wo flötengleiche Schilfhalme und Sumpfdotterblumen aus dem weichen, feuchten Boden wuchsen, manchmal mitten im Fluß, indem sie von einem herausragenden Felsbrocken zum andern sprangen und durch die tiefen Gumpen wateten, die die Wasserstrudel an den Biegungen ausgewaschen hatten, machten ihre Kleider naß und ließen die Sonnenfische wie glitzernde Lichtpfeile auseinanderspritzen.

Lia Cunningham war bereits im Yosemite und Yellowstone Park gewesen und hatte mit ihrem Fotoapparat, einem Geburtstagsgeschenk, mit den anderen in einer Gruppe gestanden, eingeschüchtert und leicht erschöpft davon, daß so viele Menschen zugleich auf soviel Majestätisches erpicht schienen. Heute war das ganz anders. Heute war es, als habe sie die Stadt wahrhaftig hinter sich gelassen und sei zum erstenmal auf dem Land, und sie genoß es mit wachen Sinnen wie noch nie. Über ihnen spannte sich ein Augusthimmel, in der Mitte intensiv blau und klar, während sich am Horizont Wolken ballten, die immer schwärzer wurden und nach einem drohenden Gewitter aussahen, bis ein Wind von irgendwoher aufkam, einen Augenblick lang ihre Wangen berührte, die Wolken zerstreute und dann wieder einschlief. Die Sonne schien ihr heiß auf Kopf und Rücken, während das Wasser ihr köstlich kalt und stark um die Sandalen und gegen ihre Beine plätscherte. Sie konnte seine Kühle riechen und den Duft des Grases auf den Weiden oberhalb der befestigten Ufer, wie es staubig in der Sonne welkte.

Sie sprachen fast nicht. Hie und da gab Josh so etwas wie «Vorsicht! Ein Flußungeheuer!» von sich, wenn ein Panzerkrebs um einen Felsen glitt oder sich eine Schildkröte von einem Baumstamm ins Wasser fallen ließ. Sie sagten überhaupt wenig, aber manchmal griff Joshs Hand nach der ihren und war wärmer und kräftiger als die Sonne, stärker als die Kraft und Kälte der Strömung oder die harten Steine unter ihren Füßen.

Der Fluß machte eine Biegung, und dort war ein großer Baum gestürzt, Treibholz und Blöcke hatten sich in seinen Ästen verfangen und einen Damm gebildet, dadurch war der Sand zu einem tiefen Tümpel ausgehöhlt und dahinter ein regelrechter Strand aufgetürmt worden. Am Ufer wuchsen ein paar Birken und streckten die grauweißfleckigen Zweige über diesen Sand- und Kiesstrand. Hier setzten sie sich, den Rücken an die dicken, glatten Birkenwurzeln gelehnt, die aus der abgetragenen Erde aufragten, und streckten die Füße in die Sonnenflecke, die durch Zweige und Laub fielen.

In einiger Entfernung, im Schatten von Ahorn- und Eichbäumen, stand eine Herde Vieh um eine Salzlecke, döste und käute wieder. Beim Anblick menschlicher Wesen hoben die Tiere den Kopf und richteten alle wie verwundert und neugierig die Ohren nach vorn. Lia wollte aufstehen, doch Josh zog sie an sich und hieß sie sich ruhig verhalten. «Rühren Sie sich nicht, haben Sie keine Angst. Die sind bloß hemmungslos neugierig, Sie werden sehen.» So saß sie regungslos, bis die mutigste Jungkuh herankam, aber in möglichst sicherer Entfernung zu bleiben versuchte und dabei den Hals reckte, daß ihr vor Anstrengung fast die Augen aus dem Kopf traten, und mit der nassen Nase an Joshs Arm stupfte. Er machte keine Bewegung, und sie probierte es mit der Zunge. Nach einer Weile kam eine zweite Kuh, dann noch eine, pustete durch die Nase und leckte behutsam mit ihrer Sandpapierzunge Josh und Lia die salzigen Hände ab, bis Josh beide Arme in die Höhe hob und «Buh!» rief. Da wichen sie in schaukelnden Sprüngen zurück, auf ihren kurzen Beinen, erschrocken, aber nicht allzusehr, und hielten sich in sicherer Entfernung, aber nicht allzuweit.

Lia hatte nie einen Hund oder eine Katze besessen. Die verdarben die Möbel. So war ihr auch die Berührung dieser Tiere verwunderlich und wunderbar. Sie lehnte sich fest an diesen Josh, den sie nicht gekannt hatte, und fühlte in sich das Frohlocken eines Kindes, das heimlich weggelaufen ist und nie, nie mehr heim will. Und anschließend wollte sie gern mit ihm reden.

«Jetzt sind wir also», sagte sie, «auf dem Lande und sind einen weiten Weg gegangen, und ich fühle mich so sicher, wie ich will. Und jetzt – haben Sie gesagt – werden Sie mir erzählen, was Ihre Masche ist.»

«Gut», sagte er, «stellen Sie den Proviant zurecht, und dann wollen wir uns unterhalten.»

Sie holte Wurst, Käse und Schwarzbrot hervor und legte es in dicken Scheiben aufeinander. Sie aßen heißhungrig und tranken von dem Wein, und während sie aßen, erzählte er ihr die Sache ganz einfach und schlicht, wie er sie noch nie jemandem erzählt hatte, weil manchmal die einfachen, schlichten Dinge am schwersten zu begreifen sind.

Er erzählte ihr, wie er als Fünfzehnjähriger zum erstenmal hierhergekommen war. «Ich habe damals keinen Sommer-Job in der Stadt gefunden, da hat mein Vater sich breitschlagen lassen und mir erlaubt, mir einen Job auf der Farm zu suchen, obwohl ihm das degradierend vorkam. Später hat es ihm leid getan, denn seiner Meinung nach bin ich von da an komisch geworden –»

«Und auf dem Lande spazierengegangen.» Lia lächelte, weil ihr Johnnys geistreiche Kommentare einfielen.

«In gewissem Sinn hatte er recht, glaube ich», meinte Josh. «Seitdem habe ich kein richtiges Verhältnis zur Realität mehr gehabt. Ich hätte zum Beispiel ein Stipendium bekommen und Jura oder Volkswirtschaft studieren können oder so was Ähnliches. Das war nämlich sein Traum. Aber ich hatte damals im Sommer auf der Farm so vielerlei gelernt, was ich nun nicht mehr vergessen konnte. Ich hatte schon Schuhe geputzt und war Lieferwagen gefahren, aber das war viel schwerer gewesen. Am Ende des Tages war man so verschwitzt, verdreckt, hungrig und müde, daß man nicht wußte, was man zuerst tun sollte: sich waschen, essen oder schlafen. Aber es waren alles gute Gefühle, wahrscheinlich deshalb, weil man den geleerten Wagen und die Heuballen in der Scheune sah, oder das Vieh, wie es ins Futter schnaufte, und dann wußte man, man hatte etwas geschafft. Verstehen Sie, was ich meine?» Er sah sie etwas ängstlich an, als erwarte er das eigentlich nicht von ihr, doch sie nickte, weil sie an den Fluß und die Sonne und die Kühe mit den rauhen, neugierigen Zungen dachte.

«Ich glaube schon.»

«Und deswegen», fuhr er erleichtert fort, «bin ich sonntags hierhergegangen und habe dagesessen und darüber gegrübelt, wie es wäre, wenn man nicht bloß für andere Leute arbeiten müßte. Das bekäme ich satt – aber auf meinem eigenen Grund und Boden –»

«Ist es das, was Sie nie jemand gesagt haben?» Lia sah ihn halb erstaunt, halb erleichtert an. «Warum eigentlich nicht?»

«Für Sie klingt es ganz normal, wie?»

«Normal? Es klingt einfach wundervoll.»

«Das hab ich mir auch immer gesagt, aber wenn ich mir ausmalte, daß ich so etwas ausspreche wie ‹Ich möchte Farmer werden›, dann sehe ich immer meinen Vater vor mir.» Josh imitierte Victor Moran, wie er sich stöhnend vor die Stirn schlug. «‹Hab ich dich dazu in die Schule geschickt? Um Sklave, um Bauer zu werden?› – Und wie würde Ihr Vater auf so etwas reagieren, Lia, sagen Sie mal?»

Lia meinte es zu wissen. Sie kniff die Augen zusammen und nahm eine ernsthafte, mißtrauische Miene an. «Was hat er eigentlich vor, dieser Josh Moran – irgendeine Spekulation, wie? Steuerhinterziehung kann es nicht sein – Geld hat er keins.»

Josh lachte, und es fiel Lia auf, wie viele und wie tiefe Falten er trotz seiner Jugend schon um seine Augen hatte, vom Lachen und vom In-die-Sonne-Blinzeln. «Sie haben es genau getroffen. Seine eigene Farm haben wollen, das war noch vor einem halben Jahrhundert ein zulässiger

Wunschtraum. Jetzt ist es bestenfalls irgendwie exzentrisch. Nein, zum Kuckuck, mehr als das, es ist anrüchig.»

«Und deshalb», sagte Lia enttäuscht und ehrlich bekümmert, «haben Sie beschlossen, alles aufzugeben und sich bei der Air Force gemeldet?»

Josh schüttelte den Kopf, und in seinen schönen, leuchtenden Augen stand Freude. Ihm war pudelwohl. Er wagte nicht erst darüber nachzudenken, wie sehr es ihn freute, seine Gedanken vor jemand zu äußern, der sie verstand, besonders vor diesem Mädchen, das ihm wie ein rassiges Fohlen vorkam. Dessen sonnenstreifiges Haar seinen Schatten so auf die leichtgebräunte Haut warf, daß er gerne jeden Quadratzentimeter dieser Haut erforscht hätte.

«Ziehen Sie nur keine voreiligen Schlüsse. So was ist eine üble Angewohnheit. Erinnern Sie sich noch an die Bücher, die ich verlangt habe?»

«Als ob ich das je vergäße», stöhnte Lia.

«Bücher über Orte, die für die meisten Menschen überhaupt nicht existieren, riesige Strecken Land, die noch unberührt sind, die danach schreien, bebaut zu werden – mit Baumwolle, Erdnüssen, Zuckerrohr, Gras . . . Können Sie sich das vorstellen? Kilometerweit, ein Ozean von Gras . . .»

«Was die Bücher und das Gras angeht, kann ich Ihnen folgen», sagte Lia, «aber was ist mit der Air Force?»

«Geld», warf Josh ein. Er wollte keine weiteren Zwischenfragen, ehe er nicht fertig war, ehe er nicht das ganze vielschichtige Bild vor ihr ausgebreitet hatte. «Sogar an solchen Orten hat es keinen Sinn zu träumen, wenn man kein Geld hat. Erst mal muß man sich Geld verschaffen, und während man dabei ist, muß man was Praktisches zu bieten haben. Daher die Sache mit der Air Force, verstehen Sie? An solchen Orten – wo es keine Straßen gibt . . .»

«Sicher», sagte Lia lachend, von diesem weitausgreifenden Plan mitgerissen wie von einem Sturmwind, «sicher braucht man in solchen Ländern jemanden, der einen Kampfbomber fliegen kann . . .»

«Einen Kampfbomber nicht», sagte er und sah sie an, als erwarte er, daß sie das Folgende vielleicht doch nicht verstünde, «aber eine kleine Transportmaschine. Ich habe mich umgehört und die Lage erforscht, Lia. Buschpiloten sind eine Rarität. Da läßt sich Geld machen. Und bis dahin . . .» Er senkte plötzlich mißmutig die Stimme. «Sie begreifen es ja doch nicht», sagte er mit Entschiedenheit. «Kommen Sie, wir waten wieder weiter.»

Josh Moran hatte eine Manie für das Waten, schien ihr. Diesmal riß er sich das Hemd vom Leib und stürzte sich ins Wasser, als stünde er buchstäblich in Flammen und könnte seinen Verdruß nur dadurch abkühlen, daß er ihn benetzte, eintauchte, wegschwemmte.

«Aber ich begreife es ja! Natürlich begreife ich es.» Sie stand einen Moment am Wasserrand, verschmäht, verlassen, unbeschreiblich unglücklich, und sprang dann hinter ihm drein. Das Wasser in der Tiefe des Tümpels im Baumschatten war kälter als das in der Sonne. Sie tauchte schaudernd auf, und er riß sie zu sich heran – er sah noch immer böse aus. Sie spürte, wie sich ihre Brüste durch die nassen Sachen schmerzhaft an ihn preßten und wie wohlige Wärme sie langsam wieder überströmte wie vorhin, als er beim Gehen flußaufwärts nach ihrer Hand gegriffen hatte. Es war wärmer, kälter, sauberer, besser, tausendmal besser als alles, was sie bisher erlebt hatte.

Unter den Birken verborgen, versteckt in einer Höhle unter Wurzeln und Erde, lagen sie, während ihr Erde, Sand und Wurzeln am Rücken weh taten, von Kopf bis Fuß eng aneinandergepreßt. Und während das Vieh in der Nähe beim Flüstern und Murmeln der Menschenwesen, die auf Erden und unter dem Himmel leben, den Kopf hob, gab sie sich leidenschaftlich und dankbar Josh Moran hin und fühlte sich dabei so geborgen, so sicher, wie sie sich nur wünschen konnte.

4

Sie kamen später noch oft wieder, obwohl Johnny Josh nie mehr seinen Wagen leihen wollte. Sie kamen wieder, um den Kühen zuzusehen, im Fluß zu waten und im Sitzen Landkarten in den Sand zu zeichnen und sich riesige Viehherden dabei vorzustellen. Manchmal im *veld* Afrikas, manchmal am Rand der australischen Wüste oder in den *pantanos* am Ufer der Flüsse, die sich von den Anden ins Meer ergossen. Und stets endeten diese Spielereien, diese Wunschträume und Spekulationen damit, daß sie einander in den Armen lagen.

Manchmal war ihre Liebe sanft und tastend, wie die Suche nach etwas Hellem, Schimmerndem im Flußbett; dann gefiel sie ihr. Manchmal war sie wie eine donnernde Woge, rücksichtslos, unkontrollierbar, gegen die sie sich wehrte, bis selbst noch ihre Abwehr zur ekstatischen Raserei wurde. Denn Josh war kompromißlos, im täglichen Leben wie beim Träumen. Für ihn war alles eins und alles gut. Für ihn gab es, wenn man liebte, kein Maß, keine Grenzen, nichts als die Liebe, die man entweder voll und ganz oder überhaupt nicht gab.

Wenn es so war, hatte sie weniger Freude daran. Bei allem, was sie sich innerlich sagte, schien ihr, daß es eben *doch* Grenzen gäbe. Ohne zu wollen, sah sie diese ungeniert glasigen, gierigen Augen mit einem gewissen Widerwillen, sah darin etwas so Rohes und Ungezügeltes, wie es ihr noch nie begegnet war. Ohne ihr Zutun kam dann etwas tief aus ihrem Inneren zum Vorschein, entstanden aus Jahrhunderten vornehmer puritanischer Erziehung, eine in weißen Häusern unter alten Bäumen angezüchtete Besonnenheit, erbebte und zog sich in sich selbst zurück. Wenn sie danach im Sand am Wasser saß und über die rauhe, kantige Gestalt nachdachte, die neben ihr hockte, kam ihr der beunruhigende Gedanke, daß es nicht ein Mann war, in den sie sich verliebt hatte, sondern nur eine Idee, ein Phantasiegeschöpf des weiten offenen Landes und der ungezähmten Wildnis.

Was würde sein, wenn er plötzlich sagte: «Hör mal, ich habe beschlossen, es doch lieber hier zu probieren. Ich gehe auf die landwirtschaftliche Hochschule, studiere irgendwas, das Landwirtschaftsministerium bietet realistisch denkenden jungen Männern allerlei Chancen.» Was würde sein, wenn er plötzlich seinen durchdringenden, fordernden Blick auf sie richten und eben das äußern würde? Doch dann wäre er ja nicht Josh Moran. Mann und Idee waren untrennbar.

Darum war auch dort am Fluß alles anders. Dort fühlte sie sich nicht mehr in einer Gallerte schwebend gefangen wie das Obst in dem Gericht, das ihre Mutter «Kalte Form» nannte und in dem jeder Pfirsich und jede Birne eine exakte, unveränderliche Lage hatten, bis das Gericht gegessen war. Dort am Flußufer waren die Landkarten im Sand genauso wirklich wie Joshs Versprechen, daß noch am Tag seiner Entlassung aus dem Militärdienst – und von da für immer und ewig – all dem Nachdenken die Entscheidung folgen würde. Was immer im Leben geschehen mochte – es würde das Ergebnis des Handelns sein.

Trotzdem war sie ein Mensch mit einem eigenen Willen, und daß Josh immer seinen Kopf durchsetzte, verstimmte sie dermaßen, daß sie manchmal nachts aufwachte und am liebsten stehenden Fußes zu Josh gerannt wäre und gebettelt hätte: «Nicht immer, nicht in allem. So geht das nicht!»

Doch auch das wäre nicht das Rechte gewesen. So saßen sie denn eines Tages, ehe es für Josh Zeit wurde abzureisen, unter den Birken, überlegten, redeten und dachten nach, und sie sagte:

«An Afrika bin ich nicht interessiert. Wenn es Afrika wird, rechne lieber nicht mit mir. Ich könnte es nicht ertragen, einer von wenigen zu sein und alles mit nackter Gewalt zusammenhalten zu müssen.»

«Was würde das ausmachen?» fragte Josh, der ihr nicht glaubte. «Wir würden in Afrika unser eigenes Leben leben so gut wie anderswo.»

«Nein.» Ihr Eigensinn tat ihr gut. «Dort herrscht eine unhaltbare Lage, eine tragische. Ich will nicht mein Leben inmitten von etwas beginnen, das einfach gegen die Natur ist.»

«Also schön, bei Afrika rechne ich nicht mit dir.» Er hob ungeduldig die Schultern, und sie sah, daß er ärgerlich, verletzt und empört war. Doch diesmal konnte sie nicht sagen: «Schön, schön, ich verstehe es, ich verstehe es genau.» Das war völlig unmöglich.

In den Tagen, die nun folgten, wurde er sonderbar rücksichtsvoll und zugleich distanziert – als ginge er in seinem Inneren immerzu grübelnd und unentschlossen auf und ab.

Außerhalb dieser Welt der Rücksichtnahme und Distanziertheit war es fürchterlich kalt. So kalt, daß sie am Abend seiner Abreise im Augenblick der Trennung – sie wußte selbst nicht warum, vielleicht nur um zu sehen, ob der Hieb ankam, äußerte: «Weißt du was, Josh, ich glaube, auch Australien wäre reichlich öde, die sind dort viel zu sozialistisch.»

Er schenkte ihr ein gequältes kleines Lächeln und hielt sie einen Augenblick lang fest an sich gepreßt, küßte sie lange. Doch was er damit meinte, wußte sie nicht. Als er fort war, spürte sie, wie sie wieder in der Gallerte versank.

Wenn es etwas auf dieser Welt gab, was sie nicht mochte, so war es, als der Dumme dazustehen. Daher sank sie vergnügt in die Gallerte ein, spielte Tennis, schwamm im Swimmingpool, war besonders braun gebrannt, schlank und witzig und hatte gesellschaftlich Erfolge. Und ihre Mutter, die vor Angst fast den Verstand verloren hatte, sagte mit offenkundiger Erleichterung, Lia sei ein Schatz.

Sie hätte das über Australien vielleicht lieber nicht sagen sollen. Es hatte wirklich leicht pervers geklungen. Außerdem hatte sie es nicht so gemeint. Australien hätte sie sehr wohl ausgehalten, o Gott, sogar Afrika. Sie hatte keine Ahnung, wie viele Briefe sie anfing, die sagen sollten: «Ach, Josh, hör mal, Josh . . .» Melodramatischer Blödsinn, zerrissen in winzige Schnipsel, aus denen neugierige Mütter nichts mehr herauslesen konnten.

Dann kam ein Telegramm. Darin stand: «Brasilien. Nicht sozialistisch, nicht tragisch. Gar nichts. Das Land deiner Wahl.»

Die Internationale Fleischkompanie Inc., die überall auf der Welt Konservenfabriken besaß, hatte Josh eingestellt, um ihre nagelneue Cessna zu fliegen. Mit Pirapora als Hauptquartier. Wo immer das liegen mochte, sie wollten dorthin.

Lia war also kein Schatz. Das nahm Mrs. Cunningham zurück. Sie war ein hinterlistiges, undankbares kleines – Kamel (das war zwar als Ausdruck nicht arg genug, aber das einzige, was sie in den Mund nehmen konnte).

«Diese Morans – oh, das sind anständige, fleißige Leute – das brauchst du mir nicht zu sagen, John. Aber wie unterhält man sich mit ihnen? Ein Pilot. Woher stammt die Familie denn eigentlich? Ungarische Einwanderer? Er hat nicht einmal einen akademischen Titel. Worüber kann man denn mit denen reden?»

Und Josh würde nie Anwalt werden oder einer von denen, die Berichte für die Regierung schreiben. «Ins Nichts. Ins Nichts ziehen sie!» Mrs. Moran knotete und entknotete ihr Taschentuch. «Herr, du mein Gott, wir sind doch eben erst *hierher* gekommen. Wir haben doch eben erst angefangen, anständig zu leben. Es ist dieses Mädchen, das weiß nicht, wie es woanders ist, hat nie arbeiten müssen, hat nie ohne was auskommen müssen!»

Es hatte keinen Sinn, es erklären zu wollen, es war einfach nicht zu begreifen. Für den Rest ihrer Tage würden die Cunninghams und die Morans jeder auf seine Art ihre Kinder für Verräter halten, Verräter an einer Stadt, einem Lande, einer Lebensart. Für Versager, noch ehe das Leben wirklich angefangen hatte. Es machte Josh und Lia traurig, aber zu ändern war da nichts.

5

Pirapora lag inmitten endloser Weiten. Nach allen Himmelsrichtungen wogten sanfte Hügel, einer hinter dem anderen, bedeckt mit Wäldern brandgeschwärzter Baumstümpfe, um deren Wurzeln Baumwolle und Erdnüsse wuchsen – und fahlbraune Kinder, die aus Stroh- und Palmblatthütten gelaufen kamen. Oder mit Gras, hoch wie Zuckerrohr, in dem Herden von weißem Vieh so selbständig und ungebunden herumzogen wie die wilden Kreaturen des *veld.* Irgend etwas an diesem riesigen, offenen Land schien auf seine Besitzer eine bestürzende Wirkung zu haben, sie lebten nämlich alle in der Stadt. Ja, es erschien ihnen friedlicher, auf hohe Mauern, durch Fenster auf Plätze hinauszublicken, wo Lautsprecher Rock and Roll, Gauchoballaden, Reklameslogans für Blutreinigungstee und Aufforderungen zu Tanzkränzchen schmetterten. Auf dem Platz gingen die Mädchen in der einen Richtung im Kreise herum, die Jungen in der anderen, Lastwagen dröhnten unaufhörlich vorüber, stießen Abgaswolken aus und erinnerten die auf dem Fensterbrett lehnenden Ehefrauen daran, daß sie nicht weit weg waren, nicht weit . . .

«Nicht weit wovon?» wollte Lia wissen.

«Von São Paulo, dem Zentrum», antworteten sie.

«Und was ist mit dem Land?»

«Ach, das ist zu leer, zu groß, die Geräusche der Grillen und Frösche nachts sind so unerträglich traurig . . .»

Niemand konnte jemals verstehen, was Josh und Lia eigentlich in Pirapora taten, wo doch alle immer nur Englisch lernen und die Welt kennenlernen wollten.

Es hatte auch keinen Sinn, es erklären zu wollen. So gab denn Lia den Damen Englischstunden und lernte Portugiesisch und wie man die leckeren, aus dem Nordosten stammenden Gerichte mit afrikanischen Gewürzen kochte und hörte die Herzensergießungen dieser Frauen an, die hier am Rande des Grenzlandes lebten. Dieser Frauen, die zweimal wöchentlich den Nachmittag im Salon Paris verbrachten, wo man ihnen die Hände manikürte, die Füße pediküre und ihr schönes schwarzes Haar mit Lack steifte. Die das hinterwäldlerische Personal überwachten und dafür Sorge trugen, daß sowohl die Kachelböden als auch die Kinder fleckenlos sauber glänzten. Die Dienerschaft lebte unter Aufsicht der Frauen, und alle Welt lebte unter Aufsicht der alten Mütter und Tanten in Schwarz, die jeden Morgen zur Kirche gingen, um Seelenmessen für die Toten zu hören, und jeden Nachmittag auf der Veranda saßen und für die Armen Hemdchen häkelten und stickten; die im Himmel Schätze aufhäuften und auf Erde Wache hielten. Immerwährende Mütter waren diese freundlichen, geduldigen Frauen, Mütter ihrer Kinder, Mütter der Väter dieser Kinder, die, von den immerwährenden Müttern großgezogen, selbst nie so recht erwachsen wurden.

Abends kamen die Männer heim aus dem freien, weiten Land, badeten, aßen gewaltige Mengen und setzten sich danach auf die schmalen Veranden hinter hohe Mauern, um endlos über Vieh und Landwirtschaft zu schwatzen. Josh sprach von dem, was er wußte, doch das war eine andere Welt hier, und das Vieh darin war riesengroß, mager und wild, je weiter man hinauskam, desto wilder. Deshalb hörte Josh meist nur zu, denn er mußte alles noch lernen, und zwar rasch.

Zwischen den immerwährenden Müttern wurde Lia in drei Jahren zweimal selbst Mutter – weil es, insgeheim, eine angstvolle Beschäftigung ist, am Himmel Ausschau zu halten. Jedesmal wenn Josh auf dem Landestreifen außerhalb der Stadt aufsetzte, war dieser Augenblick so überschwemmt von dem Gefühl, das feiern zu müssen, daß Vorsichtsmaßregeln mehr theoretische als praktische Bedeutung hatten. Kinder, die aus überströmender Erleichterung heraus entstanden waren, die sie an der Hand zur Kirche am Platz führte, um ihnen das Krokodil zu zeigen, das sich brav und angstvoll zu Füßen der Muttergottes niederkauerte. Die sie zum Schwimmen führte, im Arroyo am Stadtrand, weit fort von den heißen, kahlen Straßen.

Doch eines Abends in der Dämmerung landete Josh nicht. Es war ein böser Tag, heiß und windstill und die Luft so schwer, daß man sie beinahe hätte mit Händen greifen können; die Sonne hing wie eine Kugel aus geschmolzenem Blei über der Stadt, bis sie im kupfernen Dunkel aus Rauch und Staub verblaßte.

Zerstreut fütterte und badete sie die Kinder und brachte sie zu Bett. Dann setzte sie sich auf die Veranda hinaus und hielt am Himmel Ausschau, obwohl sie genau wußte, daß es zu spät war und daß er nicht mehr kommen konnte. Die Frauen brachten ihr Süßigkeiten, die sie nicht hinunterbrachte, und machten Kaffee; die Männer kamen, um ihre Solidarität zu beweisen. Und da sie bei ihrem Anblick verlegen wurden, · unterhielten sie sich miteinander, und unweigerlich wandte sich ihr Gespräch der *bruma seca* und den Flugzeugkatastrophen zu, bis die Frauen, die wußten, was für eine Qual die Angst ist, sie mit Rippenstößen auf ein anderes Thema brachten – zumindest vorübergehend.

Es machte im Grunde nichts aus. Es war freundlich, daß sie gekommen waren, worüber auch immer sie sprachen. Sie nahm sie kaum wahr.

Angst ist etwas, das sich mit anderen nicht teilen, geschweige denn mitteilen läßt. Sie ist gegenwärtig, ein schweres Gewicht in der Magengegend und zieht alle Aufmerksamkeit auf sich. Wenn Lia überhaupt aufstand, dann nur, um den Himmel besser zu sehen, obwohl es an ihm nichts zu sehen gab. Wenn sie horchte, dann auf das, was nicht zu hören war.

Die Angst hielt den ganzen nächsten Tag über an, widerlich und faszinierend, bis sie gegen Abend über Funk seine Stimme hörte, quicklebendig, überschwenglich. Das einzige, was ihr als Antwort einfiel, war: «Scheiße! Wo, zum Teufel, treibst du dich herum?», und dann ein zittriges «Over!».

«Over. Hör zu, ich bin in der Fazenda Jabaquara am Rio Negro. Tut mir leid, daß ich gestern abend nicht heimkommen konnte, aber ich bin in einen Schwarm Geier geraten. Over.»

«Over. Bist du betrunken, oder was? Over.»

«Over. Diesmal nicht. Hör mal. Ich bin in ungefähr zwei Stunden zu Hause, dann erzähle ich dir alles. Sag mal: Hörst du gut zu? Over.»

«Ja. Ich meine – verdammte Maschine. Over. Ja, ich höre gut zu. Wie? Over.»

«Also den Job, bei dem ich nicht mehr fliegen muß, den habe ich. Hast du verstanden?»

6

Josh hatte demnach erreicht, was er sich vorgenommen hatte, als er sich morgens anschickte, in die *bruma seca* aufzusteigen und Lia aufforderte, «ganz ruhig zu bleiben». Dr. Harry McGuiness war, wie immer, trotz der Gefahr entschlossen, eine empirische Untersuchung zu vollenden, die, wenn erst die Regen im Pantanal einsetzten, bald von steigenden Wassern überspült sein würde. Und der Buschpilot Josh war, obwohl er es unter Hinweis auf seine persönliche Sicherheit hätte ablehnen können, nur zu bereit gewesen, ihn in Staub und Dunst hineinzufliegen.

Zu diesem Zeitpunkt hatte Josh das Fliegen so satt, wie nur ein Mann es satt haben konnte. Es hatte seinen Zweck erfüllt und ihn dorthin gebracht, wohin er wollte, hatte ihm Gelegenheit gegeben, mit dem großen, wilden Land und den Menschen, die hier der Erde mit Schmeicheln oder mit Gewalt ihr tägliches Brot entrissen, vertraut zu werden. Doch nun wollte er hinunter auf diese Erde, wollte ein Stück davon selber besitzen, und Instinkt, Logik und Optimismus gaben ihm ein, daß Harry McGuiness der Schlüssel dazu war. Denn wenn, wie Josh gehört hatte, das Institut soeben einen Kontrakt abgeschlossen hatte, etwas vom Geld des US-Hilfsprogramms für die Forschung abzuzweigen, dann waren in Bälde sicherlich neue Jobs zu erwarten. Für welche Art von Job sich Josh eignete, wußte er nicht genau. Aber die würden doch sicherlich jemanden brauchen können, der die letzten fünf Jahre dieses riesige, komplizierte Land kreuz und quer durchstreift hatte.

So hatten sie nebeneinander in der Maschine gesessen: Der eine dachte über die Widerstandsfähigkeit von *Braquiaria decumbens* gegen Trokkenheit und Hochwasser nach, der andere überlegte, ob seine wissenschaftlichen Arbeiten über dieses und ähnliche Themen Harry McGuiness genügend Eindruck gemacht hatten, um ihn seine Anstellung erwägen zu lassen. Und Josh war gerade drauf und dran, das Thema mutig anzuschneiden, als der Schwarm Urubus vor ihm am Himmel auftauchte. Ohne Vorwarnung waren sie plötzlich einfach da, ungefähr fünfzig Stück, vielleicht sogar hundert breitflügelige schwarze Geier, die im gelblichen Dunst kreisten, offenbar selbst auf einem letzten Rekognoszierungsflug, ehe die *bruma seca* sich in nachtschwarze Finsternis verwandelte. Es war keine Zeit mehr, ihnen auszuweichen, nur noch Zeit, Harrys Gedankengänge über Gras, Kühe und Regen rüde zu unterbrechen und auszurufen: «Los, schnell, beugen Sie sich vor, stecken Sie den Kopf zwischen die Knie, Harry, wir haben eben einen Urubu in den Propeller gekriegt!»

Und während sich Harry neben ihm in einen hundertfünfzigpfündigen Embryo verwandelte und Blut, Gedärm und Federn am Fenster vorbeifetzten, begann Josh am Boden nach einem Landeplatz auszuschauen. Er war idiotisch ruhig, lächerlich sicher. Er drehte sofort den Benzinhahn zu, um einem Motorbrand vorzubeugen. Ihm blieb keine Zeit, überhaupt keine Zeit zwischen der Maschine und dem Boden – die Erde kam ihm entgegen in widerlicher Eintönigkeit mit den immer gleichen weit ausladenden Baumwipfeln. Und doch wiederholte eine Stimme in Joshs Kopf unermüdlich: «Noch nicht, noch nicht, es kommt bestimmt noch eine freie Stelle.» Und dann tauchte die Stelle auf: so groß wie ein kleines Bettlaken, als er sie zuerst erblickte, doch je näher er ihr kam, desto dichter war sie mit Vieh und Baumstümpfen bestückt. Aber das war ihm egal. Er pries, bejubelte, liebte sie, diese alberne Lichtung. Und wie er sich eingeredet hatte, brachte er sich tatsächlich hinunter, vermied unglaublicherweise bei der Landung die Baumstümpfe, ließ das Vieh nach allen Seiten auseinanderspritzen. Erst als sie unten waren und immer noch vorwärtstuckerten, begann es wirklich gefährlich zu werden und hätte zu weit Schlimmerem geführt, hätte nicht ein magerer Bulle in Verteidigung seiner territorialen Hoheitsrechte zum Angriff angesetzt. Denn nun prallte der linke Flügel der Maschine gegen einen Baumstumpf, das Schwanzende machte eine wilde Schwenkung in die entgegengesetzte Richtung und stieß seinerseits an einen Baumstumpf, wobei der ganze Rumpf der Maschine aufgerissen wurde. Als sich nun die Maschine wieder andersherum warf, wie ein Kreisel unter der Peitsche, rannte der Bulle blindwütig auf das wackelnde, metallgeflügelte Untier los, von rückwärts in die Maschine hinein, klemmte dadurch die klaffenden Rumpfhälften wieder zusammen und war gefangen. Wie durch ein Wunder hörte das fatale Schlingern und Schliddern auf, und das Wrack blieb ächzend und schwankend stehen.

Dann geschah ein weiteres Wunder. Während sich die beiden Männer zitternd auf den Boden hinunterließen und betäubt und ungläubig den gefangenen und brüllenden Bullen betrachteten, erschien ein menschliches Wesen, tauchte auf, als schösse es an dieser Stelle aus dem Boden, auf dem es stand. Josh, der die Erscheinung leicht benommen ins Auge zu fassen versuchte, stellte fest, daß es ein *bugre* war, von indianischem Blut, zweifellos ein Holzfäller, klein, sehnig, mit malariagelben Augen und leicht betrunken.

Dieser *bugre*-Holzfäller war ihnen mit dem gelassenen Fatalismus, wie ihn ein Waldmensch an den Tag legt, dabei behilflich, den Bullen zu befreien, bot ihnen Obdach und brachte sie eine Tagereise weit in seinem Kanu den Rio Negro hinunter zur nächstgelegenen Fazenda, wo es eine Landebahn gab und ein Funkgerät, mittels dessen sie den Kontakt mit der Welt wieder aufnahmen.

Die Bootsreise ließ ihnen weit mehr Zeit für Gespräche, als Josh es sich hatte träumen lassen. Und das hätte zu einer weiteren Katastrophe führen können, denn außer ihrer Risikofreudigkeit hatten Josh Moran und Harry McGuiness buchstäblich nichts gemeinsam. Der Wissenschaftler McGuiness war ein trockener und in seiner Arbeit völlig aufgehender Mann, der wenig Neigung oder Geschick besaß, sich seinen Mitmenschen angenehm zu machen. In seinen Adern floß ein Tropfen Indianerblut, und der hatte, verbunden mit McGuiness' spartanischer Natur, sein Gesicht zu einer habichtsnasigen Maske erstarren lassen, die ihm bei seinen Untergebenen den Spitznamen «Häuptling Totemgesicht» eingetragen hatte. Der Spitzname saß unausrottbar fest. Er wußte das, und das machte ihn nur noch wortkarger, er lächelte noch seltener und mühseliger, so daß er sich schließlich nur noch äußerte, wenn er etwas erledigt haben wollte.

Vielleicht lag es an seiner ungeheuren Schüchternheit, daß Harry außer an seiner Arbeit an nichts mehr Gefallen fand. Vielleicht lag der Fall auch umgekehrt. Wie auch immer, er war völlig anders als Josh, der gern zuhörte, gern redete und die Meinung vertrat, jede Arbeit, die er täte, sei stets nur ein Teil eines weitaus größeren Ganzen.

Joshs Interessen und Wünsche waren ebenso zahlreich, wie die Harrys spärlich waren. Auf der Liste seiner Lebensbedürfnisse gab es Prioritäten, und ein Bedürfnis hatte unbedingten Vorrang. Obwohl er vielleicht einmal bei der Jagd nach Befriedigung dieser Bedürfnisse versehentlich zu Tode kommen würde, zu Tode geschuftet hätte er sich für keines. Er war willens, Hasard zu spielen, aber nicht Opfer zu bringen.

Harrys Leben wiederum war eine Reihe von schweren Opfern gewe-

sen, die er für seinen Beruf gebracht hatte. Für ihn war jegliches Hasard-
spiel verwerflich und verantwortungslos. Er wäre, wenn die Pflicht es
von ihm verlangte, in jede Schlinge gewandert, hätte aber nicht versucht,
hindurchzuspringen. Und darin unterschieden sie sich.

Josh Moran, der von diesem Mann angestellt werden wollte, hätte sich
logischerweise über sein Wissen und Können auslassen sollen, nicht aber
über seine Ansichten. Das hatte er auch am Tag vor dem Unfall peinlich
vermieden.

Die Bruchlandung änderte alles. Da saßen sie nun beide, Harry infolge
seiner Bereitschaft, sich zu opfern, Josh infolge seiner Bereitschaft, Hasard zu spielen, in diesem Boot, zwischen sich eine Flasche Limonensaft
und *cachaça*. Sie trieben stromabwärts, gelenkt von der flußerfahrenen
Hand Seu Salvadors, des *bugre*. Und nun, da der Schock und die Schmerzen der Bruchlandung freundlich verschleiert waren von unverdünntem
Rum, stellten sie fest, daß sie vieles sagten, was sie sonst nicht gesagt
hätten. Ja, im Grunde hatte in dem seltsam schwebenden Augenblick, in
dem sie die Welt und ihrer beider Leben wie aus großer Entfernung
betrachteten, ein Streitgespräch begonnen, das erst mit dem Tod von
Harry McGuiness enden sollte.

Es begann damit, daß Josh die zwei Hälften einer Leinöldose, die ihnen
als Trinkgefäß dienten, frisch füllte, einen Schluck trank und sagte:
«Haben Sie schon mal darüber nachgedacht, wieso Sie überhaupt hergekommen sind? Ich meine, nicht hier mitten in den *mato* –» er grinste
lausbübisch – «das wissen wir beide, sondern nach Brasilien.»

«Nach Brasilien?» fragte Harry. «Das ist verflucht einfach: man hat
mich hergeschickt.»

Josh sah nicht überzeugt aus. «Aus keinem anderen Grund? Etwa weil
Sie gern hergekommen sind? Weil es Ihnen hier gefallen hat?»

«Gefallen? Darüber habe ich nie viel nachgedacht. Ein Job ist ein Job.
Mir ist ein Ort so lieb wie der andere, wenn ich dort in Ruhe arbeiten
kann.»

«Wirklich? Wollen Sie etwa behaupten, Sie arbeiteten ebensogern in
Podunk in Illinois oder auf Sumatra oder in Afghanistan?»

«Warum nicht?» In Harrys kantig geschnittenen Zügen, genauer
gesagt, in seinen stechenden schwarzen Augen sah Josh zu seiner Erleichterung ein Fünkchen Humor aufblitzen. «Was tun denn Sie hier, der Sie
in diesem Qualm herumfliegen und mit Urubuschwärmen kollidieren?
Erzählen Sie mir doch nicht, so würden Sie am liebsten fliegen! Auch Sie
sind hergeschickt worden, oder? Sagen Sie mir bloß nicht, Sie hätten sich
dieses Land ausgesucht.»

«Doch», sagte Josh. «Deshalb habe ich ja fliegen gelernt, damit ich
herkonnte!»

«Aber warum ausgerechnet *hierher*?» Harry beugte sich so weit vor,
daß Josh sich zurücklehnen mußte, damit das Boot nicht kenterte.

«Um selbständig zu sein. Um ein Stück Land mein eigen zu nennen, etwas, mit dem ich machen kann, was mir paßt. Haben Sie nie diesen Wunsch gehabt?»

«Nie!» Harry wischte eine solche Unterstellung mit einer Bewegung seiner harten Hand beiseite. «Da sei Gott vor – ich will keine Probleme, ich will in Frieden arbeiten und denken. Besitz – das ist das sicherste Mittel, um einem Menschen das Leben zu versauen, Besitz, um den er sich Sorgen machen muß.»

«Aber ein Job kann einem doch auch das Leben versauen», meinte Josh. «Gerade wenn man meint, man kommt vorwärts, sagt einem womöglich irgendwer: wir setzen jetzt die Forschungen über Weideland ab. Wir.» Josh streckte beide Hände in die Höhe vor Verachtung für alle «Wirs» dieser Welt.

«Und wenn Sie es auf eigene Rechnung tun», konterte Harry, «und das verdammte Ding geht schief, dann sind Sie pleite. Wer fängt Sie dann auf?»

So argumentierten sie hin und her, während Seu Salvador das Boot um Inseln gelbblühender Ipê herumsteuerte, sie zwischen Ufern voll düsterer, undurchdringlicher Wälder dahinglitten, die Flasche zwischen sich hin und her gehen ließen, um auch geistig im Gleichgewicht zu bleiben, und darüber stritten, ob Unabhängigkeit oder eine feste Stellung größere Sicherheit böte, ob es besser sei, von seinem Arbeitgeber kaputtgemacht zu werden oder sich selbst zu ruinieren. – Es war wohl kaum ein ideales Diskussionsthema zwischen einem potentiellen Arbeitgeber und seinem Angestellten, und doch hatte Harry McGuiness, als Seu Salvador verkündete, die verheißene Fazenda sei gleich hinter der nächsten Flußbiegung, Josh Moran die Stellung angeboten.

Später sollte, obwohl beide schworen, der *cachaça* hätte nichts damit zu tun, Harry McGuiness dann zeitweilige Geistesgestörtheit geltend machen – eine Art hysterischer Dankbarkeit, am Leben geblieben zu sein, wie ein Patient sie empfindet, der nach einer Operation aufwacht und feststellt, daß der Arzt ihn nicht umgebracht hat.

Josh aber wußte, daß das Gespräch genau in jenem Moment die schicksalhafte Wendung genommen hatte, als er äußerte: «McGuiness vom Institut, ich gebe zu, das klingt beachtlich. Jetzt sind Sie fünfzehn Jahre da, und niemand ist Ihnen an den Karren gefahren. Wie lange glauben Sie, werden Sie dieses Glück noch haben?»

«Solange irgendwer genügend Zaster rüberschiebt. Ich habe mich abgesichert», sagte Harry, ein wenig zu defensiv für jemanden, der sich wirklich abgesichert fühlt. «Haben Sie schon mal vom Genossenschaftsprogramm gehört?»

Josh versuchte ruhig zu bleiben. Er hätte gern erwidert: «Zum Teufel, weswegen, glauben Sie denn, bin ich gestern geflogen und habe gedacht, das wäre vielleicht die Chance, die Fliegerei künftig aufzustecken und Lia nicht mehr allein zu lassen – weil vielleicht was für mich drin wäre, nicht für lange, aber lange genug?»

Statt dessen sagte er: «Gewiß. Wer hat das nicht? Das Hilfsprogramm beteiligt sich an einem Regierungsgeschäft, wie ich höre.»

«Das Institut hat einen Genossenschaftskontrakt.» In Harrys holzgeschnitzten Zügen verriet sich bei diesen Worten eine leichte Unsicherheit, als wüßte er nicht genau, ob sich das Institut in etwas Gut- oder Bösartiges eingelassen hatte.

«Was bedeutet das für Sie?» Josh zog an seiner Zigarre und blickte, um Harry nicht ansehen zu müssen, einem Reiherpaar nach, das stromaufwärts über das Wasser schoß und verschwand – zwei weiße Blitze zwischen blühenden Bäumen.

«Allerlei: mehr Geld, mehr Forschungsmaterial, mehr Fachleute –»

«Und mehr Sorgen», fiel Josh ein. «Wie soll das Geld aufgeteilt werden? Wer sind die Fachleute?»

In diesem Moment wurde der Ausdruck in Harry McGuiness' schwarzen Augen – Josh lernte allmählich erkennen, daß sie der Schlüssel zu allem waren – völlig aufrichtig, und Josh merkte, daß Harry in den letzten paar Tagen genausoviel über ihn nachgedacht hatte wie er über Harry.

«Professoren», sagte Harry, «die gewiß ihren Kram verstehen, aber kein Portugiesisch sprechen und die Brasilianer nicht kennen und den eigenen Hintern nicht vom Bau eines Gürteltiers unterscheiden können. Wissen Sie, Josh, die könnten eine Menge tun, und tun es hoffentlich auch . . .»

«Aber?»

«Sie wissen verdammt genau, was aber: sie sollen *ihre* Arbeit tun und mich meine tun lassen!» Er sah Josh nochmals prüfend an, wie um ihn ein letztes Mal abzuschätzen, und sprach dann das entscheidende Wort: «Hören Sie, Sie sind schon seit langem hier, sind in diesem verrückten Land herumgeflogen, haben mit den Leuten geredet und ihnen zugehört. Ich will Ihnen was sagen, ich habe eine Idee. Ich weiß nur noch nicht genau, wie ich mich ausdrücken soll. Wenn Sie daran interessiert sind: das Institut könnte jemanden wie Sie gebrauchen, der sozusagen verhindert, daß wir alle durchdrehen!»

Joshs Gesicht war sowohl energisch als auch das, was die Brasilianer mit *simpatico* bezeichnen, was zugleich mehr, aber auch weniger als ‹sympathisch› bedeutet. Ein mageres, eckiges Gesicht mit Lach- und Blinzelfältchen um die Augen von der Farbe des Herbstlaubes, ehe es bunt wird. Wenn er es darauf anlegte, sagten diese Augen alles, was er wollte. Und wollte er nicht, daß sie etwas sagten, so verschleierten sie sich wie bei einem orientalischen Händler. Jetzt, während er zu vergessen suchte, daß er ein Mann ohne Flugzeug und infolgedessen sicherlich ohne Job war, drückten sie sehr wenig aus.

«Nun, das käme natürlich sehr darauf an. Es würde sich nur dann für mich lohnen, wenn ich ebenso eingestuft würde wie die übrigen Amerikaner.»

Jahre später erinnerte er sich gelegentlich an das Gefühl schwebender Leichtigkeit, als ob das Boot unter ihm absöffe, als Harry McGuiness vage erstaunt den Mann musterte, der entweder keinerlei Wertmaßstäbe besaß oder aber den Verstand verloren hatte.

«Sie leiden offenbar unter der Hitze, wie? Himmel noch mal, das sind alles Doktoren der Philosophie und Magister, und Sie haben doch nicht mal einen akademischen Grad!»

Josh erlaubte sich ein winziges Lächeln, nur um anzudeuten, nicht er litte an Hitzschlag, sondern Harry an Gedächtnisschwund. «Was Sie brauchen, sind keine weiteren Kerle mit akademischen Titeln, das haben Sie selbst soeben gesagt. Sie brauchen jemand, der herumgeflogen ist, der mit den Leuten gesprochen und ihnen zugehört hat, der sehr wohl Portugiesisch spricht, die Brasilianer kennt und den Bau des Gürteltiers vom eigenen Hintern unterscheiden kann», sagte Josh abschließend, blickte wieder hinaus aufs Wasser und sah den von den Fischen hervorgerufenen Bläschen zu, die sich kreisförmig ausbreiteten und zerstoben wie die Zeit selbst. Es war schwer, einen so hohen Preis von einem Harry McGuiness zu fordern, der aus einer Welt kam, in der ein Diplom fast ebensoviel wert war wie der ganze Mensch. Doch hier hatten andere Dinge Gewicht. Er hatte sie ja eben aufgezählt. Überdies war es der Preis, den er wert zu sein glaubte, und wenn er ihn jetzt nicht verlangte, würde er ihn womöglich nie mehr von jemandem verlangen.

Schweigen senkte sich herab. Die beiden Männer dachten an alles, was sie gesagt hatten, an alles, was auf dem Spiel stand. Es hing so schwer und drückend zwischen ihnen wie die von Moskitos erfüllte Luft ringsumher, bis Seu Salvador, der Holzfäller, sie durchbrach, indem er in seinem schwerverständlichen Singsang ausrief, die Fazenda sei in Sicht. Da flackerte in Harrys Miene, die an eine Maske aus poliertem Eukalyptusholz erinnerte, in seinen Augen jenes Fünkchen Humor gerade lange genug auf, daß Josh es wahrnahm und nie wieder vergaß.

«Okay, Josh», sagte Harry, «wenn Sie diesen nicht näher bezeichneten Job wollen, können Sie ihn kriegen. Über Einzelheiten unterhalten wir uns, wenn wir wieder festen Boden unter den Füßen haben.»

7

Der Job war nie näher bezeichnet worden, dafür waren seine Pflichten zu wenig genau definierbar. Sie bestanden – Harry McGuiness hatte es ausgesprochen – darin, alle am Durchdrehen zu hindern. Ständig mußte irgend etwas erklärt, geklärt werden. Man mußte zwischen den amerikanischen Technikern und ihren brasilianischen Gegenspielern vermitteln, zwischen dem Institut und dem Hilfsprogramm, zwischen dem Programm und dem Landwirtschaftsministerium. Und dann auch noch das Ganze sich selbst erklären, nämlich als der Direktor des Hilfsprogramms über einer Flasche Whisky aus dem PX-Laden bei einer Cocktailparty selbstgefällig murmelte: «Wozu braucht eigentlich der Staat São Paulo Unterstützung, der ist doch reich?», um dann, beflügelt vom eigenen Geistesblitz, am nächsten Tag einen Erlaß zu unterzeichnen, der Hilfs- und Entiwcklungsgelder derartig dünn verteilte wie ein Sturm den Sand.

Vier Jahre lang hatte Josh dieses Spiel mitgespielt, hatte zugesehen, wie das Geld bei Jahresbeginn eintraf und infolge bürokratischer Nahkämpfe zweier Regierungen erst bei Jahresende zugeteilt wurde. Da man somit kein Geld für Saatgut und Dünger ausgeben konnte, weil schon Erntezeit war, mußte man mit ansehen, wie es für ausgefallene moderne Erfindungen ausgegeben wurde, etwa für einen Computer für Kosten-Profit-Berechnungen, den kein Mensch brauchte, weil nicht einmal für die Aussaat Geld dagewesen war.

Als der Job zu Ende ging, war er überzeugter denn je, daß er in seinem Streitgespräch mit Harry recht hatte, daß man nämlich, wollte man wirklich etwas schaffen, dies besser selber in die Hand nahm. Trotzdem behielt er die Stellung lange genug bei, um sich das Geld für ein Stückchen Land, die Anschaffung von Vieh und den Bau eines eigenen Hauses zusammenzuverdienen. Und das alles in einer Zeit, in der sich Brasilien im größten Chaos seiner Geschichte befand. Als Präsident Jango Goulart, fasziniert von der Macht, die man einst Argentiniens Peron zuschrieb, und dem Wunsch, es ihm gleichzutun, nur zu gern die Seele seines Landes verkauft hätte, um Diktator zu werden.

Damals zahlten die Leute ihr Geld auf Schweizer Banken ein und hatten Josh geraten, das gleiche zu tun. Doch er wollte nicht. Statt dessen steckte er alles in Grund und Boden. Die Spekulation war geglückt. Die Revolution von 1964 hatte Goulart vertrieben und dem Land die große Atempause verschafft, in der es arbeiten und aufbauen konnte.

Und statt einer Stellung besaß Josh nun selbst eine Fazenda.

Wo er sich auch befand, was er auch tat, er dachte immer an sie. Die Sonne als Mittelpunkt des Universums hätte für ihn kaum wirklicher sein können als dieses Stück Land, das auf einem hochgelegenen Steilufer begann und hinabreichte bis an den Fluß Atibaia. Weideland mit Gehölzen an den Ufern von Bach und Fluß und Kaffee, dunkelgrün und kräftig in der roten Erde seiner Hügel. Und in der Mitte zwischen Klippe und Fluß ein altes Haus mit niederer Veranda und tiefliegenden Fenstern in dicken Mauern.

Es stand schon. Es hatte bereits dort gestanden, noch ehe es ihm gehörte, Mittelpunkt *seiner* Welt, und es hatte seinen Flügen am regenlos-dunstigen Himmel und allem sonstigen Tun einen Sinn gegeben. Nur finden hatte er es müssen, sich zu eigen machen. Nun, da das geschehen war, da er vertraut war mit jedem Winkel, jeder Wasserrinne und Vertiefung, war das Haus noch weniger von ihm zu trennen. Es war zu Josh Moran selbst geworden. Alles, was er daran getan hatte, vom Grün, das er dem verwahrlosten Boden entlockt, bis zu dem Vieh, das er auf diesem Grün weiden ließ, ja bis zum jüngsten Kind – einem ganz besonderen Kind –, das er unter dem verblichenen Ziegeldach gezeugt hatte, durch dessen Risse Lia die Sterne sah – all das war er selbst.

Manchmal erschrak er, wenn ihm das alles einfiel. Dann überlegte er, ob auch andere eine solche Sehnsucht in sich fühlten, und da ja nicht jeder sein eigenes Stück Land besitzen konnte, ob diese Besessenheit bestenfalls absurd, schlimmstenfalls Wahnwitz sei. Was es auch war, wegleugnen ließ es sich nicht.

Alles bekam seinen Sinn einzig von diesem Stückchen Boden her, und wenn er sich vorstellte, was für einen Sinn alles ohne dieses Land hätte haben sollen, wurde ihm regelrecht übel.

Seit vier Jahren war er nun fast täglich in die etwa 90 Kilometer entfernte Stadt Campos gefahren, wo sich das Hauptquartier des Instituts befand, und hatte dort sein möglichstes getan, um Harry McGuiness die geistige Gesundheit zu erhalten, während er selbst Geld verdiente, um die Fazenda zu bezahlen, die alten Kaffeebäume aus dem Boden zu reißen und neue zu pflanzen. Nun war der neue Kaffee herangewachsen und trug die ersten Früchte. Man schrieb Frühjahr 1966, und es war der Montag nach der großen Kaffeeblüte, deren Zeuge Malachai Kenath mit so widerstreitenden Gefühlen geworden war. Und Josh war unterwegs, um die letzte Stellung seines Lebens zu kündigen, die er, so hoffte er, jemals innehaben würde.

8

Gerade an diesem Montagmorgen war die Stadt Campos de Santana, schon als die Glocke auf dem Kirchturm die achte Stunde schlug, voller Leben und Zielstrebigkeit. Der Junge aus der Bäckerei war soeben mit seinem Fahrrad vorbeigekommen, und Kinder, die dampfend heiße Semmeln mit Mortadellawurst in der Hand hielten, strömten in ihre Klassenzimmer; während noch die Lehrkräfte Aufmerksamkeit heischend aufs Pult klopften, zogen die Ladeninhaber ihre rostigen Rolläden vor den Schaufenstern hoch, und Lastwagen, die unter ihrer Ladung von frischem Obst und Gemüse ächzten, ratterten hinaus auf den Marktplatz.

Jeder Mensch, selbst der Bettler, der sich an die Kirchenmauer lehnte und seine Beinstümpfe in geziemend mitleiderregende Stellung brachte, schien ein großes Ziel vor Augen zu haben. Ausgenommen vielleicht die

Leute im Büro des Roosevelt-Institutes für Landwirtschaftliche Forschung. Hier war alles in einem melancholischen Schwebezustand, der
chronisch geworden war, seit das Institut den Kontrakt mit dem US-
Hilfsprogramm unterschrieben hatte und einer Genossenschaft angehörte.

Im Parterre des alten Kolonialhauses, in dem das Institut unterge-
bracht war, wickelten die Sekretärinnen türkische Stickereien um ihre
Bleistifte, in nicht allzu zartfühlendem Protest gegen die Tatsache, daß
ihnen ihr Monatsgehalt nicht ausgezahlt worden war. Es gab da gewisse
Unstimmigkeiten, welcher Genosse der Genossenschaft in diesem Monat
die Geldmittel bereitzustellen hatte.

Teodoro de Todos os Santos, dessen Aufgabe es war, solch zweifelhaf-
ten Angelegenheiten auf den Grund zu gehen, versuchte beflissen, in
dieser Sache Verbindung mit Rio zu bekommen, doch das Telefon neigte
heute morgen entschieden zur Hinhaltetaktik. Auf seine beharrlichen,
durchaus würdevollen Anfragen erwiderte das Telefonfräulein: «Geduld, *meu senhor*, wir treffen bereits Vorkehrungen.»

«Vorkehrungen, aha!» Selbst Teodoro, dessen Geduld stadtbekannt
war, merkte, wie seine Hände kleine Henkerschlingen in die Telefon-
schnur knüpften. Seine nach außen schielenden Augen, über die er, wenn
er aufgeregt war, die Kontrolle verlor, begannen wild umherzuirren.

Im ersten Stock stand die Sache kaum besser. Dr. Samuel Epstein, der
Leguminosen-Spezialist, stand am Fenster des Büros, das er mit Profes-
sor Sleighbaugh teilte, dem Fachmann für Viehfütterung, und führte
Selbstgespräche darüber, daß «diese Leute» den Stecker seines 110-Volt-
Protein-Analysen-Apparates in eine Zweihundertzwanzig-Volt-Steck-
dose gesteckt und dadurch deren kupfernes Gedärm im Wert von 5000
Dollar total hatten verschmoren lassen. «Diese gottverfluchten, unter-
entwickelten, völlig unfähigen . . .»

Professor Sleighbaugh hörte ihm nicht zu. Er war alt, etwas taub und
hatte eigene Sorgen. Ein Gerücht wollte wissen, die Leute vom Genossenschaftsprogramm verlören, obwohl dies ja als Härteposten galt, ihre
Vergünstigungen an PX-Waren. Was Mrs. Sleighbaugh im PX-Laden
kaufte und nicht ebensogut drunten im Supermarkt bekam, wußte er
zwar nicht, doch ihre Abschiedsworte: «Henry, das ist Vertragsbruch, du
mußt unbedingt etwas unternehmen!» klangen ihm noch in den krän-
kelnden Ohren und machten es ihm unmöglich, an etwas anderes zu
denken, als daran, wie er abends heimkommen und berichten mußte, er
hätte überhaupt nichts unternommen.

Im ganzen Gebäude waren vielleicht zwei Leute, die hinter geschlossenen Türen saßen und bemüht waren zu ignorieren, daß die Atmosphäre
ringsum zum Schneiden dick war, und die, wie die Menschen auf der
Straße, etwas Sinnvolles taten. Der eine war Harry McGuiness, der
wissenschaftliche Leiter des Instituts, der mit der Versunkenheit eines

Menschen, dem die Arbeit über alles geht, über seinem Jahresbericht brütete. Der andere war Josh Moran, der ebenfalls an seinem Bericht feilte. Doch während er hie und da abgedroschene Phrasen wie «internationale Zusammenarbeit» und «institutioneller Entwicklungs-Impetus» wie Gewürz zwischen seine Zahlen streute, war er in Gedanken anderswo: Er überlegte gründlich verschiedene künftige Schritte.

Dies war natürlich sein letzter Bericht, der Vorbote seines Ausscheidens aus dieser Stellung. Obwohl ihm der Gedanke, nie wieder ein Gehalt zu bekommen, ein schwebendes Gefühl in der Magengegend verursachte, fühlte er im Grunde kein Bedauern. Er hielt es einfach für unvermeidlich.

Die moderne Neurose der Mobilität hatte auch ihn nicht verschont. Im sonderbaren Kollektivdenken der großen Firmen galt es als irgendwie fragwürdig, an ein und demselben Ort hockenzubleiben und dort Wurzel zu schlagen. Wer sich nicht gern versetzen ließ, mit dem stimmte etwas nicht.

Bei Josh stimmte unbedingt etwas nicht, das wußte er genau. Er hatte den Ort gefunden, an dem er zu bleiben gedachte. Doch dieser Ort – und dieses Land – war keineswegs gewillt, sich für die Auszeichnung, daß Josh dort bleiben wollte, erkenntlich zu zeigen. Und wenn es künftig in keiner Stellung mehr zu vermeiden war, versetzt zu werden, dann mußte es eben irgendwie anders gehen. Deshalb hatte er sich, seit er die Fazenda gekauft hatte, auf den Tag vorbereitet, an dem man ihn ‹transferieren› wollte, um dann zu sagen: «Tut mir leid, Campos ist weit genug weg. Noch weiter weg will ich nicht.»

Diese Vorbereitungen waren sehr unterschiedlich und sehr kompliziert gewesen. Eine davon hatte darin bestanden, Teodoro de Todos os Santos, der sich im Moment im Erdgeschoß abmühte, Rio zu erreichen, als Kompagnon anzuwerben. Teodoro mit seinem Affengesicht und seinen spastisch rollenden Augäpfeln war vermutlich der häßlichste Mensch, den die Rassenvermischung je hervorgebracht hatte, aber zugleich einer der findigsten.

Lange ehe Josh auf der Bildfläche erschienen war, hatte er sich Harry und dem Institut dadurch unentbehrlich gemacht, daß er bekanntgab, wenn etwas anfiele, bei dem man Schlange stehen oder den Schwager des Bundesstaatsanwalts kennen müsse, so sei er dazu willens und bereit, er kenne jeden Schwager jedes Staatsanwalts, der je gelebt habe. Seine gehobene Position durfte somit seiner Fähigkeit zugeschrieben werden, Wendungen wie *«excellentissimo»* und *«Sr. Doutor»* ohne Stottern auszusprechen und sich gegenüber magenkranken Männlein, welche Dokumente stempelten, so zu verhalten, als hielte er ihre Tätigkeit für nutzbringend.

Es war selten, daß ein Mensch derlei Obliegenheiten erfüllen und dabei seine Menschenwürde, ganz zu schweigen vom Humor, bewahren konnte. Josh selbst wollte sie auf keinen Fall erfüllen. Als daher Teodoro ihm gegenüber den Wunsch äußerte, sich aus der im Institut herrschenden Atmosphäre der Apathie und der türkischen Stickereien zu lösen, hatte Josh ihn umarmt.

Seither hatte ein Großteil des Tuns beider Herren darin bestanden, während ihrer Mittagspause einen Schlips umzubinden und von Bank zu Bank zu eilen, ihren Gläubigern meist einen flinken Schritt voraus. Es war fast wie beim Spiel «Ochs am Berg», und sie hätten es wohl nicht geschafft, hätten nicht die Brasilianer eine Vorliebe für Bankfeiertage gehabt. Wenn Josh einfiel, wie günstig sich das traf, mußte er grinsen, und die amüsierten Krähenfüße in seinen Augenwinkeln waren dann zugleich wissend und pietätlos. Vierzehn offizielle Feiertage und sechzehn Heiligenfeste hatten im Verlauf der letzten beiden Jahre höchstwahrscheinlich die Firma Moran, Roundtree & Todos os Santos gerettet, die sonst vor dem Konkursgericht geendet hätte, weil zur Deckung des letzten Schecks ein Tag fehlte.

Während also Joshs und Teodoros Arbeitsverhältnisse unmittelbar vor der Lösung standen, hatten ihre Mittagspausen-Machinationen – Josh witterte es – eine Art Wendepunkt erreicht.

Es genügte nicht, Hühnerfarmen Hühnerfutter zu verkaufen und bankrott gegangene Fazendas gegen Etagenhäuser in Campos zu vertauschen, nein. Die beiden Kompagnons hatten, während sie unter der Woche in Imbißstuben und an Wochenenden auf Joshs Fazenda die Köpfe im Zigarrenrauch verschwörerisch zusammensteckten, noch eine weitere Idee ausgeheckt.

«Man müßte Futter gegen Hühner tauschen, die Vögel dann in irgendeiner ‹Spezialmischung› wälzen, in schwimmendem Fett braten und gegen Bargeld tauschen! Nicht gegen Fazendas, Wohnungen und Schuldscheine, sondern gegen Bargeld!»

«Ein Schnellimbiß-Unternehmen.» Teodoro, der sich stets ausdrückte, als ginge es um welterschütternde, unumstößliche Tatsachen, meinte, die Idee würde ein Meilenstein in der Geschichte Brasiliens, wie der Supermarkt und die Revolution von 1964. Im Gegensatz zu Malachai schien er keineswegs zu befürchten, daß dadurch ein nationaler Charakterzug in Gefahr sei. Daran verschwendete er keinen Gedanken.

Duncan meinte, daß sie binnen weniger Jahre damit so reich würden, daß sie sich vom Papst Titel kaufen könnten. Josh rechnete – allerdings inbrünstig – nur damit, daß er auf diese Weise womöglich nie wieder würde eine Stellung annehmen müssen.

Was immer sie im einzelnen dachten – es gab nun kein Zurück mehr. Die Sache war zu weit gediehen. Schon saß zum Beispiel eben jetzt Dr. Horace Lindquist, der kürzlich eingetroffene neue Sektionschef der Genossenschaft, in Rio, versuchte mit dem wenigen auszukommen, was er im Koffer bei sich führte, und fragte wütend, wo zum Donnerwetter denn eigentlich sein Gepäck sich solo herumtriebe . . .

Josh, der fast täglich seine verzweifelten telefonischen Anfragen ausweichend beantwortete, hätte als einziger Dr. Lindquists schlimmste Befürchtungen zerstreuen können. Doch er konnte ihm ja nicht sagen, daß das Zeug in den Docks von New York lag und auf das Eintreffen zweier Hühnerbratmaschinen wartete, die verdächtig viel größer waren, als ein kinderloses Ehepaar mittleren Alters sie benötigte. Er brachte es einfach nicht fertig. Dr. Lindquist mußte auch weiterhin annehmen, was Josh ihm einredete, schuld daran seien die untüchtigen New Yorker Dockarbeiter, eine Verzögerung in der Karibischen See oder gar ein Sturm vor Recife, wo die südlichen Äquatorialströmungen mit denen von Benguela zusammentrafen – eine an den Haaren herbeigezogene Theorie, die aufzustellen Josh sich nicht enthalten konnte.

Wenn das Umzugsgut endlich in Rio eintraf, würde Teodoro de Todos os Santos' letzter Dienst für das Institut darin bestehen, die Fracht entgegenzunehmen und «gewisse Haushaltsgeräte auszusondern». Das jedenfalls war vorgesehen.

Josh reckte die Arme und ruhte sich einen Moment aus, ehe er den Schlußpunkt unter seinen Bericht setzte. Nein, an seiner Entscheidung war nicht mehr zu rütteln. Er hatte fünf Jungstiere verkauft, um seinen Anteil an den Frittiermaschinen zu bezahlen. Es gab nur mehr einen Weg – vorwärts.

«Und somit –» er beugte sich wieder über seinen Bericht, überwältigt von einem letzten schöpferischen Krampf – «hat das Genossenschaftsprogramm in diesem Jahr durch entschlossene Zusammenarbeit der Mitglieder entscheidend zur Entwicklung neuer, vielversprechender Institutionen beigetragen.»

Er riß das Blatt aus der Schreibmaschine, heftete es mit einer Büroklammer an die übrigen. Dann stand er auf, öffnete die Tür und durchquerte das Meer des Mißvergnügens, das sein Büro von dem Harry McGuiness' trennte.

9

Dafür, daß Harry McGuiness auf sechzig zuging, hatte er kaum Falten im Gesicht. Sie hatten sich, seit Josh ihn kannte, weniger vermehrt als vertieft, und sein Totemgesicht war dadurch noch starrer und furchteinflößender geworden. Josh war dieses Gesicht mittlerweile völlig vertraut, auch die schwarzen Äuglein, die hinter einem Schleier aus Strenge und Schüchternheit ihr eigenes Leben führten. Hatte man diesen Schleier erst einmal durchbrochen, so war es wundervoll, manchmal fast erschreckend zu sehen, wieviel Humor, Trauer und Verständnis für diese irre Welt in ihnen lag.

Außerhalb der Arbeit sahen Josh und Harry einander selten, denn außerhalb der Arbeit war Harry ein einsamer Mann, der so gut wie nichts mit jemand anderem gemeinsam hatte. Dennoch brachte Josh Harry eine Bewunderung und einen Respekt entgegen wie nur wenigen Menschen.

Er wußte, daß Harry McGuiness genausowenig nach Rio wollte wie er. Daß es nur ein weiterer Schritt auf dem Wege war, verschluckt und aufgelöst zu werden, bis alles im Institut eine einzige Genossenschafts-Soße war. Flüssigkeiten nehmen bekanntlich die Gestalt ihres Behälters an, und so wurde in einem Land von der Ausdehnung Brasiliens die Sache von Minute zu Minute flacher und trockener. Harry hatte die Hälfte seines Lebens investiert, er würde bleiben, bis es nichts mehr gab, für das zu bleiben sich noch lohnte.

Josh hatte, wie Harry wohl wußte, nie vorgehabt, diesen oder einen anderen Job zu seiner Lebensaufgabe zu machen. Es war trotzdem nicht so leicht, wie Josh angenommen hatte, an diesem Morgen zu Harry ins Zimmer zu gehen und ihm den Bericht auf den Schreibtisch zu legen. Harry blätterte ihn durch und sah auf. Seine Augen mit ihrem Eigenleben spiegelten profunden Zynismus.

«Hiernach zu urteilen ändern wir die Welt so rasch, daß uns bald nichts mehr zu tun bleibt!»

Josh lachte. Ihm wurde ein wenig wohler. «Glauben Sie, daß es jemand lesen wird?»

«Aber nein! Wenn mir das was ausmachte, wäre ich gar nicht mehr hier. Ich schreibe meine Berichte für mich allein. Aber Sie – äh –» die dunklen Augen wurden bei aller Schüchternheit ungemütlich streng – «Sie werden vermutlich keine Berichte mehr schreiben. Das zu sagen, sind Sie doch gekommen, Josh?»

«Stimmt.» Josh war Harry dankbar, daß er sofort zur Sache kam, damit es ausgestanden war. «Es ist schade, aber ich kann unmöglich mit nach Rio.»

«Schade! Ha!» Harry lachte kurz und trocken auf. «Meinen Sie, ich hätte etwas anderes von Ihnen erwartet – wo Sie sich mit solcher Energie nach was anderem umgeschaut haben?» Harry war offenbar über Joshs Mittagspausenunternehmungen genauestens orientiert, erwähnte sie jedoch zum erstenmal.

«Auch das bedauere ich», sagte Josh.

«Weshalb, zum Kuckuck? Sie waren von Anfang an ein Sonderfall. Glauben Sie mir, wir hätten Sie längst hinausgeschmissen, wenn wir Sie nicht gebraucht hätten.»

«Gelegenheit genug hätten Sie gehabt», räumte Josh ein.

Harry gestattete sich eine Grimasse, die, wenn man ihn gut kannte, als Lächeln gelten konnte. «Es wird nicht leicht sein ohne Sie. Von Teodoro ganz zu schweigen. Nun sagen Sie um Gottes willen nicht, daß Sie auch das bedauern, oder ich kotze mitten auf Ihren Bericht!»

Josh grinste. Er konnte wirklich nicht behaupten, daß er Teodoro de Todos os Santos' Entschluß, das Institut zu verlassen und sein Teilhaber zu werden, bedauerte.

Es war für jemanden wie Teodoro ein entscheidender Schritt, in gewisser Hinsicht entscheidender und unlogischer als für seine Teilhaber. Es war, als habe man einen guten Seemann, der auf der Postroute zwischen Genua und Palermo sein sicheres Einkommen hatte, aufgefordert, mit Kolumbus auf das Meer der Finsternis hinauszusegeln. Josh wußte das, auch Harry, deshalb stand jetzt in Harrys traurig-wissenden Augen ein Hauch von Vorwurf. «Auch Teodoro war angewiesen, nach Rio zu ziehen . . .»

«Teodoro hat einen triftigen Grund, in Campos zu bleiben», entgegnete Josh, zum erstenmal in die Verteidigung gedrängt. «Die letzte Augenoperation bei seiner Tochter hat nicht geholfen. Jetzt sieht sie überhaupt nichts mehr. Das wußten Sie doch, oder?»

«Ja, ja», mußte Harry widerwillig einräumen. «Eine anonyme Großstadt wie Rio ist nicht der rechte Ort für so ein Mädchen. Trotzdem –» er war noch immer nicht überzeugt und sah Josh ingrimmig an – «Teodoro träumt von Ruhm – und das wissen Sie! Was erwarten Sie denn von ihm, Josh? Von einem Menschen, der nach der vierten Klasse von der Schule abgegangen ist?»

«Oh, eine Menge. Er ist schlau, ehrgeizig und stur wie ein Maulesel. Auch als Selbständige werden wir uns mit Bürokraten herumraufen müssen. Ich habe das alles mit ihm besprochen, wissen Sie. Er ist zu mir gekommen, weil ich ihm genausosehr nützen kann wie er mir. Wenn sich ein Mensch entschließt, eine Chance zu ergreifen, muß er das doch dürfen, oder?»

Obwohl er nur die lautere Wahrheit sagte, machte eine gewisse Barschheit in seinem Ton Harry noch eigensinniger. «Eine verdammt kleine Chance, wenn Sie mich fragen. Futtermittelgeschäft, gut, das geht. Dabei haben Sie eine solide amerikanische Gesellschaft hinter sich . . .»

«Hinter mir oder über mir», sagte Josh.

Harry überhörte den Kommentar. «Aber alles übrige –» er winkte bezeichnend mit seiner mageren, pedantischen, von der Sonne runzligen Hand – «alles übrige ist pure Romantik.»

Josh grinste, froh darüber, das Streitgespräch wiederaufzunehmen, das Harry und er seit dem Tag, an dem sie gemeinsam vom Himmel gefallen waren, miteinander führten. «Ich behaupte ja nicht, daß es keine Romantik ist. Habe ich doch nie behauptet, oder? Nur eins habe ich immer behauptet: Wenn man so was schon macht, dann nur allein und selbständig. Tut man's nicht, kann es passieren, daß jemand, wenn man mitten drin ist, einen einsamen Entschluß faßt und einen nach Rio schickt. Ist doch so?»

Er hatte seinen alten Widersacher nicht verletzen, ihm nur einen kleinen Rippenstoß versetzen, ihm seine spießige Auffassung in Sachen Teodoro eintränken wollen. Doch plötzlich schienen die tiefen Falten in Harry McGuiness' unbeschreiblich müdem Gesicht sich noch mehr zu vertiefen.

«Rio. Tja. Was ich gerne wäre: in der Nähe meiner Arbeit. Wenn sie uns das Geld gäben und uns zufrieden ließen, was? Dann hätte ich Sie von Anfang an gar nicht erst gebraucht . . .»

Wie ein General auf dem Schlachtfeld sich nur einen Herzschlag lang seine Verzweiflung anmerken läßt, so lächelte er Josh zu – ein grämliches, hartes Lächeln. «Na ja, egal. Sollen sie. Sollen sie das Ganze in Grund und Boden wirtschaften. Danach werden sie kommen und fragen: Wie ist es denn, Harry, hätten Sie nicht vielleicht einen Vorschlag? Keine Angst, binnen sechs Monaten sind wir alle wieder hier, wo wir hingehören. Die in Rio werden es nicht mit uns aushalten!»

«Wieder da, wo *Sie* angefangen haben», konnte Josh sich nicht verkneifen zu sagen.

Worauf Harry sich nicht verkneifen konnte zu erwidern: «Sehen Sie zu, daß Sie nicht dort sind, wo Sie angefangen haben – in sechs Monaten! Ich habe dann wenigstens eine feste Anstellung, aber Sie, mein Lieber, was haben Sie?»

Josh lachte und bot ihm eine Zigarre an. «Na, dann Prost!»

Harry nahm die Zigarre, ließ sich von Josh Feuer geben, inhalierte tief und hob dann die Zigarre zum Salut. «Von den Dingern haben Sie sich vermutlich einen Vorrat angelegt?»

Josh schüttelte den Kopf. «Die habe ich alle aufgeraucht. Im Sparen war ich nie gut.» Er erhob sich. «Wissen Sie, daß es schon fast Zeit zum Mittagessen ist?»

Auch Harry war aufgestanden und nahm endlich eine geschäftsmäßige Miene an. «Also hören Sie, nur der Ordnung halber: Sie bleiben noch bis Ende des Monats, nehme ich an?»

«Stimmt.» Auch Josh sah jetzt sachlich aus, ja fast ein wenig übertrieben pflichteifrig. «Natürlich möchte ich alles in möglichst guter Ordnung hinterlassen.»

«Hm-m-m.» Das Totemgesicht war jetzt so steif, als sei es eben erst aus besonders hartem Holz geschnitzt worden. Nur die Augen zeigten in ihrer undurchdringlichen Schwärze etwas, das höchstens Josh und einige wenige andere als Belustigung zu deuten gewagt hätten. «Alles – das heißt in diesem Fall wohl einschließlich Dr. Lindquists Gepäck, wie?»

10

Duncan Roundtree streckte sich in seinem Liegestuhl aus und wandte das Gesicht der Sonne zu. Er fand es immer wieder bemerkenswert, wie verschieden die von der Sonne ausgelösten Gefühle sein konnten, je nachdem wo und wann man im Sonnenschein saß. Die Sonne Floridas beispielsweise hatte in ihm beim letztenmal, als er sich von ihr bescheinen ließ, ein völlig anderes Gefühl hervorgerufen. Als Hilfsgolfprofi im Winterparadies *Tropical Gables* war er sich himmlisch ungebunden und unverantwortlich vorgekommen. Er hatte von Golf nicht die blasseste Ahnung gehabt, aber durch rasches Nachschlagen im Ben Hogan, zwischen kurzen Ausflügen ins Niemandsland des Golfplatzes und durch ein phantastisches Talent, Professionals aller Berufe zu imitieren, hatte er sich eine ganze Wintersaison lang unter der köstlichen Sonne Floridas bräunen dürfen. Nie war er einem echten Gammlerleben so nahe gekommen, in dem man nichts hinter sich und nichts vor sich hatte, aus dem Nichts kam und nirgendwo hin mußte.

Jetzt, zehn Jahre später, wandelte sich ihm die Sonne Floridas am Beckenrand im Palasthotel in Miami immer, wenn er die Augen schloß, zur Sonne eines Carioca-Strandes, an dem man zugleich sinnlich, sorglos, ehrgeizig und optimistisch war. Diese Vision hinter seinen geschlossenen Lidern bewirkte, daß er sich vorkam wie eine eingesperrte Brieftaube, die es dringend nach Hause zieht.

«Nach Hause?» hatte Bertrand Skinner, der Bankpräsident, beim Cocktail in New York geäußert, einige Schritte rückwärts getan und Duncan nochmals gemustert. «Na, das klingt ja, als hätten Sie sich inzwischen dort eingelebt, Duncan?» Offenbar war ‹zu Hause› für Bertrand Skinner ein Haus, das man sich am ‹Kap› kaufte, um darin zu leben, wenn man 84 war. Wie um das zu bekräftigen, fuhr er fort: «Spaß beiseite, heutzutage ist es in den meisten Berufssparten recht schwer, irgendwo festzuwachsen, meinen Sie nicht?»

«Na, ich weiß nicht.» Duncan war sich auf dieser gänzlich überflüssigen Cocktailparty wie eingesperrt vorgekommen, und das machte ihn aggressiv. «Es gibt Menschen, die haben ihr Leben lang die gleiche Stellung und wechseln dauernd die Adresse, und andere haben ihr Leben lang die gleiche Adresse und wechseln dauernd die Stellung.»

Bertrand Skinner hatte leise in sich hineingelacht, als habe Duncan einen nicht ganz stubenreinen Witz gemacht, und die Sache auf sich beruhen lassen. Auch Duncan hatte den Gedanken nicht weitergedacht. Trotz des inneren Zwanges, immer unangenehme Wahrheiten aussprechen zu müssen, wußte Duncan, daß einer, der sich lebenslang von einem Ort zum anderen hatte schieben und stoßen lassen, bis er die oberste, die Präsidentialebene geschafft hatte, denjenigen nicht verstehen konnte, der lieber Hilfs- und Nebenpräsident an ein und demselben Ort blieb, weil ihm das Leben dort gefiel. Skinner war nicht der Typ, mit dem man sich zum Privatvergnügen zusammensetzte und unterhielt oder dem man hätte anvertrauen können: «Ich habe da einen Freund namens Malachai, der könnte Ihnen erklären, wie und warum.»

Je länger Duncan sich in New York aufhielt, desto stärker kam ihm die Wahrheit vieler Dinge zu Bewußtsein, die Malachai Kenath äußerte, Malachai, der zusah, nachdachte, las und das Gelesene behielt. Je mehr Zeit Duncan damit verbrachte, sich in der Direktionsabteilung zu «melden», desto stärker bekam er das Gefühl, zu ersticken. Er meinte, ein Labyrinth mit gläsernen Wänden betreten zu haben, aus dem es keinen Ausweg mehr gab. Und überall nur endlose Sitzungen hinter verschlossenen Türen, bei denen nichts herauskam als «Tja, wenn ich was zu sagen hätte, . . . aber Sie wissen ja, wie's ist . . .» oder «Eine Straße von Belem nach Amapá? Wo liegt denn das? Ich finde, man müßte die ganze Sache noch gründlicher überprüfen . . .» oder «Wissen Sie, Duncan, als ich Nationalökonomie in Harvard studierte, da gab es noch einen visuellen Prozeß der Elimination – den sogenannten Baum der Entscheidung . . .»

Und wenn das Individuum auf der anderen Seite des Schreibtischs sich zurücklehnte und pedantisch die Fingerspitzen zusammenlegte, dachte Duncan jedesmal: Es läuft alles darauf hinaus, daß die kalkulieren und zu dem Schluß kommen, das Risiko sei zu hoch. Mit diesem System kann man in der heutigen Welt nicht überleben!

«Verstehen Sie uns bitte nicht falsch. Selbstverständlich werden wir eines Tages dieser Sache nähertreten, doch bei so was muß man behutsam vorgehen. Denken Sie immer daran: Wir sind nicht irgendein windiges kalifornisches Unternehmen, sondern eine alte, respektable Firma . . .»

Die, ergänzte Duncan innerlich, alles weiß und alles schon so oft getan hat, daß sie total verkalkt ist. Hat denn um Gottes willen hier keiner mehr ein Fenster aufgerissen, seit diese – diese Leichenhalle gebaut worden ist? Wie mag übrigens eines dieser windigen kalifornischen Unternehmen wohl heißen?

Selbst die Gehsteige von New York, die die Hitze speicherten wie die schwarze Kleidung einer Witwe, waren vergleichsweise erfrischend. Und wie um eine komische Art Erleichterung zu finden, stürzte er jedesmal, wenn eine Tür aus einer der Glaswände hinausführte, zu einer Telefonzelle, um Joshs New Yorker Verbindungsmann wegen der Frittiermaschinen anzurufen.

Josh hatte offenbar überall ‹Verbindungen›, irgendwelche sensationslüsternen Individuen, die bereit waren, die seltsamsten Dinge zu treiben und dabei möglicherweise auch noch erwischt zu werden und ihre Stellung zu verlieren. Die New Yorker ‹Kontaktperson› war Marion Gibbs, Bürochefin des Roosevelt-Instituts, eine schlanke, elegante junge Person mit mehr Lachen und menschlicher Wärme in den strahlenden Braunaugen, als man bei jemandem aus ihrer Berufssparte üblicherweise erwarten durfte.

Nach Duncans Erfahrung waren Bürochefinnen sonst Mannweiber mit Schnurrbartanflug und tiefem Mißtrauen gegen Gelächter, für die alle Vorschriften und Regeln gleichbedeutend waren mit Stützen der bestehenden Gesellschaftsordnung, Verteidigungsbastionen gegen jegliche Zersetzung. Marion war anders. Offenbar war sie sich darüber klar, daß viele Vorschriften idiotisch waren.

Gedämpftes Lachen kam durchs Telefon. «Versuchen Sie mal, die Leute in Decatur zu überreden. Die haben noch nie etwas exportiert, schon gar nicht zwei Maschinen im Hotelküchenformat, die als ‹Haushaltsartikel› deklariert sind und an jemand in einem fernen Lande gehen, der ‹Chef› von irgend etwas mit New Yorker Adresse ist.»

«Großer Gott, Marion, haben Sie denen nicht erklärt, daß Schiffe nicht warten? Wollen die denn ihr Geld nicht?»

«Genau das habe ich ihnen gesagt: daß sie im voraus bezahlt würden. Und daß wir uns um die Adresse kümmern würden. Aber über die Sache mit dem Schiff brauchen Sie sich nicht mehr aufzuregen, lieber Duncan. Haben Sie denn heute früh die Zeitungen nicht gelesen?»

«Um ehrlich zu sein, ich habe verschlafen –»

«Hätten Sie sie gelesen, wüßten Sie, daß wir mitten in einem Dockarbeiterstreik stecken!»

«Einem Dockarbeiterstreik! Aber – das würde ja bedeuten – Donnerschlag, Marion, das ist die beste Nachricht, seit ich in New York angekommen bin. Sind Sie schon zum Lunch verabredet? Das müssen wir feiern!»

Sie aßen Muscheln und Hummer, tranken Sherry vorher und Kognak nachher und Wein zum Essen und wurden sehr fröhlich und erfreulich aufrichtig.

«Marion, Sie riskieren Ihre Stellung!»

Die freimütigen braunen Augen blickten ungerührt. «Wissen Sie, was ich gerade tat, als Josh Moran neulich funkte? Ich half der Frau eines Spezialisten für afrikanische Dasselfliegen, sich innerlich auf Senegal einzustellen. Dame Dasselfliege überlegte gerade, ob sie einen Jahresvorrat Shampoon oder Klopapier mit nach Afrika nehmen sollte, da klingelt das Telefon, und es ist ein Funkspruch aus Brasilien, via irgendeine Klitsche in Cherokee in Nebraska. ‹Also, Marion› – sie ahmte Joshs tiefe Stimme nach – ‹alles klar! Die Bratpfannen sind schon unterwegs. Sie brauchen sie nur noch dem Chef in den Koffer zu stecken.›»

Der Code war klar und unmißverständlich. Duncan grinste noch breiter. «Ich werde ihn vor der Konferenz von International Investments verwenden.»

«Und wenn», fuhr Marion fort und machte mit ihrer schlanken, tüchtigen Hand eine weitausholende Geste, «irgendein Trottel mit einer halben Tonne zollfreiem Klopapier den Frachtraum nach Afrika verstopfen darf, warum darf man es dann nicht mit ein paar Bratöfen, um eine junge Firma zu lancieren? Der Chef sollte sich freuen, finde ich.»

«Nicht alle Menschen», sagte Duncan und senkte die Stimme, als vermute er ein Geheimmikrophon im Schlips des Kellners, der sich mit der Weinflasche zu ihm herabbeugte, « sind so vorurteilslos wie wir. Ich finde auch, es kommt sehr darauf an, wieviel Wäsche zum Wechseln der arme Kerl in seinem Handköfferchen nach Rio mitgenommen hat. Josh erzählt, daß er allabendlich seine Jockey-Unterhosen auswusch und morgens zum Dienst noch feucht wieder anziehen muß!»

Marions Lachen übertönte das Gläserklirren und das Summen der Unterhaltungen. Sie hob ihr Glas. «Ich trinke auf Moran, Roundtree und Todos os Santos. Und wenn Sie jemals eine Bürovorsteherin brauchen: ich bin willens, dem Kulturschock standzuhalten. In dieser Stadt lachen mir die Leute nicht genug!»

Vielleicht hatte es etwas mit dem Zweiten Gesicht zu tun, zu erklären war es nicht – aber an dem Tag, an dem die einen Kubikmeter große Kiste aus Decatur in den Docks von New York eintraf, wußte Marion ein weiteres Wunder zu melden: «Der Streik ist zu Ende! Schauen Sie in die Morgenblätter!»

«Nicht zu fassen!»

Das Mormac-Schiff *Argentina* sollte mittags auslaufen. Er und Marion gingen zum Hafen hinunter und tranken, während das Gepäck des Chefs im Laderaum verstaut wurde, einen Schnaps mit den Passagieren an Bord, die nach Brasilien wollten. Später beim Lunch half er Marion ein Telegramm an das Büro des US-Hilfsprogramms in Rio entwerfen. «Streik beendet. Chef-Gepäck persönlich an Bord gebracht. Alles okay. M. G.»

Er nahm das Nachtflugzeug nach Miami und hielt am nächsten Tag auf der Konferenz eine Rede.

Diese Rede gelang zweifellos wegen der Ereignisse des vorhergegangenen Vormittags besonders gut. Unwiderstehliches Hochgefühl beflügelte ihn, als seien alle aufgezählten Geschäftsmöglichkeiten für ihn erreichbar, als stünde er unter einem Glücksstern, als könnte für Roundtree, Moran und Todos os Santos alles nur eine Wendung zum Guten nehmen.

Doch trotz seiner oft bekundeten Auffassung, das Hauptziel im Leben sei, der Sonne nachzuwandern – ohne das nötige Fachwissen hätte er nicht so zur Versammlung sprechen können. Wo auch immer er sich im Liegestuhl räkelte, standen Mappen voller finanzwirtschaftlicher Schriften neben ihm, deren Inhalt er abwechselnd mit Schlucken von eisgekühltem Bier zu sich nahm. Zwar schien ihm der Welthandel bemerkenswert und lebenswichtig, doch das Spiel mit den Investitionsmöglichkeiten in Brasilien erschien ihm noch lebenswichtiger. Es glich einem Zusammensetzspiel, dessen Einzelstücke aus Behördenprojekten für

Straßen, Wasserkraftwerke, Schulen bestanden, dem Ertrag der Kaffee-Ernte, den Viehpreisen, dem verfügbaren Bargeld für ausländische Kleinwagen. Fügte man die komplizierten, unübersichtlichen Formen aneinander, so hatte man die Antwort auf die Frage: Wohin mit den Frittiermaschinen? Aber nur dann, wenn man die Beamten, die Investierenden, die Farmer und Bankiers kannte, wenn man den Klatsch anhörte, die Spreu vom Weizen zu sondern verstand, wenn man den nötigen Instinkt besaß, um beurteilen zu können, ob bei einem Gespräch jemals etwas anderes herauskommen würde als Geschwätz . . .

Von diesen entscheidenden Punkten konnten seine Zuhörer, die ihn so «typisch ostküstenamerikanisch» und sachlich vor sich stehen sahen, nichts ahnen. Doch daß er sie kannte, verlieh seiner Rede, die sonst ein ziemliches Steinepflügen gewesen wäre, die Aura des Authentischen. Man applaudierte ihm bereitwillig, und die Diskussion überschritt die hierfür vorgesehene halbe Stunde. Mit einem Gefühl warmer Hochstimmung und voller Sehnsucht nach Caroline war Duncan ins Hotel heimgekehrt – nach Caroline, die so geradezu und unverblümt war, die Fragen stellte, die über Duncan Bescheid wußte und über die Gründe, warum seine Rede ein solcher Erfolg gewesen war. Deren Begeisterung für das Leben, deren fröhliche Bereitschaft zu feiern größer waren als bei jedem Menschen, den er kannte oder noch kennenlernen würde.

Aber Caroline war nicht da. Und so war die Euphorie allmählich wieder dem üblichen Skeptizismus gewichen: gegenüber allem, was er soeben geäußert hatte, und der Wirkung auf die Hörer, wenn sie erst einmal wieder im Gewohnten versackten. Die Stunden, die nun folgten, waren ebenfalls nicht dazu angetan, seine Stimmung zu verbessern.

Der Leiter der Bankfiliale in Miami, Bob Guthries, hatte eine Weile in Rio gelebt, doch so sehr sich Duncan auch bemühte, das Gespräch auf andere Themen zu bringen, er kehrte immer wieder zum Gavea Golf Club zurück und wie billig dort die Caddies gewesen waren.

Darüber hinaus hatte Bob Guthries keinerlei Interesse an Brasilien, und es dauerte nicht lange, da fand Duncan heraus, warum. Während der ganzen Zeit dort hatte er keine einzige wichtige Entscheidung für die Bank getroffen, so wenig wie die Männer, die Duncans Rede angehört hatten, oder auch wie Duncan selbst. Warum Guthries überhaupt nach Rio gegangen sei? Warum Duncan hier sei? Warum Duncan die Rede eigentlich gehalten habe, und warum die internationalen Bankvertreter zugehört hatten? Was wollten sie denn erfahren?

Bob lächelte Duncan in fröhlicher Selbstüberzeugtheit zu. «Na ja, Sie wissen doch, wie's ist», und dann bot er ihm einen weiteren Drink an.

Bobs Selbstüberzeugtheit wurde von seiner Frau Sybel mehr als ausgeglichen: sie war das genaue Gegenteil. Bob hatte trotz allen Golfspielens einen Bauch und wirkte unter seinem sommerlichen Sporthemd geradezu schwanger. Sybel achtete dagegen mit fanatischem Eifer auf ihre Figur. Es war eine sehr reizvolle Figur, und man hätte Sybel ein süßes Ding nennen können, wenn sie nicht so gottverdammt seriös gewesen wäre.

«Sybel begleitet mich nie auf meinen Reisen . . .» Bob sah sie mit milder Nachsicht an. «Dazu hat sie immer viel zu viele Anliegen.»

Es stellte sich heraus, daß ihr neuestes Anliegen Ökologie hieß. Ob Duncan eigentlich wisse, daß Farmer und Chemikalienfabrikanten die Welt allmählich vorsätzlich vergifteten?

«Daß sie es absichtlich tun, glaube ich nicht», warf Duncan ein.

«Aber Sie wissen doch, daß sie Gift verwenden», erwiderte Sybel entrüstet. «Selbst beim Fleisch.» Die Scheibe recht guten Roastbeefs auf Duncans Teller schien etwas Heimtückisches anzunehmen. «Ihr könnt euch nicht vorstellen, wie ich herumlaufe, um unverfälschtes Rindfleisch zu kriegen. Und dann das Problem des Sauerstoffs der Luft – an dem arbeiten wir gerade.» Ein Ton fröhlichen Verschwörertums klang in ihrer Stimme an: «Heuer kauft keine von uns einen echten Christbaum.»

«Aber Sybel!» Bob warf einen Seitenblick auf Duncan und lachte nervös. «Christbäume sind doch wie Ackerfrüchte, man baut sie jedes Jahr neu an.»

«Und was machen wir, während sie wachsen?» Sybels Blick auf Bob bezichtigte ihn deutlich des Verrats. «Jede Kleinigkeit zählt. Und jetzt –» sie ließ ihren Gatten links liegen und wandte sich beschwörend an Duncan – «jetzt wollen sie die Wälder am Amazonas umschlagen!»

«Nicht alle», meinte Duncan ermutigend, doch auf ihn hörte sie nicht.

Sie war entschlossen, ihr Anliegen auf interkontinentaler Ebene vorzubringen.

«Ist Ihnen klar, daß zwanzig Prozent des Sauerstoffs, den wir in dieser Hemisphäre einatmen, vom Amazonas kommt? Wissen das die Brasilianer? Tun sie etwas, um die Katastrophe zu verhindern?»

Duncan kämpfte darum, ein in ihm aufsteigendes hysterisches Gelächter zusammen mit einem Brocken altbackenem Brot – aus steingemahlenem Mehl – herunterzuwürgen.

Er blickte Sybel voller Mitgefühl und Anerkennung an. «Es ist wundervoll, daß sich jemand Gedanken über solche Dinge macht. Aber eines verstehe ich nicht: Können Sie bei all diesen Belastungen überhaupt nachts schlafen?»

«Oh, dafür habe ich meine Therapie. Haben Sie denn meine Orgel nicht gesehen?»

«Die war schwer zu übersehen», sagte Duncan und dachte bei sich: Wahrscheinlich bin ich es, der verrückt wird. Da stand wahrhaftig eine Orgel, eine Hammondorgel, und nach dem Abendessen spielte Sybel, von seinem Verständnis ermutigt und gestützt, ihm eine Sonderfassung von ‹Brasilia› vor, wobei einige Kilometer Modeschmuck über die Tasten schepperten. Er saß still und hörte zu, und seine beweglichen Züge erstarrten zu einer Maske wohlwollender Aufmerksamkeit. Als es vorbei war und ihm das Gesicht von all dem Lächeln weh tat, verabschiedete er sich.

«Ich bin völlig fertig, hatte einen irren Sturm auf dem Flug von New York. Einmal ist die Maschine glatt 700 Meter abgesackt. Irgend so ein Knilch hat einen Herzanfall gekriegt und ist gestorben. Tjaja, traurig.» Jedes Wort war gelogen, aber Sybel mit ihren vielen Anliegen und ihrer Orgel war so eine nette kleine Frau. Sie sollte doch nicht glauben, er ginge, weil er es nicht ertrug, daß sie ihm als Zugabe etwa ‹Tico-Tico› spielte.

Im Hotel setzte er sich dann an die Bar und ließ sich mutterseelenallein vollaufen. Er konnte niemanden entdecken, mit dem er gern getrunken hätte. Eigentlich hatte er schon lange keinen solchen Haufen fetter, reizloser Leute mehr gesehen. Alle sahen sie aus, als wären sie neurotische Vielfraße und hätten Plaketten am Wagen, auf denen stand: «Amerika lieben oder auswandern.»

Er liebte Amerika, aber er wohnte nicht mehr dort, das war vielleicht der Grund. Mußte man denn alles so laut verkünden?

Das letzte Glas, einen Cognac, nahm er mit aufs Zimmer. Dort schlief er ein und hielt die ‹Engelsessenz› aufrecht vor der Brust, als Ersatz für die abwesende Caroline, als Wächter gegen die Übergriffe einer Welt, der jeder Sinn für Humor abhanden gekommen schien.

Seine Hand mit dem Cognac lag noch in der gleichen Stellung vor seiner Brust, als ihn am nächsten Morgen das Telefon weckte. Ohne einen Tropfen zu verschütten, stellte er das Glas behutsam auf den Nachttisch und nahm den Hörer ab. Es war Bob Guthries, immer noch der untadelige Gastgeber, der vorschlug, Duncan möge den Tag mit ihm und Sybel im Golfclub verbringen.

«Vielen Dank, Bob, wirklich, aber ich habe nie richtig Golfspielen gelernt. Außerdem habe ich einen Haufen Zahlenkram da, den ich mir zwischen jetzt und meinem morgigen Eintreffen in São Paulo noch ansehen muß.»

«Wirklich schade.» Innerlich sah Duncan, wie Guthries vor Erleichterung mit den Augen rollte, obwohl er es fertigbrachte, Besorgnis in seine Stimme zu legen. «Kann ich Ihnen dabei irgendwie helfen? Den Club kann ich leicht absagen!»

«Riesig nett von Ihnen, Bob, aber wirklich nicht!» Duncan probierte den richtigen Ton vizepräsidentialen Märtyrertums zu treffen: «Sie können mir da nicht helfen. Viel Vergnügen noch!» Dann hängte er ein und telefonierte sofort nach starkem Kaffee, ehe er in den Swimmingpool sprang.

Als er sich nach einer halben Stunde neben dem Swimmingpool im Liegestuhl zurücklehnte, war es bestimmt kein Zahlenkram, was hinter seinen geschlossenen Lidern Revue passierte. Mit dem fernen Rauschen des Meeres in den Ohren sah er sie lebhaft vor sich: dunkelhäutige Mulattinnen in endloser Prozession, auf deren Haut das Salzwasser glitzerte, magere, sehnige, braungebrannte Sportler bei ihrem ewigen *futebol*-Spiel, Negerjungen, die Ananaseis feilboten und mit breiten, geflügelten Drachen mit dem Wind um die Wette rannten. Ein unterentwickeltes Land hatte, wenn schon sonst nichts, bestimmt einen günstigen Einfluß auf die äußere Erscheinung seiner Bewohner.

Was zu Hause wohl vor sich ging? In die Zeitung zu sehen hatte keinen Sinn. Brasilien kam nur dann in den Nachrichten vor, wenn es gerade einem Kidnapper auf die Zehen trat oder den Sauerstoffvorrat gefährdete.

Schwer zu glauben, daß er morgen abend daheim sein und mit Malachai und Francisco Cavalcanti, dem genialen Ingenieur, essen würde. Francisco hatte in seiner Freizeit seinen Freunden eine kleine Skizze entworfen, den Plan zu einem Brathähnchenrestaurant, wo man im Auto bedient wurde. Vielleicht hatte er es auch von seinem Büro entwerfen lassen. Es war ja gleich, nur ein Spaß, zum Vergnügen. War man länger als eine Woche unterwegs, kam einem allmählich der Verdacht, ein Ort, an dem Menschen etwas nur zum Vergnügen taten, existiere nur in der Phantasie . . .

11

Malachai griff nach der Pfeife und seinem neuen Feuerzeug, hauptsächlich weil er nervös war und etwas Kompliziertes mit den Händen tun wollte. Sein Freund Inzy hatte ihm das Feuerzeug aus Rumänien mitgebracht, ein altmodisches Spielzeug, an das Malachai sich noch aus seiner Kindheit erinnerte. Es hatte einen fröhlich-bunten Docht, der einem rund dreißig Zentimeter lang aus der Tasche hing wie eine bäuerliche Abart der Uhrketten des reichen Mannes. Das ursprüngliche Modell hatte einen Feuerstein gehabt, mit dem sich, manipulierte man ihn mit dem Geschick und der Geduld eines Bauern eine gute halbe Stunde, schließlich eine triumphierende Flamme produzieren ließ. Doch das Feuerzeug war nicht mehr das gleiche. Wie alles andere hatten die Kommunisten auch dies verdorben, denn als der Feuerstein es endlich geschafft hatte, fiel irgendein Patentknopf aus Plastik herab und erstickte das Flämmchen wie aus Angst, es könne entkommen.

«Neumodisch-kommunistisch, bah!» Er warf das Ding angeekelt weg, fischte in seiner Tasche nach einem brasilianischen Sicherheitsstreichholz und riß es an. Der flammende Streichholzkopf schoß durchs Zimmer wie ein Meteorit und vergrub sich in einem Stapel Kissen in der Ecke des Sofas. Malachai tat einen Satz, um den Funken auszuschlagen, und haute sich dabei das Schienbein an einer Ecke des Kaffeetischs an. Auf sein Gebrüll riß Clea die Küchentür auf, und ihr Gesichtsausdruck ließ das Schlimmste befürchten.

«*Oh, che passa, che passa?*» trillerte sie auf italienisch, der Sprache, die der Leidenschaft und dem Unglück vorbehalten ist.

«*Niente, niente!*» Malachai ließ sich in seinen Stuhl sinken und umfaßte sein schmerzendes Schienbein mit beiden Händen. «Bloß ein Streichholz!» Er deutete kraftlos auf die Kissen, von denen her es leicht angesengt roch. «Ich habe mir bloß ein Streichholz angezündet!»

«Gerade du –» Cleas Stimme sank um eine Oktave und wurde erleichtert und scheltend – «solltest es doch besser wissen!»

«Es war ein Sicherheitsstreichholz!» protestierte Malachai schwach. «Uff!»

Clea warf die Hände in die Luft, wandte sich um und verschwand dorthin, von wo sie gekommen war, wobei sich die Tür hinter einem appetitlichen Duft nach Spaghettisoße mit Muscheln schloß.

Malachai setzte sich aufrecht hin und zündete seine Pfeife an, diesmal erfolgreich, wobei er das Streichholz mit zitternder Hand abschirmte. Clea hatte recht, dachte er mißgestimmt: Alle üblichen Vorsichtsmaßnahmen, mit denen andere einem Unglück vorbeugen wollten, schienen bei ihm um so sicherer zu einem Unglück zu führen. Beispielsweise das Abendessen heute, zu dem Francisco Cavalcanti erscheinen würde, um seinen Plan vorzulegen. Zugegeben, ursprünglich war es Clea gewesen, die das Ganze angekurbelt und den Sonntagnachmittagsfrieden unter Joshs Bäumen dadurch zerstört hatte, daß sie hinwarf:

«Aber ihr werdet doch niemand dafür *bezahlen*, daß er euch ein Restaurant entwirft! Francisco macht euch das im Handumdrehen und hat auch noch einen Mordsspaß daran. Nun seid nicht so, der arme Kerl braucht auch hier und da mal eine Abwechslung . . .»

«Francisco Cavalcanti», hatte Malachai widersprochen, «kann Straßen und Dämme bauen. Was, um Himmels willen, versteht er schon vom Bau eines Restaurants? Dämme müssen sachlich sein, gewaltig, unerschütterlich. Restaurants hingegen intim, warm, verführerisch. Die ästhetischen Forderungen sind einander diametral entgegengesetzt!»

Sein Einspruch war auf taube Ohren gestoßen. Der ‹Aufsichtsrat› hatte bei dem Gedanken, einen Entwurf gratis zu bekommen, alle anderen Erwägungen hintangestellt. Und so hatte er denn ein paar Tage später zu Francisco sagen müssen: «Würden Sie in Ihrer Freizeit gern mal was Ulkiges machen?»

«Na, und nun ist es fertig», hatte Clea vor einer Stunde gemahnt, «hör auf, dich aufzuregen. Wie es auch geworden ist, wir müssen es nehmen, wie es kommt.» Malachai stöhnte innerlich. Vielleicht lag alles daran, daß Gegensätze sich anzogen. Ihn zog Unglück an. Seine Ehe mit Clea war dafür ein typisches Beispiel. Nicht daß sie ein Unglück gewesen wäre, nicht im geringsten. Bloß daß Clea eben immer etwas einfiel, und ehe man sich's versah, tunkte sie einen hinein wie in eine riesige Woge. Danach wich die Woge zurück, und man lag da wie der Fisch auf dem Trockenen, schnappte nach Luft und zappelte.

Eigentlich war es so gewesen, seit er sie kennengelernt hatte, seit dem verhängnisvollen Abend im Globe Theatre in London, wo sie als Meerjungfrau auftrat und jemand ihr mit katastrophalem Erfolg auf ihren Schwanz aus Fischnetz trat. Sie hatte so vergnügt ausgesehen, wie sie von der Bühne rannte und mit ihrem Schwanz herumwedelte, als hätte sie ihn noch. Man hatte geglaubt, sie würde vor Lachen auch noch den Rest ihres Kostüms sprengen. Malachai, jung und überschwenglich und leicht beschwipst – er feierte gerade die Tatsache, daß die elegante Mrs. Hugh Henry Haye ihm ihre Porträtbüste bezahlt hatte –, war davon ganz hingerissen gewesen.

Zu Beginn ihres Zusammenlebens hatte er Clea porträtiert, hatte den dauernden Konflikt zwischen solider englischer Romantik und aggressivem italienischem Enthusiasmus, der in ihrem Blut ausgetragen wurde, auf die Leinwand bannen wollen. Die hohe, edle Stirn, die gerade, lange römische Nase, die scharfen Backenknochen und die lustigen braunen Augen, der strenge, anglikanische Mund mit dem reservierten Lächeln, das so übergangslos unflätigem Lachen Platz machte, bei dem dann das ganze Gesicht in Bewegung kam und Tränen den zu Schlitzen zusammengezogenen Augen entströmten. Es war vielleicht das anspruchsvollste und aufregendste Porträt gewesen, das er je gemalt hatte.

Nur wenige Tage nach ihrer Hochzeit war in England der Krieg ausgebrochen. Und Malachai hatte dagestanden, als Ausländer, und zu nichts recht getaugt. Das beste wäre gewesen, er wäre ruhig sitzengeblieben, hätte sich in nichts gemischt und das wüste Massenmorden von weitem beobachtet, bis es vorbei war.

Es wäre auch ganz einfach gegangen, wären sie nicht finanziell so knapp gewesen; so hatte das Bedürfnis nach ein paar Shillingen ihn veranlaßt, einen Scotchterrier aus Ton zu formen. Und damit das nicht so langweilig war, hatte er dem Ding ein rotes Halsband aufgemalt. Und dann hatte er es einem Freund gegeben, der es am Haymarket verkaufen sollte.

Tausende solcher Scheusälchen hockten damals in den spießigen Gärten Londons unter Phlox und Rittersporn, alle aus Ton, aber keines mit hellrotem Halsband. Der gräßliche Scottie hatte augenblicklich eine unstillbare Nachfrage bei den Bürgern ausgelöst, die zwar Geld hatten, aber nichts dafür kaufen konnten.

Clea war außer sich geraten. «Das ist ja eine Goldgrube!»

«Aber Clea, das Rohmaterial ist streng rationiert. Außerdem bin ich Ausländer! Die können mich erschießen lassen!» Er hatte die Augen geschlossen und mit den Zähnen geknirscht.

«Quatsch, der eine Klecks rote Farbe kann keine derartige strategische Bedeutung haben! Laß nur, ich nehme alles auf mich. Du machst die Hunde, und ich male ihnen die Halsbänder!»

So hatten sie jeden Morgen Scotties gebrannt, und jeden Nachmittag hatte sich Malachai auf eine Bank im Park vor ihrer Souterrainwohnung gesetzt und Bestellungen für Geheimlieferungen entgegengenommen.

Bald überstieg die Nachfrage ihre kühnsten Erwartungen. «Ich kann das nicht durchhalten. Es ist physisch unmöglich! Selbst wenn ich noch einen zweiten Brennofen aufstelle, wer soll ihn denn beschicken?» Bei dieser Vorstellung sackte er kläglich zusammen, doch Clea hatte bereits die Lösung gefunden.

«Deserteure!» erwiderte sie, als gäbe es nichts Naheliegenderes. «Wir holen uns Deserteure!»

«Was?»

«Italiener, Schafsnase. Die kommen jetzt in Massen in die Stadt, die Ärmsten, und stehen an jeder Straßenecke herum.»

Da hatten sie noch einen Brennofen auf- und italienische Deserteure eingestellt. Malachai hatte sich weiterhin im Park «gesonnt» und sich die Taschen voller Shilling-Stücke gestopft, die er allabendlich heimbrachte und die Clea in einer immer größer werdenden Sammlung blecherner Mehldosen versteckte. Zwar wurde es allmählich immer schwieriger, das Mehl anderswo unterzubringen, doch noch enervierender war das verhängnisvolle Herannahen des Sommers.

In ihrer Wohnung im Keller eines alten viktorianischen Hauses standen die Brennöfen in einem Hinterzimmer, hinter einer mit rotem Samt getarnten Tür, in deren Mitte das geheiligte Porträt König Georgs hing. Selbst der Streifenpolizist, den Clea als Präventivmaßnahme manchmal zum Tee einlud, hatte nie Zweifel an diesem Arrangement geäußert. Keiner hätte Verdacht geschöpft, hätte Hitze nicht die Eigenheit, nach oben zu steigen.

Während des Winters war es in der über ihnen liegenden Wohnung behaglich warm gewesen, ohne daß der Inhaber auch nur einen Ha'penny in den Gasometer stecken mußte. Als jedoch die warme Jahreszeit kam, wurde die Geschichte ungemütlich. Außerdem hatte das Linoleum, das den Fußboden bedeckte, bei jedem Tritt angefangen, seltsam quatschende Geräusche von sich zu geben. Es konnte nicht ausbleiben, daß der Mieter, ein kleiner, mißtrauischer Herr namens Mr. Abernathy, der anrüchige Prozesse führte, eines Tages eine Ecke des Linoleums aufhob und darunter «buchstäblich einen See» entdeckte.

«Es muß was am Durchlauferhitzer kaputt sein. Ich könnte mir denken, daß Ihre Wohnung ein wahrer Backofen ist, Mister Kenath!» Mr. Abernathys scharfe Äuglein hatten sich fragend in die Malachais gebohrt. «Vielleicht sollte man es der Hausverwaltung melden?»

Damals hatte es Clea, die Urheberin des fabelhaften Plans, zum erstenmal mit der Angst bekommen. «Ich kann es nicht ertragen, Malachai. Jedesmal, wenn ich Abernathy aus der Tür kommen sehe, fürchte ich, Schimmel auf seinen Wangen zu sehen. Und wo, Santo Dio, sollen wir das Geld noch hinstopfen?»

Und als es gerade aussah, als gäbe es keine Lösung, war der Krieg aus. Obwohl es Sommer war, hatte der abrupte Temperatursturz Mr. Abernathy in seinem Bett frösteln lassen. Und als sie das Mehl abschütteten, hatten sie auf dem Grund der Dosen 50 000 englische Pfund gefunden.

Ein Teil davon, sie wußten nie wieviel, war für eine himmlische Frankreichreise draufgegangen. Ein weiteres erkleckliches Sümmchen hatte ihnen das Roulette in Monte Carlo aus der Hand gerissen. Und das übrige? Tja, das übrige! Malachai zog heftig an seiner Pfeife und starrte träumend, seinen Erinnerungen nachhängend, an die Decke. Sie waren eines Abends in eine halbdunkle Nachtbar in Paris geraten. Eine brasilianische Combo spielte dort auf einer Gitarre, einer Flöte, verschiedenen unzivilisiert aussehenden Instrumenten. Eine tragische, dunkelhäutige junge Frauensperson hatte etwas gesungen, das ‹Apêlo› hieß. Obwohl Clea kaum ein Wort verstand, war sie von Trauer überwältigt gewesen, aber nicht lange.

Schon eine Sekunde später hatte eine ebenholzschwarze, aus weißem Ärmel hervorragende Hand begonnen, auf eine Streichholzschachtel zu klopfen. Die eben noch so tragisch wirkende Frau fing an zu zucken und zu vibrieren. Sie schien bis in die Fingerspitzen aus Rhythmus zu bestehen. Auch in Cleas Fingerspitzen lag Rhythmus.

Bei ihrer Rückkehr nach London hatte das brasilianische Konsulat sie wichtigtuerisch dahingehend belehrt, Brasilien sei ein Land ohne Rassenvorurteile, größter Kaffee-Exporteur der Welt und Hinterland der Stadt mit der größten Wachstumsrate der Welt – São Paulo.

Für Clea, die noch immer an die auf eine Streichholzschachtel klopfenden Finger dachte, war es ganz einfach die Lösung sämtlicher Probleme. «Die Stadt mit der größten Wachstumsrate der Welt, Malachai! Denk doch bloß mal an all die Wintergärten, die geradezu danach schreien, daß sich Skulpturen in ihren Teichen spiegeln!»

Malachai hatte sich die Geschichte gründlich überlegt. Er hatte an Rumänien gedacht, an die Balkanländer, die ihm durch einen sogenannten Friedensvertrag für immer verschlossen blieben. Er hatte an Israel gedacht, an die hingebungsvollen Bauern und Handwerker, umgeben von dem finstersten Haß, den die Juden in ihrer langen Geschichte je hatten erdulden müssen. Dachte er jedoch an London, so sah er Regimenter von Scotties unter lauter Ruinen vor seinem inneren Auge. Über Europa hing etwas Bedrückendes, Drohendes, das auch der Siegesjubel nicht hatte zerstreuen können, als könne keiner so recht an den Sieg glauben. Doch in einem für die Welt so fernen, uninteressanten Land wie Brasilien blieb ihnen vielleicht noch so etwas wie eine Gnadenfrist. Wenn

Clea es für eine Lösung hielt, warum nicht?

São Paulo. Wer hätte ihnen sagen sollen, daß die am schnellsten wachsende Stadt der Welt so schnell wuchs, daß Brasilien so sehr ein Land der Zukunft war, daß kaum ein Mensch wußte, was eine Skulptur überhaupt sei? Man mußte sie gesehen haben, diese schmalen, verstopften, sich steil bergauf windenden Gäßchen, diese breiten Avenuen, die abrupt in roten Lehmschluchten endeten, die Tiefbauingenieure, die während der Stoßzeit den Verkehr kilometerlang aufstauten, weil sie gerade die Straßenbreite mit einer Schnur abmessen mußten – vorstellen konnte man sich so etwas nicht!

Tausende von *baianos* krabbelten über Hunderte von Gebäuden, wie dunkelhäutige Liliputaner, Meißel und Hammer in den Händen. Tausende von *paulistas* rasten entschlossen hierhin und dorthin und verdienten mit Immobilien, Autos, öffentlichen Ämtern, Schwindelfirmen und Nippes ein Vermögen zusammen. Der Nippesmarkt florierte phantastisch. Wenn Malachai gewollt hätte, er hätte gleich mehrere Öfen aufstellen und es mit der Herstellung von Steingutheiligen und Steingutpapageien versuchen können.

Clea hatte es wieder mit der Angst bekommen, doch jetzt war es zu spät. Die 50000 waren weg. Dennoch: In Lärm, Schmutz, Abgasen und Wirrwarr lag hier etwas Faszinierendes, etwas, das die Ehrgeizigen und Schlauen aus fernen, alten und toten Hauptstädten Brasiliens, aber auch aus den großen, perfekten übersättigten Hauptstädten der übrigen Welt anlockte.

Es gab genügend Menschen, die zwar vielleicht nicht wußten, was eine Skulptur war, aber eifrig bedacht waren, es zu lernen. Und als nun große Häuser mitten im unfaßbar rasch wuchernden tropischen Grün emporwuchsen, sah man schließlich auch Malachais gedankenschwere Skulpturen hie und da, wie sie unter Flamboyantbäumen standen oder am Rande stiller Gartenteiche lagerten. Es war gar nicht so schlimm. Die Bevölkerung war hier interessant genug, um den stets beobachtenden Malachai noch eine geraume Weile zu beschäftigen. «Ach, könnte man doch beobachten, ohne mit hineingezogen zu werden!»

Wie um diesem letzten Gedanken Nachdruck zu verleihen, erschien Clea erneut in der Tür, band diesmal die Schürze ab und warf sie schwungvoll und angewidert beiseite. «Muscheln, äh – ekelhafte Dinger! Wenn mir mal wieder so was einfällt, gib mir bitte eine Ohrfeige, damit ich aus meiner Trance erwache, ja! Schenk mir etwas ein, bitte, sei ein Schatz!»

«Das tue ich lieber, als dich mit einer Ohrfeige aus der Trance zu wecken.» Malachai strich sich über das schmerzende Schienbein, hinkte zur Hausbar und füllte ein hohes Glas mit viel Eis, Campari und Sodawasser.

«Ah, jetzt geht es mir schon besser.» Clea ließ sich in die noch immer leicht verqualmten Kissen zurückfallen. «Wahrscheinlich ist es für uns alle heute abend das beste, uns ein bißchen zu bekneipen, damit wir nicht mehr unterscheiden können, wo bei Franciscos Entwurf oben und unten ist!» Sie tat einen langen, durstigen Schluck und sah vor sich hin. «Ich sehe ihn vor mir. Francisco hat wie ein Irrer daran geschuftet. Er wird voller Begeisterung damit antreten, und ihr werdet ihn in der Luft zerreißen. Binnen zwei Sekunden wird nichts mehr davon übrig sein.»

«Entweder das», sagte Malachai, «oder aber Francisco bringt überhaupt nichts mit, was genauso möglich wäre.»

«Wär ja himmlisch.» Clea rollte die Augen und blickte voller Hoffnung zur Decke auf.

«Nur daß du es Josh und Duncan fest zugesagt hast . . .»

«Verdammter Mist, ich wollte, ich hätte von ihrer blödsinnigen Idee nie etwas gehört, im Ernst.»

«Aber das ist es ja.» Malachai versuchte, die Dinge ein für allemal richtigzustellen. «Es ist *ihre* Idee, also reg dich nicht auf. Außerdem kann es ein Riesenerfolg werden. Wie Duncan ganz richtig sagt, sind die Brasilianer wie verrückt auf alles Moderne . . . Lärm, Autoabgase und Plastik. Hast du die angeklebten Plaketten hinten in den Autos gesehen: BRASILIEN LIEBEN ODER AUSWANDERN?»

Sie konnte sich dazu nicht mehr äußern, denn eben läutete es an der Haustür, und herein trat Francisco Cavalcanti, eine verdächtig aussehende Papierrolle unter dem Arm.

Er verbeugte sich leicht. Die elegante Geste wirkte bei ihm ganz natürlich und paßte zu der Tatsache, daß Cavalcanti ein alter brasilianischer Name war und daß der junge Mann aussah wie ein großer, magerer, etwas überzüchteter, möglicherweise tuberkulöser Aristokrat. Seine dunklen Augen glänzten, und die Hand, mit der er die Malachais drückte, während er ihm mit der anderen so kräftig auf den Rücken schlug, daß die Papierrolle dabei zu Boden fiel, sprach von einer sonderbaren, unerschöpflichen Energie.

Malachai erwiderte den *abraço* und blickte dabei Francisco fragend über die Schulter. «Und wo ist Delia?»

«Delia?» Jetzt war es an ihm, sich suchend umzuschauen. «Ja, ist sie denn nicht hier?»

«War es so verabredet?» Sekundenlang hing das Bild Delia Cavalcantis, Dr. phil., Franciscos Ehefrau, zwischen ihnen, der kleinen, verheerend femininen Person, deren feuriges Temperament jedoch die Aufmerksamkeit – insbesondere bei Versammlungen der illegalen Studentenvereinigung und bei unerlaubten Demonstrationen – auf einem ganz anderen Gebiet erregte.

«Ja, verabredet war es. Aber vielleicht ist sie mittlerweile verhaftet worden», sagte Francisco leichthin, vielleicht etwas zu leichthin. Malachai wußte nie, wieviel bei Franciscos Reaktion auf die Umtriebe seiner

Die fünfzigtausend waren weg . . .

. . . die fünfzigtausend aus den Mehldosen. Da muß man es ja mit der Angst bekommen.

Geld erhalten genügt nicht, es muß auch erhalten bleiben. «Geld erwerben erfordert Klugheit; Geld bewahren erfordert eine gewisse Weisheit, und Geld schön auszugeben, ist eine Kunst.» Das war die Ansicht des Erzählers Berthold Auerbach.

Frau echte Gleichgültigkeit und wieviel schlicht Vergeßlichkeit war. Jedenfalls hob er im nächsten Augenblick schon die Papprolle vom Boden auf, griff Malachai am Arm und zog ihn vorwärts. «Kommen Sie, *meu amigo*». Sein Ton war halb scherzhaft, halb drohend. «Sie haben gewollt, daß ich das Ding mache. Jetzt holen Sie mich auch wieder heraus aus dem Schlamassel, in dem ich stecke . . .»

«Erst mal was zu trinken», sagte Malachai und trat eilends wieder an die Hausbar.

12

Um die Zeit, als sich Francisco Cavalcanti neben Clea aufs Sofa fallen ließ und die langen Beine von sich streckte, waren die beiden anderen Eingeladenen des Abends, Duncan und Caroline Roundtree, auf dem Weg vom Flughafen in die Stadt. Duncan, der sich neun Stunden lang durch die Luft hatte schaukeln lassen müssen wie eine Sardine in einer Sardinenbüchse mit Jet-Antrieb und dem immer noch leicht schwindlig war, überließ das Steuer Caroline. Sie war eine gute Fahrerin, rasch entschlossen, wie man es sein mußte bei diesem Pokerspiel namens Straßenverkehr, und hatte keine Bedenken, die Initiative an sich zu reißen, wo immer sich Gelegenheit bot. Er sank daher in seinen Beifahrersitz, überließ alles ihr und ruhte sich vor dem Essen noch etwas aus, froh bei ihr und endlich wieder zu Hause zu sein.

Eigentlich wäre es netter gewesen, heute abend direkt heimzufahren und mit ihr allein zu sein. Aber Francisco brachte seinen Entwurf, wie immer der auch ausgefallen sein mochte, und da dieser junge Ingenieur, der offenbar das ganze Innere Brasiliens eigenhändig und allein gestaltete, dauernd irgendwo in der unerreichbaren Wildnis verschwand, wußte Duncan, wie wichtig es war, ihn dann zu greifen, wenn man seiner habhaft wurde.

Außerdem sollten sie ja nicht mit Fremden essen: Francisco und Delia waren uralte Freunde, ebenso Malachai und Clea. Und obschon sie über eine Reihe von Themen wütend und wortreich stritten und obwohl das, was sie gemeinsam hatten, so wenig zu bestimmen war wie der Zauber des Landes, in dem sie lebten, verband sie doch echte Freundschaft – die manchmal wild aufflammenden Meinungsverschiedenheiten stimulierten sie seltsamerweise noch –, eine Art Freundschaft, wie Duncan sie hochschätzte. Caroline übrigens auch, sonst hätte es schon in der ersten Stunde des Wiedersehens sicherlich eine Szene gegeben, weil sie zu anderen Leuten sollten.

Wortlos gönnte er sich das Vergnügen, zuzusehen, wie sie sich angriffslustig über das Lenkrad neigte. Er betrachtete ihr energisch vorspringendes Kinn, die weitstehenden nordischen Augen mit den glatten

Lidern und den weichgeschwungenen Brauen, die ihr im Verein mit ihrer Stupsnase das Aussehen eines lernwilligen, klugen Kindes gaben. Bei all ihrer Tüchtigkeit und ihrem Perfektionismus kam sie ihm manchmal wirklich wie ein Kind vor: ein Mädelchen, das seinen Schutz verzweifelt nötig hatte.

«Caroline setzt doch immer alles durch, was sie sich vornimmt», hieß es allgemein. Vielleicht wußte er allein, wie verletzlich sie war, wie schmerzhaft einsam in den Stunden seiner Abwesenheit.

«Was hast du denn so getrieben?»

«Ach, du weißt schon: die Kinder angebrüllt, paarmal ins Kino gegangen, gelesen. Gestern abend war ich in der Oper.» Ein Achselzucken, ein Zusammenpressen der Lippen, die dadurch sonderbarerweise etwas besonders Verlockendes bekamen. «Du weißt schon.»

Er umgriff von hinten ihren Hals und spürte, wie ihr ganzes Wesen auf die Wärme seiner Berührung reagierte. Später würden sie lange und leidenschaftlich miteinander im Dunkeln liegen, und erst dann würde alles wieder wahrhaft in Ordnung sein.

«Hat keinen Zweck, heimzufahren, wenn die Gören schon schlafen», sagte er. «Ich kann die Sache mit Malachai gleich drüben erledigen.

«Gut.» Sie warf ihm einen Seitenblick zu. «Hör zu, Duncan, wenn dir der Entwurf nicht gefällt, sei bitte nicht zu bissig, ja?»

«Du willst doch nicht etwa andeuten, ich könnte sarkastisch sein?»

«Hmmm.»

«Okay. Also nur ein Minimum an Bitterkeit!» versprach er, eifrig bedacht, ihr etwas zuliebe zu tun, das Vakuum der Einsamkeit aufzufüllen, das durch seine Abwesenheit entstanden war, eine Abwesenheit, die – überlegte man es sich recht – bis auf das Verladen der Frittiermaschinen völlig sinnlos gewesen war.

«Also das Verladen der Frittiermaschinen hast du selbst gesehen?» fragte sie, als könne sie Gedanken lesen.

«Mit eigenen Augen. Als nächstes –» er blinzelte in die Dunkelheit hinaus, weil sie eben in Malachais Straße einbogen – «brauchen wir einen Ort, um sie aufzustellen.»

Francisco hatte seinen Entwurf auf dem Kaffeetisch ausgebreitet und mit vier Aschbechern beschwert, als Duncan und Caroline eintraten.

Malachai hatte kaum noch Zeit, zwei weitere Drinks mit einem guten Schuß Rum zu versehen, ganz zu schweigen davon, daß diese Drinks noch hätten ihre Wirkung tun können, ehe alle sich mit leider völlig ungetrübtem Blick die Skizze anschauten.

Besonders Malachai sah, wie immer, wenn es sich um Ästhetisches handelte, schmerzhaft klar und konnte den Mund nicht halten. Obwohl der gesunde Menschenverstand ihm riet, zu schweigen, platzte er heraus: «Sind Sie sicher, daß Sie die richtige Skizze erwischt haben? Das hier ist doch ein Flugzeug-Hangar.»

Das Stichwort war für Duncan unwiderstehlich. Er rückte an seiner Brille, ließ jede Zurückhaltung fahren und lehnte sich bedrohlich vornüber. «Dieser Raum hier –» er beschrieb mit dem Zeigefinger einen winzigen Kreis – «ist was? Die Besenkammer?»

«Nein, die Küche.» Zum erstenmal ergriff Francisco das Wort.

«Aha.» Duncan beugte sich näher und blinzelte. «Wir könnten ja einen sehr großen Koch einstellen. Einen *mineiro*. Die stammen von den Watussis ab, nicht wahr?»

«Ihr seid eine gräßliche Bande!» Clea griff sich einen Bleistift von Malachais Schreibtisch und zeichnete mit kühnen Strichen in Franciscos Skizze hinein. «Einfach da ein bißchen weg und dort ein bißchen was dazu, und das Dach niedriger . . .»

«Und dann bricht das ganze Ding ohnehin zusammen!» Francisco Cavalcantis lange, magere Gestalt krümmte sich vor Lachen. Malachai, der mit der Kritisiererei angefangen hatte, war dauernd zumute gewesen, als ticke irgendwo eine Zeitbombe. Doch er hätte es besser wissen müssen. Offensichtlich fühlte sich Francisco, nun da er es versucht und dabei versagt hatte, seiner Pflichten ledig. Er fegte die Skizze vom Tisch, rollte sie zusammen und überreichte sie Duncan. «Sie gehört Ihnen. Ich verzichte darauf. Ohnehin könnte ich – *Graças a Deus* – nichts mehr daran ändern, denn ich reise morgen ab.»

«Mann, Francisco, danke!» Duncan bemühte sich wacker, diplomatisch auszusehen. «Ich werde sie dem ‹Aufsichtsrat› vorlegen.» Er nahm die Zeichnung und deponierte sie mit ausgestrecktem Arm so weit nach hinten, daß keiner sie mehr erreichen konnte, aufrichtig froh, Francisco doch noch getroffen zu haben, um mit ihm von etwas anderem sprechen zu können.

«*Para que lado vai?*» Er wechselte ins Portugiesische über. «Wohin soll's denn gehen?»

«Paraná.»

Der lachende Ausdruck auf Franciscos Gesicht wurde zu erregter Gespanntheit. Diesen Ausdruck kannten sie alle gut, Franciscos kränkliche, beinahe fahle Züge nahmen dabei etwas überraschend Entschlossenes an, als sei alle Kraft, die in ihm steckte, für seine derzeitige Besessenheit reserviert: den Damm, hoch am Fluß Paraná, derzeit noch am Ende der Welt. Doch Francisco sah ihn schon vollendet, sah das ringsum liegende Land verwandelt. Irgendeine Vision hatte er offenbar immer. Deswegen verlachte er alles übrige so gern, deswegen konnte man nicht verlangen, daß er anderes so richtig ernst nahm, er konnte nichts dafür, in jedem Menschen stak nur eine gewisse begrenzte Menge Ernst.

«Wißt ihr, was ich vorige Woche tun mußte?» fragte er jetzt. «Ich habe die Arbeit eines ganzen Monats in die Luft sprengen müssen! Sie hatten nicht den richtigen Zement da und einfach anderen genommen. Der hätte vielleicht ein Jahr gehalten, vielleicht sogar zwanzig.» Er schüttelte den Kopf, und auf seinem Gesicht spiegelte sich unbegreiflicher Stoizismus. «Es ist nicht so sehr ein Mangel an Verantwortungsbewußtsein – es ist einfach Unwissenheit. Womöglich ist sogar eines mit dem anderen identisch.»

«Da ist was dran», sagte Duncan. «Es ist ganz ähnlich, wenn man einem *caboclo* sagt, daß er an Bleivergiftung stirbt, wenn er sich nicht den schwarzen Staub von den Händen wäscht. Er glaubt es nicht. Und stirbt. Was soll man machen? Soll man deshalb seinen Beruf aufgeben, alles hier stehenlassen und zum Paraná hinausziehen? Für wie lange?»

Francisco machte weit ausholende Bewegungen mit den mageren, sensiblen Händen. «Einen Monat, vielleicht zwei. Wenn nicht genügend Leute da sind, die wissen, was sie tun, was ist dann zu machen?»

Duncan schien unschlüssig. «Ich hoffe nur, daß es auch anerkannt wird. Nach meiner Erfahrung sehen Politiker die Dinge anders als normale Menschen. Die Arbeit eines Monats in die Luft zu jagen, wenn bereits das Datum der feierlichen Eröffnung feststeht, schmeckt denen vielleicht nicht.»

Francisco holte eine Zigarette heraus und zündete sie langsam und bedächtig an. «Ich habe diesen Kontrakt nicht bekommen, weil ich mit irgend jemand verwandt bin, ob ihr's glaubt oder nicht!»

«Was Sie nicht sagen . . .»

«Ja, das sage ich, ich hätte sonst gar nicht erst angefangen.» Er sah Duncan ernsthaft und lange an, wie um seinen Worten Gewicht zu geben. «Ich habe ihn bekommen, weil man damit rechnet, daß ich anständige Arbeit leiste. Ganz gleich, ob jemand die Geduld verliert oder nicht.»

«Wenn jemand die Geduld verlieren sollte», mischte sich Clea ein, «müßte es nach meinem Dafürhalten Delia sein. Zwei Monate hintereinander! Wie sie das nur aushält?» Die für Clea typische Bemerkung – denn trotz ihrer großartigen Projekte dachte sie nie in abstrakten Begriffen – brachte alle wieder auf den Boden der Tatsachen, in das Zimmer, in dem sie saßen und in dem die Erwähnte plötzlich wieder sehr auffällig fehlte.

«Wo immer sie sein mag, ich bin am Verhungern», fuhr Clea entschlossen fort, «und bringe jetzt das Essen. Will jemand noch einen Drink, wenn ich schon mal dabei bin?» Sie verschwand wieder in die Küche und begann mit Hilfe ihrer großen, grauschwarzen Dienerin Ramira mit dem mühseligen Zusammenstellen der *antepastos*.

Malachai erhob sich, um die Drinks zu holen. Dabei ließ er die Eiswürfel fallen und mixte Duncans und Franciscos Drinks durcheinander, weil seine Augen, die eben noch kritisch den Entwurf geprüft hatten, nun immer wieder zur Tür wanderten. Delia war wirklich unmöglich. Morgen fuhr Francisco ab, vielleicht für Monate, und seine Frau brachte es nicht fertig, rechtzeitig zum Essen mit ihm hier einzutreffen. Wo steckte sie bloß?

Die anderen, selbst Francisco, der sich seit langem damit abgefunden hatte, daß sie rücksichtslos war, schienen sie wieder vergessen zu haben. Sie redeten und lachten miteinander. Caroline beschrieb die gestrige Oper, in der *La Somnambula*, die Nachtwandlerin, einen Schritt rückwärts getreten war und dabei einen kompletten, auf einen schmutzigen Leinenvorhang gemalten italienischen Garten auf den Kopf bekommen hatte. Malachai lachte höflich, er hörte nicht so recht zu und reichte mit zitternden Händen die Drinks herum.

Es war so etwas wie ein Wunder, er wußte es, daß er auf all seinen Irrwegen nie auf der Straße verhaftet, nie nachts geweckt, nie bei einer Versammlung, zu der er gegangen war, weil seine Neugier seinen gesunden Menschenverstand überstieg, plötzlich angesprochen und weggeschleppt worden war. Er wußte jedoch besser als alle anderen, die noch nie im Leben vor etwas hatten fliehen müssen, daß solche Dinge vorkamen. Er kannte alle Symptome, und die Angst krallte sich ihm in die Eingeweide, wie bei jemand, der überempfänglich ist für warnende Vorzeichen des Krebses, und verursachte ihm Magenkrämpfe. Während die anderen lachten, setzte er sich in einen Sessel, versuchte aufmerksam auszusehen und schwitzte. Als die Türklingel hartnäckig und ausdauernd schrillte, mußte Clea sie öffnen gehen, die gerade ein Tablett mit *fungos e berinjela* balancierte. Malachai war zu schwach in den Knien.

Der Auftritt Delia Cavalcantis war – er mußte es später zugeben – äußerst wirkungsvoll. Alle, die sie eben noch vergessen hatten, waren durch das Klingeln an der Tür wieder in Spannung zurückversetzt und ganz Ohr, als sie ins Zimmer stürzte, die Wangen unter dem olivfarbenen Teint flammend gerötet, in den großen fiebrigen Augen Zorn und Rachsucht.

«Ich komme eben von Zaga. Die Kanaillen haben ihn einfach rausgeworfen!» sprudelte sie hervor und schlug mit ihrer Empörung alle in Bann. Malachai, der vorher schwach vor Angst, nun schwach vor Erleichterung war, wäre gern noch tiefer in den Sessel gesunken, hätte sich gern entspannt und sie das Wie und Was erzählen lassen, doch das wollte Clea nicht. Sie hatte Hunger und war nicht in Stimmung für Delias Theater.

«Komm, Delia. Ein Schlückchen Wein und ein paar *fungos*, das beruhigt. Setz dich hin, so ist's brav.» Sie schob Delia in einen bequemen Sessel und drängte ihr ein Glas Wein auf, dann reichte sie eine solch überwältigende Fülle von *antepastos* herum, daß sie selbst der Gioconda die Schau gestohlen hätte, wäre sie eben eingetreten. «Alsdann», sagte sie, als ihr Teller gefüllt und ihre Stimmung teilnahmsvoller war. «Erzähl mal. Was ist eigentlich passiert?»

«Was passiert ist? Na, eigentlich war es ja zu erwarten!» Bei aller Empörung war deutlich Triumph in Delias Stimme. «Ihr kennt ja seine politischen Überzeugungen.»

«Wer kennt sie nicht? Er langweilt einen ja zu Tode mit seiner ewigen Politik.» Clea runzelte die Stirn und überlegte sich den Grund. «Hauptsächlich weil er alles immer aufsagt wie eingelernt. Man hat immer den Eindruck, er wüßte eigentlich gar nicht, wovon er spricht, findet ihr nicht?»

«Nicht weiß, worüber er spricht?» Delia ärgerte sich. «Wieso? Weil du nicht seiner Meinung bist?»

«*Calma, calma*», sagte Malachai behutsam, «noch ist niemand irgendeiner Meinung. Ihr werdet mir aber zugeben müssen, daß es häufig vorkommt», fuhr er in einem Ton fort, den er bei einem Moderator für angemessen hielt, «daß ein großer Künstler, der in politischen Dingen ein Narr ist, sich von denen, die es nicht sind, ausnutzen läßt –»

«Ausnutzen!» Delia schien neuerlich loswettern zu wollen, doch diesmal schaltete Francisco sich ein. Ob es die anderen gemerkt hatten oder nicht: Er war ungeheuer erleichtert gewesen über ihr Erscheinen, und als diese Erleichterung nun verebbte, wurde er ein wenig eifersüchtig, weil es immer Zaga oder sonst ein «Fanatiker» war, der ihr die Zeit stahl und sie überall zu spät kommen ließ.

«Delia, du weißt doch selbst, daß im Moment, wo seine Entlassung bekannt wird, Hunderte von Universitäten für ihn bitten werden. Und zwar nicht deshalb, weil er ein so ausgezeichneter Architekturprofessor ist!»

«Weshalb sonst?» In den von Minute zu Minute enger werdenden Kreis der Gesichter stieß Caroline Roundtrees spitziges Kinn vor wie ein Keil. Malachai wich zurück und wartete ab. Als er Caroline kennenlernte, hatte er gemeint, hinter ihren weit aufgerissenen blauen Augen wohne nichts als weibliche Verführungskunst. Einige weitere Begegnungen hatten ihn belehrt, daß es dort noch eine unstillbare Neugierde gab, das Gedächtnis eines Elefanten und eine Abneigung dagegen, Fragen obenhin oder gar nicht zu beantworten. Nun konzentrierte sich ihr Blick auf Delia. «Ich kenne diesen Zaga nicht, aber hat man ihn wegen seiner politischen Überzeugungen rausgeschmissen oder weil er während der Vorlesungen darüber gequasselt hat?»

«Was macht das schon aus?»

«Mir würde es was ausmachen.» Carolines Kinn reckte sich noch einige Millimeter weiter vor. «Wenn ich gekommen wäre, um unter einem großen Meister Architektur zu studieren, und er mir meine Zeit stiehlt, indem er mir –»

«Ja, darf man denn keine Meinung haben?»

«Das habe ich nicht behauptet. Ich habe gesagt, sie gehört nicht in den Hörsaal.»

«Ach? Und wie willst du bestimmen, wo der Hörsaal beginnt und wo er aufhört?»

Malachai holte tief Luft. Jetzt wurde die Diskussion hitzig. Francisco lächelte unheilverkündend. Meinungsverschiedenheiten, besonders politische, amüsierten ihn. Es sah aus, als käme es jetzt zu einer Wortprügelei, bei der sämtliche Nachbarn die Fenster zuknallen würden.

«Also nun hört mal», sagte Clea, die spürte, daß sich ein Gewitter zusammenbraute, «wir haben bei dem Spektakel das Festobjekt vergessen, den armen Zaga. Ich schlage vor, wir rufen ihn an und laden ihn ein, sich irgendwo mit uns zu treffen. Wie wär's mit dem *Jogral*?»

«Prima Idee», sagte Malachai, seufzte erlöst auf und bewunderte seine geniale Frau.

13

Der Architekt Zaga war noch zu erregt, um die Einladung zu würdigen, und lehnte ab. Das war schade, aber Clea hatte nicht bloß seinetwegen das *Jogral* vorgeschlagen. Es war dies ein kleines Lokal, irrsinnig überfüllt, so daß wegen eines armen Dulders, der es nicht mehr aushielt und mal hinauswollte, alle am ganzen Tisch sich erheben mußten wie ein Mann. Dunkel war es dort, und falls Dekorationen an den Wänden hingen, so hatte keiner sie je gesehen. Die Aufmerksamkeit aller konzentrierte sich auf die Bühne. Sich von dem fesseln lassen, was auf der drei Quadratmeter großen Brettertribüne vor sich ging, die auch noch zur Hälfte von einem Klavier verstellt war, hieß gesunden, hieß lachen können, den richtigen Blickpunkt wiederfinden und sich erinnern, was mit dem Wort «brasilianisch» gemeint war. Zaga hatte abgelehnt, doch es gab noch mehr Leute – das fühlte Clea, denen an diesem Abend eine Dosis Abstand nur guttun konnte.

Im *Jogral* gab es Musiker, die sich seit Beginn der Welt über ihre *cavaquinhos* geneigt und mit immer gleicher leidenschaftlicher Hingabe ‹O Carinhoso› gespielt zu haben schienen. Sie waren bleich, hatten krumme Schultern, Tränensäcke unter den Augen und hätten tagsüber sehr wohl Bankbeamte oder Portiers sein können, nachts aber verwandelte die Musik sie in ihre Instrumente. Im Gegensatz zu ihrer Blässe und Disziplin war Joaquim, der die *cuica* spielte, ein reines Naturtalent. Er preßte das trommelartige Instrument an die Brust, krümmte sich darüber und zeigte weiße Zähne im pechschwarzen Gesicht, während er den dünnen Draht sprechen, lachen und singen ließ, als sei er ein Mensch, ein Vogel, ein Geist.

Keiner konnte sich einer Zeit erinnern, in der es Joaquim nicht gegeben, oder Assis, der Flötist, nicht die eine Ecke der schwach beleuchteten

Bühne eingenommen hatte. Assis, dessen schwarze Finger unzählige Flöten bis auf Papierdünne abgewetzt hatten. Zu dem Menschen in uferloser Dankbarkeit sagten: «Jetzt bin ich wieder 6000 Meilen hergefahren, um Sie zu hören!» Dann lächelte Assis huldvollen Dank, weil er wußte, daß es die Wahrheit war. Tief in seinem dunklen, mystischen Wesen, das so dünn und brüchig war wie das von ihm gespielte Instrument, wußte er, daß er für sie die Seele von etwas verkörperte, zu dem zurückzukehren sich lohnte.

Vieles an der brasilianischen Seele ist schwarz. Einige werden das nicht wahrhaben wollen, aber das ist sinnlos. Es sollte vielmehr ein Grund zur Freude sein, daß da etwas tief verwurzelt ist und sich nicht ausreißen läßt und solche Macht hat, daß es alle anrührt, ganz gleich, was für Blut in ihren Adern fließt. Dieser große Anteil Seele, schwer deutbar, buntscheckig und schön, gibt dem Leben seine besondere Atmosphäre, verändert die Dinge, macht sie weniger seriös, so daß sich die Zukunft nie so recht voraussagen, ein Ende mit Schrecken nicht prophezeien läßt. Sein Zauber berührt ein Kind schon in dem Augenblick, wenn es auf zwei Beinen stehen und zuschauen kann, wie ein *bloco de samba* auf der Straße vorüberzieht. Es äußert sich in der Musik, lockt die Menschen an, wie Clea vor langer Zeit davon hergelockt wurde, als Finger auf eine Streichholzschachtel klopften. Es wurzelt im alten schwarzen Flötenspieler und erneuert sich immer wieder aus fernen, unbegreiflichen Welten, die neue Gesichter hervorbringen.

An diesem Abend war noch ein junger Bursche mit einer Viola da, ein langer, magerer, gelblicher Mensch mit Augen wie schwarze Stecknadelköpfe dicht bei der langen Nase und mit hoher, kummervoller Stirn. Wenn er sang, zog die Stirn sich zusammen, als konzentriere sich alle Energie hinter den funkelnden Stecknadelkopfaugen, um sich in reiner Seligkeit über die Fähigkeit, Musik hervorzubringen, zu verströmen.

Delia widerstand nicht lange. Wie so vielen in diesem überfüllten Lokal war es ihr gelungen, einen winzigen Spielraum um sich zu schaffen. Sie lachte, plötzlich selbst ganz Freude, ihre Schultern zuckten zu diesem Rhythmus, ihre Hüften zu jenem, in müheloser, selbstvergessener Grazie. Francisco, einer von denen, der sich zu der Wahrheit über die brasilianische Seele bekannte, dachte: *Graças a Deus*, so lange es Burschen wie diesen gibt, so lange die Seele irgendwo Wurzeln hat und sich erneuert . . .

«Nega mit dem starren Haar, was für einen Kamm benutzt du?» Sie sang jetzt mit, der Junge und sie sangen einander zu, hatten das ganze Lokal vergessen und bezogen doch alle Menschen darin in ihren Verzükkungszustand ein. Als die Musik endete, blieb der Junge mit schwarzen, glänzenden Augen lächelnd sitzen, während Delia lachend auf ihren Stuhl sank. Vergessen war Zaga, vergessen ihre Wut wenige Augenblicke zuvor. Wären die Urheber von Zagas beklagenswerter Situation jetzt aufgetaucht und hätten sie daran erinnert, sie hätte ihnen nicht nur verziehen, was sie für einen unüberlegten Schritt hielt, sondern sie vermutlich zu überreden gesucht, sich diesen Schritt noch einmal zu überlegen. Selbstverständlich galt das alles nur vorübergehend, doch das Lokal und seine Musik befreiten von einem Zuviel an Ernst und machten die Besucher für ein kleines Weilchen wieder heil und ganz.

Den Jungen mit der Viola löste ein Gitarrist ab: das Haar kurzgeschoren am schön geformten Schädel, Backenknochen und weit vorspringende Nase scharf und kantig, Augen wie dunkle Juwelen in der blaßgoldenen Haut. Seine langen, empfindsamen Finger berührten die Saiten, als sei das Instrument von ihm untrennbar. Er sang offen und ungekünstelt die traurige Geschichte von Zelais Hütte am Bergeshang, die der Regen wegspült:

Jeder verstand es,
Als Zela weinte.
Niemand lachte, niemand scherzte
Und doch war Karneval . . .

Duncan lehnte sich in seinem Stuhl zurück und beobachtete die Szene. Er versuchte, sich die Welt zu vergegenwärtigen, die er hinter sich gelassen hatte: es ging bereits nicht mehr. Ich bin vielleicht einfach zu müde, dachte er, wußte es aber im Grunde besser. Die beiden Welten waren zu weit voneinander entfernt. Jetflüge, Funksprüche, rote Telefone – sie würden hier die Dinge nie völlig ändern, man würde trotzdem nie auf der gleichen Frequenz senden. Der Gedanke amüsierte und tröstete ihn. Unvermittelt begann er Caroline zu beobachten, die noch vor wenigen Minuten so heftig geworden war und nun feuchten Auges dasaß, hingerissen vom Zauber der Musik, in der einen Stimmung genauso zutiefst ehrlich wie in der anderen. Caroline, mit der zu leben alles mögliche sein konnte, nur nicht langweilig.

«Großartige Kombination, Saiteninstrumente und Poesie», sagte sie gerade zu Delia. «Fast wie die Musik der Renaissance. Ich hätte fast Lust, Gitarrenunterricht zu nehmen, bloß um mich darin zu vervollkommnen . . .»

«Warum denn eigentlich nicht?» Delia war noch ganz durchglüht von der Freude des Tanzes. «Spricht irgendwas dagegen?»

Caroline lächelte. «Ungeduld, glaube ich. Ich war mal Konzertpianistin, trotzdem wollten alle Gitarrenlehrer, die ich traf, mit mir immer wieder beim Flohwalzer anfangen.»

Delia schüttelte sich vor Lachen, war aber voller Teilnahme. «Das ist natürlich schändlich und ganz unnötig. Dort–» sie beugte sich zu Caroline, als käme ihr ein fabelhafter Gedanke, und wies mit dem Kopf in Richtung des Gitarristen – «den da kenne ich. Er ist Student an der Uni und schreibt gerade seine Dissertation. Pekuniär geht es ihm nicht sehr gut. Er gibt Gitarrenstunden.» In ihren Augen strahlte die Freude über die Möglichkeit, gleich zwei Freunden einen Gefallen zu tun, obwohl sie sich mit Caroline eben erst aus eben dem Grunde gestritten hatte, aus dem sie sie so gern hatte: weil sie freimütig und offen war. «Der fängt bestimmt nicht mit dem Flohwalzer an. Willst du nicht mal mit ihm reden?»

Malachai beobachtete, wie Francisco, der ebenso wie Duncan über die Fixigkeit staunte, mit der ihre Frauen die Stimmung wechselten, einen flüchtigen Moment lang mit bestürzter Miene die Stirn runzelte. Duncan sah es nicht, er dachte gerade, ganz gegen seinen Willen: Der verdammte Kerl sieht mir zu gut aus, um meiner Frau Gitarrenstunden zu geben. Er spürte, wie sein innerstes Wesen rebellierte, sein Puls sich beschleunigte und idiotisch hämmerte. Aber eben weil es so idiotisch war und Carolines Gesicht in der Begeisterung, mit der sie äußerte: «Warum denn nicht?», so wunderhübsch aussah, behielt er es für sich.

14

Francisco Cavalcanti schaute seine mißglückte Skizze nie wieder an. Für die Dauer des nächsten halben Jahres sah er kaum etwas anderes mehr an als Konstruktionspläne für Überlaufrinnen, Zisternen und Turbinen, schaute zu, wie Traktoren gigantische alte Baumriesen umrissen, wie Gruben ausgehoben wurden, Lastwagen den tiefreichenden roten Lehm wegtransportierten, eine Wildnis und ein breiter, träger Fluß nutzbar gemacht wurden; lebte ein Lagerleben und wurde Zeuge, wie etwas Abstraktes dort draußen im Niemandsland zur Realität wurde. Offensichtlich hielten sich seine Arbeitgeber an ihr Versprechen: Keine Termine für Einweihungsfeiern hingen drohend über seinem Haupte. Sie wollten, daß der Auftrag durchgeführt wurde, und ließen ihn in Ruhe.

Das, was dem ‹Aufsichtsrat› vorgelegen hatte, machte Malachai nochmals von Grund auf neu. Irgendwann grinste Duncan schändlich über das ganze Gesicht und meinte: «Diesen Zaga sollten *wir* uns vielleicht schnappen, ehe die hundert Universitäten von seiner Entlassung Wind bekommen. Falls er wirklich stellungslos sein sollte.» Malachai war bei dieser Vorstellung ganz blaß geworden. Daher hatte man schließlich ihm alles überlassen. Er hatte den Entwurf ‹intim, warm und verlockend› gemacht, vielleicht nicht ganz funktionell genug. Ein Grundstück wurde gepachtet, an einer der belebtesten Avenuen von Campos gelegen, ein Vorarbeiter wurde eingestellt; man begann mit dem Bau. Zwischendurch war Teodoro de Todos os Santos nach Rio gereist, dem Schiff entgegen, das Professor Lindquists persönliche Habe beförderte.

Wenn Teodoro später daran dachte, kam er sich vor wie ein Mafioso: zugleich voll Angst und doch kühn. Er hatte in seiner beruflichen Laufbahn viel Sonderbares getan, aber dies hier war vielleicht das Sonderbarste.

Begreiflicherweise war Josh im passenden Augenblick ebenfalls in Rio gewesen, um Professor Lindquist, der die Landesbräuche nicht kannte, dahingehend aufzuklären, daß es ein fataler Mißgriff wäre, sich das Gepäck selbst von den Docks zu holen.

«Etwas Verkehrteres könnten Sie nicht tun.» Er sah Lindquist ehrlich erschrocken an. «Ehe Sie sich's versehen, stehen Sie als verdächtig auf irgendeiner Liste der Polizei. Überlassen Sie das nur Teodoro, dazu ist er da. Wie wäre es, wenn wir bahianisch essen gingen? Waren Sie denn überhaupt schon einmal im *Oxalá*?»

Professor Lindquist, der außer auf dem Gebiet der Etymologie wenig Erfahrungen hatte und seit der Ankunft in Rio täglich mehr zu der Erkenntnis neigte, daß hier hinter jeder Ecke und hinter jeder Bürotür die Niedertracht lauere, nahm nur zu gerne an.

Während Josh und er ihr Inneres abwechselnd mit Bahia-Gewürzen ätzten und mit Bier wieder löschten, ging Teodoro hinunter zu den Docks. Glücklicherweise war er mit dem wogenden, brüllenden, Kräne schwenkenden Inferno am Ufer der Guanabara Bay völlig vertraut. Er war oft hier gewesen, um das Gepäck frisch eingetroffener Institutsmitglieder abzuholen, und hatte selbstverständlich – schon aus Gründen der Vernunft – längst mit Doutor Oswaldo, dem Zollmeister, Freundschaft geschlossen. So lag denn auch heute nichts Ungewöhnliches in seinem Verhalten, als er mit diesem zwischen den halbnackten Gestalten stand, die hin und her drängten, unter ihren Lasten wankend oder in schwindelnder Höhe am Haken eines Kranes hängend sich in die Schiffsbäuche schwangen.

Gleichmütig gingen sie die Liste der Besitztümer Professor Lindquists durch, eine unvorstellbar langweilige Zusammenstellung, wie sie schon so oft abgehakt worden war – Gegenstände, die offenbar für das Leben eingewanderter Amerikaner unerläßlich waren:

Drei Kartons Tabletten zur Desinfektion von Trinkwasser, Deodorantspray für Hunde, Herdreinigungsmittel, vierzig Rollen Haushaltsfolie, ein Fernsehsessel mit verstellbarer Rückenlehne . . . so ging es weiter und weiter. Teodoro schien eine graue, tote, fahle Bühne vorbereitet, auf der unvermutet, als lebhafter Kontrast zwei Frittiermaschinen für Brathähnchen auftauchten. «Jede groß genug», bemerkte Doutor Oswaldo sofort, «um eine Kuh darin zu braten.» Teodoro bemühte sich, nicht zu erzittern, als der Zolloffizier, abrupt aus seiner Lethargie auffahrend, aus ungläubig geweiteten Augen darauf niederstarrte – mit einer entmutigenden Mischung aus Neid und unverhohlenem Mißtrauen.

Irgendwie vermochte Teodoro sich zusammenzureißen. Er nutzte seine in zwanzig Jahren gesammelten Erfahrungen mit den traditionellen Lebensformen und Sitten von Zollbeamten und wandte sich mit leicht überraschter Miene an den Freund.

«Aber Doutor Oswaldo, das ist doch ganz klar. Schließlich ist Professor Lindquist –» er ließ seine Stimme ehrerbietig dröhnen – «*Chefe do Partido.*»

«*O Chefe do Partido*, aha.» Die erwünschte Reaktion ließ nicht auf sich warten. Hätte Malachai den Zollbeamten mit einem Porträt König Georgs von den Frittiermaschinen zurückgescheucht, es hätte nicht wirksamer sein können als dieses Zauberwort, das sowohl ein Parteichef wie ein Abteilungsleiter bedeuten konnte. Der listenreiche alte Erpresser Oswaldo hatte gewissermaßen über Teodoros Schulter das Phantom eines führenden Politikers erblickt, eines Mannes, der ebenso großspurig, unangenehm und unlauter war wie er selbst, nur beträchtlich einflußreicher.

«*O Chefe do Partido*», wiederholte er. «Warum haben Sie das nicht gleich gesagt? *Pois não*, Sr. Teodoro.» Mit einem nervösen Schlenkern des Handgelenks und respektvoll niedergeschlagenen Augen, als sei eine weitere Bestandsaufnahme wirklich nicht mehr nötig, winkte er den Rest von Professor Lindquists irdischer Habe durch die Sperre.

Teodoro mußte kurz gegen eine Ohnmachtsanwandlung ankämpfen, nickte dann energisch und folgte der Kistenprozession dorthin, wo die Lastwagen darauf warteten, sie wegzufahren.

Der Rest war nicht schwierig. Man sah sofort, daß die gigantischen Maschinen nicht mit den übrigen Artikeln in den Möbelwagen paßten. Teodoros Schwager Joaquim, der gerade für zehnjährige treue Dienste als verläßlichster Fahrer des Instituts einen Parker-Füller mit Monogramm erhalten hatte, fuhr einen zusätzlichen Lastwagen im Rückwärtsgang in die richtige Position. Als er aufgeladen hatte und von den Docks aus nicht mehr zu sehen war, hörte er plötzlich auf, dem Möbelwagen in Richtung des eleganten Wohnviertels Leblon zu folgen, wendete und fuhr südwärts aus der Stadt hinaus.

Seit jenem Tag befanden sich die Frittiermaschinen in sicherem Versteck zwischen den Futtersäcken in Joshs Lager. Manchmal war es schwer zu glauben, doch dort standen sie. Und Teodoro erhob sich täglich im Morgengrauen, um den Bau des Restaurants zu überwachen, dessen Mitbesitzer er war, er, Teodoro de Todos os Santos, ehemaliger Amtsschimmelreiter und Botenjunge.

Im Augenblick saß er auf der Mauer des Grundstücks, auf dem dereinst das Restaurant stehen sollte, hatte eine Zeitung unter sich gebreitet und ließ, ehe die Tagesarbeit begann, die Gedanken ein wenig schweifen. Manchmal fiel ihm auf, daß sich seine Pflichten trotz seiner neuen Position nicht wesentlich geändert hatten. Die Schwerarbeit, den Baugrund zu pachten, war ihm zugefallen, und er war dabei so lange zwischen den streitenden Angehörigen einer vielköpfigen, aber entschlußlosen Familie vermittelnd hin und her gelaufen, bis er jeden so weit hatte, daß er unterschrieb. O Nächstenliebe! Nichts lockte die lieben Verwandten schneller aus allen Ritzen und Winkeln herbei als ein Pachtvertrag. Er hatte das Problem gelöst. Danach waren die zahllosen Fahrten ins Bürgermeisteramt nötig gewesen, das Schlangestehen um die Genehmigung zum Bau, Genehmigung zur Kanalisation, Genehmigung zur Elektrifizierung. Danach der endlose Kampf um Ziegel, Zement, Gips, darum, daß 2000 Ziegel auch tatsächlich 2000 waren und noch hundert darüber für den Fall von Bruchschaden. Dergleichen hatte er sein Leben lang getan. Nur mit dem Unterschied, daß er es nun für sich selbst tat.

Harry McGuiness, zu dem er größeres Vertrauen hatte als zu jedem anderen Menschen, hatte ihm ins Gesicht gesagt, er sei verrückt. «Mir ist es gleich, in welche halb ausgekochten Machenschaften Sie einsteigen und bei wem. Aber Sie mit Ihren Problemen um Ihre Tochter Marilia können es sich doch einfach nicht leisten, ein Risiko einzugehen.»

Harry McGuiness war – bei aller Bewunderung, die Teodoro ihm zollte – nicht klarzumachen, daß er es gerade Marilias wegen getan hatte, seiner Tochter, deren Erblindung eine Reihe von Operationen nicht hatte verhindern können.

Als es soweit war, als ihre Blindheit für unheilbar erklärt wurde, hatte es unter Teodoros Verwandten Heulen und Zähneklappern und morbide Theorien gegeben, ganz zu schweigen von einem undeutlichen, schlecht verhohlenen Gefühl der Scham.

«Du wirst sie doch nicht zwingen, wieder in die Schule zu gehen?»

Direkt gezwungen hatte er sie nicht. Er hatte einfach immer gewußt, daß sie wieder zur Schule gehen würde. Und sie war gegangen, war morgens mit ihrem Tonbandgerät und ihrer dunklen Brille am Arm einer Freundin losgezogen.

Seltsamerweise waren es die Freundinnen, die sich am raschesten mit dieser Neuheit abfanden, als hätten auch sie immer damit gerechnet, daß Marilia eines Tages blind werden und trotzdem weitermachen würde. Überall schien es Freundinnen zu geben, auch Lehrer, denen es nichts ausmachte, etwas langsamer zu sprechen und manchmal etwas zu wiederholen, damit Marilia hören konnte, was sie nicht sah.

Mit ihrer dunklen Brille, ihrem Tonbandgerät und ihrer Energie war sie Klassendritte und ging täglich am Arm einer Freundin in die Schule. Wie hätte sie das in Rio gekonnt?

Ende des Jahres würde sie ihre Prüfung machen und Lehrerin werden: richtige Lehrerin in einer richtigen Schule. Unwillkürlich setzte er sich gerader hin, wenn es ihm einfiel. Er hätte gar nicht daran denken können, Campos zu verlassen, selbst wenn er gewollt hätte. Abgesehen davon wollte er nicht – das war alles. Josh Moran hatte ihm eine Teilhaberschaft angeboten, und wer im Leben würde das sonst tun? Er war nützlich für Josh, das wußte er. Als sie das Geschäftliche besprachen, hatte er sich klar und deutlich ausgedrückt: «Ich habe kein Geld, ich habe der Firma nichts zu bieten als meine Fähigkeiten.»

Und Josh war ebenso deutlich gewesen und hatte erwidert: «Und ich habe Ihnen nichts zu bieten als die Teilhaberschaft. Selbstverständlich werden wir uns Gehälter ausbezahlen, aber das ist im Augenblick nicht viel.»

Es war im Augenblick genug. Denn Teodoro hatte grenzenloses Vertrauen in die Zukunft und auch die Gewißheit, daß es keinen zweiten Josh Moran geben würde, der so verrückt oder seiner Sache so sicher war, ihm, einem häßlichen Mulatten mit nur vier Klassen Schulbildung, die Chance zu bieten, sich etwas aufzubauen. Teilhaber bei einer Sache zu sein, das war etwas anderes. Man konnte dann fast glauben, Josh spräche die Wahrheit, wenn er sagte: «In diesem Land kann man so ziemlich alles, was man will.» Für Josh gab es allerdings so manche Chance, zu tun was er wollte, für Teodoro de Todes os Santos jedoch nur eine einzige.

«Sagten Sie was, Sr. Teodoro?»

«Wer? Ich? Nein, nein, ich habe nur nachgedacht . . .»

Teodoro wandte sich um und sah den Maurer João Faria neben sich an der Wand lehnen. João Faria stammte vom Land und war noch nicht lange genug von dort weg, um sich die unglaublichen Tageszeiten abgewöhnt zu haben, zu denen auf dem Land gegessen wurde. Soeben war es acht Uhr fünfzehn, doch Sr. Faria hatte anscheinend eben sein Lunch beendet. Seine breiten, flachfingrigen Handwerkerhände rollten losen Tabak in einer Maishülse zur Zigarette. Er war ein großer Mensch mit dem traurig-humorigen Gesicht eines Jagdhundes und lederiger Haut, weil er ein halbes Leben lang in der glühenden Tropensonne auf Dächern herumgekrochen war.

«Ich habe auch nachgedacht!» Er zündete die Maiszigarette an, inhalierte tief und vergewisserte sich, ob sie auch brannte. «Der Senhor versteht es natürlich besser, Sr. Teodoro, aber – dieses Restaurant, das wir bauen. So ein großes Grundstück und so ein kleines Gebäude! Da hat doch keiner Platz zum Sitzen, kommt mir vor . . .»

«Ach, Sr. Faria!» Der durch seine Kollegen in dieser Frage sehr beschlagene Teodoro ließ sich herab, den ahnungslosen Maurer aufzuklären. «Das wird doch ein Drive-In. Da fahren die Leute mit dem Auto vor, bekommen ihr Hähnchen in einem Pappkarton und essen es im Wagen oder nehmen es mit nach Hause. Sehr praktisch: keine Instandhaltungskosten, kein Geschirrspülen . . .»

Sr. Faria überlegte kurz und sah provozierend unbefriedigt aus. «Wer hat schon einen Wagen?» fragte er und meinte offenbar Teodoro und sich. «Und wenn man einen hätte, wer möchte schon darin essen?»

«Das ist amerikanische Mode», erklärte ihm Teodoro weiter, «sehr beliebt. Machen Sie sich keine Sorgen, Sr. Faria, das ist alles wohlüberlegt. Sie werden sehen. Man muß mit der Zeit gehen und darf sich nicht überrunden lassen.»

«Möglich.» Noch immer sah Sr. Faria aufreizend bedenklich drein. «Hoffentlich haben Sie recht. Wohlgemerkt, ich war noch nie in einem Restaurant, aber wenn ich in eines ginge, würde ich bestimmt nicht das Essen in einer Schachtel mit heimnehmen wollen.» Er ließ die zu Ende gerauchte Zigarette fallen und trat sie mit dem Fuß aus. «Ich muß Sie doch noch einmal fragen: Sind Sie ganz sicher, daß der Teil, wo die Tische hin sollen, nur fünf mal fünf Meter wird?» Wie um seinen Zweifel zu unterstreichen, blickte er zu der in Frage stehenden Stelle hinüber, wo zwei Gehilfen bereits geschäftig das Fundament legten.

In einem letzten Versuch, seinen aufsteigenden Zorn zu unterdrücken, atmete Teodoro tief ein und lächelte dem Maurer zuversichtlich zu. «Ja, absolut hundertprozentig sicher.»

«Schön, Senhor, Sie müssen es ja wissen.» João Faria zuckte großzügig die Achseln und streckte die Unterlippe vor, wie um alle Verantwortung sichtbar auf Teodoros Schultern zu laden, und begab sich wieder an die Stelle des Fundaments, an der er aufgehört hatte zu arbeiten.

Er hielt die Sache also für sonderbar? Teodoro wollte sich nicht eingestehen, daß Faria ihm nur deshalb auf die Nerven ging, weil er genau die Gedanken aussprach, die von Zeit zu Zeit in ihm aufstiegen und die er prompt wieder unterdrückte, so wie jetzt. Faria, sagte er sich, war schließlich ein ganz einfältiger, unwissender Mann. Deshalb hatte Josh ihn aus dem Landesinneren mitgebracht – aus São João da Barra. In seiner Einfalt vermochte er nämlich die Arbeit von drei Männern zu tun, während man bei städtischen Maurern drei Mann brauchte, um die Arbeit eines einzigen zu tun.

An dem Tag, an dem Josh ihn mitbrachte, hatte Faria keine Zeit mehr gehabt, ein Dach über seiner Schlafstelle zu errichten. Da es nachts geregnet hatte, war der Maurer zum Schlafen in eine Tonne gekrochen. Es hatte ihm nichts ausgemacht. Es kam Teodoro so vor, als mache ihm überhaupt nichts etwas aus, solange er mit der Arbeit vorankam. Doch konnte ein so einfältiger Mensch eine so neuartige Idee begreifen?

Natürlich nicht. Teodoro sprang, als er sich das nachdrücklich vorgesagt hatte, leichtfüßig von der Mauer und begab sich zu dem Schuppen, in dem sich Farias Nachtquartier befand, nunmehr vervollständigt durch eine Pritsche, einen Stuhl, einen Koffer, einen Kochofen, einen Vorrat an Reis und Bohnen und eine Flasche *pinga*; das war offensichtlich alles, was Faria benötigte, um bei seiner Arbeit zufrieden zu sein.

An diese Bleibe stieß eine Art Baracke, ein Dach mit Bretterwänden, in der sich Teodoros *boro* befand. Er blieb vor der Baracke stehen, öffnete das Vorhängeschloß vor der schiefen Tür, trat ein und stieß die hölzernen Läden vor dem Fenster zurück, damit Licht hereinkam. *Graças a Deus*, es ist wieder schönes Wetter, dachte er. Wenn man nämlich das Fenster schließen mußte, war es pechdunkel im Raum, und da die Genehmigung für die Elektrifizierung noch nicht unterschrieben war, gab es nur eine Lichtquelle, eine von der Decke hängende Petroleumlampe, die in ihm Heimweh nach seiner Kindheit im Gebirge hervorrief, aber nicht für lange.

Er zog sich einen Stuhl heran, setzte sich an den alten Küchentisch, der ihm derzeit als Schreibtisch diente, und vollzog schweigend ein Ritual. Es bestand darin, sich anzulehnen und auf einen bestimmten Punkt im Vordergrund zu konzentrieren, bis er das Bürogebäude in São Paulo vor sich sah, das einen ganzen Häuserblock einnahm. Ja, er fand sogar jedesmal, wenn er in der Stadt war, einen Grund, dort vorbeizugehen und durch die getönten Scheiben auf die hundert Handelsvertreter hineinzuschauen, die hundert Kunden befragten, deren Wagen die gesamte enge Straße blockierten. Clineu Rocha . . . größte Immobilienfirma ganz Südamerikas . . . Während er an sie dachte, begann sein eigenes Büro ein elegant-hochherrschaftliches Aussehen anzunehmen. Sein Ziegelboden bedeckte sich mit Teppichauslegeware, das Mobiliar war aus Jacarandáholz, Drucke von Debré zierten die Wände, während draußen an der Tür in konservativ-geschmackvollen Lettern stand: Intercontinental Limitada, Imobiliaria, und darunter in etwas kleineren: Teodoro de Todos os Santos, Diretór. Es war eine täglich heraufbeschworene Vision, wie für andere das Bild der *Nossa Senhora de Conceição*. Als er es Josh erzählte, hatte dieser an seiner Zigarre gezogen und blinzelnd durch den Rauch gegrinst. «Duncan und ich haben auch schon an so etwas gedacht, aber ich glaube, wir sollten mit etwas Handfesterem anfangen. Aber wenn Sie sich nebenbei ein Taschengeld verdienen wollen . . .»

Es gab da eine leichte Meinungsverschiedenheit zwischen seinen Partnern und ihm – was handfester sei, Immobilien oder das Faß ohne Boden, was da draußen Stein um Stein emporwuchs. Ja, genau das, er betrieb noch Geschäfte nebenbei, und der Gedanke brachte ihn abrupt zu den Forderungen des Tages zurück. In wenigen Minuten würde er wieder einmal ins Bürgermeisteramt rennen und sich in der Schlange der Wartenden hinten anstellen müssen, um den Antrag unterzeichnen und stempeln zu lassen, mit dem er dann die Erlaubnis bekam, Elektrizität zu legen. Anschließend mußte er schnellstens zurück zu einer sehr wichtigen Besprechung, bei der es um ein Stück Land ging, mit dem sich 10000 Cruzeiros Kommission verdienen ließen – ein hübscher Notgroschen, wenn er sich davor bewahren ließ, ins bodenlose Faß zu wandern, und fürs Immobiliengeschäft reserviert blieb. Dieses Geschäft mußte erst einmal über die Bühne sein, und dazu mußte er Josh überreden, eine wichtige Rolle zu übernehmen. Das brachte ihn schlagartig wieder zu sich, und er wandte sich dem Stoß Anträge auf seinem Schreibtisch zu. Er stellte fest, daß er sie nicht deutlich sah. Sie waren bedeckt mit einer durch die Risse in der Wand hereingewehten Staubschicht – er aber glaube, es müsse an seiner Brille liegen. Er nahm sie ab, um sie zu putzen. Im gleichen Augenblick begann das Büro sich mit dem eisernen Aktenschrank und dem an die Bretterwand gehefteten Kalender wie verrückt im Kreise zu drehen und unsichtbar zu werden, und seine spastischen Augen rollten nach aufwärts, unter die Lider. Sekundenlang konnte er nachfühlen, was es hieß, gänzlich blind zu sein. Es war ihm schon früher manchmal passiert und die einzige Empfindung, die ihm echte Angst einjagte. Denn was sollte dann werden? Was im Namen Gottes sollte dann aus ihm werden?

Ungestüm suchte er nach dem Taschentuch, das ihm seine Frau Clarisse gestern abend sauber gefaltet in die Tasche gesteckt hatte, putzte hastig die Brillengläser, setzte die Brille wieder auf, blieb noch einen Moment völlig regungslos sitzen, während sich Aktenschrank, Kalender und Bretterwände allmählich wieder auf ihren gewohnten Platz einpendelten. «Mãe de Deus», murmelte er, «mach, daß es mit diesem Geschäft klappt.» Nachdem er noch eine ganze Reihe anderer Heiliger von unglaublich verschiedenartiger Abkunft angerufen hatte, stand er auf und überquerte die Straße zur Gemischtwarenhandlung, wo es ein Telefon gab. Er mußte Josh anrufen und ihm seinen Plan erläutern, ehe er sich auf die morgendliche Pilgerfahrt zu den Ämtern begab.

15

Fast täglich bog Josh etwa zu der Stunde, zu der Teodoro die Zeitung auf der Mauer des Bauplatzes ausbreitete, in den Markt ein, in den Schatten der großen Seringueirobäume, die seit den Anfängen der Stadt mit ihr gemeinsam gewachsen waren. Einst hatte das Auftauchen seines Chevrolet Impala, ein Überbleibsel aus Joshs ‹schickem Job›, den Malachai die ‹amerikanische Badewanne› getauft hatte, so etwas wie Aufsehen erregt. Doch der Reiz der Neuheit nutzt sich ab, und nun war Josh mit seinen Futtermitteln und seinen landwirtschaftlichen Bedarfsgütern nur mehr einer von den vielen wie diejenigen, die auf dem Markt billige Kleider, Fertigmöbel, Candomblé-Zaubermittel, Gemüse, Obst, Käse und Salami feilboten.

Als er an diesem Morgen die ‹Badewanne› sanft den Gehsteig hinaufhoppeln ließ, fand er einen Parkplatz zwischen unzähligen Lastern aller Typen und Altersklassen, kletterte über die hoch aufragenden Wurzeln eines Seringueirobaumes und trat ins Geschäft. Sofort mischte sich das Piepsen der Küken – man hatte sie mit ihrem Korb in die Tür gestellt, um Kunden anzulocken – mit dem Klappern der Schreib- und Rechenmaschinen der Bürojungen, die bereits ihren Papierkrieg begonnen hatten. Manche Leute bekreuzigten sich jedesmal, wenn sie an einer Kirche vorbeikamen. Josh verfluchte jedesmal, ohne die Miene zu verändern oder die Lippen zu bewegen, die Bürokratie, wenn er an einem öffentlichen Gebäude vorbeikam. Das war eine kleine Huldigung für die Jungen im Hintergrund seines Geschäfts.

Der Rest des Raums, den Schaltertischen gegenüber, hinter denen die Jungen saßen, rauchten und rechneten, bestand eigentlich nur aus Futtersäcken: für Legehennen, für Masthähnchen, für trächtige Kühe, für die Kälberaufzucht, für Mastochsen. Hoch oben auf dem Stapel Säcken mit der Aufschrift *Reprodutina* für emsige Eber lag der Negerjunge Helio in göttlicher Entrücktheit. Seine lange, magere Gestalt schmiegte sich den Säcken mit der Elastizität und Geschmeidigkeit eines Panthers an. Dieser Helio war sehr schön. Seine tiefschwarze Haut, seine scharfgeschnittenen Züge erinnerten an die wilden Nomadenstämme der abessinischen Wüste, doch er selbst hatte nichts Wildes in seinem Wesen. Wenn ihn die anderen Jungen hänselten und «Macaco» riefen, lachte er mit, als sei es die natürlichste Sache der Welt, als Affe bezeichnet zu werden. Im Grunde schien die Beleidigung nur Josh zu treffen. An dieses Phänomen gewöhnte er sich nie so recht. Als er jetzt auf dem Weg zur Treppe an Helio vorüberkam, beschloß er, ihn nicht zu stören. Bald genug würde Orsini, der italienische Lastwagenfahrer, kommen, ihm auf den Hintern klatschen und mit einem fröhlichen: «Ei, *Macaco, levante, vão trabalhar*», sein derzeitiges Ruhelager in Traglasten und ihn selbst in eine Ein-Mann-Parade von Futtersäcken verwandeln.

Er schlich an Helios ruhender Gestalt vorüber und stieg die schief durchhängende Treppe zum ersten Stock hinauf, zu einer Art Balkon, von dem aus er und seine Sekretärin, Dona Michiko, die Aufsicht führten, wie Kapitän und Maat vom Oberdeck eines Schiffes.

Dona Michiko war Japanerin. Während des Krieges hatte man ihr beigebracht, kleine Amerikaner aus Papier auszuschneiden und zu verbrennen. Doch das lag lange zurück und war eine andere Welt. In der jetzigen Welt, in der ihre Eltern wohlhabende Farmer waren, machte sich allmählich so etwas wie ein Nippon-Nepotismus, eine japanische Vetternwirtschaft, in den Schlüsselpositionen der Alimen-Tec Incorporada bemerkbar. Der erste Verkäufer im Laden war ihr Bruder Noaki, der erste Buchhalter ihr Vetter Kaoro, der den ganzen Tag die Kugel auf seinem Abacus hin und her schob und Zahlen niederschrieb, während Dona Michiko behende wie ein orientalischer Schausteller mit Bargeld und Kredit jonglierte.

In ihrem Gesicht war keine einzige Falte, ihre Züge waren so glatt wie allerfeinstes Porzellan, ihr Lächeln stets gleichmäßig heiter, ob sie nun einen geglückten Finanzcoup oder eine Katastrophe ankündigte, so daß es für Josh schwer festzustellen war, ob er jubeln oder jammern sollte, wenn sie morgens die Schecks des Tages zum Indossieren vorlegte.

Diese Schecks mit ihren Unterschriften – von denen manche von unentzifferbarer Eleganz waren, andere unbeholfen hingeschmiert mit Erdspuren von nie ganz sauberen Händen – waren für ihn Charakterskizzen. Josh las eine Unterschrift und sah den dazugehörigen Menschen vor sich, Salim Maluf, den Industriellen, der sich seine Kühe per Flugzeug aus Kanada kommen ließ und seine Gespräche über Vieh mit Josh in der Oper führte. Oder Tacahama, den runzligen, sonnengegerbten japanischen Patriarchen, der unter Zuhilfenahme einer unbegrenzten Zahl von Sohnes- und Tochterhänden im Winter Tomaten und Erdbeeren, im Sommer Auberginen und Paprika und das ganze Jahr hindurch Hühner züchtete.

Als er den Scheck eines gewissen Manoel Azevedo, des größten Molkereibesitzers der ganzen Gegend, umdrehte, empfand Josh so etwas wie Dankbarkeit für die Beharrlichkeit, mit der Noaki ein volles Jahr lang mit Plänen für experimentelle Fütterung hin und her gerannt war, um den äußerst skeptischen Azevedo von der Nützlichkeit ausgewogener Futterrationen zu überzeugen. Jetzt war Azevedo sein bester Kunde, nicht bloß, weil er sein Futter bei ihm kaufte, sondern weil er es pünktlich bezahlte. Die Firma Central Feeds wollte für jedes Kilo Bargeld sehen, und sämtliche Bankkredite ganz Brasiliens hätten Josh nicht retten können, wären nicht ein paar eigensinnige Portugiesen wie Azevedo in seinem Hauptbuch vermerkt gewesen. Der hielt von Krediten nichts. Für den war eine Bank etwas, worin man sein Geld einsperrte. Andererseits . . . Er sah auf und in die Augen Dona Michikos, die ihn vermutlich schon eine Weile beobachtet und auf den Moment gewartet hatte, in dem er merkte, daß ein Scheck fehlte.

«Was ist mit Camargo?»

«*Pois é.*» Ihre Stimme klang entmutigend philosophisch. «Hat kein Geld.»

«Aber wir haben doch für heute ganz bestimmt mit ihm gerechnet?»

«Mit dem brauchen wir nicht mehr zu rechnen, Sr. Josh», sagte sie nicht ohne Mitgefühl. «Sie kennen ja die alte Geschichte. Am Montag hat er seine Hühner verkauft, aber man hat ihn nicht bezahlt. Er hat versprochen, daß er am Mittwoch . . .»

«Aha.» Josh zündete sich eine Zigarre an und begann zu grübeln. Bei solchen Gelegenheiten glaubte Dona Michiko sein Gesicht zu Stein erstarren zu sehen, während die Gedanken in seinem Kopf hin und her jagten, um eine Lösung zu finden. Ja, Josh kannte die alte Geschichte. Man konnte dagegen nicht an, man konnte nicht einmal böse sein. Camargo arbeitete wie ein Roß und schonte sich nicht, aber er arbeitete von der Hand in den Mund. Taten das nicht schließlich alle? Nur Azevedo, der sich schon früh ein Vermögen mit Kaffee verdient hatte, konnte sich den Luxus leisten, Kredite zu verachten. Alle übrigen, Camargo, Tacahama und auch Josh selbst, mußten sich abstrampeln, um es zu schaffen.

Er hätte nicht so fest auf einen armen notleidenden Hühnerfarmbesitzer rechnen dürfen. Aber was sollte er sonst tun? Er war mit ihm im Geschäft, und Central Feeds wartete. Ohne Geld keine Lieferung. Er dachte an ein Darlehen, das Duncan in São Paulo hatte auftreiben wollen. Dort hatte sich eine neue Bank etabliert, die Beth-El hieß, das klang nach einem Tempel, aber es war schließlich gleich, wie sie hieß. Das Geld war ihm für Montag zugesagt. Ob er sich bis dahin nicht durchmogeln konnte? Wenn nicht, können die es bei ihrem Namen immer noch mit Beten probieren, dachte er. Sein steinernes Gesicht verzog sich zu einem Grinsen.

«Dona Michiko, schreiben Sie für die heutigen Futtermittelmengen einen Scheck aus. Ich unterzeichne ihn, aber Sie sorgen dafür, daß er erst am Spätnachmittag eingelöst wird, verstehen Sie! So was nennt man Wechselreiterei . . .»

Dona Michiko bemühte sich, ihn nicht zu entsetzt anzustarren. Sie wußte, daß Josh Moran, wenn nichts mehr blieb als Beten, sich auch die Notwendigkeit des Betens aus dem Kopf zu schlagen pflegte. Das war seine höchsteigene Religion, zu der er sich selbst seinen Angestellten gegenüber hie und da bekannte. Sie selbst hätte sich gern an diese Religion gehalten, wenn sie Hummeln im Magen schwirren fühlte, brachte es aber immer nur so weit, zu tun als ob. Auch jetzt ersetzte sie die vorgetäuschte Wurstigkeit durch orientalische Beherrschung, schrieb den Scheck aus und schenkte Josh eine Tasse Kaffee ein.

Die Tasse neben sich, lehnte er sich bequem in seinen Stuhl und nahm die Zeitung zur Hand. Auf der Rua de Consolação in São Paulo war in einem Auto eine Bombe explodiert und hatte beide Insassen des Fahrzeugs in tausend Stücke gerissen statt das Büro der American Chemical Co., für die sie bestimmt war. Infolge der frühen Stunde – es war um vier Uhr morgens passiert – und der menschenleeren Straßen war es bei den zwei Todesopfern geblieben. Die über die ganze breite Avenue verstreuten sterblichen Überreste wurden (wie nur?) als Maedo Okomoto und Florisvaldo de Oliveira identifiziert, die beide im Verdacht standen, Terroristen gewesen zu sein. In Druckschriften, die man später in Oliveiras Pensionszimmer fand, wurde stur und mit wenig Phantasie proklamiert, daß Bombenanschläge gegen die imperialistisch-kapitalistische amerikanische Firma, «die aus dem Massenmord ein Geschäft macht», notwendig seien, um auf die Unterdrückung der ‹wahren Vertreter des Volkes› seitens des Militärregimes aufmerksam zu machen.

Darüber hinaus forderte die Druckschrift die Abschaffung des genannten Regimes, die Ausweisung sämtlicher ausländischer Ausbeuter (dazu gehöre ich, dachte Josh), die Verstaatlichung der Industrie, die Neuverteilung der *latifundios* unter die Bauern und die *justicicação*, die unverzügliche Hinrichtung aller ‹Verantwortlichen›.

Aufmerksam war man geworden, das hatten sie erreicht. Zwei von ihnen hatten sich in die Luft gesprengt, und da Aktion nun einmal Reaktion hervorruft, würden nun Ungezählte zu Verhören geschleppt werden. Wer waren diese Leute, und was wollten sie wirklich? Hinter seiner Zeitung sah Josh innerlich bereits das Plakat ‹Gesucht wird . . .› an allen Wänden der Bankgebäude und Postämter kleben, mit der Unterschrift ‹Mörder von Familienvätern›. Einige würden aussehen wie Banditen im eigentlichen Sinn des Wortes, andere wieder so, als stamme ihr Foto vom Klassenbild eines Gymnasiums. Die sahen dann aus . . . nun, wie Lupe, der Schreiber drunten im Parterre. Sie ließen sich nicht einordnen, ihnen war anscheinend nur eine Idee gemeinsam, die Erfüllung ihrer Forderungen bedeute die Patentlösung. Josh glaubte nicht an Patentlösungen. So widerwärtig ihm das Böse war – es überraschte ihn nur selten. Der Mensch war zu allem fähig. Was ihn beunruhigte, manchmal sogar ängstigte, war die absurde Vorstellung, dieses Böse ließe sich abschaffen. Diese Vorstellung schien ihm alles Konstruktive zu bedrohen, was je geschehen war oder noch geschehen würde.

Dabei kam ihm der Wunsch, mit irgend jemand darüber zu sprechen, und er sagte zu Dona Michiko: «Einer der Terroristen war Japaner. Wie finden Sie das?»

«Wie ich das finde?» Dona Michiko schnaubte verächtlich und tat den Terroristen mit einer Handbewegung ab. «Kein typischer Japaner. Wäre er einer, hätte er gearbeitet. Schauen Sie sich doch um, Sr. Josh!»

Josh lächelte. Ihre Erregtheit brachte zwar keinerlei Licht in das Warum und Wieso, doch in einem hatte sie recht: Er brauchte sich wirklich nur umzuschauen. Wo er saß, sah er beispielsweise vom Balkon durch das weitgeöffnete Tor den ganzen Marktplatz drunten. Es war *feira*. Seit fünf Uhr früh häuften die *feirantes* Obst und Gemüse auf aus Kisten und Brettern improvisierten Tischen unter den Bäumen, vor dem alten gemauerten, ziegelgedeckten Gebäude, in dem die Markthalle sich befand. Von Minute zu Minute nahm der Andrang zu, die Polizei hatte, um nicht hineingezogen zu werden, den Platz lieber verlassen und es dem einzelnen überlassen, seine unsichere Position zu verteidigen, so gut er konnte. Soeben hätte ein Bananenauto beinahe einen Lastwagen voller Ananas gerammt, von dem herunter der italienische Verkäufer drei Stück für den Preis von zwei, zwölf für den Preis von zehn ausrief. Josh beobachtete, wie der Italiener dicht neben einer drohenden Ananas-Lawine die Mutter des Bananenlieferers verfluchte und wie dieser, ein kräftiger *baiano*, seinen Bizeps mit der Gebärde vorwies, die volkstümlich *bananas* hieß, übersetzt aber «Du kannst mich mal . . .» lautete, und lachend rückwärts wegfuhr.

Ohne sich mehr als nötig um das Freitagmorgenchaos zu kümmern, standen die Japaner hinter ihren provisorischen Tischen und bauten leuchtendschwarze Auberginen, feste rote Tomaten, Gurken, glänzende

Salatköpfe und an langen purpurnen Stengeln blühende Artischocken auf.

Früher hatte es hier wenig mehr gegeben als ein paar verkrüppelte Bananen, Manioks, faule Papayas, die kaum das Heraussuchen lohnten. Nun gab es Pfirsiche, Pflaumen, Avocados und Trauben im Überfluß – erstaunlich viele Sorten, das Resultat von Phantasie und harter Arbeit an einem Ort, an dem all das wuchs, was anderswo auf der Welt auch gedieh.

Drinnen in der Markthalle, umschlossen von hohen weißen Mauern und dem kühlen Ziegeldach, sah und roch Josh im Geist die Stände mit den Käselaiben, baumelnden Salamis, geräucherten Schinken und Zungen. Wo es früher nur wenige fliegenverschmutzte Stücke faseriges Fleisch und alte magere Suppenhennen gegeben hatte, gab es jetzt saftige Schweinelenden, fette Brathähnchen und erstklassiges rotes Rindfleisch.

«Schauen Sie sich um.» Dona Michiko mit ihrer Bauernschläue und ihrem japanischen Nationalstolz hatte recht. Man brauchte nur daran zurückzudenken, wie alles einmal gewesen war, um sich darüber klarzuwerden, daß sich binnen äußerst kurzer Zeit eine Revolution vollzogen hatte, bewerkstelligt von Männern, die das Land eigenhändig bestellten, viele darunter Einwanderer, die mit ihrem uralten Wissen und ihrer Sehnsucht nach eigenem Grund und Boden gekommen waren und alles hinter sich gelassen hatten, was ihnen von Kindheit auf vertraut gewesen war.

Damit sie kamen, hatte es Neuland geben müssen, das man verteilen konnte, Straßen, die zu diesem Neuland hinführten, tiefer und immer tiefer hinein ins weite, leere Landesinnere . . .

Während die Theoretiker auf der ganzen Welt in ihren elfenbeinernen Türmen saßen und sich für den «neuen Menschen» Verhaltensmaßregeln ausdachten, nach denen er leben sollte, während die Terroristen Banken ausraubten und Bomben und märchenhafte Manifeste herstellten, vollzog sich dieses ganz andere tagtäglich.

Aus diesem Grund – das wußte Josh – liebte er das Futtermittelgeschäft so sehr. Denn dieselben Männer, die ihre Produkte auf dem Markt verkauften, kamen zu ihm ins Lagerhaus: braungebrannte, wetterharte Männer mit rissigen, erdigen Händen, schwer zu überreden, aber auch unmöglich zu entmutigen, weil sie ein Leben lang immer zwischen Hoffnung und Mühsal geschwankt hatten, wie die Erde sie abwechselnd schenkt. Erde, Pflanzen, Tiere in ihrer unendlichen Vielfalt, mit denen sie umgingen, waren etwas Konkretes. Und wenn er sich mit ihnen unterhielt, sprach auch er von konkreten Dingen, bei denen er selbst das Gefühl hatte, mit dazuzugehören.

«*Sr. Josh, tem gente.*» Dona Michikos Stimme klang so behutsam, als gälte es, einen Schlafwandler zu wecken. Dabei wurde er sich bewußt, daß er seit geraumer Zeit hinter seiner Zeitung gesessen, die Wörter angestarrt und ihren Sinn nicht begriffen hatte. Hoffentlich sah man es

78

seinen Augen nicht an, wie weit er sich von den neuesten Nachrichten entfernt hatte, dachte er, und ließ die Zeitung sinken. Wenn überhaupt, dann nur für den Bruchteil einer Sekunde, denn alles Verschwommene fiel von ihm ab, als er den Fremden erblickte.

16

Er hielt ihn für etwas über Vierzig. Wie die meisten Besucher eines Futtermittelgeschäfts hatte er das Wettergegerbte eines Menschen, der Stunden und Tage in der Sonne zubringt. Im Unterschied zu den anderen war an seiner Erscheinung weder etwas Grobes noch etwas Derbes. Seine ungewöhnlich feingeschnittenen Züge schienen vielmehr einen seltenen Einklang zwischen Kraft und Schönheit anzustreben. Die dunkelbraunen Augen unter der hohen Stirn und dem graublonden Haarschopf schauten auffallend intelligent in die Welt. Jetzt senkten sie sich ehrlich und zugleich schuldbewußt in die von Josh. «Mein Name ist Jacob Svedelius. Hoffentlich nehmen Sie es nicht übel, daß ich einfach so hereinplatze. Malachai Kenath hat gesagt, das könne ich ruhig. Sind Sie Sr. Josh Moran?»

«Bin ich.» Josh stand auf, beugte sich über den Schreibtisch und schüttelte ihm die Hand. «Bitte holen Sie sich einen Stuhl. Soso, Malachai schickt Sie?»

«Ja.» Jacob Svedelius setzte sich. «Das überrascht Sie wohl nicht? Ich habe ihn gestern in seinem Hause in São Sebastião am Meer besucht. Er macht dort Urlaub, und ich bin von Piruibi mit dem Auto hingefahren, um mich mal wieder mit einem Menschen zu unterhalten. Ein interessanter Bursche, nicht wahr? Er weiß immer Rat.»

«Ja, das stimmt.» Josh dachte liebevoll an Malachai und mußte lächeln.

«Als ich ihm erzählte, daß ich Farmer werden wollte, sagte er gleich, darüber sollte ich mit Ihnen reden.»

«Farmer? In Piruibi?» Joshs immer bereite Neugier flammte plötzlich auf. «In dieser Bergwildnis voller Dschungel?»

«Ach, wissen Sie, der Dschungel schreckt mich nicht. Ich bin Forstmann von Beruf, ausgebildet in Dänemark.» Ehe Josh sich dazu äußern konnte, fuhr er hastig fort: «Wie Sie sich vorstellen können, läßt sich mit den Wäldern bei mir daheim nicht viel Neues anfangen, aber hier . . .»

«Tja, wenn man Geld hat», sagte Josh und sah plötzlich alt und weise aus.

«Was ich nicht habe.» Jacob Svedelius lachte freimütig, und Josh bemerkte zum erstenmal, wie verblichen seine Khakihosen und sein Hemd waren. «Aber deswegen bin ich ja hergekommen, verstehen Sie? Man hat mir gesagt –»

«Malachai?»

«Ja, Malachai hat mir gesagt, Sie hätten einen ausgezeichneten Instinkt dafür, mit nichts anzufangen –»

«Anzufangen, ja», pflichtete Josh bei. «Aber ich habe es noch immer nicht weitergebracht . . .» Er wollte ausführlich werden, wollte diesem Unbekannten sagen, «deswegen können wir trotzdem darüber reden», da klingelte das Telefon.

Natürlich war es Teodoro. Im Ton seiner Stimme lag stets, noch ehe er mit den Worten herausplatzte, ein Vorgeschmack dessen, was nun kam: Tragödie, Katastrophe oder Großes Los. Heute deutete seine Stimmlage an, daß jetzt der große Durchbruch bevorstand.

«*Escuta aqui.* Erinnern Sie sich noch an die Witwe mit den 3000 Morgen bei Laranjeiras?»

«*Claro*», sagte Josh, «wer könnte in Zeiten wie diesen 3000 Morgen vergessen.»

«Ich habe einen Käufer.» Teodoros Stimme knisterte bedeutungsvoll durch den Draht. «Sie kennen doch den Holländer, der Gladiolen anpflanzen will?»

«Doch nicht der, der seine Blumen darauf dressiert, am Allerseelentag zu blühen, Teodoro?» Joshs rasch aufflackernde Hoffnungen sanken wieder auf normalen Stand herab. «Den haben wir doch neulich zum Lunch eingeladen, erinnern Sie sich nicht? Und hatten ihn nach einem zweistündigen Gespräch über reglementierte Gladiolen noch nicht soweit, auch nur einen *centavo* über 200 000 *cruzeiros* hinauszugehen. Und die Witwe will 250 000. Ich sehe daher nicht –»

«Ah, Sie werden gleich sehen. Hören Sie? Hören Sie mir auch zu? Ich habe eine neue Taktik angewendet.»

«Äh . . .» Josh war wohlvertraut mit Teodoros Taktiken: sichere Anzeichen für fruchtbares Ackerland . . . Geheimgerüchte über in Aussicht genommene Siedlungsbauten . . . Die Stimme seines Teilhabers fuhr fort zu plappern.

«Und gerade wie ich mir denke, nun ist alles verloren, gerade wie ich mir denke, Teodoro, nun weißt du nichts mehr zu sagen –»

«Was? Sie?»

«Genau in diesem Moment sagte ich zu ihm, Sr. von Foche, sagte ich zu ihm, zu schade, daß Sie sich nicht entschließen können, denn es gibt gewisse Amerikaner, die zwar etwas weniger als 250 zahlen wollen, dafür aber in bar. *Sabe!* Wie ich das sage, geschieht das Wunder. Ein echtes Wunder!» Teodoros Rede wurde von der Erregung fortgerissen und strömte daher wie ein unregulierter Fluß. «Ganz blaß ist er geworden. Ich kann Ihnen sagen, *branco!* Käseweiß! Und dabei wissen Sie doch, daß dieser Holländer so rot ist wie italienischer Schinken. Haben Sie schon überlegt, daß wir, wenn das Geschäft zustande kommt, 11 000 davon abkriegen? Elftausend neue *cruzeiros*?» wiederholte er.

«Nur ein Haken ist dabei.» Josh wollte dringend vom Telefon weg. «Wir kennen gar keinen Amerikaner, oder?»

«Ja, nun kommen wir zum springenden Punkt», sagte Teodoro.

«Ja?» sagte Josh.

«Ich fahre den Holländer heute vormittag um zehn zu der Witwe.» Er machte eine Pause und räusperte sich, bedeutungsvolle Geräusche, die darauf hindeuteten, daß Teodoro zu etwas ganz Gewaltigem ausholte. Dann kam es. «Ich brauche jemand, der *aussieht* wie ein Amerikaner.»

«Was?»

«Er braucht gar nichts zu tun, verstehen Sie, nur eine Art Hintergrund zu bilden, irgendwo im Wagen zu sitzen. Ich brauche ihm auch gar nichts zu erklären. *Comprendeu?* Ich brauche nur zu sagen: Der da drüben, das ist ein Amerikaner.»

«Ach nein. Das ist alles?» Josh hoffte, sein Sarkasmus sei stark genug, um sich durch den Draht zu übertragen. Dieser Teodoro war verrückt, *louco!* Noch ein paar so brillante Einfälle und . . . «Was soll ich denn tun? Mir die Haare färben? Mir einen Vorderzahn ausschlagen? Oder meinen Sie, ich hätte einen Schrank voller Amerikaner, die nur darauf warten . . .»

Noch während er sprach, kamen Joshs Augen mit plötzlicher grauenvoller Faszination auf dem Dänen zur Ruhe, der die ganze Zeit über den Lastwagenfahrplan an der Tafel hinter Josh gelesen und sich bemüht hatte – obwohl ein gewisses Beben der Lippen, ein Krümmen der Schultern das Gegenteil bekundete – so auszusehen, als hätte er nichts mitgekriegt.

Nee. Josh ließ den Gedanken fallen. Das sieht zu sehr nach einer Geschichte von Tania Blixen aus. Doch dann, als der Däne immer mühsamer das Lachen verbiß, hob sich Joshs Mut entsprechend, und er dachte: Wer weiß . . . von weitem vielleicht . . . und mit Hut . . .

«Teodoro, warte!» Er hielt die Sprechmuschel mit der Hand zu und wandte sich an Jacob Svedelius. «Haben Sie es sehr eilig?»

«Eigentlich nicht», sagte der Däne.

«Es hat sich da nämlich was ergeben . . . Ich muß meinen Teilhaber treffen, wir könnten uns vielleicht auf dem Wege unterhalten?»

«Ja, das könnten wir vielleicht», sagte Jacob Svedelius und hatte das sonderbare Gefühl, nur dadurch, daß er dort gesessen hatte, die Kontrolle über das Geschehen verloren zu haben.

Vorübergehend war es auch so. Das merkte er, als er wenige Minuten später im Schatten einer Gruppe buntblühender Flamboyantbäume in der ‹amerikanischen Badewanne› saß, mit geschlossenen Fenstern und eingeschalteter Klimaanlage. Nicht weil es draußen so heiß gewesen wäre – der Geruch der Klimaanlage erregte ihm sogar leichte Übelkeit –, sondern weil Josh meinte, hinter geschlossenen Autofenstern sähe er noch amerikanischer aus. Außerdem gab das der in diskreter Entfernung auf der Veranda der Witwe stattfindenden Unterhaltung das Kuriose einer nur für ihn aufgeführten Pantomime.

Auf der einen Seite stand Josh Moran und sah ernst und teilnahmsvoll aus, als könne er nichts besser nachfühlen als das Dilemma des Holländers. Auf der anderen Seite schien Teodoro unter einer sonderbaren Form des Veitstanzes zu leiden, der ihn die Arme schwenken und den Mund in beinahe unglaublichem Tempo bewegen ließ. In der Mitte stand der Holländer, groß und schweigsam, offenbar ohne Teodoros rasende Geschäftigkeit zu beachten, das Gesicht zu dem schwerfällig-undurchschaubaren Ausdruck eines rembrandtschen Bürgermeisters erstarrt, hinter dessen Schweinsäuglein ein ständiges Addieren und Subtrahieren vor sich geht.

Teodoro wirkte trotz seiner Betriebsamkeit so unscheinbar, als sei er gar nicht vorhanden, doch Jacob wußte genau, daß die ihm, Jacob, zugeteilte Rolle ein echter Geniestreich war. Von Zeit zu Zeit richteten sich Teodoros Augen auf Joshs Wagen und den darin Sitzenden und seine Stirnfalten vertieften sich. Einen entsetzlichen Augenblick lang glaubte Jacob den Holländer auf sich zustreben zu sehen, als sei er plötzlich entschlossen, an den Wagen zu treten und das Ganze – was immer es sein mochte – frei und offen auszuhandeln. Doch noch während er unter dem überdimensionalen Stetsonhut, den Josh ihm geliehen hatte, um seine Kostümierung überzeugender zu machen, in sich zusammenschrumpfte, sah er den Geistesblitz des Holländers in dessen Gesicht aufleuchten. Offenbar war er nach endloser Rechnerei doch zu einem Entschluß gekommen.

Die Farbe seines Teints vertiefte sich derart, daß Teodoros Vergleich mit dem italienischen Schinken nicht mehr übertrieben schien. Er wandte sich zu Josh Moran und nickte widerstrebend, daraufhin verdrehte Joshs Teilhaber die Augen nach oben, bis sie nicht mehr zu sehen waren, und Josh streckte ihm höflich, jedoch betont uninteressiert die Hand hin, um ihn zu beglückwünschen.

Anschließend aßen Josh, Teodoro und Jacob Svedelius miteinander zu Mittag, in einer Kneipe unweit der Alimen-Tec Inc. Packer und Fernfahrer verkehrten hier. Das Menü des Tages war *feijoada*: schwarze Saubohnen, mit Pökelfleisch und zahllosen Sorten Geräuchertem gekocht, Bitterkohl mit Pfeffersoße, dazu mehlige *farofa*, gewürzt mit Oliven und Zwiebeln. Nach einem solchen, mit *cachaça* und Bier hinuntergespülten Mahl senkte sich friedlich-schläfrige Stimmung über den Platz. Im Schatten der Seringueirobäume rekelten sich Gestalten auf übereinandergestapelten Kartoffelsäcken, in Hängematten, die von Lastwagen zu Lastwagen aufgehängt waren, oder auch nur im Schatten des eigenen Hutes. Es sah so aus, als hätten auf der ganzen Welt nur noch Josh und Dona Michiko Geschäftliches abzuwickeln.

Doch auch das dauerte nicht mehr lange, denn plötzlich konnte er Dona Michiko mitteilen, daß sie binnen weniger Tage Geld auf der Bank haben würden – echtes Bargeld. Damit ließ er sie in stark gefestigter Gemütsverfassung zurück, holte die ‹amerikanische Badewanne› zwischen Lastwagen und Schlafenden hervor und fuhr, Jacob Svedelius noch immer neben sich, nach Hause.

Auf dem Weg stadtauswärts kaufte er eine Flasche ausländischen Whisky und eine Flasche Sherry, «um unseren großen Durchbruch zu feiern», wie er fröhlich sagte. «Übrigens –» er grinste, und seine starken Zähne bissen kräftig auf die Zigarre – «vielen Dank, daß Sie Ihre Rolle so gut gespielt haben!»

«Aber das war doch nicht der Rede wert.»

Nach den aufregenden Ereignissen des Vormittags kam es Jacob Svedelius unwahrscheinlich vor, daß er diesen Menschen, den um Rat zu fragen er gekommen war, erst ein paar Stunden kannte. «Ich habe es richtig genossen! Wenn Piruibi sich nicht bezahlt macht, kann ich mir ja überlegen, ob ich nicht Schauspieler werde. Aber hören Sie, macht das nicht große Mühe, wenn ich auf Ihrer Fazenda übernachte?»

«Nach allem, was Sie für mich getan haben?» sagte Josh pathetisch. «Denken Sie nur, dank Ihnen werden jetzt zwanzig Holländer herüberkommen und ein neues Leben beginnen, indem sie Gladiolen für Allerseelen züchten. Ganz zu schweigen davon, daß meine Teilhaber und ich einige Tage leichter atmen können. Es tut gut, sich hie und da zahlungskräftig zu fühlen!»

«Ach ja, das ist wahr», pflichtete Jacob wehmütig bei, «insbesondere wenn man sich meist zahlungsunfähig fühlt.» Als wolle er auf etwas so wenig Angenehmes nicht näher eingehen, wechselte er das Thema.

«Sie haben da einen recht geriebenen Teilhaber!» bemerkte er anerkennend.

«Ja, ja, schlau ist er schon», sagte Josh mit neuerlich aufwallender Sympathie für Teodoro. «Wahrscheinlich liegt es daran, daß er sich hat schwer durchbeißen müssen, seit er laufen kann. Und an seinem enormen Einfallsreichtum. Ich garantiere Ihnen, eben jetzt sitzt er in seinem Schuppen von Büro, sieht die Vertragsbedingungen für die Witwe und den Holländer genauestens durch und träumt dabei von einem Teppichboden. Zu dumm», sagte Josh fast nur zu sich selbst, «daß auch die Provision für dieses Geschäft in dem bodenlosen Faß verschwinden wird, in dem Restaurant, das wir bauen . . .»

«Ein Restaurant?» fragte Jacob.

«Jawohl.» Josh bestätigte es in ungewöhnlich deprimiertem Ton. «Das ist eine lange Geschichte. Aber da jetzt Wochenende ist und Sie Forstmann sind, sprechen wir doch lieber von Wäldern!»

17

Es war spät, die Dämmerung sank schon herab, und während Josh auf der Heimfahrt war, stieg Lia mit den Hunden zur Anhöhe hinauf, den Pfad entlang, der durch die Mais- und Zuckerrohrpflanzungen zur oberen, von Eukalyptusbäumen geschützten Weide führte. Der Weg war weit, und als sie droben ankam, setzte sie sich auf ein begrastes Hügelchen, um auszuruhen und den Hunden zuzusehen, die hierhin und dorthin schnürten und im hohen Gras Wachteln aufstöberten und dann stocksteif und hilflos verharrten, während die Wachteln mit einem grellen Pfeifton flüchteten.

Drunten auf der Fazenda hatten die *colonos* ihre Hacken zwischen den Kaffeesträuchern versteckt, damit weder einer der anderen *colonos* noch die *patroa* sie fand, und waren gegangen. Als sie nun endlich allein war, merkte sie, daß sie sich schon den ganzen Tag auf diesen Moment gefreut hatte, schon seit dem frühen Morgen, dessen erste Pflicht darin bestanden hatte, einen Tumor am Bein eines sechs Monate alten Kalbes zu punktieren. Sie hatte Gardenal dabei geholfen, indem sie sich dem Kalb auf den Kopf setzte und ihm die Beine festhielt, während der Alte den Tumor mit einem feingeschliffenen Taschenmesser aufschnitt, das, wie sie wußte, ebenso zum Schälen von Orangen wie zu kleineren Operationen wie dieser diente. Später war sie hinausgeritten und hatte kontrolliert, ob das übrige Vieh in gutem Zustand war und ob Gardenal wirklich nicht vergessen hatte, Salz in die Salzkästen zu füllen. Wenn nämlich nicht, so würde das am Wochenende, wenn Josh überall nachsah, ihr angekreidet werden.

Die Männer hatten die Kaffeepflanzung mit Maultieren bearbeitet und das Unkraut unter den ausladenden Zweigen mit Hacken gelockert, eine harte Arbeit für die mageren, sehnigen, ausdauernden Männer. Sie kannte sie alle so gut: Marino, hager und träge, und doch wiederum nicht ganz so träge bei seinem unstillbaren Appetit auf dicke, schwarze Weiber; Berto mit seiner unbeholfenen Art und dem kindlich-staunenden Ausdruck; Mingo mit den feingemeißelten indianischen Zügen und seiner kaum verhohlenen Aufsässigkeit. Kannte sie und ihre Eigenarten und ihren vagen, unbestimmten Groll, weil sie von einer Frau Befehle entgegennehmen mußten. Sie sollten es eigentlich mittlerweile gewohnt sein, waren es vielleicht auch, wie sie meinte. Trotzdem würden sie nie über eine gewisse Scham und Verachtung wegkommen, die ihr jeden Befehl schwermachten und einen Verweis noch schwerer. Kein Wunder, wenn sie am Ende des Tages froh war, sie los zu sein, fast übertrieben erleichtert, endlich frei und allein mit den Hunden spazierengehen zu dürfen.

Josh sagte manchmal, seit sie auf die Fazenda gekommen sei, sei sie etwas verwildert – verwildert und handscheu geworden wie ein Wesen, das man auf die Bergweide getrieben und den Sommer über hatte frei grasen lassen. Er glaubte, es käme daher, daß sie immer so hoch hinaufkletterte und hinausblickte über das endlose Land und sich vorkam, als sei sie außerhalb der Welt und schwebe hoch über ihr.

Sie fühlte sich hier oben keineswegs verwildert, eher friedlich. So als käme sie jedesmal, wenn sie, gefolgt von den Hunden, den Bergweg hinaufging, ans Ziel einer Reise, die sie vor langer Zeit begonnen hätte. Weiter wollte sie nicht mehr.

Drunten auf der Fazenda gab es weder Anfang noch Ende, nur eine ewige Erneuerung durch die Geburt von Kälbern, das Reifwerden des Kaffees, das Düngen des Bodens. Von hier oben konnte sie auf alles hinabblicken, zugleich dazugehören und doch friedlich und gelöst sein. Es war nur eine Unterbrechung, keine Trennung. Von einer Trennung wollte sie nichts wissen. Es gab für sie von Tag zu Tag weniger Grund, die Fazenda auch nur für kurze Zeit zu verlassen. Leid tat ihr nur, und das steigerte sich manchmal bis zur Angst, daß Josh, der sie hergebracht und ihr dies alles geschenkt hatte, es so selten mit ihr teilte. Früher hatte er genau gewußt, warum er hergekommen war. Jetzt fragte sie sich gelegentlich, ob er es immer noch wußte.

Sie ließ sich hintenüber sinken und legte den Kopf in die Hände. Über ihr trieben kreiselnde Federwolken am Himmel, Urubus glitten mit weitgespannten schwarzen Flügeln vor der durchsichtigen Bläue. Josh fiel ihr ein, der aus so großer Höhe heruntergefallen und doch am Leben geblieben war. Echt Josh, dachte sie und lächelte still in sich hinein. Dann dachte sie, den Rücken auf dem Grasboden, die Augen in den Wolken, eine Weile an gar nichts.

Plötzlich entstand Bewegung neben ihr, und Sara, die Hündin, die man im Auge behalten mußte, weil sie wilderte, drängte sich seufzend und schnaufend an sie, wie es die Art von Boxern ist, vielleicht um Lia mitzuteilen, sie sei noch immer da und habe sich nicht so weit vergessen, hinter Gürteltieren, Meerschweinchen und zahllosen anderen Geschöpfen herzujagen, die im Schatten der endlosen Waldschluchten lebten. Sie wedelte mit ihrem stummelschwänzigen Körper, wie um zu sagen, nun sei es wohl an der Zeit zu gehen. Lia setzte sich widerstrebend auf.

Langsam verblaßte das Sonnenlicht über den Hügeln, verwandelte ihre Kuppen in grünes Gold und warf tiefe Schatten in ihre Senken und Schrunden. Weit draußen wurde das Licht flirrend von fernen, seichten Tümpeln reflektiert, an denen in früheren Zeiten Büffel und Wildenten bei Einbruch der Nacht im Uferschilf Zuflucht gesucht hatten. Sara hatte recht, es würde bald dunkel sein. Lia stand auf und machte sich auf den Heimweg, die Hunde liefen vor ihr her, jagten sich, stießen zusammen, rissen sich gegenseitig um, überkugelten sich, sprangen wieder auf und liefen weiter. Ihr spielerisches Gepurzel war ebenso fröhlich wie vorher ihre Jagd. Sie schienen ausdrücken zu wollen, sie hätten jetzt von der

Einsamkeit genug, und Lia ging es nicht anders. Das Haus dort unten würde bald wieder voll von quirlendem Leben sein, denn die Kinder kamen per Lastwagen aus der Schule, Josh aus Campos heim, allabendlich kehrten sie in eine Welt zurück, die sie nie verließ. Plötzlich hatte sie es eilig, denn es gab noch viel zu tun.

Als sie beim Haus eintraf, waren die Kinder schon da. Sie konnte die beiden Jungen, Ken und Paul, hören, die in ihrem Zimmer am Ende der Diele stritten und sich mit Gegenständen bewarfen. Im großen Mittelzimmer saß Christina, die Jüngste, zwischen Papierschnitzeln und Pappstücken und machte ein Poster: *Nosso saude e nosso alegria.* – «Wir sind gesund und fröhlich.»

Lia lachte, drückte einen Kuß auf ihr strohfarbenes Haar und ging in die Küche.

Dort gab ihr der köstliche Geruch nach Holzrauch, Bohnen und *paio* die beruhigende Gewißheit, daß das Küchenmädchen das Feuer im Herd angezündet und das Essen warmgestellt hatte, ehe es sich in sein Heim in den Bergen trollte. Sie legte einen langen Ast Eukalyptusholz in den gemauerten Herd, damit das kostbare Feuer weiterbrannte, und ging ins Haus, um zu baden.

Als sie damals hergekommen waren, hatte es kein Badezimmer gegeben, wohl aber vier *alcovas das donzelas.* Diese hohen, fensterlosen keuschen Zellen für Jungfrauen hatten Lia so entsetzt, daß sie ungern nach Einbruch der Dunkelheit daran vorbeiging. Sie hatte deshalb den mißtrauischen, hundegesichtigen Maurer Faria dazu überredet, Wasserrohre von der Küche dorthin zu leiten und ein Oberlichtfenster ins Dach zu brechen, um die gefängnishafte Düsterkeit von fast zwei Jahrhunderten zu mildern.

In einem dieser Räume drehte sie die Hähne über der altmodischen, vierbeinigen Badewanne auf und lag dann genüßlich im heißen Wasser, das rumpelnd und zischend von dort herübergeflossen kam, wo die Rohre wie feuerspeiende Schlangen im Küchenherd zusammengerollt lagen. Nach einem ganzen Tag Laufen und Reiten und Männerarbeit tat es gut, sich mit parfümierter Seife abzuschäumen. Bei dem heißen Wasser, das einem auf den Brüsten glänzte und in der hohlen Senke des Bauches zusammenlief, fühlte man sich wieder als Frau und dachte vage und mit Lust an den Mann und die kommende Nacht. Die Alkoven hatten sich wirklich zu etwas Besserem gewandelt, das hätten sicherlich auch die armen, halberstickten Jüngferlein zugegeben. Sie trocknete sich vor dem Spiegel ab und dachte dabei an die unumwundene, unkomplizierte Begierde ihres Mannes und daß sie sie nicht immer erwidern konnte. Warum kam ihr Joshs Liebe manchmal roh und unkultiviert vor und machte sie unbegreiflich traurig, statt sie zu beglücken? Gerade seine primitive Unverfrorenheit war es doch gewesen, die sie im Grunde anfänglich zu ihm hingezogen hatte – daran hatte sich bis heute nichts geändert. Hie und da hätte sie gewünscht, etwas zu empfinden, das romantisch-schmerzlich und überwältigend war. Wie absurd! Sie lächelte sich im Spiegel zu, zog ein leichtes, ärmelloses Baumwollkleid über, fuhr in ein Paar Sandalen und trat in die Diele hinaus. Eine Reihe tiefer Fenster war der leichten Brise geöffnet, die ganz leise nach Regen roch. Die Fensterstöcke waren tief eingeschnitten in die dicken, weißgetünchten Lehmwände, die hinaufreichten bis zu den Balken aus solidem Perobaholz unter dem Ziegeldach.

Es war schön, in einem solchen Haus zu wohnen, das gebaut war aus der Erde und den Bäumen, von denen es umgeben war, mit geräumigen Zimmern, hoch und kühl, und das die halbtropische Welt widerspiegelte, in der es stand. Außer dem Einbau eines offenen Kamins, der im großen Mittelzimmer die Kühle des brasilianischen Winters aus den Wänden holen sollte, hatte sie fast nichts daran geändert. Es schien ihr zeitlos und dauerhaft und schenkte ihr ein Gefühl des Friedens.

Sie saß im Schlafzimmer und bürstete ihr Haar, als sie das vertraute, erschöpfte Gurgeln der ‹amerikanischen Badewanne› hörte. Sekunden später trat sie in die Haustür und sah Josh mit einem Fremden über den Rasen kommen. Sie schienen schwer bepackt mit Flaschen, und aus irgendeinem Grund trug der Fremde Joshs Hut in der Hand. Sie runzelte leicht die Stirn und dachte: Wen hat er denn jetzt wieder aufgegabelt? Doch gleich darauf dachte sie: Na ja, nicht schlecht. Sieht eigentlich sehr gut aus.

«Das ist Jacob Svedelius», sagte Josh eben. «Er hat mir heute geholfen, mein erstes gutes Geschäft zu machen.»

«Fein. Ich feiere so gern.» Sie hielt ihm die Hand hin, und Jacob nahm den Hut in die Linke, um ihr die Rechte reichen zu können.

«Das ist mein Kostüm.» Sein Blick war humorvoll und ehrfürchtig zugleich. «Ich habe die Rolle eines Öl-Texaners gespielt.»

«Na, hoffentlich haben Sie dabei nichts aufsagen müssen!» sagte sie, weil ihr seine singende Sprechweise auffiel. «Sie sind Däne, nicht wahr?»

«Und Sie wohl Sprachforscherin?»

«Ach was, die Dänen hier hört man heraus! Hat Ihnen das nie jemand gesagt?»

«Nein, aufsagen mußte Jacob nichts», meinte Josh voller Übermut. «Er war einzig und allein Szenerie. Sollen wir dir alles ganz genau erzählen?»

«Aber natürlich. Los, gebt mir die Flaschen, und ich hole euch Eis zu dem, was drin ist. Es wird schon kühl draußen. Josh, warum läßt du Paul nicht ein Feuer machen?» Damit verschwand sie in der Küche, vergewisserte sich, ob das Essen auch fertig war, und zog es auf den Herdrand, damit die Kinder essen konnten, wann sie wollten. Dieser Däne gefiel ihr, er kam ihr so ‹geradlinig› vor. Sie war überzeugt, daß man sich gut mit ihm unterhalten konnte, und wollte dann nicht durch die knurrenden Mägen der hungrigen Kinder unterbrochen werden.

Als sie mit dem Eis zurückkam, kauerte Paul, der Älteste, den zu schnell gewachsenen schlaksigen Körper wie einen Zollstock zusammengeklappt, schon über Papier und Spänen und versuchte die Flamme anzublasen, und die Hunde hatten sich auf dem handgewebten Teppich vor dem Kamin zusammengedrängt – sie freuten sich sichtlich auf die Wärme.

Josh mischte die Drinks, und weil der Fremde so sehnsüchtig ins Plattenregal schaute, überließ Lia ihm die Auswahl der Musik. Er legte die Erste Symphonie von Brahms auf den Plattenteller und einen weiteren Stapel bereit: Bartók, Sibelius, Berlioz, ehe er sich Josh gegenüber in einen Sessel niederließ.

«So, und nun erzählt mal», sagte Lia und lachte spontan und freimütig, als sie berichteten. Jacob Svedelius, der sie beobachtete, fand, sie sei zwar belustigt, aber nicht besonders überrascht über die Vorkommnisse des Vormittags, so als seien sie eher die Regel als die Ausnahme und gehörten zum Leben mit dem vielseitigen Individuum, das nun zufrieden, die langen Beine dem Feuer zugewandt, seinen Whisky schlürfte. Doch obwohl sie sich sichtlich an Josh Moran freute, schien sie doch von seiner machtvollen Persönlichkeit weder überwältigt noch an die Wand gespielt zu sein. Je länger Jacob sie beobachtete, desto mehr festigte sich in ihm die Vorstellung, daß in diesen klaren grauen Augen bei allem Ergötzen etwas Distanziertes, zutiefst Verschlossenes läge, das einen denken ließ: Hier ist jemand, der sehr allein und in sich gekehrt lebt, jemand, den in Wahrheit vielleicht niemand kennt.

Als die Geschichte erzählt war, ließ er sich zurücksinken, lauschte der Musik und sah sich um. Dieses Haus, dieses Zimmer, groß und schmucklos und bequem mit seinen Büchern und Platten und dem Kamin erinnerte ihn an sein einstiges Heim und an seine Frau, die diesmal nicht nach Brasilien mitgekommen war, vielleicht niemals kommen würde. Deshalb fühlte er sich etwas leer und mutlos. Doch wohl auch, weil er spürte, daß er jetzt etwas sagen mußte, meinte er: «Sie finden es sicher komisch, daß ein völlig fremder Mensch den weiten Weg bis hinauf ins Gebirge macht, nur um Sie um Rat zu fragen?»

Josh lachte leise. «Malachai bringt die Menschen zu allem, wenn er ihnen zuredet. Aber das ist es nicht allein. Das hier ist ein riesiges Land. In dem braucht, weiß Gott, jeder einen Rat. Ich gebe zu, daß ich seit dem Augenblick, als Sie heute morgen hereinkamen, neugierig war. Auf dem Weg hierher haben Sie mir zwar ein bißchen was über Bäume erzählt, aber nichts über sich selbst.»

Jacob hatte anscheinend wenig Lust, seine Zeit an dieses Thema zu verschwenden. «Ach, über mich ist nicht viel zu erzählen. Haben Sie schon mal für eine internationale Organisation gearbeitet?»

«Doch», sagte Josh, «aber nur lange genug, um ein paar Anzahlungen leisten zu können.»

«Aha.» Jacob nickte verständnisvoll. «So ist es wohl auch richtig, glaube ich. Ich habe es nicht so gemacht, sondern mein halbes Leben für so eine Organisation gearbeitet. Und deswegen – Sie werden das ja wissen – besteht mein Job in der Hauptsache darin, in staubigen Registraturen der UN-Planungsstelle für Landwirtschaft zwischen hier und Guayaquil herumzusitzen.» Er zog eine Grimasse offiziellen Wohlwollens: «‹Großartiger Plan, Mr. Svedelius. Scheint genau das zu sein, was wir hier brauchen.› – Und am nächsten Tag wird der Chef nach Italien versetzt, die zur Verfügung stehenden Mittel werden für Städtebau gebraucht, eine Regierung wird gestürzt, und schwupps ist man ganz hinten im Schubfach!» Er winkte resigniert ab. «Das ist alles.»

Es wäre auch alles gewesen, hätten die freundlichen Augen des Fremden, während er das von ihm beschworene Bild mit Achselzucken abtat, sich nicht in echter Verzweiflung verdunkelt. Und als könne er bei dem einmal Begonnenen nun auch den Rest nicht verschweigen, fuhr er fort: «Ist es da ein Wunder, wenn man sich eines Tages sagt, zum Teufel mit der ganzen Geschichte, und beschließt, einen dieser Pläne wieder aus der Schublade herauszuholen und in die Tat umzusetzen? Ist es so unbegreiflich?»

Der plötzliche Stimmungsumschwung bei einem sonst offenbar sehr ausgeglichenen Menschen veranlaßte Josh, sich eine Zigarre anzuzünden, um einen Moment lang ruhig nachdenken zu können. «Unbegreiflich, nein, das möchte ich wirklich nicht sagen. Ich frage mich nur –» er sah Jacob durch einen dichten Rauchschleier prüfend an – «wieso Sie so lange dazu gebraucht haben?»

«Tja, wieso?» Der Däne schien zu seiner üblichen Gelassenheit zurückgefunden zu haben. «Manchmal ist man in einem nahezu unlösbaren Dilemma. Tut man, was man tun möchte, so opfert man die Wünsche derer, die man am meisten liebt. Waren Sie schon einmal in einer solchen Lage?»

Ohne Lia auch nur anzusehen, schüttelte Josh den Kopf, so daß der Däne sich veranlaßt fühlte zu sagen: «Wie ich sehe, haben Sie über so was nie lange nachdenken müssen. Nun, wenigstens sind meine Kinder jetzt schon groß und fast alt genug, ihr eigenes Leben in die Hände zu nehmen. Und ich?» Sein Lächeln war voll trauriger Ironie. «Ich habe gemerkt, daß meine alte Sehnsucht immer noch lebt, ja sogar noch gewachsen ist. Deshalb bin ich hier. Ein verrückter Däne, der keinen größeren Wunsch hat, als *teke*-Bäume im brasilianischen Wald anzupflanzen.»

«Nun wollen wir mal zum Sachlichen kommen», sagte Josh, der spürte, daß die Geschichte noch weiterging, Jacob Svedelius aber im Grunde nicht darüber reden wollte. «Mir fällt auf, daß in dieser Gegend niemand viel über *teke*-Bäume weiß. Haben Sie es denn schon mal ausprobiert, welche zu pflanzen? Wie ist es mit Krankheitsbefall? Mit Ameisen?»

«Ameisen?» sagte Jacob abwehrend, als habe er diese Frage schon einmal gehört. «Ameisen sind die schlimmsten Feinde von Eukalyptus-bäumen, und doch hält das niemand davon ab, welche zu pflanzen –»

«Ja, im freien Land, aber nicht mitten im Urwald. Die können über Nacht eine ganze Pflanzung zerstören.»

Bei Beginn dieses deprimierenden Erfahrungsaustausches erhob sich Lia, um Platten zu wechseln, Gläser neu zu füllen, die Kinder zu ihrem auf dem Herdrand wartenden Abendessen zu rufen. Bei all diesem Tun konnte sie Bruchstücke der Unterhaltung mit anhören, die darauf ange-legt schienen, Jacob Svedelius zu veranlassen, sein Bündel zu schnüren und zurückzufliegen, nach Dänemark, wo solche Fragen weder gestellt noch beantwortet werden mußten. Und doch redeten sie immer weiter, über die Blattschneiderameise, über den Sägekäfer, über Raupen, Dschungelkrankheiten und die Menschen auf den Küstengebirgen, die zwischen Meer und Bergen eingeschlossen, primitiver und rückständiger waren als der schlimmste *bugre* im Mato Grosso.

«Na, nicht gleich so wild!» Sie warf Josh einen langen Blick zu, während sie sich wieder in ihren Stuhl niederließ und die Füße unter sich zog. «Du tust ja gerade so, als hättest du nie in deinem Leben etwas Unvernünftiges getan, Josh. Für Jacob muß aus der Sache etwas heraus-zuholen sein, vielleicht kein Vermögen, aber doch ein gemäßes Leben.» Sie wandte sich an den Dänen. «Erzählen Sie mal, wie ist das denn, wenn man in der Serra do Mar wohnt. Sicher riesig romantisch, was?»

«Aha, jetzt sehe ich, wo in dieser Familie die Vernunft aufhört!» Bei aller Ironie verriet Jacobs Lächeln Dankbarkeit. «Wie es ist? Ja, wenn ich die Wahrheit sagen soll, ziemlich verwanzt und heruntergekommen. Aber wenn ich damit einmal fertig geworden bin . . . Haben Sie schon einmal so eine alte Zuckerrohrfazenda gesehen?»

«Eine oder zwei. Sie machten mir den Eindruck, völlig eigenständige Welten zu sein.»

«Das waren sie auch, früher einmal. Aber jetzt – wollen Sie es wirklich hören?»

«Aber natürlich, was denken Sie denn?»

«Tja», sagte Jacob, «die eigenständige Welt hat offenbar nur einen Augenblick gedauert. Doch das Haus steht noch da, auf halber Höhe, am Hang. Es hat eigentlich eine gewisse Ähnlichkeit mit Ihrem hier, nur verfallener und grandioser. Es hat einen Balkon, der in Höhe der Baum-wipfel zu schweben scheint, gehalten von Ranken und Lianen. Von dort aus kann man weit über die Bucht und Piruibi schauen, das nur ein Fischerdorf und infolgedessen sehr schön ist. In der Bucht liegen Inseln, die bei Sonnenuntergang herrlich sind . . .»

Während er weitersprach und sich immer mehr für sein Thema erwärmte, schien es Lia, als hätte sie noch nie eine so bezaubernd musikalische Stimme gehört. Aus seinen Worten erstand das Haus, dahinter die Täler mit den verwilderten Zuckerrohrplantagen, darunter der Dschungel mit seinen Myriaden grüner Schlupfwinkel unter Bäumen, umstrickt von ineinandergreifenden, verflochtenen Wurzeln und Schlingpflanzen, wie er sich Stufe um Stufe senkte, bis zum Felsabsturz, den kleinen weißen Sandbuchten und dem Meer. Er hätte weitererzählt und sie am liebsten noch länger zugehört, denn sie hörte sehr gern von derlei erzählen, wäre der Bericht nicht plötzlich durch einen schnarchenden Laut unterbrochen worden.

Josh hatte sich in einer Lia wohlbekannten Stellung in seinem Stuhl zurechtgerückt, die Arme über dem Kopf, die langen Beine über die Lehne hängend, völlig entspannt. Bei dem Geräusch und dem Anblick, die so gar nicht zu der romantischen Schilderung paßten, mußte Lia lachen. «Bitte, beziehen Sie das nicht auf sich, Jacob. Es ist die lange Autofahrerei jeden Tag. Ich vergesse immer wieder, wie müde man davon wird, weil ich selbst es so selten muß.»

«Josh!» Sie gab ihm einen sanften Stoß. «Wie wär's mit Abendessen?»

Wie vorher die Kinder, bedienten sie sich direkt am Herd und trugen ihre Teller an den Kamin. Die Unterhaltung wurde wieder aufgenommen. Diesmal jedoch ging es um das Terrassieren der Berge, das Anpflanzen von *cacau* in den Niederungen, Gewürzen und Zitrusfrüchten in höhergelegenen Gebieten, um Büffel in den Tälern, eine Sägemühle, die Kunst, einer Bank ein Darlehen abzuknöpfen. Und je länger sie redeten, desto aufgekratzter wurde Josh, der den Abend als völliger Skeptiker begonnen hatte: Ihm kam ein Einfall nach dem anderen, wie man Jacob Svedelius' Pläne realisieren könnte. Lia wurde schweigsam, beobachtete die Männer im Gespräch und stellte fest, daß sie bei aller Freude am Abenteuer, die sie verband, doch völlig verschieden waren. Josh war schlau und wendig, ergriff jede Gelegenheit beim Schopf, ob es sich darum handelte, einen Fremden als Texaner zu verkleiden – sie mußte wieder lächeln, als es ihr einfiel – oder sich mitten im Gespräch ein Nickerchen zu gönnen. War er nicht Sekunden nach seinem Schnarchton wieder völlig da gewesen, lebhaft, aufmerksam und wach? Diese Wachheit schien sich mit harten, klaren Linien seinen Zügen aufgeprägt zu haben, die von den lachenden Augen nur erwärmt, nicht aber gemildert wurden.

Das Gesicht des Dänen sah auch nicht so aus, als könnten Wind und Wetter ihm viel anhaben, doch während Joshs Züge durch einen genetischen Glücksfall geformt schienen – beim Vieh nannte man so etwas Mischlingsvitalität –, waren die des Dänen von Jahrhunderten unendlicher Sorgfalt gebildet. Zivilisiert, sie merkte, daß ihr dieses Wort einfiel, er ist zivilisiert. Er gehört zu den Leuten, die, während andere Schlachten schlugen, töteten und plünderten, zu Hause blieben, wuchsen und zivilisiert wurden. Doch was nützt ihm das jetzt in dieser rohen Welt, in die er schließlich geraten ist?

Lia hörte Josh von den Höhen der Begeisterung wieder herabsteigen zur Erde und der kalten Realität. «Machen kann man es schon», sagte er gerade. «Ich behaupte nicht, daß es nicht geht. Jeder Schritt ist logisch und möglich. Wenn ich über ein Vermögen verfügte, käme ich in Versuchung, es selber zu machen, aber da liegt ja immer der Hase im Pfeffer, nicht wahr?»

«Na, wenn meine Sägemühle erst läuft», sagte Jacob, «und die Holzkohlenmeiler –»

«Genügt nicht.» Josh schüttelte ungerührt den Kopf. «Dauert zu lange. Sie brauchen noch etwas daneben, etwas, das wenig kostet und Ihnen raschen Umsatz bringt . . . unten an den Buchten . . . Haben Sie mal an so etwas gedacht wie Motorbootrundfahrten oder ähnliches . . .?»

«Motorbootrundfahrten?» Jacob Svedelius lachte laut auf, als sei eine solche Idee eine Zumutung. «Ich?» Seine Miene wurde plötzlich eigensinnig wie die eines bockigen Kindes. «Nein, keine Nebendinge! Damit habe ich mein halbes Leben vertan!»

«Und ich auch.» Josh klang gekränkt, endlich gereizt durch diesen Menschen, der gekommen war, ihn um Rat zu fragen und einer schlichten Tatsache nicht ins Auge sehen wollte. «Aber ich habe nie eine andere Möglichkeit gefunden, meine Rechnungen zu bezahlen. Sie sind sich vielleicht nicht darüber klar, aber in dieser Welt ist das Produzieren von etwas, was niemand wirklich braucht, ein gottverdammter Luxus. Um sich das leisten zu können, muß man erst einer von diesen Drecksmillionären werden. Haben Sie das bedacht?»

«Sie haben vermutlich recht», meinte Jacob Svedelius hartnäckig und mit unverändert eigensinniger Miene. «Ich werde mich ganz bestimmt finanziell ruinieren. Aber –» Er hielt inne und sagte dann leise: «Darf ich fragen, wie alt Sie sind?»

«Sechsunddreißig», sagte Josh.

«Aha.» Jacob nickte nachdenklich. «Das habe ich mir ungefähr gedacht. Nun, ich bin zehn Jahre älter als Sie. Die Zeit rast, und plötzlich wird einem bewußt, daß man sich zu sehr verzettelt hat. Es ist nicht mehr genügend übrig, verstehen Sie?»

Eine Weile schwiegen alle, jeder war beim Träumen auf eine Wahrheit gestoßen, die sich nicht aus dem Wege räumen ließ. Als Josh das Wort ergriff, um seine Abruptheit von vorhin wiedergutzumachen, wurde er auf eine Weise, die Lia wohlvertraut war, zutraulich und großmütig. «Ich habe genau das richtige Gras für die Niederungen. Wenn Sie soweit sind, holen Sie sich einen Lastwagen Grassamen bei mir . . . Und noch etwas, wenn Ihre Frau dann herkommt – wenn wir da irgendwie helfen können –»

«Wenn sie jemals kommt.» Der bockige Ausdruck überflog erneut Jacobs Gesicht. «Verstehen Sie, auch sie hat ihre ursprüngliche Einstellung nie wirklich geändert. Mir kommt Dänemark vor wie ein Altersheim. Ihr nicht.»

«Aber –» begann Josh ungläubig.

«Doch, doch», sagte Jacob knapp. «Und dabei sollte man meinen, jedem käme es wie ein Altersheim vor, habe ich recht?»

Es war lange nach Mitternacht, als Lia Jacob Svedelius auf sein Zimmer führte. Es lag unter Weihrauchkiefern im ehemaligen Sklaventrakt, den sie mit João Faria zum Gästehaus umgebaut hatten. Als sie ihm gute Nacht wünschte und ihn allein ließ, ging sie nicht ins Haus, sondern setzte sich mit dem Rücken an eine der Kiefern draußen.

Es war jene Stunde der Nacht, in der sogar die Grillen schwiegen und bis auf den gelegentlichen schrillen Schrei einer Eule völlige Stille herrschte. Obwohl es spät und der Tag anstrengend gewesen war, hatte sie noch nicht das Bedürfnis zu schlafen. Sie wußte nicht genau warum, doch die Anwesenheit von Jacob Svedelius und die Gespräche des heutigen Abends hatten sie aufgeregt und nachdenklich gemacht. Wie sie so mit dem Rücken an den festen Stamm gelehnt saß, ohne etwas zu tun und ohne daß jemand sie störte, wurde ihr bewußt, daß sie sich eigentlich während des ganzen Abends über Josh geärgert hatte, der immer nur dem Praktischen das Wort redete. Es hatte ja wirklich manchmal ausgesehen, als richte er, wie bei einem Spiel, immer neue Hindernisse vor jedem Plan des Dänen auf. Aber so war es nicht. Immerhin hatte der Däne einen Rat von ihm erbeten und Josh sich gemüht, ihm den zu geben. «Man muß einer von diesen Drecksmillionären werden.» Eine Übertreibung, gewiß, aber so übertrieben auch wieder nicht. Wieso hatte dann Jacob Svedelius' Reaktion sie so kalt angeweht? «Die Zeit rast, und plötzlich merkt man, daß man sich zu sehr verzettelt hat.»

Wer war schließlich dieser Jacob Svedelius, daß man sich eine Äußerung von ihm so zu Herzen nahm? Wie konnte ein Mann sein halbes Leben lang überlegen und erst dann einen so einschneidenden Entschluß fassen? Und das ungeachtet dessen, ob seine Frau schließlich nachkam oder nicht. Sonderbar, wirklich sonderbar: Da lebten zwei Menschen jahrelang nebeneinander, zogen ihre Kinder groß, teilten den Alltag und wurden sich dabei immer fremder, so daß ihm sein Bleiben in dem Gebirgsort jetzt wichtiger war als die Frage, ob sie ihm nachkam oder nicht. Wie hatten sie miteinander so intim sein können und sich doch nur so wenig kennengelernt? Lia wurde ganz elend, wenn ihr einfiel, wie er von ihr gesprochen hatte, mit so etwas wie zärtlichem Bedauern, als sei etwas Schönes für immer dahin – und unwiederbringlich.

Was ging sie das eigentlich an? Was hatte sie damit zu tun? Gottlob dachten sie und Josh stets gleich und hatten nur eines gewollt: dieses Stück Land.

Plötzlich fror sie und war todmüde. Sie stand auf, ging über den Rasen und trat ins Haus. In ihrem gemeinsamen Zimmer lag Josh, die magere, muskulöse Gestalt unter der Decke, er schlief und atmete tief. Im Schlaf wirkte sein Gesicht kindlich und sonderbar hilflos. Bei seinem Anblick überkam sie der heftige Wunsch, ihn auf die weißen Fältchen um die Augen zu küssen, die seinem sonnenverbrannten Gesicht etwas von einem geschminkten Clown gaben, aber sie besann sich eines Besseren, zog sich aus und schlüpfte verstohlen ins Bett.

Heute nacht wollte sie ihn nicht wecken, heute nacht nicht. Sie wollte einfach nur in der Geborgenheit seiner Nähe liegen, allein mit ihren Gedanken, bis sie einen nach dem anderen logisch bis zum Ende durchdacht und ihr seltsames Gefühl der Verstörtheit sich in nichts aufgelöst hatte.

18

Jacob Svedelius fuhr am nächsten Morgen in aller Frühe mit dem Versprechen ab, wiederzukommen und sich einen Lastwagen voll Schweine und kostbaren Braquiaria-Grassamen zu holen, die er in den langen schmalen Tälern aussäen wollte, in welchen im vorigen Jahrhundert die Sklaven der Senhores dos Engenhos Zuckerrohr angebaut hatten. Die Fahrt, bei der er von einem Autobus in den anderen umsteigen mußte, von denen der erste in São João da Barra abfuhr, würde einen Tag lang dauern: Er mußte das Hochland von Piritininga überqueren und dann die gewundene Straße ins Tal hinunterfahren. In São Sebastião erwartete ihn sein Lastwagen, mit dem er weitere zwei Stunden über die ausgefahrene Straße nach Piruibi brauchte. «Da muß man Stoiker sein», sagte Josh kopfschüttelnd zu Lia, als er mit ihr von der Bushaltestelle zum Wagen zurückging. Lia lächelte, sagte nichts und war froh, daß Jacob fort war.

Nicht daß sie seine Gesellschaft nicht genossen hätte, dachte sie, als sie auf die Fazenda zurückfuhren. Ganz offensichtlich hatte Malachai ihn mit dem Gedanken zu ihnen geschickt: «Wieder einer von den seltenen Vögeln, gehört zu der Clique der Träumer, die in Abständen auf der Fazenda aufkreuzen und ihre verdrehten Pläne ventilieren.» Malachai hatte beim Beobachten seiner Mitmenschen gern Abwechslung, und während er im Gespräch mit diesem verbohrten Dänen auf seiner Veranda in São Sebastião in der Hängematte schaukelte, hatte er es sicher für angebracht gehalten, ihn Josh zu schicken. Dann würde er ihm nämlich eines Tages auf der Fazenda wiederbegegnen, und dabei würde sich ein interessantes Gespräch ergeben.

Unterhaltsam war er wirklich gewesen, dieser freimütige, gütige Mensch, von jenem Typ, der, koste es, was es wolle, sein Leben unbedingt selber in die Hand nehmen mußte. In diesem Punkt fühlten sie sich ihm verbunden, noch mehr dadurch, daß man mit ihm lachen konnte, über alles, über den Holländer, über ihn selbst, über all die sonderbaren kleinen Verschrobenheiten dieser brasilianischen Welt, zu der sie nun gehörten und die jeden Humorlosen zum Wahnsinn trieben, ihnen aber das Leben höchst vergnüglich gemacht hatten.

Malachai hatte recht daran getan, ihn zu schicken. Und doch fühlte sie sich, nun, da er fort war, irgendwie erleichtert, geschützter vor der Erkenntnis, die, nie zuvor ausgesprochen, dem Fremden so leicht von den Lippen gegangen war: Die Zeit rast unaufhaltsam. Nun, es war nicht ihre Erkenntnis, es war die des Fremden. Sie würde sie vergessen. Weg damit! Noch einen weiteren Tag mit Jacob Svedelius und seinen unlösbaren Problemen zu verbringen wäre fast ein wenig lästig geworden. So sehr sie Besuch und Gespräche liebte, manchmal war es ihr doch noch nötiger, Josh zwei Tage hintereinander allein für sich zu haben, ohne durch dauernde Ankünfte und Abreisen unterbrochen zu werden.

«Kommst du mit zum Reiten?» fragte Josh, als er den Wagen in den Schuppen unter den Bäumen fuhr.

Sie traute ihren Ohren kaum, als sie sich antworten hörte: «Nein, ich war gestern den ganzen Vormittag draußen. Ich reite morgen wieder mit dir.»

«Aber gestern warst du doch allein?»

«Dann ziehst eben du heute allein los.»

Er bat nicht noch einmal. So etwas tat Josh nie. «Gut, mach mir Kaffee, wenn ich heimkomme.»

Er stieg aus dem Auto und ging hinüber zum Stall, wo Gardenal ihm sein Pferd Guarana fertig gesattelt angebunden hatte. Das Pferd war eine *manga larga*, ein schwerknochiges Cowboy-Pferd mit raschen Gängen und offenbar unbegrenzter Ausdauer. Gardenal hatte es als ‹santo cavalo› bezeichnet, als ‹heiliges Pferd›, weil es seine Pflicht inmitten wimmelnder Rinderherden tat, als seien sein und des Reiters Kopf identisch. Als es nun flott auf die Herde Jungbullen jenseits der Senke zutrabte, brauchte er es nicht zu lenken, es kannte seinen Weg genau. Josh konnte seine Gedanken zu anderen Dingen schweifen lassen.

Zu Lia zum Beispiel. Warum war sie plötzlich so heftig geworden, als er vorschlug, Jacob Svedelius solle übers Wochenende bleiben. «Nein, um Gottes willen, können wir denn nicht ein einziges Mal für uns bleiben?» Und doch, als er sie gebeten hatte, mitzureiten . . . Nun ja, launisch war sie von jeher gewesen. Ihm dadurch immer ein bißchen unbegreiflich geblieben, wie sie alles so frei heraussagte und doch so selten preisgab, was sie innerlich dachte. Ihre Verstimmungen verflogen rasch, sonst hätte sie die irren Erlebnisse der irren letzten Jahre gar nicht überstanden. Vielleicht hatte sie, wie jeder andere Mensch, einmal Tapetenwechsel nötig. Er selbst war schließlich immer auf der Achse und vergaß dabei, seit wie lange Lia am selben Fleck saß. Alles kam und ging, nur Lia blieb. In Gedanken sah er sie nie anders als vor dem Hintergrund dieser Hügel. Vielleicht wußte sie es selber nicht, aber er wußte es. So unvermittelt, wie ihm der Gedanke gekommen war, so unvermittelt faßte er einen Entschluß: Ich werde sie für ein paar Tage nach Rio mitnehmen, dachte er. Selbstverständlich hätte er das nicht gekonnt, wenn er alles selbst hätte zahlen müssen, doch Harry hatte ihn fürs Institut eingeladen. Wegen dieses ‹Uni-zu-Uni›-Programms, durch das es allmählich an die Wand gedrängt wurde. Wenn er dem Institut einen Dienst erweisen und sich dabei einen guten Tag machen könnte . . . Die Gedanken in Joshs Kopf folgten einander immer rascher, alles ordnete sich. Sofort wurde ihm wohler. Er liebte Lia so sehr, das war's. Ging es ihr nicht gut, so ging es eigentlich niemandem gut und nichts klappte. Um melancholische Anwandlungen zu kurieren, gab es nichts Besseres als Rio. Sie würden den Trolleybus nach Santa Teresa nehmen, schwimmen, tanzen gehen, in die Berge hinauffahren . . .

Guarana kletterte die steile Böschung auf der anderen Seite der Schlucht in die Höhe. Während sich ihre Hufe in die rauhe, geneigte Fläche gruben, begannen Joshs plötzlich friedlich gewordene Gedanken sich anderen Dingen zuzuwenden. Er nahm die Welt ringsum, nahm das Wetter wieder wahr. Die Schlucht, die seinen Besitz in zwei Hälften teilte, war tief und schattig, gesäumt von Bäumen: weißen Feigenbäumen, hohen, weit ausladenden Zedern, gelbblühenden Akazien, deren oberste Äste durch Schlingpflanzen miteinander verbunden waren, so daß sie sich wie eine Bogenlaube von einer Seite der Schlucht zur anderen spannten. Unter den Wurzeln der Bäume entsprangen zahllose Quellen, die in die Tiefe stürzten und in einen Teich flossen, den Josh im ersten Jahr während der Sommerhitze gegraben hatte. Dünne Nebelschwaden stiegen nun von diesem Teich auf und zerflatterten im Sonnenschein, während Josh und sein Pferd höherstiegen. Die Hunde liefen wie immer hinterdrein, stöberten Wachteln auf und erwischten keine. Befriedigt stellte er fest, daß sie oft im tiefen Gras verschwanden. Noch voriges Jahr wäre das nicht möglich gewesen. Die Grassorten, die er, seine Männer und seine Jungen in den Erosionsgräben ausgesät hatten, kamen allmählich, wurzelten ein, bedeckten auch noch die kahlsten Stellen am Steilhang, wo früher nur Besengras und Geißbart gewachsen waren. Im nächsten Jahr würde das Land um die Hälfte mehr Vieh ernähren können als heuer.

Es war ein langwieriger, schwieriger Prozeß. Nie hatte man genügend Geld, um alles zu tun, was man gern wollte. Er hatte gestern abend Jacob Svedelius die reine Wahrheit gesagt. Es gehörte zu den Ironien des Schicksals, daß in dieser vom Hunger bedrohten Welt, in der die Menschen Nahrung nötiger hatten als alles andere, gute Farmarbeit zum Luxus geworden war. Selbst hier.

Früher einmal, es war lange her, hatte er sich gesagt: «Eines Tages werde ich allein von dem leben können, was ich produziere.» Später hatte er dann das Gefühl gehabt, daß das zwar ein großes, bewundernswertes Ziel sei, er aber, wenn er Land bearbeiten wollte, lieber nicht mit dem Kauf wartete, bis er sich von diesem Land ernähren konnte. Und jetzt fragte er sich oft schon, ob der Augenblick, in dem er sich sagen konnte: «Ich bin Bauer und sonst nichts», jemals kommen würde.

Wer hatte es eigentlich geschafft? Die Japaner in ihren Lehmhütten und mit ihren Fernsehern und ihrer alljährlichen Reise nach Japan? Oder Lunardelli, der weder lesen noch schreiben konnte, aber ein Vermögen damit gemacht hatte, das Land umzupflügen wie einst die Indianer, indem er die besten Wälder niederbrannte und die besten Böden auslaugte und dann weiterzog? Josh konnte sich nicht vorstellen, daß Lia und er in einer Lehmhütte lebten. Im Gegensatz zu Lunardelli konnte er lesen und schreiben und genoß infolgedessen all die Wunder, die diese Fähigkeiten einem erschlossen und ohne die er nicht leben konnte, so wenig wie ohne gutes Essen und Trinken und Musik . . . Es würde also um das länger dauern, bis er das gesteckte Ziel erreichte. Doch bis dahin gab es die Fazenda, und sie wurde täglich üppiger, geordneter und damit schöner. Und wenn er hinabblickte, so wie jetzt, dorthin, wo die Jungbullen Flanke an Flanke standen, die Köpfe in der Salzlecke, sich mit den festen Hörnern und kraftvollen Hälsen beiseite stießen, empfand er alles als gut und richtig, und obwohl er zwei Drittel seines Lebens eingesetzt hatte, um das Geld zusammenzuverdienen: es war keine verlorene Zeit gewesen.

Bei der Salzlecke brachte Josh Guarana zum Stehen und musterte vom Sattel aus die Jungbullen, besah sich genau die Einbuchtung ihrer Flanken, ihre geraden Rücken, ihre ausladenden Hinterbacken. Bei einigen kam ihm das Fell für die Jahreszeit zu rauh vor, vielleicht mußte man nochmals eine Wurmkur bei ihnen vornehmen. Einer von ihnen, ein Kümmerling, der infolge von Maul- und Klauenseuche zurückgeblieben war, hatte noch nach all den Monaten eine wunde, geschwollene Klaue. Der würde es niemals schaffen und verdarb das Bild der ganzen Herde. Josh notierte im Kopf, ihn kastrieren und für den Haushalt mästen zu lassen.

Er hörte Hufschlag und sah Gardenal auf Pauls Pferd Estrela näher kommen. Josh wußte, daß es für Gardenal nur ein einziges *santo cavalo* gab, das nämlich, auf dem Josh augenblicklich saß; wenn also der *patrão* da war, ritt Gardenal immer mit einer gewissen Duldermiene, die man schon von weitem wahrnahm. Dennoch saß er trotz seines Alters aufrecht im Sattel wie ein Junger, die Peitschenhand kerzengerade an der Seite. Seit sie auf die Fazenda gekommen waren, hatte keiner mit dem Vieh gearbeitet außer diesem alten Italiener. Sein Gedächtnis war eine transportable Kartei für jedes Geschöpf, das hier geboren wurde. Furcht kannte er nicht, und Josh schien manchmal, als habe er bereits mehr als nur das ihm zugemessene Leben vor den zustoßenden Hörnern und trampelnden Füßen wildgewordener Kühe riskiert. Es war ihm nicht beizubringen, vorsichtig zu sein. Er war eigensinnig und hatte seine eigenen Ideen – geboren aus jahrhundertalter Ignoranz –, wie alles gemacht werden sollte. Er verstand es auch geradezu raffiniert, seine Fehler zu bemänteln und im allgemeinen Joshs Anordnungen zu umgehen. Trotzdem schätzte Josh ihn höher als alle anderen seiner Arbeiter. Weil er seinen Beruf liebte und seinen Stolz dareinsetzte.

Wenn einer stolz war auf seinen Beruf, so hatte das den Vorteil, daß es die Angst vertrieb, von der so viele Menschen heimgesucht sind: die Angst, der Arbeit zuviel zu opfern. Das gab Gardenal eine natürliche, unzerstörbare Würde. Als der Hirte näher kam, betrachtete Josh aufmerksam seine mageren, scharfen, norditalienischen Züge. Die blauen Augen blickten noch immer durchdringend, doch Äderchen zeichneten sich auf den Wangen und rund um die Nase ab, und Josh dachte: Er wird alt. Bald muß er aufhören, der Job ist zu gefährlich. Und bei dem Gedanken, wie rasch das Alter über ihn herfallen würde, wenn er erst für immer aus dem Sattel war, überkam ihn Bedauern. Alte Reiter wurden mager und starben, genau wie alte Pferde, die niemand mehr ritt.

«Nummer 44 muß unters Messer», sagte er zu Gardenal. «Der taugt überhaupt nichts.»

«Stimmt», sagte der alte Italiener bekümmert. «Manchmal heilt so was einfach nicht. Und ich habe ihn doch jeden Tag behandelt!»

«Und dabei sogar in die Kaffeeplantage mitgenommen und einen Kräuterzauber mit ihm gemacht.»

«Ich? Wer sagt das?» Gardenal war ganz gekränkte Unschuld.

Josh antwortete nicht. Er würde nicht verraten, von wem er es hatte. Gardenal sollte nur wissen, daß er es wußte. «Sind von den Kühen welche trächtig?» Gardenals Stirn wurde eine einzige runzelige Fläche, die Registratur dahinter wechselte hastig vom Thema sinnloser Hexerei aufs sichere Gebiet von Daten und Zahlen über. «Also die 22, *puta merda*, wissen Sie noch, was für ein Ungetüm von Kalb die voriges Jahr geworfen hat? Und dann die 13, die zwei Tage nach dem Tod meiner Frau geboren ist, und die 16, die drei Tage vorher –»

«*Ta bom, ta bom.*» Josh hob abwehrend die Hand, damit es nicht ewig so weiterging. «Wir treiben sie am besten mal alle zusammen und schauen sie uns an.»

«*Sim Senhor, Seu Josh.*» Er trieb sein Pferd mit dem Knie an und lenkte es den Hügelgrat entlang. Als das Tier in leichten Galopp fiel und der Reiter bei jeder Bewegung lockerer im Sattel federte, kam Gardenal Josh nicht älter vor als er selbst, womöglich jünger.

«Vielleicht noch ein Jahr!» dachte Josh. Wie sonderbar war doch das Altern bei Mensch und Tier.

Als er schließlich heimkam, war Lia im Garten und schnitt Blumen, Arme voller Geranien für die hölzerne *gamela*, die neben Joshs Stuhl stand, knallbunten Hibiskus für die Steinvase auf dem Kaminsims, purpurne und gelbe Blütenzweige von Buddleia und Jasmin, die von den Verandastreben herabhingen. Sie hatte alle Vasen auf der Mauer in einer Reihe aufgestellt und ging mit konzentrierter Miene hin und her, vom Busch zum Beet und zurück zur Mauer. Sie ging gern zu Fuß, und er schaute ihr gern dabei zu. Ihre Beine waren kräftig und wohlgeformt, verschmälerten sich an den Knöcheln und an der Innenseite der Schenkel, wo so viele Frauenbeine mit einem elefantenhaften Mangel an Grazie einfach in gleicher Stärke weiterverliefen. Ihre Hüften schwangen in einem Rhythmus, als höre sie innerlich Musik.

Er setzte sich auf die Mauer, und als sie vorbeikam, packte er sie am Hosenboden ihrer Shorts und zog sie zu sich heran. Ihre Augen lächelten jetzt, der sorgenvolle Ausdruck war daraus gewichen. Vermutlich hatte der Anblick der Blumen, das schöne Wetter, die warme Sonne auf ihrem Rücken ihn verscheucht. Ursprünglich hatte er sie fragen wollen, warum sie nicht mitgeritten sei, doch er schwieg. Was immer sie verstimmt hatte, es war vorbei. Dabei sollte es bleiben.

«Wir wollen mit den Kindern an den Fluß fahren», sagte sie soeben. «Heute will ich mal nicht zu Hause Mittag essen!»

Es war verblüffend, welch tiefe Niedergeschlagenheit Lia ausstrahlen konnte und schon im nächsten Augenblick eine ansteckende Fröhlichkeit.

«Schön», sagte er und gestattete sich, hinzuzusetzen: «Worüber freust du dich denn plötzlich so?»

Ihre Stirn zog sich zusammen. «Muß ich mich denn *über* etwas freuen?»

Als sie die Sachen schon in den Kombiwagen lud, zahlte er noch die Löhne aus und ließ dazu, während sie mit Körben voller Kartoffelsalat, gewürztem Fleisch, Brot, Orangen und Badezeug an ihm vorüber hin und her lief, die Männer in einer Reihe antreten, die mit steifen, knorrigen Fingern die Feder ergriffen. Langsam und mühevoll malten sie ihren Namen. Allmählich freute auch er sich darauf, daß nach dem Verschwinden der *camaradas* niemand mehr da sein würde – nichts und niemand außer ihnen beiden und den Kindern.

Erst abends, als sie vom Ausflug an den Fluß wiederkamen, brachte Josh das Gespräch auf die Reise nach Rio. Es war ein schöner Tag gewesen: Sie hatten sich mit den Kindern gebalgt, in den tiefen Strudeln des Flusses getaucht und später, während die Kinder noch schwammen, ihr altes Spiel gespielt: Landkarten in den Sand zeichnen. Diesmal waren es jedoch nicht Karten von Australien, Afrika, Brasilien, sondern von dem Gebiet jenseits des Flusses, dem unerschlossenen Land der Serras de Bodequena im Mato Grosso, wo sie Weizen und Sojabohnen anbauen und zwischen den Baumstümpfen Colonia-Gras säen wollten, um es vom Vieh abweiden zu lassen.

Dieses Spiel spielte Lia mit fast kindlichem Eifer. Der Gedanke an üppige, wilde Landstriche, die unter ihren Händen gezähmt und kultiviert werden würden, erwärmte und erfreute sie bis ins Innerste. Ihre Begeisterung brachte sie in solchen Momenten Josh sehr nahe, als dächten, lebten und atmeten sie wie ein einziger auf dieses ferne Ziel hin. Im Grunde war es auch so. Doch gerade infolge ihrer Nähe und warmen Aufgeschlossenheit bei solchen Gelegenheiten fragte er sich, ob sie denn nicht wüßte, wie fern die Erfüllung dieser Wunschträume noch war. Und mitten in der gemeinsamen Freude stach ihn das Gefühl, nicht aufrichtig zu sein, wie ein Dorn, und er dachte: Du mußt ihr reinen Wein einschenken. Doch weil er die wunderbare Stimmung so schrecklich ungern zerstörte, beruhigte er sich mit dem Gedanken: Warum muß ich? Sie wird doch Bescheid wissen? Und so lachten, redeten und träumten sie weiter und zeichneten in den Sand.

Heute hielt die Stimmung noch an, als sie schon zu Hause waren und sich mit den Kindern und den Hunden ans Kaminfeuer setzten, das die winterlich kühle Luft erwärmte und vor dem sie sich gemütlich, sicher und geborgen fühlten. Just in diesem Moment sah Josh von seinem Buch auf und sagte mit einer Miene, als sei ihm etwas Fabelhaftes eingefallen: «Wie wär's mit ein paar Tagen in Rio?»

«Rio? Jetzt?» Ein derartiger Vorschlag mitten in die Zufriedenheit des heutigen Nachmittags hinein kam Lia sonderbar ungereimt vor.

Josh spürte es, erinnerte sich aber seiner Gedanken von heute vormittag und redete ihr zu: «Ein bißchen Sonne und Meer, Moquecas im *Oxalá*? Ich brauche es nicht zu bezahlen», fügte er hinzu, um nachzuhelfen.

«Ja, wer zahlt es denn?» Sie musterte ihn leicht mißtrauisch.

Josh blickte sie so übermütig an, daß es ihr die Rede verschlug. «Das Institut! Kleine Public-Relations-Arbeit für Harry! Dem würdest du doch nichts abschlagen, oder?»

«Die zahlen für dich. Und wer zahlt für mich?»

«Lia, wie viele Quadratmeter Grund, glaubst du, daß ich für das Billett nach Rio kaufen könnte?»

«Man kann es auch so sehen.»

«Nun, so sehe ich es eben.» Seine Miene bekam etwas scherzhaft Eigensinniges.

«Und die Kinder?»

«Gardenal bleibt bei ihnen.»

Sie dachte an den alten Mann, der seit dem Tod seiner unaufhörlich redenden Frau sehr allein war und für den es nichts Schöneres gab, als über einem Bier mit den Kindern zu schwatzen. Sie wußte genau, daß man sie ihm getrost anvertrauen konnte. Daran lag es nicht. Es lag an etwas anderem, einer angstvollen Ahnung, die sich nicht recht benennen ließ. «Wir wollen immer eines tun und das andere nicht lassen! Mir kommt eine Fahrt nach Rio verschwenderisch vor, verantwortungslos!»

«Wieso? Wenn wir es können, warum denn nicht? Hie und da ist es nicht verkehrt, mal Urlaub zu machen. Ich werde João Faria ein Holzkreuz zimmern lassen, das kannst du auf dem Rücken schleppen, wenn dir das besser zusagt!»

«Ach, du verrücktes Huhn!» Sie lachte und kam sich albern vor und konnte es auf einmal kaum erwarten zu reisen. Rio, das schöne und total unzurechnungsfähige Rio, war der rechte Ort für Urlaube, und selbst Dinge und Orte, die man über alles liebte, mußte man von Zeit zu Zeit verlassen.

19

So saß sie denn jetzt mit dem unbestimmten, jedoch nicht ungewohnten Gefühl, entführt worden zu sein, am Rand des Swimmingpools vor dem Hotel Gloria. Die Sonnenstrahlen, die durch die im Felsgeröll wachsenden *tipuana*-Bäume drangen, warfen gesprenkeltes Licht auf die Wasserfläche und die Fliesenterrasse; dort war bis auf eine *babá* mit einer Horde Sandkuchen backender Kinder und Caroline Roundtree, die auf einem Barhocker Gitarre übte, keine Menschenseele zu sehen.

Nach einem angeregten Telefonat mit Campos am Montag früh hatte Duncan Roundtree, Vizepräsident und Alleinvertreter des Internationalen Bankvereins für Lateinamerika, seinen Mitarbeiter davon in Kenntnis gesetzt, daß es in Rio dringende Geschäfte für ihn gab, und hatte in Begleitung seiner Frau das Flugzeug bestiegen.

Lia freute sich sehr, daß Caroline da war. Die quecksilbrige junge Frau war die beste, beharrlichste Kameradin, die sie kannte. Schwer zu sagen, warum eigentlich. Caroline war in ihrer Intensität wie elektrisch geladen: ein straff gespannter Draht, der ständig 220 Volt führte, was für die gewöhnlichen Sterblichen mit ihren 110 Volt immer zu Schocks führte. Ihr Perfektionismus, ihre Gier nach Anerkennung ließen alles, was sie anfing, und wenn es nur ein Gemüsegarten war, zur fixen Idee werden. Mit allem war sie rasch, mit Zuneigung, Abneigung, sogar Kränkung, jedoch genauso rasch, wenn es galt, sich einzusetzen, zu schenken, zuzuhören und aufzunehmen. Die beiden letztgenannten Eigenschaften wogen bei Lia am schwersten. Mit wie vielen Leuten konnte man sich heutzutage überhaupt noch zweiseitig unterhalten? Manche nahmen sich in rührender Selbstbescheidung so zurück, daß sie dabei fast selber untergingen. Andere hörten zu, warteten aber ungeduldig darauf, wieder selbst zu Wort zu kommen. Caroline jedoch wollte nicht nur sagen, was sie wußte, sie wollte auch etwas erfahren. Eine bemerkenswerte Eigenschaft bei einem so ichbezogenen Persönchen, wie Caroline es war.

Im Moment war die Gitarre ihre fixe Idee. Das Spielen fiel ihr, wie so vieles, nicht einmal leicht. Gerade ihr Perfektionismus war möglicherweise der Grund, warum sie stundenlang verbissen etwas üben mußte, was ein Gassenjunge mit Samba im Blut mit umwerfender Leichtigkeit zustande brachte. Doch ganz ohne Anstrengung schaffte es auch der Gassenbub nicht, dafür war Carolines Lehrer ein Beweis. Mancher fühlte sich von dieser Art Musik angezogen und beschloß, sie spielen zu lernen. Manchen war sie angeboren. Auf Caroline trafen die ersten beiden Punkte zu, auf ihren Lehrmeister alle drei. Miteinander hatten sie es schon erstaunlich weit gebracht. Wenn Caroline auf ihrem Hocker saß, übte und *candeias* sang – wobei der portugiesische Text durch ihren Mittelwestakzent etwas noch Rührenderes bekam –, konnte Lia mit köstlicher, losgelöster Freude zuhören. Sie genoß und dachte unbestimmt, aber vergnügt: Diese Caroline! Sie wird auch dies wieder schaffen!

Sie konnte nicht wissen, daß Caroline, die da mit drollig versunkenem Ausdruck auf dem Hocker saß, weniger an die Melodie dachte als an ihren Lehrer.

Delia hatte an jenem Abend im *Jogral* Wort gehalten. Als der Moment kam, da die Hausmeister und Aktenfüchse mit ihren Cavaquinhos und Sr. Assis mit seiner Flöte wieder aufs Podium mußten, hatte sie dem Gitarristen ein Zeichen gegeben, man möge sich nachher draußen treffen, wo man sich verständlich unterhalten konnte.

Er war Musikstudent an der Universität und infolge eines finanziellen Engpasses momentan beurlaubt. Delia stellte ihn vor: Dorval. Im bleichen Licht der Straßenlaterne sah er mit seinen düster lodernden Augen und den tiefen Einbuchtungen des Schädels aus, als habe er ständig Fieber. Diese Augen blickten – wie Caroline bemerkte – Delia Cavalcanti mit so anbetender Bewunderung an, wie sie einer Göttin zukam. Als sie ihm erklärte, sie habe Musikwissenschaft studiert und würde daher gern unter Umgehung des ‹Flohwalzers› mit dem Gitarrenunterricht anfangen, hatte er schüchtern belustigt gelächelt und erklärt, das sei ihm lieb. Er hatte trotzdem immer noch Delia angeschaut, so daß sich Caroline gedacht hatte: Na, hoffentlich werde ich von den zweien nicht irgendwie ausgenutzt. Später hatte sie sich beschämt gestehen müssen, daß sie Delia hätte besser kennen sollen. Der Junge war der geborene Musikant.

Er kam pünktlich jeden Donnerstagnachmittag um vier Uhr zu Caroline ins Haus. Der ‹Flohwalzer› blieb weg. Sie fingen sofort mit Stücken von Jobin, Caymmi, Edu Lobo, Chico Buarque an. Sie hörten Platten, und weil es keine Noten dazu gab, stellten sie sich ihre Arrangements selber zusammen. Dank Carolines unwahrscheinlicher Energie endeten die 45 Minuten manchmal mit erschöpftem Triumph, manchmal mit kläglicher

Frustration, aber sie gab niemals auf. Dorval freute sich jedesmal auf die Donnerstagsstunde, weil er an den Melodien vieles entdeckte, was er bisher nicht bemerkt hatte. Manchmal mußte er sich ins Gedächtnis rufen, daß er der Lehrer war und diese merkwürdig vitale junge Amerikanerin die Lernende.

Caroline war Delia also dankbar und empfand es als echten Glücksfall, einen solchen Lehrer gefunden zu haben. Gerade deshalb überfielen sie jetzt manchmal Panik und Kummer über etwas, das er ihr offenbar verheimlichte und das schon bei anderen Gelegenheiten und an anderen Orten friedliche Nachmittage zerstört hatte und an ihr selbst zu liegen schien.

Zu Anfang hatte sie seine dumme Angewohnheit, wenn er mit ihr sprach, immer die Augen abzuwenden, für Schüchternheit gehalten. Schließlich waren in diesem Lande die Männer nicht daran gewöhnt, geschäftsmäßig mit Frauen umzugehen, es sei denn das Geschäft war die Prostitution. Ich werde frei und offen und zugleich äußerst sittsam sein, dann geht es schon vorbei, hatte sie gemeint. Doch es war nicht vorbeigegangen. Sie hätte es noch hingenommen, hätte er nicht bei anderen Gelegenheiten, wo er hätte zuhören sollen – einfach nur zuhören –, die dunklen Augen mit melancholischer Inbrunst auf sie gerichtet.

An und für sich waren solche Blicke ihr nichts Ungewohntes. Caroline hatte hübsche Proportionen und Rundungen, die im Verein mit der natürlichen Ausstrahlung ihrer Vitalität in Männern manche beunruhigenden Gefühle auslösten. Manchmal war das nur anregend und amüsant und deshalb etwas Positives. Manchmal jedoch brachte es einen aus dem Konzept, dann war es destruktiv. Dieser junge Mann, der sie da heimlich belauerte, hatte keinerlei Vergnügen daran. Er schien eher Qualen dabei zu leiden. Was auch der Grund sein mochte: Gewissensnot oder Entschlußlosigkeit – es verwirrte Caroline so, daß sie die sorgsam eingelernten Akkorde und Griffe vergaß und hudelte. Als sie in ihrer geraden Art schließlich keinen anderen Ausweg mehr sah, als den gordischen Knoten zu zerhauen, als sie merkte, daß bei dieser heimlichen Anschmachterei der anfangs rein ästhetische Kontakt zum Teufel ging, hielt sie eines Tages mitten im Lied inne, dämpfte die Gitarre mit der flachen Hand und sagte: «*Que passa?* Irgend etwas beunruhigt Sie, und das fängt an, auch mich zu beunruhigen!»

Er reagierte blitzschnell und theatralisch. Er richtete sich zu seiner vollen Höhe auf, die dunkel glänzenden Augen starr auf den Boden geheftet.

«Wenn die Senhora nicht zufrieden ist . . .»

Caroline hatte schon erlebt, daß Dienstboten sich die Schürze abrissen und abrauschten, entweder weil sie glaubten, ihr Ehemann habe sie betrogen, oder weil sie meinten, sie seien schwanger. Doch weil ihr dieser phantastische Lehrer höher stand als irgendein Dienstbote und weil sich die Situation so zugespitzt hatte, war sie ganz offen mit ihm.

«Aber ich bitte Sie – so was würde doch nur ein blöder *empregado* –, ein Angestellter, äußern!»

Diesmal reagierte er mit einem unglücklichen, verlegenen Lächeln, schien ihr aber zuzustimmen.

«*Está bom*, Dona Carolina.» Er holte eine Zigarette aus der Tasche, zündete sie an und stieß mit einem tiefen Seufzer den Rauch von sich, alles mit der Melodramatik eines Halbwüchsigen, die er bisher noch nie gezeigt hatte. «Es ist da etwas – ich hätte es Ihnen gleich von Anfang an sagen müssen, aber dazu hatte ich nicht den Mut. Daß ich nicht auf der Universität bin, liegt nicht nur an meinen finanziellen Nöten. Ich war in politische Aktivitäten verstrickt.» Er zog an seiner Zigarette und blickte sie zum erstenmal voll an, wie sie das wohl aufnahm. «Ich stehe irgendwo auf einer Liste der subversiven Elemente und habe eine Art Bewährungsfrist . . .»

Caroline lachte in ihrer Erleichterung laut auf. «Was? Ist das alles? Sie wollen mich wohl verkohlen?»

«Es ist ernster, als Sie glauben», sagte er. Sein Ton war noch immer tief tragisch, jetzt beinahe etwas gekränkt. «Ich war gewissermaßen Agitator. Ich mußte zu den Fabrikarbeitern sprechen, als Verbindungsmann zwischen ihnen und den Studenten.» Sein Gesicht nahm einen leicht angewiderten Ausdruck an. «Jetzt habe ich nichts mehr damit zu tun. Ich hatte mir anderes davon versprochen. Immerhin, ich hatte Verbindung mit dieser Sache. Das ist schlecht, möglicherweise sogar gefährlich.»

«Wieso gefährlich?»

«Ach!» Er machte eine abwehrende Geste und schüttelte den Kopf, als verfolgten ihn Vorstellungen und Halbwahrheiten, die ihm lästig waren. «Ich wollte, ich könnte es Ihnen erklären, aber das kann ich wirklich nicht. Ich weiß nur –» endlich wurde sein Ton bescheiden und reumütig – «daß ich es Ihnen gleich hätte sagen müssen. Das wäre anständig gewesen. Aber ich brauchte den Job so nötig . . .» Er stand auf und schien, nun, da er seine unhaltbare Lage erläutert hatte, gehen zu wollen. Doch sie stellte sich vor ihm auf, ihre kleine, adrette Gestalt blockierte ihm in äußerster Entschlossenheit den Weg.

«Sie brauchten den Job so nötig, und nun haben Sie ihn.» Sie bohrte die Hände in die Taschen ihres Rocks und sah ihn aus leuchtendblauen, klaren Augen an. «Als uns Dona Delia damals am Abend miteinander bekannt machte, hatten wir gerade gestritten. Es ist nichts dabei herausgekommen, wie so oft beim Streit mit Dona Delia, weil ich gar nicht dazu gekommen bin, meinen Standpunkt zu erklären. Was ich ihr damals sagen wollte, werde ich jetzt Ihnen sagen. Meiner Ansicht nach ist ein Mensch, der seinen Beruf durch die Politik zerstören läßt, nicht nur seinem Beruf untreu, sondern auch sich selbst. Ihr Beruf ist die Musik. Meiner auch. Deswegen sind Sie hier. Ihre Zeit ist mir kostbar, weil ich der Meinung bin, Sie seien ein großartiger Musiker, der mir etwas beibringen kann. Ich bin froh, daß Sie mir erzählt haben, was Sie quält, sofern das nötig war. Aber hören Sie mal gut zu: In diesem Raum ist während des Unterrichts alles außer der Musik – einschließlich Politik – reine Zeitverschwendung. *Agora, vamos tocar?* Spielen wir wieder?» Und dann, weil sie heimlich dachte: Na, Caroline, mal wieder ganz Herrscherin?, lächelte sie ihn strahlend und ermunternd an.

Damit, so dachte sie, war die Sache ausgestanden. Doch sie war es nicht. Plötzlich verwandelte sich der Musiker, der ein so guter Lehrer war, in einen Menschen, den sie nicht jeden Donnerstag Punkt vier Uhr fünfundvierzig vergaß; sie stellte fest, daß sie auch gelegentlich im Lauf des Tages an ihn dachte.

«Duncan, was sagst du dazu, daß Dorval mit der ‹Volksrevolution› etwas zu tun gehabt hat?»

«Wer ist Dorval?»

«Na hör mal: mein Gitarrenlehrer.»

«Ach so, der. Solange er deine Gitarre nicht mitgehen heißt . . . Ich habe die letzte Rate noch nicht bezahlt.»

«Ach, scher dich doch zum Teufel, du.»

Schließlich kam es soweit, daß sie ihn heimlich belauerte, die scharfgeschnittenen, übersensiblen Züge, den Ausdruck tiefer Melancholie, der unter der Oberfläche jedes Lächelns zu liegen schien, so wie die Trauer unter jedem lachenden Lied.

Entzünde die Kerze,
Schon das ist Berufung.
Wo kein Samba ist,
sterben die Illusionen . . .

Eines Tages konnte sie sich nicht mehr zurückhalten und sprach es aus:
«Unter allem liegt Trauer verborgen.»

Er riß eine Saite seiner Gitarre an, mißtönend und verächtlich.

«Es gibt so vieles, über das man trauern kann.»

«Sie sind aus dem Nordosten, nicht wahr?»

«*Nordestino puro.*» Jetzt lächelte er stolz und legte die Gitarre weg. «Das ist eine Rasse für sich. Haben Sie jemals Euclides da Cunha gelesen? Er ist Indianer, Neger und Weißer zu gleichen Teilen, und jeder Teil kämpft um die Vorherrschaft in ihm. So ist nie Ruhe, nie Behagen –»

«Der Nordosten ist eine ganz andere Welt als diese hier, nicht wahr?»

«Ach, es ist eine Welt, über die die Musik alles aussagt. Jahr für Jahr kommt die Dürre, Menschen hungern und überfallen die Städte. Räuberbanden tun sich zusammen, um am Leben zu bleiben. Oder klettern auf Lastwagen und fliehen in den Süden. Dann kommt der Regen, und alle eilen heim in ihre Gegend, voller Hoffnung. Aber wenn der Regen erst einmal anfängt, hört er nicht wieder auf. Jedes Jahr. Viele sterben, aber es werden immer neue geboren. Wenn man zuviel darüber nachdenkt, verzweifelt man. Besonders hier –» er wies mit der Hand zum Fenster, zu der Aussicht durch das schmiedeeiserne Gitter auf die schattige Straße und die festen weißen Mauern großer, herrlicher Bauten inmitten reichbelaubter Gärten – «hier, wo alles so leicht aussieht.»

«Regen kann man nicht bestellen, nicht wahr?» sagte Caroline, seinem Blick folgend, der die Mauern und das üppige Grün umfaßte.

«Nein –» er schüttelte bedauernd den Kopf – «aber manchmal möchte man es schrecklich gern, und was noch schlimmer ist: man wird neidisch.»

«Ich verstehe», sagte sie.

«Nein», antwortete er, «dazu ist es zu kompliziert. Sie fangen höchstens an, ein wenig zu verstehen.»

Daraus ergab sich allmählich ein Gespräch: über die endlosen Strände und den Sand, der so blendend weiß war, daß die Fischer erblindeten; über *candomblé*, das Duell zwischen Füßen und Messern; über *capoeira* beim obstinaten Gehämmer des *berimbau*; über die *jangadeiros*, die sich auf einem Floß mit Segeln ins Meer hinauswagen. Über den Cowboy, der sich gegen die bösartig stachligen Bäume *des sertão* von Kopf bis Fuß in Leder kleiden muß und seine Energie in seinem Innersten bewahrt, wie ein Saatkorn, für den Augenblick, in dem er sie brauchen wird, um am Leben zu bleiben.

«Der Kampf ist in ihm eingeschlossen und wartet. Haben Sie jemals vom Krieg der *canudos* gehört? Einer Handvoll Bettler und Strauchdiebe gegen die brasilianische Armee?»

«Die *baianos*? Aber die sind doch so fröhlich?»

«Sie nehmen das Leben so, wie es ist, sie singen, um nicht denken zu müssen. Und doch schlägt, was sie denken, sich in ihren Liedern nieder.»

Dies alles war sehr lehrreich. Es half einem so sehr, die Musik zu verstehen, daher war alle aufgewendete Zeit keineswegs verschwendet. Und es war bestimmt besser, als schweigend so angestarrt zu werden wie bisher. Neuerdings hatte er wieder damit angefangen, sie heimlich zu beobachten, und jetzt schienen seine dunklen glänzenden Augen ihr noch beharrlicher zu folgen als sonst.

Auf der Terrasse neben dem Swimmingpool setzten die weichen, mitreißenden Rhythmen des ‹Corcovado› ein, so daß Lia die Augen schloß und lächelnd den Takt auf den Seitenlehnen schlug. Dann stolperte die Weise und brach ab.

Lia richtete sich auf. «Was ist los? Das war doch schon fabelhaft, warum hast du denn aufgehört?»

Die Gitarre wurde schwerfällig abgesetzt, stieß an den Barhocker und gab einen Brummton von sich. Caroline glitt vom Hocker, stand einen Moment da, ein Bild der Ratlosigkeit, kam dann zu Lia und ließ sich übellaunig in einen Liegestuhl neben der Freundin fallen.

«Ich habe es satt. Ich habe das Ganze einfach satt.»

«Aber was denn, warum denn? Ich versteh dich nicht – wo doch alles so gut geht.»

«Alles gut geht? Wenn du dich nur nicht irrst. Du weißt ja nicht, wie kompliziert, wie verflucht kompliziert so eine einfache Gitarrenstunde sein kann.»

Lia warf ihr einen Seitenblick zu und dachte nach. Sie war selbst ein ebenso sprühendes Temperament, doch aus irgendeinem Grunde kam es nie zu Zusammenstößen mit Caroline. Sie hatte sich schon des öfteren gewundert, daß es nie zu einer Explosion gekommen war, da sie doch über alles sprachen und so völlig entgegengesetzter Meinung waren. Manchmal glaubte sie, der Grund sei der, daß sie einander mit der Behutsamkeit zweier Irrer behandelten, wobei jeder die unter den verdrehten Äußerungen des anderen liegenden Wahrheiten respektierte.

«Ich kann es nicht wissen», sagte sie, «wenn keiner es mir erzählt!»

Da schüttete Caroline ihr Herz aus, und Lia hörte sich die Geschichte staunend und hingerissen an, bis sie nicht mehr an sich halten konnte und lächelnd fragte: «Hast du nicht immer behauptet, im Lehren und Lernen müsse alles völlig platonisch sein?»

«Freilich habe ich das!» Caroline hatte die Gewohnheit, kleine Zigarillos zu rauchen. Sie nahm eins und zündete es an. «Und zu guter Letzt muß man zugeben, wie schwer der Trennungsstrich zu ziehen ist. Aus dem, was er mir erzählt hat, war viel Neues für mich zu lernen. Dieser Teil ist weiß Gott in Ordnung. Alles übrige . . . tja, da hapert es.» Sie hob die Stimme und übertönte den von der schwülen Hitze Rios gedämpften Verkehrslärm. «Versteh doch: Ich habe angefangen, mit ihm zu reden, weil er Löcher in mich gestarrt hat. Und jetzt fängt er trotzdem wieder damit an.»

«Vielleicht will er dich entführen!»

«Quatsch. Aber was ist es wirklich Lia? Was setzt den Kerlen diese blödsinnigen Ideen in den Kopf? Dem Dirigenten damals in Columbus, dem Museumsdirektor, bei dem ich gearbeitet habe? Schließlich und endlich habe ich ihnen keine schönen Augen gemacht! Das kann ich durchaus auch, wenn ich will, aber es gibt Zeiten, da will man nicht.»

Lia hätte gern wieder gelacht, sah jedoch, daß Tränen ehrlicher Ratlosigkeit Caroline in die Augen stiegen. Sie versuchte ernst zu bleiben. «Weißt du, es ist einfach zum Teil eine Frage des Knochenbaus. Ach, Caroline, wenn du jemand direkt anschaust, sagen deine Augen allerlei aus, was du gar nicht gemeint hast. Wenn sie nur ein bißchen näher beieinander stünden . . .»

«Nun mach mich nicht zum mongoloiden Trottel . . .»

«Vielleicht solltest du ihn spielen – den Trottel. Mein Gott, Caroline, ich kann dir doch nur raten, reiß dich am Riemen und übersieh dieses Angestarrtwerden. Schließlich wird er ja nicht plötzlich deine Gitarre beiseite schleudern und sich auf dich stürzen!»

Nun lachten sie beide. Es war unmöglich, es zu unterdrücken. Plötzlich kam ihnen alles so albern vor, hier im Sonnengefunkel über dem Swimmingpool.

«Wie bist du überhaupt hergekommen?» fragte Lia. «Eigentlich habe ich nicht mit dir gerechnet.»

«Das ist das Himmlische daran, daß man Chefs 9000 Kilometer weit weg hat.» Caroline war nun wieder guter Laune und blies einen kunstvollen Rauchring. «Da kann man mal eben in Rio mitmischen, ohne erst einen Antrag ausfüllen zu müssen. Im Ernst –» unwillkürlich dämpfte sie die Stimme – «Duncan hat etwas Hochinteressantes im Auge. Ein großes Bewässerungsprojekt im Nordosten, im Tal von São Francisco. Eine brasilianische Gruppe will investieren, und Duncan möchte, daß die Bank dabei mitmacht.»

«Im Tal von São Francisco?» Lias Stimme klang überrascht, fast ein wenig neidisch. «Ach. Das ist eines von Joshs liebsten Luftschlössern, dort Melonen, Trauben und Feigen zu ziehen und das *sertão* zu begrünen.» Sie runzelte die Stirn. «Ist denn so was für den Internationalen Bankverein nicht ein bißchen sehr abgelegen?»

«Hinterm Mond! Und wer hat in dem ganzen Mausoleum je von Bewässerungsprojekten oder auch nur vom São-Francisco-Fluß gehört? Hoffen wir, daß Duncan die Sache unter Dach und Fach bringt, ehe die merken, was er vorhat!» Sie drückte den Zigarrenstummel aus. «Gehen wir ins Wasser?»

Und noch ehe Lia antworten konnte, hatte Caroline, wie um ihren Unwillen mit dem Leben im allgemeinen zu illustrieren, sich rasch erhoben und setzte, den muskulösen, nervigen Körper wie einen Bogen gespannt, zum Sprung an.

20

Duncan war ehrlich aufgeregt. Beim Lunch hatte er sich lange mit einem hochinteressanten jungen Mann namens Ricardo Soares unterhalten. Es war ein Lunch in einer ganzen Serie sogenannter Arbeitssessen in der City und an den Wochenenden mit Caroline und den Kindern auf der Soares-schen Fazenda gewesen, und es sah so aus, als ob sie dazu führen würden, daß der Internationale Bankverein sich an der familieneigenen Bank der Soares beteiligte. Die Firma war neu, bestand erst seit dreißig Jahren, und ihre relative Jugend rief mißtrauisches Kopfschütteln in jenen altehrwürdigen Finanzkreisen hervor, die mit ihrer lastenden Aura des Althergebrachten ihre Senilität und Überalterung zu bemänteln suchten. Von solchen Traditionen ließ Duncan sich nicht imponieren, und das jugendliche Alter der Soares-Bank schreckte ihn keineswegs. Er hatte sie seit geraumer Zeit beobachtet, schon ehe ihm der Gedanke gekommen war, Fühler für den Internationalen Bankverein auszustrecken, ganz einfach weil sie ihn interessierte. Sie investierte in sehr gescheite Projekte: in Bergwerke im Gebiet von Amapá, in Stahlwerke im Staat São Paulo, in Bewässerungsprojekte im Tal des Flusses São Francisco.

Diesem letzteren stellten sich, wie Duncan bei sich zugeben mußte, Hindernisse von herkulischen Ausmaßen entgegen, und nicht das kleinste darunter war die Einmischung von Regierungsstellen, die in althergebrachter Weise versuchten, sich ein Maximum an Ruhm durch ein Minimum an Mühe zu erwerben. Doch auch sie waren nicht ärger als Ämter sonstwo auf der Welt, wenn man es recht bedachte, nicht einmal ärger als alle Organisationen mit mehr als zwanzig Angestellten. Außerdem garantierte die Bundesregierung das Investment, und das war eine gewisse Sicherheit. Wenn auch das nicht standhielt, wie etwa in Chile, würde eben *alles* mit einem gewaltigen Gurgeln im Abfluß verschwinden – da man sich südlich des Äquators befand, entgegen dem Uhrzeigersinn! Warum also sich Sorgen machen?

Und warum bis dahin nicht bei etwas Aufregenderem mit einsteigen: Manganerz in Amapá, Bewässerung im Tal des São Francisco? Zu denken, man könnte das trostlose, ausgedörrte Ödland, das ärmer war als Indien, in ein Kalifornien oder Israel verwandeln! Ein Gedicht! Duncan, der in diesem Augenblick in einem staatlichen Katasteramt saß und darauf wartete, daß irgendein Idiot ein sinnloses Stück Papier unterschrieb, richtete seine Gedanken ruckartig wieder aufs Nächstliegende. Der springende Punkt war, daß sich ihr Geld mit 12 Prozent verzinste und daß es dabei, da alle Großprojekte notwendigerweise kostspielig waren, um große Summen ging.

Was das Einsteigen in die Soares-Bank betraf, so glaubte er dabei nicht so sehr an das Großprojekt als vielmehr an die zwingende, zuversichtliche Art Ricardo Soares', in dem sich nach Duncans Ansicht brasilianische Tradition und moderne brasilianische Auffassungen in einem fast idealen Verhältnis mischten. Soares nahm seinen Beruf zwar ernst, aber doch nicht so ernst, um sich davon lähmen zu lassen.

Er hatte ein gesundes Zutrauen zu seiner Heimat, zu deren Bodenschätzen, ihren unwissenden, aber klugen Bewohnern, ihrem Ehrgeiz, ihrer Habgier, ihrer zähen, wohlmeinenden Regierung. «Sie sind zwar Generäle», sagte er des öfteren achselzuckend, «und führen sich manchmal auf wie Generäle. Aber sie halten doch den ganzen Kram so weit zusammen, daß Nichtgeneräle damit etwas anfangen können. Habe ich recht?»

Duncan teilte diese Ansicht. Von allen Ländern der Erde – einschließlich des stickigen Speicherraumes Europa – schien ihm allein noch Brasilien das Risiko wert, sein Geld darin anzulegen. Das Land hatte Sinn für

Gegebenheiten und zeterte nicht voll Selbstmitleid über den «Wirtschaftsimperialismus», während es sich durch Enteignungs- und Sozialisierungsprogramme systematisch selbst zugrunde richtete. Innerhalb Brasiliens schien die Soares-Bank den Sinn für Gegebenheiten noch am unverfälschtesten zu verkörpern, wenn auch vielleicht mit einem allzu begeisterten Elan.

Er hoffte zu Gott, daß er den Internationalen Bankverein dazu bekäme, lang genug bei diesem begeisterten Elan mitzuhalten. Bis dato hatte es noch erstaunlich wenig lange Fernschreiben, hysterische Anrufe oder Aufforderungen zu detektivischen Untersuchungen gegeben. War es denkbar, daß der Eindruck muffiger Kleinkariertheit, den er in New York gewonnen hatte, trog?

Womöglich hatte auch er selbst bei der Bank keinen ganz so verschrobenen Eindruck gemacht, wie er fürchtete? Vielleicht war der Internationale Bankverein irgendwie der Sklerose entgangen, die alle großen Konzerne der Welt befallen hatte? Vielleicht waren die großen Bosse wirklich bereit zu glauben, er, Duncan Roundtree, der Mann, den sie mit diesem Job betraut hatten, könne seine Sache gut machen?

Nein, das doch nicht! Er sagte sich erneut vor, auch dies sei zu schön, um wahr zu sein. Er mußte sich beeilen, ehe sie zu sich kamen und feststellten, daß er selbständig handelte . . .

So war er denn ganz guter Laune, ungeachtet der Tatsache, daß er seit zwei Uhr in einem staubigen, dumpf riechenden Labyrinth von Matrikelamt saß und auf eine Unterschrift wartete. Schon beim Eintritt hatte ein weibliches Ungeheuer mit Schnurrbart und schwellenden Hüften, dem die Strumpfbänder über dem Knie offensichtlich den Kreislauf abschnürten, ihm mitgeteilt, der Doutor Afonso erledige seine Post, er müsse daher warten. Mit dem perversen Hang aller öffentlichen Funktionäre wohlvertraut, hatte Duncan das mit seinem schönsten, wie er es nannte, ‹Steig mir auf den Hut›-Lächeln quittiert und sich auf einer Bank an der Wand niedergelassen.

Seitdem war Doutor Afonso mindestens fünfzehnmal aufgetaucht und wieder verschwunden, eine Termite, die das Regierungsbalkenwerk zernagte. Er hatte es fertiggebracht, jedesmal mit betont gleichgültiger Miene an Duncan vorbeizugehen, wie um diesem gut und wohlhabend aussehenden jungen Ausländer vor Augen zu führen, wie bedeutungslos er war angesichts der «Behörde».

Duncan kam sich allmählich vor wie eine Gestalt aus einem russischen Roman: Raskolnikoff, der in der Polizeistation geduldig wartete, um sich als Mörder zu bekennen. Ja, nach und nach verwandelte sich seine gute Laune in eine Art Mordlust. Er hatte den ganzen *Economist* durchgelesen und eine Nummer *Manchete*, Ausgabe 1967, hatte die von grünblassen Schreiberlingen vollgekritzelten Grundbücher im staubigen Regal gezählt, sie mit 350000 multipliziert (der Anzahl der Matrikelämter in Brasilien) und dann mit 469 (der Anzahl der Jahre, seit der große Entdecker Pedro Alvares Cabral hier eingetroffen war), er hatte versucht, Doutor Afonso zu ignorieren und dann die Beine in den Weg dieser Termite vorzustrecken, was ihm nur ein kalt-barsches «Bitte?» eintrug.

Es war jetzt fast drei Uhr dreißig, die Stunde, zu der alle Behörden schlossen. Die fette Person mit dem Schnurrbart blickte Duncan über den Schaltertisch an und äußerte: «Heute unterzeichnet Doutor Afonso keine Dokumente mehr, kommen Sie morgen wieder», wobei sie ihre Macht als Hemmschuh sichtlich bei jedem Wort auskostete.

In einer Ecke stand ein Wasserfilter, dessen Hahn friedlich in einen gesprungenen Krug tropfte. Ein wahnwitziger Drang, das irdene, vasenähnliche Oberteil des Filters zu packen und dieser Frau über den Kopf zu stülpen, überfiel ihn und verebbte wieder. Es hätte doch nichts genützt. Die Qual des Wartens hatte jedoch eine ungewöhnliche moralische Empörung in ihm geweckt, und er traute seinen Ohren kaum, als er sich hochtrabend sagen hörte: «Ich will hoffen, daß Doutor Afonso morgen pünktlich da ist. Ich habe Wichtiges zu erledigen, *minha senhora*, das keinen Aufschub duldet.»

Damit stand er auf und ergriff seine Aktentasche, die er unglückseligerweise beim Verstauen des *Economist* nicht richtig zugedrückt hatte. Nun verstreute sie ihren Inhalt über den ganzen Fußboden, außer den Briefschaften der Bank auch noch einen Badeanzug, eine Tube Sonnencreme, einen Schnorchel und einen Flaschenöffner.

Sekundenlang herrschte verdutzte Stille, und dann, während die diversen grünbleichen Schreiberlinge, aus ihrer bemoosten Lethargie gerissen, herumkrochen und Duncan wieder einpacken halfen, erhob sich ein gedämpftes Murmeln, wie Gelächter unter Wasser. Als er die Aktentasche auf den Schaltertisch legte, um sie besser zu schließen, kreuzte sich sein Blick nochmals mit dem des weiblichen Hemmschuhs mit den Gummiabschnürungen, und er stellte fest, daß sie sich aufs erstaunlichste vermenschlicht hatte.

Sie musterte die Sammlung von Strandartikeln genauestens und mit sichtlichem Vergnügen. Offenbar befriedigte die Entdeckung, daß er ein «Bonvivant» wie alle anderen war, sie tiefer als eine noch so seriöse Entschlossenheit: Sie sah ihn jetzt mit fast beängstigender Zärtlichkeit an.

«Zu schade, daß Sie warten mußten», sagte sie betont. «*Paulistas* haben immer so viel vor. Besonders wenn sie nach Rio kommen. Seien Sie morgen um zehn Uhr hier. Ich lasse Sie bei Doutor Afonso außertourlich vor.»

Es gab immer einen Weg, wenn man die richtige Methode anwandte. Er hätte gleich beim Eintritt den Inhalt seiner Aktentasche verstreuen sollen. Das wußte er jetzt. Vergnügt fuhr er mit dem quietschenden Lift abwärts, trat in den Sonnenschein hinaus und beschloß, zu Fuß ins Hotel zu gehen.

21

Eine köstlich frische Brise kam vom Meer her und ließ die Blätter der Schirmpinie im Park an der breiten Avenue rascheln. Er ging gern diese Straße entlang und schaute sich die Cariocas in ihrer natürlichen Umgebung an. Sie waren gesünder und sahen glücklicher aus als die Bewohner São Paulos, die *paulistas*. Natürlich war es die Sonne, die sie bräunte und heiter stimmte und sie hinderte, das Leben zu tragisch zu nehmen. Wie sich bei dem Vorfall mit der Aktentasche gezeigt hatte. Hätten *paulistas* darüber gelacht? Er bezweifelte es. Manchmal meinte er, sie seien viel zu ernst. Nicht brasilianisch genug. Doch wenn ihm die restliche Welt einfiel, fand er sein Urteil ein bißchen zu streng.

Caroline jedenfalls würde sich totlachen über die Aktentaschengeschichte und allerbester Laune werden. Dieses ernsthafte Mädchen mit dem gewaltigen Gelächter! War es nicht, als brauchte gerade sie in ihrer intensiven Art von Zeit zu Zeit wie zum Ausgleich eine alberne Situation? Womöglich hatte sie sich überhaupt nur deswegen in ihn verliebt? Auch ihre erste Begegnung hatte sich in einer solchen Situation abgespielt, die wie meist von Duncan selbst ausgelöst worden war.

Plötzlich befand er sich nicht mehr auf einer Avenue in Rio, sondern war wieder in einem Herrenbekleidungsgeschäft in Columbus in Ohio und in einer deprimierend sinnlosen Debatte mit einem schlecht angezogenen Kunden über eine Hutgröße. Es schien diesmal kaum der Mühe wert, besonders weil soeben eine phantastisch aussehende Blondine ohne Bedienung in den Jacken Größe 45 im Ständer neben ihm herumsuchte.

«Stellen Sie sich das vor: Gestern habe ich das verdammte Ding hier gekauft, und jetzt ist es zu groß», sagte der Mann, als sei sein Kopf über Nacht geschrumpft. Die Blondine sah aus, als wolle sie weitergehen. Ein Gefühl panischen Gehetztseins überfiel Duncan und veranlaßte ihn zu sagen: «Er sieht aber auch nicht schlechter aus als der Anzug, den Sie anhaben, Sir.»

Die Reaktion des Herrn erfolgte spontan und erwartungsgemäß. Er murmelte etwas von «dem Abteilungsleiter melden» und ging zornig ab, während Duncan über den Ständer hinweg in die größten, blauesten und intensivsten Augen schaute, die ihm im Laufe einer fünfundzwanzigjährigen Suche begegnet waren.

«Kann ich Ihnen irgendwie helfen?»

«Nicht, wenn Sie mich beleidigen wollen!»

«Ich habe den Kunden nur nach bestem Gewissen beraten. Außerdem –»

Duncan, der ganze einsdreiundachtzig lang war und die etwas arrogante Eleganz eines New England-Rennbahnbesuchers sein eigen nannte, raunte aus dem Mundwinkel – «wollte ich ihn los sein, um mit Ihnen reden zu können. Macht Ihnen das was aus?»

«Man wird Sie rausschmeißen!»

«Das wäre nicht das erstemal!»

«Lieben Sie Ihren Beruf nicht?»

«Er ist ein bißchen besser, als mit Entrostungsmitteln zu hausieren, und etwas schlimmer als Hilfslehrer für Golf. Sind Sie daran interessiert, etwas über meine abwechslungsreiche Karriere zu hören?»

Caroline, die in gedrückter Stimmung in das Geschäft getreten war, hatte sich beim Geschwafel dieses Irren zwischen seinen Tweedmänteln plötzlich sorglos und zum Kichern aufgelegt gefühlt und erwidert: «O ja, gern.»

«Dann wollen wir miteinander essen gehen», hatte Duncan triumphierend gesagt.

Es endete damit, daß sie den Rest des Tages und die halbe Nacht damit verbrachten, einander von sich zu erzählen. Sie gingen in eine schäbige Kneipe in Columbus, und Duncan sah dem seltsam intensiven Geschöpf über einem Glas Bier tief in die Augen, während die Musikbox im Hintergrund zwischen atonalem Stan Kenton und tonartfremdem Gewimmer von Billie Eckstein abwechselte. Als sie sich trafen, hatte sie gerade ein Jackett gesucht, um es ihrem Vater zum Geburtstag zu schenken, und sie hatte daher beim Erzählen mit ihm angefangen: Arzt, streng, aber freundlich und versessen auf Spitzenleistungen.

«Die sollte man gar nicht erst anstreben», sagte sie.

«Warum nicht?»

«Weil sich kein Mensch darum schert, ob man Erfolg hat oder nicht. Das ist den Leuten total wurst.»

«Gut, wenn man das früh genug im Leben merkt, und mit der Streberei erst gar keine Zeit verschwendet», sagte Duncan mit gespieltem Ernst. Doch weil er fürchtete, sie könnte aufstehen und weggehen, und er das nicht wollte, setzte er hinzu: «Seien Sie nicht böse. Ich muß nur lachen, weil ich Sie in Wirklichkeit nur zu gut verstehe.»

Offenbar war sie trotz ihrer Überzeugung, es eigentlich nicht tun zu sollen, in die erfolgversprechenden Fußstapfen ihres Vaters getreten. Sie hatte erstaunlich kurze Finger, das war der Grund, meinte Duncan, warum sie beschlossen hatte, Konzertpianistin zu werden. Sechs Jahre Studium, einen Meistertitel, und die ganze Zeit hatte sie sich mit den kürzesten Fingern der Welt abgequält, eine Oktave zu greifen, und im Kopf dabei Probleme von der Art gewälzt, wie wohl Bach sein Präludium und seine Fuge in d-moll gerne gespielt sähe.

Ob ihre Wiedergabe Bach gefiel oder nicht, konnte dieser nicht mehr aussagen. Doch am Ende eines Vortrages, für den sie ihren ersten Titel erhalten sollte, war der Dirigent des Symphonieorchesters von Columbus zu ihr in die Garderobe gekommen, Tränen in den Augen, und hatte sie mit bewegter Stimme aufgefordert, als Pianistin in sein Orchester einzutreten.

Es war die wichtigste Aufforderung ihres ganzen bisherigen Lebens gewesen. Bis zu welchem Punkt, fragte sich Duncan, oder etwa für immer? Sie hatte ihr ganzes Dasein der Musik geweiht, dem Begreifen dessen, was gerade dieser Dirigent aus der Musik herauszuholen gedachte. Er war ein außergewöhnlich begabter Mensch, wert, daß man sich auf ihn einstellte, fähig, selbst die widerstrebendsten Musiker zu überragenden Leistungen anzuspornen. Im übrigen war er mittleren Alters und hatte drei Kinder. Eines Tages ging er Caroline ins Instrumentenzimmer hinter der Bühne nach und riß sie leidenschaftlich in seine Arme.

«Aber das dürfen Sie dem armen Kerl doch nicht übelnehmen. Schließlich sehen Sie nicht aus wie eine neunzehnjährige Vogelscheuche. Seien Sie mal aufrichtig: Hat der Bursche je . . . na ja . . . Gefühle in Ihnen geweckt?»

«Natürlich, seien Sie nicht blöd!»

«Dann waren Sie also nicht schockiert und entsetzt . . .»

Aber nein, verstehen Sie doch. Nur böse. Weil wir danach nicht weiterarbeiten konnten. Sofern die Musik – wie ich sie spielte – wichtig genug war. Aber das war sie nicht.» Die kleinen Hände, die sich solche Mühe gegeben hatten, taten nun alles mit einer wegwerfenden Bewegung ab.

«Na, wennschon. Ist ja egal.»

«Und was machen Sie jetzt?»

«Ich schlage mich so durch. Nach Hause wollte ich um alles in der Welt nicht. Zur Zeit arbeite ich in einem Kunstmuseum.»

«Wie alt ist der dortige Direktor?»

Sie starrte ihn an. «Gott, sind Sie gescheit! Sie müssen schon von Ihrer Geburt an ein weiser alter Mann gewesen sein.»

Sie wäre bestimmt aus der schäbigen Kneipe, in der sie gerade saßen, auf und davon gegangen, hätte er nicht in leisem, aber sonderbar zwingendem Ton gesagt: «Warten Sie. Sie haben möglicherweise recht. Möglicherweise liegt es überhaupt daran.»

Und weil bei ihr Neugier die Kehrseite der Medaille war, setzte sie sich wieder hin und hörte zu.

«Mein Vater war nicht wie Ihrer, wenn das von Bedeutung ist. Er zog in den Krieg und kam nicht wieder, und das nicht deshalb, weil er gefallen war.» Man sah, daß Caroline jetzt auf der Hut war, deshalb setzte er hastig hinzu: «Nein, nein, ich schiebe es nicht meinen Eltern in die Schuhe, daß ich ein so sonderbarer Vogel bin. Von derlei halte ich nichts. Man wird keine kaputte Type, bloß weil die Eltern kein Verständnis aufbrachten, als man onanierte.»

Carolines Augen zogen sich zu schmalen Schlitzen zusammen, aber sie sagte nichts.

«Ich bin einer von denen, die im Ernst nie Lust haben, nach den Sternen zu greifen.»

«Und worauf, zum Kuckuck, haben Sie Lust?» Caroline konnte nicht länger schweigen.

Duncan hatte eine unsittliche Antwort auf der Zunge, unterdrückte sie aber mit aller Gewalt. «Na, auf alle Genüsse, die das Leben zu bieten hat, und da gibt es viele. Aber kein einziger ist es wert, dafür jemandem hinten reinzukriechen.» Sekundenlang sah er drollig gedankenverloren aus. «Ich glaube beinahe, das ist meine ganze Lebensweisheit in einem Satz: Nie jemandem hinten reinkriechen – es lohnt nicht!»

Er hatte mittlerweile sein zehntes Bier vor sich und sah, wenn auch einigermaßen verschwommen, daß ein erstaunlich tiefes Erröten ihre nordisch glatten Wangen färbte. «Ich bin noch nie jemandem . . .»

Er hob beschwichtigend beide Hände. «Moment, immer langsam, keine voreiligen Schlüsse. Von Ihnen habe ich nicht gesprochen. Sie sind, man sieht es ja, noch nie . . . Ach was, ich wollte bloß sagen, heutzutage ist das Reinkriechen oft der Preis, den man zahlen muß. Verstehen Sie?»

Wieder nahm er einen tiefen Schluck Bier und glotzte sie hoffnungsvoll an.

«Ich verstehe schon.» Ihre Wangen erblaßten wieder zu ihrer normalen Farbe. «Aber so zynisch zu sein, bringe ich nicht fertig.»

«Sollen Sie auch nicht, das verhüte der Himmel.» Entgeistert und beschwipst sah er sie an. «Außerdem habe ich gar nichts dagegen, daß Sie alles unternehmen, wozu der Ehrgeiz Sie treibt! Ich habe eben nie was gefunden, das eine so große Anstrengung gelohnt hätte. Wissen Sie, was mir mein Berater auf dem College gesagt hat? Ich sollte auf die Hotelfachschule gehen. Weiß nicht, wie der drauf gekommen ist; vielleicht hat er gemerkt, daß ich ganz allgemein für alles zu faul war. Die Idee war nicht schlechter als jede andere – also bin ich auf die Hotelfachschule gegangen. Als ich damit fertig war, bin ich in ein großes, schickes Hotel in Florida gekommen. Habe dort meine Sache auch ganz gut gemacht. Mich auch gut amüsiert dabei, bis eines Tages der Direktor allen – auch mir – nahegelegt hat, zu einer Halloweenparty einen Schlips umzubinden, auf dem der Name *Liebesnest* aufleuchtete. Es war nämlich ein Hotel für Hochzeitsreisende.» Duncans Brauen zogen sich zusammen, während er seine Gedanken in die Vergangenheit schweifen ließ. «Wenn ich mich recht erinnere, habe ich ihn aufgefordert, sich den Schlips um seine eigene Birne zu knüpfen und dann an die Steckdose anzuschließen.»

«Ach, hören Sie auf, ich kann nicht mehr!» Er hob den Kopf und sah Tränen in Carolines Augen, diesmal Lachtränen. Sie schluchzte vor Lachen. Das ganze Lokal drehte sich schon nach ihnen um.

Als Gegenmittel bat er sie, mit ihm tanzen zu gehen. Sie tanzten enger aneinander geschmiegt, als er oder sie es je zuvor mit jemand getan hatten.

Was ihr bei ihm am meisten gefiel, war seine Verdrehtheit. Dieser junge Mann aus dem puritanischen New England-Milieu hatte etwas angeboren Geschliffen-Wohlerzogenes im Wesen. Und war dabei derartig respektlos. Er fuhr diese ungeheuerliche Blechmühle und trug Sachen in einer Zusammenstellung, die kein Modeschöpfer sich je hätte einfallen lassen. Und so gekleidet, bediente er in einem exklusiven Herrenmodegeschäft mit den umwerfenden Allüren amüsierter Unverschämtheit.

«Menschen mit leberfarbenem Teint sollten nie zitronengelbe Sporthemden tragen, Sir.»

Man mußte annehmen, daß seine Einstellung zu Frauen und Sex gänzlich zynisch und verantwortungslos sein müsse. An seinen Äußerungen ließ nichts auf das Gegenteil schließen. Und doch läutete es eines Abends bei ihm, und als er an die Tür ging, stand draußen Caroline, in Blue jeans und einem alten College-Hemd, einen Koffer in der Hand. Er meinte, noch nie etwas Hilfloseres gesehen zu haben. Wie von einer Verzweiflung getrieben, die kein Zögern zuließ, stapfte sie an ihm vorbei in die Wohnung und sank auf ein Sofa.

«Ich bin außer mir, ich habe es satt, verdammt noch mal, ich habe es schlicht satt!»

«Wollen Sie damit etwa sagen, daß auch der Direktor des Kunstmuseums . . .?»

«Ach, seien Sie still. Ich will nicht darüber reden.» In den rotgeweinten Augen, die sie zu ihm aufschlug, stand tiefste Niedergeschlagenheit. «Ich weiß nicht, was ich will. Erlauben Sie, daß ich hierbleibe, und lassen Sie mich um Himmels willen in Ruhe!»

Nach einem kurzen Anfall erstickten Weinens richtete sie sich bei ihm ein. Die ganze Nacht lag er da, warf sich unruhig von einer Seite auf die andere und konnte sich nicht genug über sich selbst und dieses seltsame, kindlich reine Vertrauen wundern, das da in ihn gesetzt wurde. «Warum gerade in mich?» Er hatte ihr gegenüber nie eine andere Ansicht geäußert als die, der Mensch sei ein habgieriges, lüsternes Vieh. Und doch wollte sie offenbar bei ihm sein und bleiben.

Wenn dies der Fall war, so hoffte er stark, daß die strenge Keuschheit dieser Nacht, so bezaubernd sie war, nicht zur Gewohnheit würde. Denn er hatte noch nie nach jemandem solche Begierde empfunden wie nach ihr. Er hätte sich keine Sorgen zu machen brauchen. Sie begehrte ihn ebenso heftig und war ein Mädchen, das nicht auf halbem Weg stehenblieb. Was sie anderen um der Kunst willen verweigert hatte – ihm schenkte sie es mit aller Wärme ihres freundlich-offenen Wesens.

Je genauer sie einander kennenlernten, desto besser wurde alles. Er enttäuschte sie nicht. Seine Originalität, sein Naturtalent für Widersprüchlichkeiten fuhren fort, sie zu überraschen und zu verwirren. Er machte ihr einen Heiratsantrag und fuhr gleich darauf auf einen zweiwöchigen Urlaub nach Florida – allein. Sie sagte sich, er käme sicher nie wieder. Aber er kam. In seinem innersten Wesen war er ein grundanständiger Kerl. Hätte sie ihm gesagt, er sei treu und tugendhaft, er hätte ihr ins Gesicht gelacht. Und doch war sie zu diesem Schluß gekommen.

Kaum waren sie verheiratet, beschloß er, es einmal mit Südamerika zu versuchen.

«Als erstes gehen wir auf eine Sprachenschule in Arizona. Dort scheint immerzu die Sonne. Und wenn wir erst spanisch und portugiesisch unterscheiden können, biete ich meine Talente den Banken an.»

«Den Banken?»

«Warum nicht? Das Bankgeschäft fasziniert mich. Es muß lustig sein, mit Wechseln Weltpolitik zu betreiben.»

«Ja, verstehst du denn etwas davon?»

«Noch nicht. Aber ich war Golfprofi, ohne je Golf gespielt zu haben, das weißt du ja.»

«Ach, Duncan, hahaha.» Allmählich gewöhnte er sich an ihre Heiterkeitsausbrüche, bei denen sie sich den Bauch halten mußte. Sie machte mit, sie war kein Spielverderber. Vielleicht war es das, was er am meisten an ihr schätzte.

Der strenge, anspruchsvolle, liebende Vater sah ungläubig und hilflos zu, wie das von ihm abstammende Wesen sich anschickte, mit einem kapriziösen Herrenausstatter in einem klapprigen MG davonzufahren. Es hatte, das wußte er, überhaupt keinen Zweck, mit jemandem zu streiten, der den Eigensinn von ihm geerbt hatte.

Sie besaß ebenfalls einen klapprigen MG, und um nichts zu riskieren, fuhren sie mit zwei Wagen los. Das war auch gut, denn als sie die Prärien zur Hälfte durchquert hatten, mußten sie feststellen, daß man auch in der modernen Welt rettungslos verratzt sein kann. In Fish Hook im Staate Nebraska blieben beide Wagen liegen, ein Zusammenbruch, der sich nur noch mit dem einer Einspänner-Chaise vergleichen ließ. Selbstverständlich gab es in Fish Hook keine Ersatzteile für MGs, doch gelang es ihnen durch penibles Überwachen eines Dorftrottels, der fabelhaft mit Werkzeug umgehen konnte, aus beiden Wagen einen zu machen und darin die Reise fortzusetzen. Es war dies die erste Etappe einer Fahrt, die keineswegs damit endete, daß Duncan Vizepräsident des Internationalen Bankvereins für Brasilien wurde. Denn eines Tages würde ihn die Bank mit der typischen zeitgenössischen Mißachtung persönlicher Wünsche auf einen höheren Posten versetzen, etwa den im Südamerika-Büro in New York, und dann würde er selbstverständlich kündigen müssen.

Bis dahin jedoch war es kein schlechter Job, und das beste daran war, daß man dabei in Brasilien lebte, wo es keineswegs abwegig war, den Kram hinzuschmeißen, wenn das Hintenreinkriechenmüssen anfing, ein absurdes Niveau zu erreichen. Wo es aussah, als sei mit ein bißchen Sachkenntnis und Wagemut alles möglich, selbst seine und Joshs spontane Projekte, bei denen jedes Team von Investmentforschern samt Computer an die Decke gegangen wäre.

Selbstredend waren all diese Pläne nur Mittel zum Zweck. Eines Tages würden sie ihr Schäfchen im trocknen haben, und dann gedachte Duncan zu tun, was *er* wollte. Denn nun endlich erfüllte ihn von Zeit zu Zeit mit überraschender Suggestionskraft ein Wunsch: Er wollte Menschen helfen, in diesem außergewöhnlichen Land zu investieren, jedoch auf seine Art.

Das alles war noch ein recht ferner Traum, wie er so die Avenue entlangwanderte und der Verkehr mit Getöse an der einen Seite vorüberzog, während auf der anderen weißgekleidete Kinderfrauen in den Parks miteinander schwatzten und Kinder unter Bäumen spielten. Für den Augenblick genügte es, es bis hierhin geschafft zu haben.

Er war jetzt unweit seines Hotels. Vor ihm erhob sich auf der Höhe des steilen Felsens die Kirche Igreja da Gloria, barock und reizvoll, und milderte zusammen mit dem alles überwuchernden tropischen Grün die Öde einer modernen Stadt. Er erstieg die Stufen, die sich um den Felsen zum Hotel hinaufwanden, und kam just in dem Augenblick beim Swimmingpool an, als Carolines geschmeidiger junger Körper in hohem Bogen in der Luft über dem Wasser schwebte. Er fühlte sich plötzlich erhitzt und ausgedörrt und sehnte sich ebenfalls nach einem Drink und einem Bad. Er dachte an seinen Badeanzug, der nun wieder wohlverpackt in der Aktentasche ruhte, und eilte lachend auf den Swimmingpool zu.

22

Auch Josh sehnte sich nach nichts heftiger als nach einem Sprung in den Swimmingpool, vielleicht um dabei das Gefühl der Verstimmung, ja fast der Bedrückung abzuwaschen, das ihn noch vor wenigen Augenblicken beim Abschied von Harry McGuiness überfallen hatte.

In gewisser Hinsicht konnte Josh sich sagen, heute hätte er sein Geld verdient: es war ein irrsinnig arbeitsreicher Tag gewesen. Andererseits glaubte er, er hätte gleich anfangs sagen sollen: «Es nützt doch nichts, Harry, wen ich kenne oder nicht kenne, es ändert nichts am Sachverhalt.» Harry wußte das vermutlich schon, ebenso wie Rod Trimmingham, der Finanzdirektor des Instituts, doch schließlich ließ jeder sich gern von der Hoffnung mitreißen, neue Gesichtspunkte, neue, schwerwiegende Argumente könnten Vorurteile abbauen helfen.

Joshs Auftrag hatte um halb acht Uhr morgens begonnen, zu welcher Zeit er zu einer Besprechung in Rod Trimminghams Hotelzimmer bestellt war. Diese Besprechung hatte auch stattgefunden: im Badezimmer, wobei die Dusche im vollen Strahl beider Hähne lief.

«Was, zum Kuckuck, ist hier los?» Durch die wirbelnden Dampfwolken erkannte Josh kaum die Umrisse der Gestalten von Trimmingham und Takeo Kanagi, dem Herausgeber von Brasiliens führender Landwirtschaftszeitschrift.

«Psssst!» Eine Dampfwolke entströmte Trimminghams Mund. «Machen Sie die Tür zu. Ich glaube, wir werden durch Geheimmikrophone abgehört.»

Josh schlüpfte hinein und schloß hastig die Tür hinter sich. «Von wem denn?» Der Nebel war zu dicht, um Trimminghams freundlich-joviales Gesicht zu erkennen, doch die Stimme des Finanzdirektors klang unglaublich seriös.

«Das weiß ich auch nicht genau. Von einer der beiden Parteien, vielleicht sogar von beiden. Wir dürfen nichts riskieren. Hören Sie, Josh, wir müssen so viele Geldgeber auftreiben, wie wir können, und das so rasch wie möglich.»

Das Getöse der Dusche war ohrenbetäubend. Wie jemand sie hören sollte, da sie sich schon untereinander nicht verständigen konnten, ging über Joshs Verstand. Das Badezimmer verwandelte sich in eine brüllende Hölle. Noch dazu versuchte Trimmingham seine gewaltige Länge dadurch auszugleichen, daß er sich zu dem winzigen japanischen Verleger hinabbeugte, und dabei fuhr er mit dem Kopf gegen den von Josh, daß der Knall dumpf von den tropfenden Kachelwänden widerhallte wie bei einer U-Boot-Explosion.

«Um ganz sicher zu gehen», brüllte Josh, als er sich wieder erholt hatte, «müßten wir dauernd die Wasserspülung ziehen. Jedes Leitungsrohr ist ein prima Abhörgerät.»

«Lassen Sie die Scherze, wenn Sie hier raus wollen.»

Trimminghams Stimme erklang wie aus fernen Wassertiefen.

Das Hauptproblem bestand – wie Josh erfuhr – darin, daß der neue Landwirtschaftsminister höchst selbständig auf eine ganz neue Idee gekommen war. «Warum soll alle Forschung immer über das Institut laufen? Warum nicht direkten Kontakt zwischen den Universitäten herstellen: Piracicaba, Cornell, Rio Grande do Sul, Purdue, Km 47, Rutgers?»

«Warum nicht einen babylonischen Turm bauen?» war Joshs Antwort.

«Stimmt. Da habe ich mir gedacht, Sie könnten sich vielleicht mal mit Chaves vom O Mundo unterhalten und zu dem alten Farmer Aristedes Arruda hinauspilgern, um die Früchte fünfzehnjähriger ununterbrochener Forschungsarbeit zu bewundern. Takeo ist bereit, eine Serie flammender Artikel darüber zu schreiben.»

«Alles an ein und demselben Tag?»

«Es ist unbedingt notwendig, daß wir schnell arbeiten.»

«Besonders, weil keiner von uns Kiemen hat.» Josh schnappte bereits nach Luft und sah Takeo Kanagi verschwommen unterhalb seiner Nase hindurchtaumeln.

«Wen, meinen Sie, sollte ich als erstes aufsuchen?»

«Chaves!» Trimmingham riß die Tür auf, und zum erstenmal in der Geschichte wirkte Rio im Januar kalt.

Den Rest des Tages hatte Josh das Gefühl, sein Anzug würde nie mehr richtig trocken. Als er sich auf das Ledersofa in Chaves' Redaktionsbüro setzte, war er überzeugt, beim Aufstehen einen nassen Fleck zu hinterlassen.

Er und José Chaves waren alte Bekannte, Fliegerkameraden aus der Zeit, als nur dieser Kolumnist Mut und Interesse genug aufgebracht hatte, seinen Landsleuten vorzuführen, daß ihr Vaterland weniger eine Agrarreform nötig hätte als vielmehr Lastwagen und Straßen. Miteinander hatten sie Hitze und Unbehagen auf engstem Raum durchgestanden. Chaves' große, breite Gestalt hatte Josh an einen Igel in einer Kiste erinnert, der über Mato Grosso, Rio Grande do Sul, Goias und endlose Meilen leeres Land flog, in dem man sich, wie Chaves es ausdrückte, «nirgends niederlassen konnte».

Als sie sich jetzt gegenübersaßen, war es, als hätten sie sich gestern getrennt und nicht vor fünf Jahren. Sie brauchten gar nicht erst nach Gemeinsamkeiten zu suchen, vielmehr äußerte Chaves bemerkenswert unverblümt: «So, schieß los und sag mir in wenigen Sätzen: Wo liegt der Hund begraben?»

«Das ist sehr einfach und nur allzu bekannt», sagte Josh. «Der Landwirtschaftsminister hat eine tolle neue Idee. Er will einen Haufen Professoren herholen, ein Forschungsprogramm von Uni zu Uni ins Leben rufen und das Institut vollkommen ausschalten. Er behauptet, es sei unfähig und erfüllte die ihm gestellte Aufgabe nicht.»

«Unfähig, soso.» Chaves plusterte die dicken Lippen auf, und die Augen traten ihm vor Empörung aus dem Kopf. «Und wer hat es dazu gemacht? Das Hilfsprogramm, weil es Doktoren der Wissenschaft auf jedes kleine Baumwolläckerchen eines *caboclo* von Bahia bis Porto Alegre angesetzt hat. Was wollen die eigentlich? Soll's hier werden wie in Indien?»

«Wenn es dir nichts ausmacht, würdest du bitte die Klimaanlage abstellen? Ich habe die letzte Stunde in Trimminghams Hotelbadezimmer verbracht, wo unsere Sitzung bei laufender Dusche stattfand. Er glaubt, bespitzelt und abgehört zu werden.»

«Bespitzelt?» Chaves brach in brüllendes Gelächter aus, alles an ihm zitterte, und Lachtränen rollten ihm über die Wangen und drohten die Atmosphäre ebenso feucht zu gestalten wie bei Joshs voriger Besprechung. «Haha, mach keine faulen Witze. Im Hotel Gloria? Wenn die an das überalterte Stromnetz noch einen einzigen Apparat hängen, explodiert der ganze Kasten. Außerdem –» Chaves' Hängebacken erstarrten zu einer Miene trauriger Ironie – «wer weiß überhaupt was über das Institut außer dir und mir und Harry McGuiness? Und wer schert sich darum?»

«Nach allem, was er getan hat?»

«Ja, nach allem, was er getan hat, *meu amigo*! Wenn du dir einbildest, das würde anerkannt, bist du ein unheilbarer Romantiker. Alles, was auf dem Gebiet der Forschung geleistet worden ist, ist sein Verdienst. Das weißt du und ich auch, aber wie gesagt: Wen sonst kümmert das? Forschung von Universität zu Universität – wenn ich das schon höre! Dabei multipliziert man Untüchtigkeit mit hundert. Verstreut über die ganze Landkarte Professoren mit Taschenwörterbüchern und eifersüchtelnden Kollegen. Schmeißt fünfzehn Jahre gut organisierter Arbeit einfach weg! Und das alles dem Plan eines Politikers zuliebe!»

Josh stand auf, ging hinüber zur Klimaanlage, schaltete sie aus, öffnete das Fenster und stellte sich davor, dankbar für die warme, lebendige Luft der Straße. «Es stört dich hoffentlich nicht, aber ich kam mir schon vor wie ein Leichnam.»

«Nein, nein.» Chaves verdrehte spaßhaft die Augen. «In ein paar Minuten wird es sein, als wären wir wieder drüben über Mato Grosso während der *bruma seca*. Das war noch ein einfaches Leben, was, Josh?» Sein massiger Körper hob sich in einem tiefen Seufzer, dann wandte er sich dem nächstliegenden Problem zu. «Ich begreife einfach nicht – warum hat Harry nicht schon längst was gesagt? Warum hat er gewartet, bis der Minister sich an seinem Einfall berauschen konnte?»

«Weil Harry ein Dickkopf ist», erwiderte Josh, «und Trimmingham da droben in New York außer schlechten Nachrichten nie etwas erfährt, ehe es zu spät ist.»

«Und was ist mit dem Kerl vom Hilfsprogramm? Wie heißt er doch noch – Brandenburg?»

«Ach so, Brandenburg. Der wird nur zu froh sein. Das Institut ist ihm zu praktisch. Was es herauskriegt, stimmt nie mit seinen Theorien überein.»

«Und jetzt willst du, daß ich etwas verteidige, das gar nicht mehr ernsthaft zur Diskussion steht?» Chaves brach in ein gewaltiges Gelächter aus, als freue ihn plötzlich etwas sehr. «Weißt du was? Das ist genau nach José Chaves' Geschmack!»

Einige Stunden später traf er José Chaves völlig umdüstert wieder. «Es wird Harry McGuiness umbringen – soweit kommt es noch –» er schüttelte mitfühlend den Kopf – «aber das habe ich dir doch schon vor Jahren prophezeit. Oder war es dein Freund Teodoro? *Ah sim*. Es war Teodoro. Sich in ein Regierungsprojekt einmischen, habe ich zu Teodoro gesagt, ist wie absichtlich zu weit ins Meer hinausschwimmen. *Bom*, hat keinen Zweck, sich noch darüber aufzuregen. Jetzt heißt es handeln.» Sein großflächiges, pfiffiges Gesicht verzog sich bedeutungsvoll. «Der Minister ist ein guter Freund von mir. Mit anderen zu reden ist sinnlos, wir reden gleich mit ihm selber.» Und bei seiner sonstigen Abneigung gegen hohe Tiere der Regierung klang es sonderbar spießig, als er hinzusetzte: «Ich werde um eine Audienz nachsuchen!»

Der Minister war charmant, leutselig, gut unterrichtet und außerordentlich diplomatisch. Er schien für den Journalisten Chaves und seinen ‹einflußreichen Freund Josh Moran› unbegrenzt Zeit zu haben. Sie schlürften heiße *cafezinhos* und unterhielten sich über mancherlei: über das weite Land im Süden, die matetrinkenden Gauchos, die Nordestinos im Lederhut, und wie verbissen diese Männer an ihrer dürren, kahlen Heimat hingen, auf der sie verhungerten. Eine bezaubernde, lyrische Einleitung. Dann kam des Pudels Kern. Das Institut wurde gelobt, sein langjähriger Kampf auf einem Sektor, der so lebenswichtig war und doch keinen Menschen interessierte. «Das ganze Land hätte Grund, Sr. José, Ihrem guten Freund Professor McGuiness und dem Institut für seine Jahre unschätzbarer Arbeit dankbar zu sein.»

Wie klar sah der Minister die Lage! Man hätte glauben können, Harry hätte irgendwo etwas falsch gemacht. Dann schaltete Josh sich ein und packte den Stier bei den Hörnern. «Aber Sr. Ministro, was ist nun mit diesem Plan der Universitätsforschung?»

«Pois é.» Der Gesichtsausdruck des Ministers wandelte sich von freundlicher Leutseligkeit zu leidenschaftlicher Entschlossenheit. «Das ganze Programm bedarf der Belebung, der Erneuerung – und nur wenn wir mit den Universitäten arbeiten, stehen uns die besten Köpfe zur Verfügung.»

«Aber wenn so viele Köpfe sich für die gleiche Arbeit einsetzen . . . Glauben Sie wirklich, daß die besten Köpfe für nur zwei Jahre herkommen wollen? Diese zwei Jahre braucht man ja schon, um ein Gefühl für dieses Land zu entwickeln! Und – Sr. Ministro – außerdem ist es eine Geldfrage. Da sich das Institut mit dem Hilfsprogramm und dem Ministerium zusammengeschlossen hat, besitzt es keine weitere Einnahmequelle. So wird das praktisch sein Ende sein . . .»

Der Minister schien ihn nicht zu hören. Der kleine, energische Mann mit der kolossalen Idee, zumindest was deren Umfang betraf. «Vielen Dank, Sr. Moran. Es war mir ein Vergnügen, mit einem Mann zu sprechen, der unsere Probleme so grundlegend erfaßt. Hoffentlich sind Sie sich darüber klar geworden, für wie enorm wichtig ich die Arbeit des Instituts halte. *Temos que estudar um jeito,* wir müssen sehen, ob sich da was machen läßt. *Abraços* an Dona Leonora.» Er schlug José auf die Schultern. «Wie geht's den Kindern? Denken Sie daran. Sr. Josh, wenn Sie das nächstemal in Paraná sind, steht meine Fazenda Ihnen zur Verfügung.»

Schon als sie im Lift abwärtsfuhren, wußte Josh, daß es sinnlos war, Henry Brandenburg, den Direktor des Hilfsprogramms, aufzusuchen. Das machte ihn wohl ein wenig zu brüsk, nicht so gelassen-freundlich wie sonst.

Brandenburg war noch nicht lange in Brasilien. Obwohl er die Zuwendung der Geldmittel für das ganze riesige Land unter sich hatte, war er noch nie in einer Versuchsstation in Rio Grande do Sul gewesen, 2000 Meilen weiter im Süden, oder im Wüstengebiet Piani, 2000 Meilen weiter nördlich. Im Grunde hatte er sein vollklimatisiertes Amtszimmer im Botschaftsgebäude nur äußerst selten verlassen, wenn er nicht in seine Wohnung oder zu einer Cocktailparty im Gavea Golfclub wollte.

Doch das war ja auch unnötig, er hatte schon alles über Brasilien gewußt, ehe er dort eintraf. Und nur äußerst widerstrebend verhandelte er mit dieser Regierung, die keinerlei Neigung zeigte, in naher Zukunft volksweite Präsidentschaftswahlen in amerikanischem Stil abzuhalten. Eigentlich war sein Plan gefaßt: Er wollte nicht bleiben, sondern sich um einen Posten etwa in der Tschechoslowakei oder in Polen bewerben, wenn die Dinge hier zu unangenehm wurden.

Müde lehnte er sich auf die Platte seines Schreibtisches und musterte Josh durch seine dicke Hornbrille. «Sie werden sicherlich begreifen, Mr. Moran, daß zur Zeit alle Maßnahmen sehr provisorisch sind.»

«Wozu dann die Schiffsladungen von Professoren? Wozu der ganze Wechsel im System? Es gibt nur wenig Menschen, die dieses Land von Grund auf kennen. Harry McGuiness gehört dazu.»

«Wir haben unsere eigenen Theorien.»

«Werden die sich bezahlt machen?»

Brandenburg schüttelte den Kopf, als habe er ein eigensinniges Kind vor sich.

«Alles ist weit komplizierter, als Sie glauben – durch die ökonomisch-sozialistische Belastung. Leider kann man Landwirtschaft nicht auf systematischen Anbau beschränken.»

«Mr. Brandenburg! Darum geht es nicht. Es geht um das Institut.»

«Hmmm. Ja, genau. Wissen Sie, das Institut ist ein privates Unternehmen, das früher einmal von Rockefeller finanziert wurde, und hat dadurch einen leichten Beigeschmack – nach Wirtschaftsimperialismus.»

O mein Gott, dachte Josh und spürte, wie er um die Nase herum weiß wurde, doch er beherrschte sich lange genug, um das Zimmer verlassen zu können.

Er war gewohnt, schnell und durstig mit McGuiness einen zu heben, nach einem langen, staubigen Treck über ein nach neuesten wissenschaftlichen Erkenntnissen bepflanztes Maisfeld, oder sich mit ihm schnell mal zu einem Bier in Campos zu treffen, ehe Harry in Khakihemd und Stiefeln in Gegenden aufbrach, nach denen Josh jetzt eine vage

Sehnsucht verspürte. Im Straßenanzug mit Schlips und in einer in kolonialem Pseudostil eingerichteten Bar mit Holzdecke hatte er ihn noch nie gesehen. Sein Teint war grau, und die tiefen Falten in seinem Gesicht schienen durchzuhängen. Das gab es bei dem Totemholz, das Wind und Wetter ausgesetzt war, sonst nicht. Es verwitterte, hing aber nicht durch. Um seine Besorgnis zu verbergen, sagte Josh: «Sie sehen aus, als seien Sie seit hundert Jahren nicht mehr in der Sonne gewesen!»

Harry lächelte ingrimmig. «Ich habe zuviel Zeit darauf verschwendet, mit wichtigen Leuten *cafezinhos* zu trinken . . .» Selbst in seinem Griff nach dem Glas lag Erschöpfung. «Einigen bekommt es fabelhaft, meine Wellenlänge ist es nicht.» Seine Augen kreuzten sich mit denen von Josh, durchdringend, unausweichlich. «Ich nehme an, Sie haben nicht viel Gutes zu berichten?»

Josh hob die Schultern. «Chaves ist ebenso wütend wie begeistert darüber, wütend sein zu dürfen. Er wird loslegen wie ein Tornado. Er hat mich zum Minister mitgeschleift –»

«Und?»

«Der versteht seinen Kram, das stimmt. Aber in diesem Fall –»

«Ich weiß», sagte Harry. «Kinder möchten neues Spielzeug, nicht abgelegtes vom großen Bruder.»

«Ich fürchte, mein Besuch bei Brandenburg hat mehr geschadet als genützt. Ich kann nicht begreifen, wozu so ein Kerl überhaupt hier ist. Ein Blödmann reinsten Wassers.»

Harrys Gesicht verzog sich zu einem Grinsen. «Josh, ich sehe ganz deutlich, Sie sind schon zu lange nicht mehr mit von der Partie. Er hat was gegen die Revolution, schön, aber nicht genug, um gern den Stuhl unter sich wegziehen zu lassen. Jedenfalls im Moment noch nicht.» Er hob das Glas. «Trotzdem vielen Dank, daß Sie es versucht haben.»

«Alsdann: Zurück zur finanziellen Unabhängigkeit», sagte Josh betont munter. «Dabei fährt man besser.»

Harry warf ihm einen Blick bitterer Erfahrung zu. «Leider klappt das nicht ganz. Die Regierung mischt sich ein, und die privaten Geldgeber geben nichts mehr.»

«Ach so», sagte Josh. «So schlimm steht es.» Er versuchte nicht zu erschrocken auszusehen. «Was haben Sie für Pläne?»

«Pläne?» Mit einer überschwenglichen Mitteilsamkeit, die um so tiefer blicken ließ, als sie gar nicht zu ihm paßte, sagte Harry: «Ach, ich habe allerlei Angebote, besonders eines . . . ein reicher Schiffsmakler, der nicht weiß, wohin mit seinem Geld, hat sich Land am Orinoco gekauft, will mit *cacau* und möglicherweise Gummi anfangen . . . braucht einen Experten.»

«Am Orinoco?» Ganz konnte Josh seine Betroffenheit nicht verbergen, dazu kannten sie einander zu gut. «In Ihrem Alter?»

Harry grinste, und einen flüchtigen Moment lang schienen die Falten seines Gesichts wieder aus sehr wetterhartem Holz geschnitzt zu sein. «Ist doch ein Job, oder nicht? Und ein guter noch dazu. Das ist mehr als Sie haben, Kumpel!»

Obwohl er wußte, daß Harry ablehnen würde, forderte Josh Harry im Hinausgehen auf, den Abend mit ihnen allen zu verbringen. Aus irgendeinem Grunde wollte er nicht, daß er allein blieb. Als er jetzt auf den rückwärtigen Aufzug zuging, der zum Swimmingpool hinunterführte, sagte er sich energisch: «Aber das ist doch albern. Harry McGuiness ist immer allein gewesen.»

23

Abends saßen sie in einem Boulevardcafé an der Copacabana, tranken Sangria, aßen knusprig gebackene Krabben in der Schale und redeten. Alle Cafés an der Avenida, die der Küstenlinie der Bucht folgte, waren überfüllt, denn die Bewohner Rios sind Nachtvögel, sitzen gern in Cafés, auf Bänken am Meer oder in den Hang geschnittenen Terrassen und führen dabei endlose Gespräche. Auch die Gehsteige waren voll von Bummelnden – dunkelhäutige, kurzberockte Prostituierte schwangen verlockend die Hüften, und ihre Kundenwerbung verursachte Strudel im Strom der ziellos schlendernden Spaziergänger. Hinter dem blitzenden, dröhnenden Straßenlärm hörte man das ständige Donnern der Brecher auf dem durch flackernde Kerzen des Candomblé geisterhaft beleuchteten Strand.

José Chaves war da und Zach Huber von der *American News*, ein junger Mann von ungebrochenem Eifer, fest entschlossen, «der Unterdrückung in Brasilien auf den Grund zu kommen». Je mehr Sangria sie tranken, desto lauter redeten sie, und ihre Stimmen übertönten das summende Geräusch der übrigen Trinkenden und Essenden und glichen schließlich den Rufen der Straßenhändler.

«Wenn wir so unterdrückt sind, wieso dürfen wir dann hier sitzen und uns über alles anbrüllen?»

José stieß sein Gesicht Huber entgegen, der ihm kampflustig über den Tisch näher rückte und erwiderte: «Aber Sie werden zugeben müssen, daß die Studenten . . .»

«Psst. Leise. Wo sie jetzt endlich mal studieren!»

«Und was ist mit den Arbeitern?»

«Die arbeiten! Ist Ihnen Uruguay lieber, wo der gesamte Alltag aus Streiks besteht? Oder Argentinien, wo man nur den einen Gedanken im Kopf hat, eine Mumie aus Spanien heimzuholen und auszustellen?»

«Die balancieren auf dem Drahtseil!»

«Wo auf der Welt tut man das nicht?»

«Und was machen Sie, wenn Sie am anderen Ende angekommen sind?»

«Aha, ich merke schon, Sie waren nicht lange genug in Brasilien, um das Wort *jeito* zu kennen!»

«Ach, das *jeito*, natürlich kenne ich das. Kompromißlösungen würde ich das nennen!» sagte Zach Huber ein wenig zu überlegen. «Und macht Sie das glücklich?»

«Bisher hat es uns vor einer Menge Schwierigkeiten bewahrt, in die andere geraten sind.»

«Was hat Glück damit zu tun?» wollte Duncan wissen. «Glücklichsein ist nichts anderes, als etwas dann zu bekommen, wenn man es sich gerade wünscht.» Das eröffnete gänzlich neue Gedankengänge. Jeder fing an, den Begriff Glück zu definieren, selbstverständlich über frischer Sangria und frischen gebackenen Krabben.

Caroline meinte, es sei ein Augenblick der Vollendung – nichts anderes.

«Und danach tut es einen Bums, und man ist wieder im miesen Alltag.»

Josh behauptete, wenn dieser Augenblick der Vollendung käme, sei das Glück schon vorbei. Der mühsame Weg, der dorthin führe – der sei das Glück . . .

Lia widersprach. Glück bedeute ein Ziel haben, etwas, das zu tun einem am Herzen lag. «Wozu, zum Kuckuck, soll man sich denn abrackern, wenn nichts wirklich Großartiges, Lohnendes vor einem liegt?»

Zach Huber andererseits war der Meinung, es hinge von dem Frieden ab, den einer mit seinem Gewissen schlösse, doch dabei – wußte Duncan anzumerken – müsse man die Gesetze kennen, nach denen das Gewissen sich zu richten hätte. «Schließlich meinen ja einige afrikanische Stämme immer noch . . .»

So wäre es endlos weitergegangen, hätte sich nicht José Chaves erhoben, allen die Hand gereicht, *abraços* verteilt, sich entschuldigt und dabei lächelnd zu Zach Huber gesagt:

«Sie sind ein kluger Junge, Zach, ich bin überzeugt, daß sich Ihre harmlose Schwarzweißmalerei ganz zwanglos in eine farbig-verworrene Welt verwandeln wird.»

Damit ging er, und während die anderen sich mit erneuter Begeisterung von ihren gewichtigen Argumentationen ab- und leichteren Dingen zuwandten, etwa Gitarren, weichen Stimmen, Streichholzschachteln und *cuicas*, fuhr er heim, setzte sich an seine Schreibmaschine und runzelte gedankenvoll die dichten, schwarzen Brauen.

«Man darf nicht vergessen», tippte er, «daß wir bei aller Berechtigung für eine Euphorie in diesem Land auf einem Drahtseil balancieren, auf dem auch noch ungewöhnliche Hindernisse aufgebaut sind. Wir können nicht, nur weil wir Brasilianer sind, damit rechnen, immer einen ‹Dreh› zu finden (das portugiesische Wort hierfür heißt *jeito*), mit dem wir um unsere Probleme herumkommen. Wir haben Terrorismus und Chaos im Zaum halten können und eine Atempause gewonnen, zum Arbeiten und zum Produzieren. Doch wir haben das teilweise damit bezahlt, daß wir auch den Protest unterdrückt haben, den gesunden Dialog zwischen Jugend und Elterngeneration. Die Arbeiter arbeiten. Nie hatten sie dazu mehr Möglichkeiten als jetzt. Doch eines Tages werden sie nicht allein Arbeit verlangen, sondern auch bessere Lebensbedingungen. Dies ist nur eine Atempause – wir müssen sie nutzen.»

Es war ein langer Artikel, freimütig und besonnen. Er hoffte, er würde gedruckt, ja, er glaubte fest daran. Und wenn ja, so hoffte er, daß Zach Huber ihn las und danach sein Gewissen erforschte, wie er es immer den anderen nahelegte. Und daß er anschließend nicht Josés Worte aus dem Kontext reißen und überall auf der Welt verbreiten würde.

24

Am folgenden Tag mieteten die vier Freunde sich einen Wagen und fuhren hinauf in die Berge, um in einem Lokal, in dem man auf der Holzveranda sitzen und auf das Dschungeltal hinabblicken konnte, *vatapá* und *moqueca* zu essen und Fruchtsaft mit Rum zu trinken. Auf einer Felswand ergoß sich ein Wasserfall in einen glitzernden Fluß und erfüllte dabei die Luft mit einem weichen, kühlen Gischtschleier. Alle waren sehr fröhlich. Es machte Spaß, einmal nur zu viert zu sein. Es erinnerte sie an die Zeit vor fünf Jahren, als sie einander als Bewohner zweier Doppelbett-kabinen auf einem altmodischen Raddampfer kennengelernt hatten, der den großen São-Francisco-Fluß im Landesinneren hinabfuhr.

Es war eine sonderbare Reise durch die zeitlose Welt des Nordostens gewesen, durch eine Welt, die an den Flußufern, wo die Wasservögel niederstießen, grün war und in den leeren Weiten dahinter vertrocknet und windgedörrt. Zwischen den fremdartigen, geduldigen Menschen an Bord waren sie täglich miteinander vor Sonnenaufgang aufgestanden und hatten zugesehen, wie Erde und Wasser erwachten und sich in millionenfachen grünen und orangefarbenen Tönen schattierten. Und abends hatten sie unter den Sternen gesessen und dem Seufzen und Fauchen des eisernen Schornsteins gelauscht.

Jeder, der einmal eine solche Reise den Fluß hinunter gemacht hat, weiß, daß man nach der Rückkehr nicht mehr der gleiche ist. Es ist eine geistige Erfahrung, wie eine Reise ins Innere der Seele, bei der man deren wahres Wesen entdeckt. Man kehrt ein wenig berauscht und außer sich heim, und die Erinnerung an den Fluß kann man nicht schildern, nur miteinander teilen.

«Unsere Verrücktheit hat uns all diese Jahre verbunden», sagte Josh, dem es gerade einfiel.

«Weil wir von Verrücktheit sprechen», sagte Duncan, «wird es nicht allmählich Zeit für eine Sitzung des ‹Aufsichtsrates›?»

Sie verabredeten die Sitzung auf drei Uhr am selben Nachmittag und hielten sie auf dem Sandstrand von Leblon ab. Drachen aus buntfarbenem, über Bambusrahmen gespanntem Tuch breiteten ihre Adlerschwingen vor dem lebhaften Himmel über dem Meer, Negerjungen schwangen Rasseln, um Kunden anzulocken, und hielten Limonade, Eis, pornographische Dias samt Guckkasten feil – sie ließen alles fallen, um ein paar Tore in einem immerwährenden Fußballspiel zu schießen, und nahmen anschließend ihre Rasseln wieder auf. Caroline übte völlig versunken ein neues Lied, und Lia lag auf einer Strohmatte mit dem Buch Os Sertões vor sich, von dem sie bisher nur eine Seite gelesen hatte, weil sie auf die Gesprächsfetzen lauschte, die auf der sanften Brise über den Sand zu ihr hinwehten.

In Gedanken stellte sie sich die übliche Sitzung vor: feierliche Gesichter über einem auf Hochglanz polierten Tisch. Die Einzelheiten wären vielleicht ernsthafter vorgebracht worden – handfester hätten sie nicht sein können.

«Beim angenommenen Preis», sagte Josh eben, «müssen wir meiner Meinung nach ein Minimum von 500 Hühnern pro Woche umsetzen, um durchzukommen.»

«Glaubst du, daß wir das gleich anfangs schaffen?»

«Wie, zum Teufel, soll ich das wissen? Vielleicht werden wir kein einziges los! Doch wir müssen fest daran glauben, sonst glaubt es auch kein anderer.»

«Abgesehen von diesem Übermaß an Glauben», wandte Duncan zweiflerisch ein, «was für Aktiva besitzen wir noch, von denen ich nichts weiß?»

«Von denen du nichts weißt? Warte mal.» Josh blickte suchend zum wolkenlosen Himmel auf. «Für eines können wir Gott danken. Die Futtermittelgesellschaft ist bereit, uns das Neonschild zu finanzieren, wenn wir kleine grün-weiße Quadrate um den Rand herum anbringen.»

«Kein Beinbruch, wenn wir uns dadurch über Wasser halten können. Sonst noch Aussichten?»

«Nenn es, wie du willst: Teodoro wartet auf ein weiteres Wunder. Zehn *alqueres* Siedlungsland unweit der künftigen Raffinerie in Paulinha – wenn er abschließt, sind das 350 000 *cruzeiros*.»

«Tja, wenn», sagte Duncan und tat einen tiefen Zug aus der Bierflasche, die er sich eben von einem Jungen gekauft hatte. «Immer diese quälende Ungewißheit. Und worin besteht diesmal der Pferdefuß?»

Josh räusperte sich. «Erst mal tief durchatmen: Der Abschluß muß mit dem Geist vom toten Vater des Besitzers durchgesprochen werden.»

«So», prustete Duncan in sein Bier. «Und wen hat Teodoro auf die Sache angesetzt?»

«Seine *mãe santa*, die Muttergottes», sagte Josh.

«Hm. Sollen wir das unter ‹Geistliche Konsultation› abbuchen?» Duncan sah sich vorsichtig über die Schulter um. «Hört uns auch keiner?»

«Doch, ich.» Lia streckte den Kopf über das Buch, völlig hingerissen. Die Probleme waren vielleicht die üblichen, aber die Lösungen hatten entschieden etwas Originelles. «Ihr hört euch an wie zwei Irre, die planen, die Effektenbörse zu übernehmen.»

Als Antwort packte Josh eine Handvoll nassen Sand und warf ihn ihr klatschend und gut gezielt auf den Hintern. Dann kehrte er zum Geschäftlichen zurück. «Also schön, Wunder, wo sie hingehören, wir werden uns, wenn die Sache ins Rollen kommt, doch lange Zeit daran halten müssen, daß unsere Kreditquellen nicht versiegen.»

«Und das», sagte Duncan, «bringt uns zu der ernüchternden Frage: Wie lange werden wir durchhalten? Ein Jahr? Zwei?»

«Wie ich die Sache sehe», sagte Josh ruhig, «haben wir Geldquellen, die andere nicht haben. Die Futtermittel dürften in einem Jahr mit Gewinn arbeiten.»

«Und ich habe noch meinen Job», warf Duncan ein, «der soweit recht ordentlich läuft. Höchstwahrscheinlich behalte ich ihn, wenn die mich nicht ausgerechnet nach Tasmania versetzen.»

«Und die Fazenda haben wir noch gar nicht erwähnt.»

«Die Fazenda?» Echte Überraschung klang in Duncans Stimme, während Josh in noch festerem Ton fortfuhr:

«Das ist ein Aktivposten von mindestens 500000 *cruzeiros*. Wenn, dann wollen wir doch Nägel mit Köpfen machen, oder?»

«Um ehrlich zu sein . . .» Duncan schien bemüht, genauso gelassen zu klingen. «Ich hätte nie daran gedacht, darauf zurückzugreifen – außer vielleicht in einer ganz schlimmen Notlage.»

«Den Kredit brauchen wir jetzt, um erst gar nicht in eine Notlage zu kommen!»

«Stimmt», sagte Duncan. Er räusperte sich. «Das eröffnet ja völlig neue Aspekte. Jetzt könnten wir zum Beispiel ernstlich daran denken, die Maschinen durch jemand nachbauen zu lassen, sie narrensicher zu machen und bereitzuhalten, um damit, wenn wir erst einmal die Konzession haben . . . Aber hör mal, Josh, du hast doch sicherlich selber auf deiner Klitsche noch genug abzuzahlen, ich habe gemeint, du wolltest dir noch Land dazukaufen . . .»

«Tja.» Josh lachte sardonisch. «Ich spinne mir manchmal was zurecht, um in Stimmung zu bleiben. Aber seien wir doch ehrlich, bei den jetzigen Preisen könnte ich alles, was ich besitze, hineinstecken und hätte zum Schluß ganze zwölf Morgen mehr. Genug davon. Eben deshalb habe ich überhaupt mit dieser Frango-Frito-Geschichte angefangen. Also bitte, immer in der richtigen Reihenfolge.»

Das Buch entglitt Lias Hand. Die Nachmittagssonne auf ihrem Rücken kam ihr plötzlich weniger warm vor und die originellen Lösungen nicht mehr ganz so originell. Plötzlich erschien es ihr grauenvoll unwirklich, in dieser schönen, luxuriösen Stadt am Strand zu liegen. Sie wollte weg, jetzt gleich, zurück auf ihren Besitz, die Arbeiter wegschicken und alles allein tun, mit eigenen Händen . . .

Die beiden redeten weiter. Sie hörte entschiedene Erleichterung in ihrem Tonfall, neue Begeisterung, nun, da diese Karte auf dem Tisch lag, offen, unwiderruflich, ein Zeichen des Vertrauens, das sie beide nötig hatten.

«Das wichtigste ist – wenn wir erst mal in Schwung sind – weitermachen!»

«Wo machen wir weiter, nachdem wir in Campos etabliert sind? In der Großstadt, wo ständig Passanten auf der Straße sind? Oder in Kleinstädten, wo es wenig Konkurrenz gibt?»

«Wie wär's mit einem Ort wie Pirapora? Klein, aber mit viel Geld und wild bemüht, ‹modern› zu sein.»

«Oder Ibipiuna?»

«Guaratinguetá?»

«Itapetininga!»

«Barueri?»

«Haha! Xique-Xique!»

Sie waren – einschließlich Caroline – derart vertieft in ihre Litanei exotischer Ortsnamen, daß sie nicht bemerkten, wie Lia aufstand und ans Ufer hinunterging. Es war ihr nur zu recht. Wozu ihnen den Spaß verderben? Sie hatten ohnehin genug Sorgen. Es war gut, daß sie lachten, und ebenso gut, daß sie nicht sahen, wie wenig Lia im Moment nach Lachen zumute war. Besonders weil es so gar nichts zu lachen gab. Großer Gott, es war noch nicht einmal ein Dach über dem Lokal, und schon überfiel sie die Erkenntnis, daß diese kleine Spekulation, um weiteres Geld für weitere Landankäufe zu verdienen, schon im Anfangsstadium das ganze Besitztum mit sich in den Abgrund reißen konnte. «Xique-Xique, Juazeiro . . .»

Sie wanderte am Wasser entlang, ohne die Menschen wahrzunehmen. Sinnliche, verwöhnte Teenager in zwei winzigen Streifchen kostbarem Stoff, angeglotzt von sonnengebräunten Jünglingen und fahlen, haarigen alten Männern. Ganze Familien aus den Slums, Mütter, die bis unter ihre vorgewölbten Bäuche in ihrem verschossenen Baumwollkleid im Wasser standen, während die bereits Geborenen begeistert in den Brechern durcheinanderkugelten. Sie dachte an Josh, daran, wie sehr sie sich stets darauf verlassen hatte, daß er die richtige Entscheidung treffen würde, bis sie sich schließlich außer um die kleinen Tagespflichten des Gutsbetriebes nahezu um nichts Geschäftliches mehr gekümmert hatte.

Es war jetzt nicht der rechte Moment, in dem sie anfangen durfte, an ihm zu zweifeln, und wenn ihr Instinkt sie noch so vernehmlich warnte. Zu gerne hätte sie ausgesprochen, was in ihr vorging, vor Josh, vor Caroline, die ihr gegenüber so mühelos über alles reden konnten. Ihr war das nie gegeben. Wenn ihr je etwas Sorgen machte, war sie zwar immer kurz davor gewesen, es auszusprechen, hatte dann aber gedacht: Wozu! Und das dachte sie auch jetzt, wo es ihr vorkam, als ob ihnen alles irgendwie entglitte, ein Traum entschwände und unsichtbar würde. Sie war es, die unrealistisch war – nicht Josh. Alle Arbeitskräfte entlassen, selber arbeiten, den Gürtel enger schnallen? Zwecklos!

Langsam ging sie zurück, schlurfte durch Wasser und Sand. Die Sonne legte einen langen feurigen Streif über das Meer, ehe sie unterging, und hüllte die verblüffende, unbekümmerte Schönheit dieser Stadt in ihr warmes, gelbes Licht.

Es war hinreißend! Den Augenblick durfte man nicht verlieren. Und trotzdem sehnte sie sich schmerzlich danach, weit fort zu sein, irgendwo hoch droben, über der Welt und allein.

25

Die Eröffnung der *Frango Frito Limitada* war – alle Beteiligten wußten es noch nach Jahren – ein Alptraum, aber überaus gelungen. Es waren Einladungen an eine erlesene Gruppe finanzkräftiger Personen und an Hühnerfarmer verschickt worden, und von denen brachte jeder seine ganze Familie mit, einschließlich Kusinen vierten Grades und angeheiratete Verwandte. Das Neonhuhn im Neontopf über der Tür sah dreist und selbstbewußt in die Welt, konnte also bestimmt nicht wissen, was im Inneren vor sich ging, wo seine Artgenossen auf einem Tisch lagen und auf Messer und siedendes Öl warteten, während Lia das vor ihr liegende Schaubild ‹Wie tranchiere ich Geflügel› studierte und dabei tapfer verbarg, daß sie Pläne nie hatte lesen können und es wohl auch nicht mehr lernen würde. Neben ihr stand ein *baiano* von fröhlicher Unbekümmertheit, befolgte ihre präzisen Anweisungen: «Jetzt hier! Jetzt da!» und hieb sein Messer mit verheerender Endgültigkeit auf Flügel, Schenkel, Bürzel oder Brust.

Die Pappteller für den Krautsalat waren rechtzeitig geliefert worden, doch gestern abend war Teodoro, dessen Mission es in letzter Minute gewesen war, die Stadt nach einer Krauthackmaschine zu durchkämmen, mit trockener Kehle, Blasen an den Füßen und lediglich einem weiteren Hackmesser aufgetaucht. Hundert Kohlköpfe in Säcken, die sich bis an die Decke stapelten und denen Caroline ihre unerschöpfliche Energie und ihren eisernen Willen zuwandte, trieben den stumpfsinnig neben ihr hackenden Jungen zu einem hoffnungslosen Wettlauf mit der verrinnenden Zeit an.

Jedesmal, wenn sie einen Schritt nach rückwärts tat, stieß sie sich am Kühlschrank, einem Monstrum, groß genug für ein Leichenhaus, dessen Schöpfer darüber bankrott gegangen war, weil er ihn Teodoro zum Freundschaftspreis überlassen hatte. Infolge seines Ruins hatte er dann das Riesending – das sieben Achtel der Küche ausfüllte – einem Amateurelektriker überantwortet, der es nun zum Doppelten des ursprünglich ausgemachten Preises fertig installierte. Er installierte noch immer, kletterte auf Türen hinauf, zog Drähte über die Köpfe der anderen hinweg, befahl: «Einschalten! Ausschalten!» und verkündete schließlich mit morbider Heiterkeit: «Wir müssen die Wand durchbrechen!», während schon der Kühlschrank eine wahre Höllentemperatur verbreitete und die Bratmaschinen auf das Signal zum Einschalten warteten und draußen die wilden Heerscharen heranrückten.

Keiner hatte diese Maschinen je bedient, und nur die Herstellerfirma in Decatur in Illinois hätte verbindlich sagen können, ob sie überhaupt funktionierten. Duncan stand mit verächtlich siegesgewisser Miene davor, doch in seinen Eingeweiden kochte die Angst. Von draußen hörte man jetzt die Anstürmenden näher rücken. Josh, an der Spitze eines Heerwurms ausgehungerter Großmütter in ihrem tagtäglichen krähenhaften Trauerschwarz, Hunderter von gefräßigen Kindern, bereit, ihren Schnuller in den Straßenstaub zu werfen – ganz zu schweigen von den angeheirateten Verwandten.

Gewandt drückte Duncan auf den Hauptschalter: Es ertönte ein Blubbern, Lichter blitzten, und weit zurückliegende Erinnerungen an Explosionen und den Befehl «Alle Mann an Deck!» aus seiner Dienstzeit bei der Marine spornten ihn zu neuen Taten. Das Brathuhn erschien, goldbraun und dampfend. Eine ‹Mitnehmschachtel› glitt auf Fingerdruck von Josh hoch über und außer Reichweite der großmütterlichen Geierklauen bis zu Harry McGuiness hinüber, der sich ernsthaft am Ohrläppchen zog und grimmig beifällig zu Josh hinübergrüßte, als wolle er sagen: «Na ja, vielleicht klappt's doch!»

Danach war alles nur mehr konzentrierte Bewegung: Mitnehmschachteln auf wogenden Armen und Beinen, mahlende Kiefer, zustimmende Grunzer, ein ständiger Strom von Menschen, die Eßbares – als sei dies die letzte Mahlzeit vor der Belagerung Jerusalems – zu Verwandten hinaustrugen, die . . . Doch, doch, es schienen wahrhaftig noch ein paar daheimgeblieben zu sein.

Am folgenden Tag ließ Teodoro Dona Bedica kommen, die *bençadeira*, die in einem Topf über qualmendem Petroleumfeuer Kräuter kochte und alle Ecken des Restaurants mit Weihrauch besprengte, um böse Geister auszutreiben, die vielleicht mit der Menschenmenge hineingeraten waren. Danach setzte er seinen Schwager hinter die Registrierkasse, einen großen, mageren Norditaliener, blaß bis zur völligen Farblosigkeit und äußerlich derart apathisch, daß man sich unwillkürlich fragte, was wohl hinter diesen ausdruckslosen blauen Augen vor sich ging.

Und nun, sechs Monate später, saß Josh auf dem Balkon der Futtermittelhandlung hinter seinem Schreibtisch und mußte sich gestehen, daß das Geschäft schlecht ging. Der Gedanke wurde nicht leichter durch die Erkenntnis, daß der Mangel an Erfolg vor allem auf ihre ‹amerikanische Denkart› zurückzuführen war – obwohl er doch seit mehr als fünfzehn Jahren in Brasilien lebte.

Der Parkplatz zum Beispiel war amerikanisch, weil er so groß, und brasilianisch, weil er leer war. João Faria hatte recht behalten. Wer wollte schon, wenn er einen Wagen besaß, darin essen? Die Freude, ein Restaurant zu besuchen, bestand zum Teil darin, an einem Tisch zu sitzen und gebieterisch die Bedienung heranzuwinken. Und dann die Vorstellung, mit den Fingern aus einer Schachtel zu essen! Das war gewiß modern, doch es erweckte in einem Brasilianer das ungemütliche Gefühl, er sei noch immer unzivilisiert.

Zu allem Übel war auch noch der Winter in diesem Jahr mit einer Strenge hereingebrochen, wie man sie seit dem Frost des Jahres 1955, der die Kaffee-Ernte vernichtete, nicht mehr gekannt hatte. Wie Clea prophezeit hatte, glich der durch die gitterartig angeordneten Ziegel blasende Wind einem Sturm in der Magellanstraße. Teodoro vernagelte so viele Löcher, wie er nur konnte, mit Plakaten, mit Hartplatten, installierte das traditionelle brasilianische Becken, an dem man sich nach Tisch die Hände waschen konnte (und versuchte, das ebenso traditionelle schmutzstarrende Handtuch wegzulassen). Den Parkplatz hätte man am besten überdacht und Stühle, Tische und Sonnenschirme hineingestellt, damit die Leute sich von der Wintersonne durchwärmen lassen konnten, die nun an die Außenmauern des Gebäudes gewandert war. Doch es war kein Geld mehr da.

Eben jetzt dachte Josh darüber nach, ob er etwas mehr Geld aus dem Futtermittelgeschäft abzweigen könne, doch zur Abwechslung kriselte es jetzt in der Hühnerbranche. Die Hälfte aller Hühnerzüchter konnte nicht zahlen, und alle Prozesse vor Gericht konnten sie nicht zu etwas zwingen, das unmöglich war. Außerdem: Wenn man sie dazu zwang zu verkaufen, um bezahlen zu können, wer würde dann in der kommenden Saison Futter kaufen?

Die Lieferfirma Central Feeds wollte natürlich weiterhin Geld sehen. «Holen Sie sich's doch von den Banken.» Josh hatte bereits müde Beine. Er überlegte sich, ob seine Erscheinung – seine unerschütterliche Miene hinter der Zigarre – immer noch Vertrauen einflößte. Bildete er sich nur ein, daß die Bankmanager derzeit nie zu sprechen waren? Daß keiner mehr über Marmor und Teppiche auf ihn zueilte, um ihn zu umarmen?

Es wurde auch alles straffer gehandhabt. Man konnte nicht mehr einen Scheck in São João da Barra einzahlen und Gott danken, daß er infolge des schlechten Postdienstes eine Woche brauchte, um siebzig Kilometer zurückzulegen. Schecks mußten sofort bestätigt werden, sonst wurden sie nicht eingelöst. Hinzu kam, daß die Zentralbank angeordnet hatte: «Keine Bankfeiertage mehr an den Namenstagen von Heiligen!» Das war ein harter Schlag. Bei dieser Nachricht sah selbst Dona Michiko beinahe so aus, als würde sie am liebsten zusammenpacken und nach Japan heimkehren.

Auch die Sparte Wunder funktionierte weniger gut als früher.

Wie viele andere war auch der Abschluß über 350000 *cruzeiros* für die Siedlung unweit der Ölraffinerie von Paulinha ins Wasser gefallen. Teodoro war sogar dabei gewesen, als in der spiritistischen Sitzung der Geist des toten Vaters in Dona Bedicas Körper fuhr und seine tiefe, patriarchalische Baßstimme mit einem schmetternden *não faça negocio!* – «Kein Geschäft abschließen!» von ihren Lippen kam. So war denn der Sohn in Lumpen und barfuß auf seinem Grundstück sitzengeblieben, und Teodoro war um seine Kommission gekommen.

Es lag, man mußte es zugeben, eine gewisse Erhabenheit in so großer Sohnestreue. Nichts hatte den *caboclo* davon überzeugen können, daß drei Säcke voller Geld seine Probleme lösen würden.

«Welche Probleme?» hatte er gefragt, ob aus ungebildeter Apathie oder aus Weisheit, war schwer zu entscheiden. Doch Teodoro hatte sich, als er so gar kein Echo fand, geschlagen gegeben. Selbst er, der Unerschütterliche, der ewig Optimistische, fing an, hohlwangig und seltsam bestürzt auszusehen.

Vielleicht, dachte Josh, während er auf seinem Balkon die gedeckten gegen die ungedeckten Schecks aufrechnete, liegt es bei Teodoro an den Augen. Neulich erst war Lia hereingekommen, und er hatte geglaubt, es sei Caroline. Und als Lia sanft und taktvoll sprach, als hätte sie es nicht gemerkt, war ihm klar geworden, daß sie nicht Caroline war. Josh überlegte, wie es wohl war, ständig um sein Augenlicht zu zittern. Und ein andermal dachte er wieder: Ich brauchte doch, weiß Gott, nicht derart müde zu sein, und trotzdem war er es.

So müde, daß er sich, wenn er abends nach Hause fuhr, kaum mehr umschaute. Vielleicht lag das auch daran, daß es, wenn er nach einem langen, anstrengenden Tag auf die Fazenda heimkehrte, zu dunkel war, um noch etwas zu sehen. Er erzählte Lia nicht, wie schlecht alles stand. Was hätte sie tun sollen? Viele Dinge, die die Fazenda betrafen, erzählte auch sie ihm nicht, das wußte er. Kleinigkeiten, klein im Vergleich zu dem, was täglich auf ihn einstürmte: abgenutzte Maschinen, die zu ersetzen zu teuer war; ein Bulle, für den man nichts als einen Schuldschein bekommen hatte. Sie brauchte nötig Geld für Reparaturen, hatte aber nicht den Mut, Josh darum zu bitten. Sie haßte Schulden, das wußte er. Er war an die Sache mit den Bankkrediten gewöhnt, sie hatte nie etwas davon gemerkt, nie wirklich darüber nachgedacht, bis auch die Fazenda wie alles übrige bei der Bank verschuldet war. Selbst das alte Zaubermittel, die Gespräche über das Land jenseits des Flusses, über Weizen und Sojabohnen im Mato Grosso, verstummte. Es wäre sinnlos und eine Ironie gewesen, jetzt davon zu sprechen.

Und doch plauderte Lia weiter mit ihm. Darüber, daß heuer die Stiere so gut aussahen, daß man sie auf die Ausstellung schicken könnte. (Als ob sie es sich leisten könnten, eine Woche lang Tiere auf einer Landwirtschaftsmesse zu unterhalten!) Oder von dem Plan, Pecannüsse zu pflanzen, wenn die Kaffeeplantage einmal überaltert war. «Ich werde sie selber pfropfen», sagte Lia entschlossen, «und in sieben Jahren –»

«Um Gottes willen, Lia», hatte er sie einmal angeschrien, «weißt du denn nicht, daß wir von einem Tag auf den anderen leben?» Und weil sie so verstört ausgesehen hatte, war er noch müder gewesen als sonst und war in seinem Stuhl eingeschlafen, bis es Zeit war, zu Bett zu gehen.

Sie erzählten einander immer weniger, diese zwei, die sich früher alles erzählt hatten. Ihre Unterhaltung bekam etwas sonderbar Gespreiztes, weil das, was sie verschwiegen, so viel schwerer wog als das, was sie aussprachen. Manchmal meinte er, er würde jeden Preis zahlen, um ihr diese Bäume kaufen zu können, nuur damit sie etwas Neues, Hoffnungsvolles hatte, um darüber zu reden, etwas, das wirklich existierte. Dieser für Josh so bescheidene Wunsch ließ ihn ungewohnt demütig denken: Wenn mir doch einer einen Job anböte . . . jetzt sofort . . . Harry würde zwar lächeln, wenn er es erführe und sagen: 1 : 0 für mich! Aber auch hinzusetzen: Wer wollte Josh Moran schon einen Job geben, der bekanntlich alle Jobs an-, aber nie ernst nimmt! Der nie bleibt, wenn es heißt: Sie müssen nach Rio. Und der immer, wenn er an einer Situation nichts ändern kann, überhaupt nichts tut und statt dessen lieber ins Kino geht!

Der Gedanke, ins Kino zu gehen, schien ihm eine gute Idee. Im Ciné Tropical lief eine Filmkomödie, vielleicht würde ein handfester Blödsinn ihm den Humor wiedergeben.

Er schrieb einen Scheck für sich selber aus, ruhig und herrisch, als wisse er, daß es keinerlei Schwierigkeiten gäbe, als wisse er nicht, daß Duncan gerade heute nachmittag mit der Miene des erfahrenen, weltgewandten internationalen Bankiers der Nationalbank von Minas Gerais versicherte, sie könnten getrost den überfälligen Wechsel eines gewissen Sr. Josh Moran prolongieren.

«*Não, não tem problema.*» Josh hörte ihn. «Eine kleine Stockung auf dem Tagesküken-Markt. Noch zwei Wochen, dann sind die Tagesküken Hühner. *Não é?* Dann normalisiert sich alles!»

«Dona Michiko.» Er reichte ihr den ausgefüllten Scheck. «Lassen Sie Lupe das auf das Konto von Central Feeds einzahlen, um fünf Uhr fünfundzwanzig, weder früher noch später.»

«Von der Banco Minas Gerais?» Ihr Gesichtsausdruck wurde täglich undurchdringlicher, doch sie brauchte gar keinen Ausdruck – er verstand auch so, was sie mit ihrer Frage meinte.

«*Sim. Se deus quizer*, wenn Gott will, haben wir morgen früh bei Geschäftseröffnung etwas in der Kasse.»

Dona Michiko nahm den Scheck wortlos, legte ihn in ein Schubfach und hob dann in plötzlicher, unverhüllter Angst den Kopf: Auf der Treppe näherten sich polternde Schritte. Es war nicht Lupe, der vor einem Bankinspektor davonlief – es war Teodoro. Aber nicht der Teodoro mit dem unerschütterlichen Gleichmut, der selbst in den schlimmsten Augenblicken einen halb mystischen Optimismus aufzubieten wußte, um ihm über den Tag wegzuhelfen, sondern ein derart matter Teodoro, daß man ihn nur infolge seiner markanten Gesichtszüge überhaupt erkannte.

«*E Sr. Harry*», keuchte er, als er die oberste Stufe genommen hatte.

«*Oque há?* Was ist mit ihm?» Josh erhob sich steif, ihm war übel, und er wußte plötzlich genau, was Teodoro als nächstes sagen würde.

«*Morreu.*» Seine Augen schweiften und kamen ungläubig auf Josh zur Ruhe. «Jetzt, gerade eben – er ist tot.»

26

Später kam Josh zu Bewußtsein, daß er im Grunde trotz des Schrecks kaum überrascht gewesen war. Er hatte Harry ein Weilchen nicht gesehen, jedoch gewußt, daß der «seinen Kram packte» und bald für immer weggehen wollte.

Als sie das letzte Mal zusammen gewesen waren, hatte Harry ironisch gegrinst, während er sagte: «Und wenn Sie bankrott machen, sagen Sie es mir vorher. Denken Sie immer daran, der Orinoco bleibt uns!» Doch in den stechenden schwarzen Augen hatte kaum noch ein Lachen gestanden, und Josh hatte den Eindruck gehabt, Harry McGuiness sei alles leid, sogar ihr uraltes Streitgespräch, sei seelisch und körperlich am Ende. Und deshalb war es, obwohl bei Teodoros Auftauchen jeder Gedanke an die eigenen Sorgen wie weggefegt war, beinahe so, als habe er die Nachricht, die Teodoro brachte, schon geraume Zeit erwartet: daß das Streitgespräch mit Harry McGuiness durch den Tod kurz und lapidar abgeschnitten war.

Teodoro kleidete den Leichnam an und brachte ihn dorthin, wo man ihn aufbewahren würde, bis jemand bestimmte, was nun mit ihm geschehen sollte. Es war sonst keiner da, und Teodoro äußerte schlicht: «Ich mache doch immer den Leichnam zurecht.» Und dann war er ins Haus gegangen, wie bei anderen Gelegenheiten, wenn Harry ein paar Tage zu lange von daheim wegblieb, und hatte sich um Helen McGuiness gekümmert.

«Du schaust ein bißchen nach der Missis, ja?» Diese Worte hatte Harry immer nur kurz angebunden über die Schulter Teodoro zugerufen, weil er genau wußte, sein Büroadjutant würde die Dringlichkeit dieser Bitte heraushören.

Es war unfair, war eine der grausamen Ironien des Schicksals, daß gerade sie, die sich hier nie wohl gefühlt hatte, sich nie, wie die Brasilianer fanden, ‹eingewöhnt hatte›, allein zurückgeblieben war. Teodoro war ins Haus zurückgekehrt, um sich um die Missis zu kümmern, und hatte die Flaschen in einem Schrank im Keller eingeschlossen, so, wie nur er das konnte: mit schrankenlosem Mitgefühl.

Josh machte sich an die konsularischen Details, die endlosen, vertrackten, sinnlosen Details, die einen Menschen behindern und verfolgen, selbst wenn er stirbt und man ihn ins Grab senkt. Lia kam herüber und sah nach, ob sie etwas tun könne, beschämt, daß sie sich nicht schon weit früher Mühe gegeben hatte, eine wirkliche Freundin zu sein. Aber es war nie leicht gewesen, dieser Frau, die ein losgelöstes Teilstück von Harry McGuiness' Leben war, eine Freundin zu sein. Die stets sagte: «Ich bin aus Kalifornien, wissen Sie . . .», als sei das Erklärung genug dafür, wie sehr sie diese weit abgelegene, arglos-biedere Welt haßte.

Sie war eine sonderbar hitzige Frau, die nie recht geglaubt hatte, daß ein Mann sich eine derartige Hingabe an seine Arbeit leisten und doch noch genügend Liebe für alles andere übrigbehalten könne. Wie hatte er nur um vier Uhr früh aufstehen, die Wärme und die Zärtlichkeit seiner Frau verlassen und ein Stück kaltes, totes, kilometerweit entferntes Land untersuchen können, und das mit innigem Vergnügen? Zuerst war sie auf seine Arbeit eifersüchtig gewesen. Als dann die Jahre kamen und gingen und sie noch immer an einem Ort lebten, den sie als ‹vorübergehenden Wohnsitz› angesehen hatte, war ihre Eifersucht nach und nach zu einem allumfassenden Leiden geworden. Unter anderem begann sie zu glauben, ihr Leben sei vertan. Zwar hatte sie nie auf einer Bühne gestanden, doch Lia wurde jedesmal, wenn sie sie sah, das Gefühl nicht los, daß sie Schauspielerin hätte werden sollen. Als sie nun mit der für den Anlaß passenden Eleganz gekleidet auf sie zutrat, fand Lia, daß bei ihr zwischen Schein und Sein nie ein Unterschied gewesen sei.

Sie sah die sonderbare Gruppe mißtrauisch näher kommen: Teodoro, ‹der alles wußte›, José Chaves, der den weiten Weg von Rio nicht gescheut hatte, Josh und Lia. Da sie glaubte, daß alle sie ohnehin ‹komisch› fanden, meinte sie anfangs, sie seien nur aus einer gewissen Sensationslust gekommen. Als sie schließlich merkte, daß das nicht zutraf, stand sie da, faltete die Hände, breitete sie wieder aus und spielte ihre Rolle überaus lebenswahr.

«Lia, was würden Sie tun? Seine Schwester in Nebraska will ihn wiederhaben. Unglaublich, so etwas, wie? Aber wenn sie sonst nichts hat? Und ihm würde es sicherlich egal sein! Aber ihn – als Toten – an Bord einer Maschine bringen und wieder ausladen? Außerdem – warum ihn von hier wegbringen? Immer hat er gesagt, ihm sei alles egal. Aber Sie wissen doch, nicht wahr, wenn ihm wirklich alles egal gewesen wäre, so wäre er ja gar nicht gestorben. Das ist die Wahrheit. Großer Gott, starrt mich doch nicht so an, als wäre euch das wunder was für eine Überraschung! Will einer von euch einen Drink? Teodoro, irgend jemand hat den Schnaps eingeschlossen. Und das in meinem eigenen Haus!»

«Ich werde mal das Mädchen fragen», sagte Teodoro und – tastete dabei in seiner Tasche nach dem Schlüssel.

Und erst als sie alle in dem Zimmer saßen, das durch Harrys Fehlen so fremdartig wirkte, dankbar, daß Teodoro die harten Sachen ‹wiedergefunden› hatte, erzählte sie, was so gut wie jeder von ihnen erwartet hatte.

«Er hätte nicht sterben müssen, der verrückte Kerl hat noch am letzten Abend mit mir geschlafen. So stark fühlte er sich.» Ihre Stimme bebte in betontem Entzücken und bestätigte ihnen und sich, daß er sie noch immer geliebt hatte. «Aber er hat einen Schmerz gehabt, im Arm, in der einen Seite. Es war ein echter Schmerz, das habe ich gesehen. Ich habe den Doktor holen wollen, aber er ließ mich ja nicht. ‹Ach, was› –» sie ahmte seine barsche Stimme nach und holte ihn dadurch leibhaftig ins Zimmer – «‹so ’n Quatsch!› Ihr hört ihn, nicht wahr? Ihm war es egal. Er hat einfach aufgegeben und zugelassen, daß er starb. Sie wissen es, nicht wahr, Josh? Und Sie wissen auch, warum.» Es war unmöglich, ihrem Blick auszuweichen. Sie wollte Bestätigung. Es wäre weder sinnvoll noch anständig gewesen, etwas anderes zu sagen als: «Ja, wir wissen es alle. Deshalb sind wir ja hier.»

«Wir wollen nicht mehr davon reden.» Die plumpen Züge von José Chaves wurden ungewöhnlich sanft. «Er hat ein schönes Leben gehabt. Er hat seine Arbeit geliebt.»

Und sie, die nie wirklich gelebt hatte, nie seine Liebe zur Arbeit hatte akzeptieren wollen, sagte: «Sie trug ihren Lohn in sich, nicht wahr?»

Wieder war es Teodoro, der bei ihr blieb, als alle gegangen waren, der die Schnäpse wieder wegschloß und sich «um die Missis kümmerte», bis man sie samt dem toten Harry zur Maschine brachte, auf den Weg in die dürre Ebene von Nebraska, mit der er sein Leben lang nichts im Sinn gehabt und die keinem von beiden jemals etwas bedeutet hatte.

Es war völlig abwegig, ihn dorthin zu überführen. Teodoro war überzeugt, daß man zwar Harrys Körper in Nebraska beerdigen, daß aber sein Geist zurückbleiben und keine Ruhe finden würde. Er äußerte sich sogar in diesem Sinne. Ob das denn die Schwester nicht wüßte? Ob sie sich denn nicht vorstellen könnte, wie allein und mühsam beherrscht Helen

McGuiness im Flugzeug sitzen würde? Oder hatten sie sich vielleicht jahrelang nicht mehr gesehen? Doch Helen war nun ihrerseits entschlossen, es zu tun, vielleicht um zu beweisen, daß sie es fertigbrachte, vielleicht auch, weil ihn hierzulassen etwas wie das Eingeständnis einer Niederlage gewesen wäre. Keiner würde es je erfahren. Man wünschte nur plötzlich, es gäbe zwei Teodoros, damit Harrys ehemaliger Büroleutnant weiterhin ein Auge auf die Missis hätte haben können, solange das nötig war.

Als sie nach ihrem Abflug miteinander heimfuhren, saß Lia sehr dicht neben Josh, zu ihm hingezogen durch ihre gemeinsamen Gefühle und das in solchen Augenblicken akut werdende Bewußtsein, daß sie in ihr Heim und zu ihren Kindern heimkehrten, daß die Liebe in Reichweite war.

Auf dem Rücksitz der ‹amerikanischen Badewanne› saß der Hund, das letzte, von dem sich Helen McGuiness getrennt hatte, weil sie nicht wußte, wohin sie jetzt ziehen würde. Es war ein Boxer, ein großer, lieber Kerl mit verzweifeltem Ausdruck im drollig-faltigen Gesicht. Anfangs war er nervös hin und her getrampelt, hatte rauh gebellt und an den Fenstern geschnüffelt. Jetzt hatte er sich gottergeben auf dem rosaseidenen Kissen niedergelassen, das Helen ihm in seinen Korb gelegt hatte, ein weiteres Symbol, wie wenig alles im McGuiness'schen Haushalt zusammengepaßt hatte.

Ein Sommergewitter hatte sich entladen, und die auseinanderweichenden und aufsteigenden Wolken warfen Schatten, die träge über die üppig grünende Landschaft segelten. An den Waldrändern lag die dampfende Feuchtigkeit des Tropenregens. Hier und dort züngelte eine purpurne Bougainvillea, die zum Baum herangewachsen war, flammengleich über die Wipfel empor, oder eine einzelne Palme, deren Wedel noch vor Nässe glänzten, zeichnete sich schlank und hoch vom offenen, weiten Land ab. Alles war hell, warm, tropisch und voller Leben. Lia mußte an Helen McGuiness denken, die jetzt in ein kaltes, windiges Land heimkehrte, das sie jahrelang nicht mehr gesehen hatte, und überlegte, wie das wohl sein mochte.

Lia streckte den Arm über die Rückenlehne und streichelte dem Hund die große, breite Stirn. Sie dachte noch immer an Helen und sagte: «Komisch, ich hätte eigentlich nie gedacht, daß sie Harry verstünde, und dabei hat sie ihn völlig verstanden.»

«Verstehen und Akzeptieren sind zweierlei», sagte Josh.

«Ach, du meinst dieses ‹trug ihren Lohn in sich›? Na ja, das stimmt ja», sagte Lia mit einer gewissen Bitterkeit. «Er hat sein Leben eingesetzt, man könnte fast sagen im Sinne des Wortes. Und keinen hat es einen Dreck gekümmert.»

«Keinen.» Joshs faltiges Gesicht wurde still und hart vor lauter Nachdenken. «Aber darauf kommt es für mich nicht an. Er wollte ja nie eine

Belohnung. Er tat, was er tat, weil er Harry McGuiness war. Anders hätte er es nie tun können. Und hat die Konsequenzen auf sich genommen. *Er war es, den sie nie akzeptiert hat, seine Art.* Begreifst du das nicht?»

«Doch, doch.» Lia nickte und sagte dann zu betont, als müsse sie sich verteidigen: «Aber das bedeutet nicht, daß sie ihn nicht geliebt hat. Das hat sie nämlich!»

«Ja», sagte Josh, «das glaube ich auch. Ich glaube, sie hat ihn sehr geliebt.» Bei diesen Worten griff er nach Lias Hand und drückte sie fest an seinen Schenkel, wie er es oft tat, wenn er das Gefühl hatte, sie mit mehr als bloßen Worten von der Tiefe und Echtheit seiner Zuneigung überzeugen zu müssen.

27

Der Hund Thomas wandte seine Liebe Josh zu. An Leine, Seidenkissen und eine alleinstehende Dame gewöhnt, befand er sich plötzlich mitten in freiem Land, zwischen anderen Hunden, Kindern, Pferden und Viehherden, die ihm die Köpfe zuwandten, pusteten und schnaubten, wenn er hinter seinem neuen Herrn herlief. Es gab auch Tage, da saßen viele Leute auf der Terrasse unter den Pinien, lachten und redeten und hatten Gläser in der Hand. Bei solchen Gelegenheiten setzte sich der Hund ganz dicht neben Josh und legte ihm den großen Kopf aufs Knie, als könne sein Körper dessen Gewicht nicht mehr tragen. Immer nur auf Joshs Knie, als hätte ihn von jenseits des Grabes eine Botschaft erreicht, die lautete: «Diesem kannst du vertrauen.»

Malachai beobachtete das, wie er alles beobachtete, und dachte bei sich: Dieser McGuiness muß ein sehr willensstarker Mann gewesen sein, und diese einzige Ähnlichkeit zwischen ihm und Josh spürt der Hund. Eben jetzt war Josh, den Hund auf den Fersen, fortgegangen, um sich den geernteten Kaffee anzusehen, der auf den breiten Ziegeln des *terreiro* ausgebreitet trocknete.

Alle waren fort. Clea lag in einem kühlen, weißen Zimmer des ehemaligen Sklavenhauses und las. Caroline, erfüllt von rastloser Energie, die nach Taten schrie, war zu Pferde irgendwohin verschwunden, und Duncan hatte mit einer Geduld, die er einzig für solche Unternehmungen aufbrachte, seine beiden kleinen Söhne auf einen Spaziergang mitgenommen. Lia war mit einem Korb fortgegangen. An Wochenenden, wenn sie Männerarbeiten wie Herumlaufen, Reiten, Überwachen los war, ging sie begeistert mit einem Korb an weibliche Aufgaben: Gemüse und Orangen pflücken, Blumen schneiden. Jacob Svedelius war – sonderbar still und bedrückt für einen so ausgeglichenen Menschen – gänzlich von der Bildfläche verschwunden. Nur Malachai blieb unter den Pinien auf einem verwitterten grünen Holzstuhl sitzen, rings umgeben von leeren Stühlen, auf denen die anderen vor dem Lunch gesessen und Joshs scharfgepfefferte *Bloody Marys* getrunken hatten.

Er genoß diese Sitzung mit leeren Stühlen. Nach all dem Lärm, dem Wettbewerb der Geister konnte er nun nach Belieben an die Freunde denken, sich jedes Individuum zurückrufen, ohne durch dessen Gerede gestört zu werden. Und doch inspirierte ihn einer der Stühle mehr als alle anderen, einer, der tief im Schatten stand, auf dem Delia mit ihrem angeborenen brasilianischen Abscheu vor zuviel bräunender Sonne hätte sitzen sollen: eben weil Delia nicht darauf gesessen hatte. Immer wieder kehrten Malachais scharfe Äuglein dorthin zurück, und jedesmal sah er Delia, wie sie nicht hier an diesem friedlichen abgelegenen Ort unter den Bäumen, sondern daheim in seiner Wohnung in São Paulo mitten im dicksten Betrieb gesessen hatte.

Draußen hatten die Feuerwerkskörper geknallt wie Flakgeschosse, und Menschenmassen, die über einen Fußballsieg von Santos über Palmerias jubelten, waren vorbeigezogen. Sie hatten das *futebol* am Fernsehen verfolgt, und Clea war, erschlafft von all der Aufregung und dem irischen Whisky, mit dem sie gefeiert hatten, vor dem Fernsehschirm umgesunken und in dieser Stellung verblieben, bis Malachai sie freundlich zu Bett geleitete. Malachai und Delia waren noch sitzen geblieben und hatten durch das Raketengeknatter und den Lärm der Menge auf Franciscos Rückkehr gelauscht. Der Staudamm war nun vollendet, war eingeweiht worden und fing an, dem nach Kraftstrom begierigen Westen unerhörte Energiemengen zu liefern.

«Na, der wird wieder aussehen, wenn er erscheint!» Man hörte aus Delias Ton langjährige schlimme Erfahrungen, aber auch milde Nachsicht, als spräche sie von einem unverbesserlichen Kind. «Manchmal möchte man ihn unter die Dusche stellen, ehe man ihn reinläßt!»

«Aber ich hab ihn doch schon tausendmal so gesehen.» Malachai stimmte behutsam mit ein. «Mir gefällt's. Man hat doch gleich einen Eindruck von dem, was er getan hat, wie bei einem Jungen, der noch ganz selig ist, weil er im Dreck gespielt hat.»

«Hmm. Im Dreck.» Die Versöhnlichkeit Delias schlug plötzlich in Sarkasmus um. «Genau das. Laßt ihn nur im Dreck spielen. Und seine Dämme bauen. Dann hat wenigstens er was davon!»

«*Espera um minuto . . .* Moment mal.» Das einzige Anzeichen, daß es Malachai peinlich wurde, war sein italienischer Akzent im Portugiesischen. «Denk doch an all den Strom dort, wo es vorher keinen gegeben hat, davon müssen doch noch andere was haben als nur Francisco!»

«Ach, Malachai!» Delia schüttelte mitleidig den Kopf. «Du bleibst auch ewig naiv, scheint mir.»

«Ich glaube, einsichtig wäre das bessere Wort. Du wirst zugeben müssen, daß eine Menge geschieht. Dieses Projekt für die Bewässerung des Nordostens: Selbst Duncan, unser hartgesottener Zyniker, kann nicht umhin, sich darüber zu begeistern.»

«Zu begeistern, das glaube ich. Denk doch bloß mal, wieviel Geld da drinsteckt. Und überlege mal, wohin das ganze Geld fließen wird? Hast du die Pläne gesehen? Die Company immer mit großen Buchstaben geschrieben», sagte sie spöttisch, «natürlich! Wenn die Regierung erst einmal das Land beschlagnahmt hat, wird die Company die Pumpstationen installieren, das Land parzellieren und es dann in Grundstücken zwischen 50 und 10000 Hektar verkaufen.»

«Ich glaube», sagte Malachai so beschwichtigend wie möglich, «die Größe der Grundstücke richtet sich nach der Art des Anbaus. Wer zum Beispiel Melonen pflanzen will, braucht keine 10000 Hektar, bei Baumwolle jedoch . . .»

«Baumwolle, Melonen – ach, du Ärmster . . .» Delia hatte ihn damals so mitleidig angesehen, als spräche sie zu einem Kind. «Warte nur, eines schönen Tages kommt eine große amerikanische Firma mit viel Geld, und dann sollst du mal sehen, wie rasch die Fünfzig-Hektar-Parzellen samt den Menschen darauf verschwinden!» Früher hätten bei einer solchen Gelegenheit seine Augen amüsiert und streitlustig gefunkelt – diesmal nicht. «Nichts hat sich geändert», hatte sie gesagt, «nichts wird sich jemals ändern. Solange nicht . . .»

«Solange nicht . . . was?» Malachai hatte die Erbitterung, die sie bei ihm ausgelöst hatte, nicht länger unterdrücken können. «Ja, glaubst du denn, du könntest durch eine Änderung des Systems die Menschen ändern? Was für eine Horde säkularisierter Heiliger hältst du denn hinter deinem Zaubervorhang bereit, die du uns zu offenbaren gedenkst? Einzig und allein Energie und Ehrgeiz bewegen die Welt. Müssen wir sie denn dauernd auf den Kopf stellen, nur um zu erfahren, was dann an die Oberfläche steigt?»

Sie hatte ihm nicht geantwortet, als sei das zwecklos. Hauptsächlich um ihr Schweigen zu brechen, hatte er gesagt: «Ihr fahrt also mit uns am Wochenende auf die Fazenda?»

Sie hatte den hübschen Kopf geschüttelt und ihn dabei nicht angesehen. Wovor hatte sie Angst? «Nein, ich glaube nicht», hatte sie gesagt. «Ich kann die Selbstzufriedenheit dort einfach nicht aushalten.»

Sogar als Francisco gekommen war, verstaubt, selig, ausgehungert nach zivilisiertem Essen und einer Flasche kaltem Bier und übersprudelnd von allem, was er aus der primitiven Welt erzählen wollte, hatte seine Begeisterung die Niedergeschlagenheit Malachais nicht mindern können. Delia hatte ihren Mann leidlich fröhlich empfangen und mit einer Wärme und Unbefangenheit begrüßt, als nähme sie seine zerzauste, verstaubte äußere Erscheinung überhaupt nicht wahr. Doch als sie sich unterhielten, war es gewesen, als höre sie nur halb oder gar nicht zu, als sei sie in eigene Gedanken verstrickt oder vielleicht sogar, so meinte Malachai, als wolle sie lieber nichts hören.

Und obwohl Franciscos Augen beim Gedanken an ein Wiedersehen mit den alten Freunden freudig aufgeleuchtet hatten, waren sie nicht auf die Fazenda mitgekommen. Zu schade. Freunde, die ein Streitgespräch nicht länger fortführen konnten, die sich davon entzweien ließen. Es war nicht recht. Nicht brasilianisch. Malachai wurde ganz traurig, wenn es ihm einfiel, und zugleich beschlich ihn ein unheilvolles Vorgefühl.

Trotzdem: Man konnte nicht lange deprimiert bleiben, wenn man unter diesen Bäumen saß. Der Sonnenschein war warm, und der Wind in den hohen Zweigen rauschte leise und fern wie das Meer, während man ringsum im Tal die Ergebnisse friedlicher menschlicher Arbeit sah. Der Mais wurde gelb und reifte auf den Hügeln, die Baumwolle quoll weiß aus ihren Kapseln, und im Schwemmland entlang der Flüsse neigte sich der Reis unter dem Gewicht seiner Körner. Er konnte die Stimmen der Kaffeepflücker hören. Einige sangen frohlockend und total falsch, andere schwatzten unaufhörlich, während ihre rauhen Hände die Beeren von den Zweigen streiften; andere schalten ihre Kinder, die ihnen im Wege waren und auf die Siebe traten, auf denen die Kaffeefrüchte bereits sauber abgezupft lagen. Es waren die Geräusche von Menschen, die sich um das tägliche Leben kümmerten: um Kinder, Ernten, Erträge, Essen und Trinken, Rast und Arbeit und die nicht ‹debattierten›.

Von dort, wo er saß und lauschte und sich beim geschäftigen Rhythmus des Lebens beruhigte, konnte er Josh auf der Terrasse stehen sehen, wo der Kaffee in der Sonne trocknete. Der Hund war dicht neben ihm, und eben jetzt bückte sich Josh und schöpfte eine Handvoll Kaffeebeeren. Er legte sie auf den verblichenen Ziegelstrich des *terreiros*, trat mit dem Stiefelabsatz darauf, sammelte sie dann wieder und zerrieb sie zwischen den Handflächen, um das Fruchtfleisch noch stärker vom Samen zu lösen, blies die Schalen weg und roch daran.

Sein Gesichtsausdruck sprach Bände. Malachai konnte selbst aus dieser Entfernung daraus schließen, daß die Qualität des Kaffees recht minderwertig sein mußte – vermutlich bloß ‹Rio Macaco›, ein Name, dessen Klang auch ohne Erklärungen an Affenmist denken ließ. Malachai dachte zurück an die Zeit der Blüte, die sie wie alle übrigen mit großer Vorfreude gefeiert hatten. Und an die Dürre, die folgte, so daß ein Drittel der Beeren abfiel statt zu «stocken», und dann an die außergewöhnlichen Regenfälle in der niederschlagsarmen Zeit, die die Beeren hatten gären lassen, so daß sie im eigenen Saft faulten und einen Geruch verbreiteten, der den angewiderten Ausdruck bei Josh hervorrief, den man nun bis hinüber zu den Pinien sehen und nachfühlen konnte. Doch dann zuckte Josh die Achseln und grinste seinen Aufseher Marino an, als wollte er sagen: «Tja, so ist das mit dem Kaffeeanbau.» Und auch Malachai zuckte still für sich die Achseln und dachte sich: Josh wird es schaffen, obwohl er und Duncan bis über die Ohren verschuldet sind und Kaffee-Ernten nie den erhofften Ertrag bringen. Es war diese Ansicht, wie er zugeben mußte, das komplette Gegenteil von dem, was er anfänglich geglaubt hatte, als er noch bei dem Gedanken, man könne Brasilianern einreden, nicht nur Wilde und *baianos* äßen Hähnchen mit den Fingern, die Hände über dem Kopf zusammengeschlagen hatte. Doch seither hatte sich vieles geändert, oder vielmehr – auf politischem Gebiet – standgehalten. Was auch Delia darüber dachte – man spürte einen gewissen Optimismus in der Luft.

Es war nicht mehr wesentlich, zu welcher Idee Duncan und Josh sich bekannten, fast jede Idee war recht. Wichtig waren nur mehr der Zeitpunkt und die Menschen, die sich mit ihr beschäftigten. Wenn sie noch ein Weilchen durchhielten, wenn das Land sich dagegen auflehnte, trotz seiner Energie und Euphorie von jener Finsternis erstickt zu werden, die sich auf die restliche Welt herabzusenken schien, konnten Josh und Duncan es womöglich noch zu Reichtum bringen. Einfach weil es der richtige Moment und der richtige Ort für Leute wie sie war, die zwar Ehrgeiz besaßen, aber nicht gleich alles so tragisch nahmen.

Sie würden es schaffen. Wenn nicht durch Landwirtschaft, die mit ihren kümmerlichen Erträgen gleich hinter der Bildhauerei kam, dann eben irgendwie anders. Sie würden reich genug werden, um sich fünf Fazendas von der Größe dieser hier zu kaufen. Der Gedanke hellte zumindest vorübergehend die Niedergeschlagenheit Malachais auf, die der Anblick von Delias leerem Stuhl in ihm ausgelöst hatte. Ihm wurde plötzlich wohl und friedlich. Die Pinien, unter denen er saß, in denen die Vögel nisteten und in den obersten Zweigen miteinander rauften, erschienen ihm einen Augenblick lang sicher und dauerhaft. Man konnte, ehe das finstere Mittelalter hereinbrach, wenigstens noch ein Schläfchen halten. Bei diesem Gedanken schloß er die Augen und horchte auf den Wind.

Die Stimmen weckten ihn ganz allmählich. Sie drangen in seinen Schlaf mit dem Rascheln der Blätter: Stimmen und Worte in einem Traum. Der Obstgarten gleich hinter den Pinien gehörte mit seinen Orangen und Avocados genauso zu seinem Traum wie die Männerstimme, die sanft, aber einen Hauch zu flehentlich sagte: «Warten Sie einen Moment. Bleiben Sie doch. Wozu die Eile?»

Und eine Frauenstimme, die etwas zu patzig entgegnete: «Der Korb ist doch voll!»

«Warum eilt es denn immer so?»

«Ich habe eben viel zu tun!»

«Heute nicht, Lia. Haben Sie vergessen, daß Sonnabend ist!» Und dann noch zarter und drängender: «Sie sehen heute wundervoll aus, das wissen Sie doch? Frisch und sonnenbraun, ein Teil aller Dinge, die Sie umgibt.»

Lias Lachen klang ungewöhnlich spröde. «Sie haben mich eben nie in Abendkleid und Schmuck gesehen!»

«Das brauche ich nicht. Ich weiß, daß Ihnen das nicht halb so gut stehen würde.»

Wieder hörte man ein Rascheln im Laub, das Malachai an einen Fluchtversuch denken ließ. Auch die Worte kamen schwach: «Was ist mit Ihren Pflanzungen, den Orangen, den Tamarinden?»

«Die gedeihen, trotz der Ameisen.»

«Das ist schön. Sie wird sich darüber freuen, wenn sie kommt.»

«Das glaube ich nicht», sagte Jacob ungewöhnlich bestimmt. «Sie kommt nämlich nicht.»

Es folgte ein Schweigen, das lange genug dauerte, um andere Geräusche in Malachais Traum dringen zu lassen, und das grelle Kreischen des Rindervogels weckte ihn genügend, so daß er nicht einmal vor sich selbst mehr so tun konnte, als schliefe er.

Dann sprach Jacob wieder. «Das scheint Sie zu überraschen? Wie?»

«Eigentlich nicht, aber es erschreckt mich doch ein bißchen. Es ist schwer vorstellbar.»

«Daß Menschen sich auseinander entwickeln können? Wie soll ich mich ausdrücken? Wenn man nicht miteinander lebt, gewöhnt man sich an das Alleinsein. Das können Sie sich vorstellen, nicht wahr? Und dann geschieht etwas, das alle Vernunft plötzlich kleinlich und albern erscheinen läßt.» Er fuhr fort, Dinge zu äußern, die Verallgemeinerungen hätten sein können, es aber nicht waren, so daß Malachai, der Lauscher wider Willen, ganz verwirrt wurde. «Oder glauben Sie, daß ein Mensch so stark ist, daß er mit Sicherheit sein ganzes Leben vorausbestimmen kann?» Er sprach jetzt mit erhobener Stimme, in der fast so etwas wie ein Vorwurf mitschwang: «Sie zum Beispiel. Haben Sie nie daran gedacht, daß sich an Ihrem Leben mit Josh plötzlich etwas ändern könnte?»

«Ich? Doch, doch, ich glaube schon – wer tut das nicht gelegentlich?» Malachai mußte Lias Sachlichkeit bewundern, mit der sie dieser Attacke standhielt. Es war zum Verrücktwerden. «Aber Josh und ich, wir leben durchaus miteinander. Da ist das etwas anderes, verstehen Sie?»

«Wie klar und einfach», sagte Jacob leise. Und dann in einem aufreizend leichten Ton: «Sie sind doch wirklich zu töricht, jetzt haben Sie den Korb so vollgeladen, daß Sie ihn gar nicht mehr tragen können.»

Als sie aus dem Obstgarten kamen, bemühte sich Malachai auszusehen, als schliefe er – das wäre ihm möglicherweise auch gelungen, hätten nicht in diesem Augenblick hoch droben über seinem Kopf die Rindervögel angefangen, um ein nicht genau identifiziertes, mit Eiern überladenes Nest zu streiten. Die schwarzen Vögel kreischten und gackerten, taumelten, schlingerten und wiegten sich. Eier purzelten in alle Richtungen, eines schlug genau hinter Malachais Ohr auf. Ehe er aus dem Stuhl springen konnte, klatschte ihm ein zweites auf die Stirn. Er wischte sich mit dem Taschentuch das Eigelb aus dem Gesicht und sah dann stehend zu, wie von droben infolge der zeternden Familienfehde weitere Eier

geflogen kamen und auf dem Holzstuhl zerplatschten, auseinander-
spritzten und über das Gras rollten: zehn, zwanzig wunderschöne türkis-
grüne Eier, weißgemustert wie mit Kerzenwachs für ein slawisches
Osterfest. Zu seiner Erleichterung näherte sich ihm Lia von hinten und
übertönte das Gezeter der *anús* mit ihrem Gelächter, und im Sklaven-
haus erschien Clea am offenen Fenster und stieß ein Kichern aus, das
zugleich amüsiert und unheilverkündend klang.

«Mein Gott, Malachai, es ist hoffnungslos. Nicht einmal ein Nickerchen unter einem Baum bringst du fertig.»

28

An jenem Abend fühlte sich Josh, der am Kopfende seines Eßtisches saß,
so friedlich wie schon lange nicht mehr gegenüber der Welt und sich
selbst, trotz der vielerlei Probleme, trotz Harry McGuiness' empören-
dem Tod, der ihm jedesmal einfiel, wenn der Hund den übergroßen Kopf
auf sein Knie legte. Denn es war empörend, daß Harrys Lebenswille von
Aufgeblasenheit, Unbestimmtheit und Gleichgültigkeit gebrochen worden war. Aber Harry hatte gelebt, wie er hatte leben wollen. Aus, amen.
In diesem Punkt waren sie immer einer Meinung gewesen und würden es
bleiben. Auch nach dem Tod.

Josh lebte auch, wie er leben wollte, und heute war einer der Abende,
an dem diese Tatsache eher etwas Positives zu sein schien. Lia und die
Küchenmädchen hatten sich selbst übertroffen: Es gab Schweinebraten,
Apfelmus, Squash, Bohnen und einen Kopfsalat aus bitterer *rucula*,
Schnittlauch und Endivien aus dem Garten. Alles war auf der Fazenda
gewachsen, und Lia, die es mit einem sonnengebräunten, aus der Baum-
wollstrickbluse ragenden Arm servierte, schien in ihrem Element. Sie sah
ihn zuversichtlich und froh an. Ein besonderes Leuchten war um sie, das
er lange nicht an ihr gesehen hatte, und ihr Anblick füllte ihn mit Stolz
und Begierde. Er war überzeugt, ihre gegenwärtige Fröhlichkeit hinge,
ebenso wie die seine, mit dem Gefühl der Beständigkeit zusammen, das
sie empfanden, wie sie da am eigenen Tisch saßen, in einer Welt, die sie
selbst geschaffen hatten, zwischen Freunden, die sie seit Jahren kannten.

Im Grunde tat Josh nichts lieber, als Unbekannte kennenzulernen, die
ihm interessant vorkamen, sie einzuladen und auszufragen, um sie,
wenn sie nicht lohnten, nie wieder zu sich zu bitten. Und doch gehörte es
zu dem ihm so lieben Gefühl der Beständigkeit, länger an ein und
demselben Ort zu verweilen, damit einige dieser Fremden ihm völlig
vertraut werden, eine besondere Art der Verbundenheit entwickeln
konnten, etwas Bleibendes. Ein Freund ist ein Mensch, dessen Naturell
uns trotz aller Veränderungen und Wandlungen, die sich im Lauf seines

und unseres Lebens vollziehen, etwas zu bieten hat, das vielleicht schwer definierbar, aber unverwechselbar ist.

So erging es Josh mit denjenigen, zu denen er immer wieder zurückkehrte: Caroline mit ihrem egozentrischen Wesen und ihrer leidenschaftlichen Lebenszugewandtheit. Duncan, hinter dessen amüsanten Zynismen sich eine fast schmerzhaft verletzliche Seele versteckte. Clea, in der sich pausenlos Instinkt und Ratio Schlachten lieferten. Malachai, dessen Gemüt ewig unter der Last dreidimensionaler Sicht litt. Sie alle waren heute um ihn. Er hätte gern auch Francisco dabei gehabt, dessen Vorliebe für Winkel, Gerade und Belastungswerte das Leben so tröstlich vereinfachte. Delias Besessenheit hatte – Malachai deutete es an – etwas Krankhaftes angenommen. Dieser Kontakt war sinnlos, bis sie sich wieder genügend gefangen hatte, um diskutieren zu können.

«Aber sie ist doch unsere Freundin!» hatte Lia tief betroffen eingewandt.

Worauf Malachai kopfschüttelnd erwiderte: «Manchmal frage ich mich, ob sie noch diejenige ist, die sie einmal war.»

Unter den Anwesenden war an diesem Abend nur einer, den Josh zwar faszinierend fand und trotzdem nicht so recht als Freund betrachten konnte. Doch das, sagte er sich, lag vielleicht daran, daß er so wenig Gelegenheit gehabt hatte, ihn näher kennenzulernen. Der Däne kam von Zeit zu Zeit in seinem zerbeulten, vom Meerwasser rostigen Lastwagen ins Gebirge herauf, um Ableger und Schweine aus Joshs Zucht aufzuladen. Doch er war stets wieder abgefahren, ehe Josh heimkam, weil er auf dem weiten Heimweg die Kühle für den Transport der Pflanzen und Vieh ausnutzen wollte. «Jacob war heute hier», pflegte Lia zu sagen.

«Und wie geht's ihm?»

«Ach, du kennst doch Jacob. Es ist immer dasselbe. Er bekommt eine Bestellung für Holz, und die Sägemühle geht ihm kaputt. Er läßt die Säge reparieren und kann dann das Holz trotzdem nicht liefern, weil das Wasser den Weg unterspült hat. Der paßt einfach nicht in diese Welt!» Sie tat ihn ab, mit einer sonderbaren, an Feindseligkeit grenzenden Vehemenz, als sähe sie in seinem charmant unpraktischen Wesen so etwas wie eine Bedrohung. Josh fühlte sich nicht im geringsten bedroht durch Gedanken und Verhalten dieser recht phantasmagorischen Gestalt. Er hielt ihn einfach für eines jener Wesen, die zwar Rat wollen, aber nie befolgen, aus Angst, dadurch ein mühsam und introspektiv erworbenes Prinzip zu verletzen. Nicht daß diese Prinzipien falsch gewesen wären. Im Gegenteil, sie waren so kultiviert und intellektuell, daß es einem weh tat, weil ihnen nachzuleben über Menschenmöglichkeit hinausging.

Wenn sie einander innerlich so gar nicht näherkamen, dann vermutlich infolge Joshs praktischer Veranlagung. Seit dem Tag ihrer Begegnung hatten sie trotz alles Gemeinsamen nie ein für beide befriedigendes

Gespräch geführt. Das war vielleicht der wahre Grund, meinte Josh, warum sie einander aus dem Weg gingen, außer in größerer Gesellschaft.

Lia hatte alle Gerichte auf den Tisch gestellt, saß aber nun da und ließ ihr Essen kalt werden, vertieft in eine Diskussion über Transzendenz, die sie selber ausgelöst hatte, indem sie schilderte, wie betroffen Teodoro sei, daß Harry McGuiness in einem Land begraben worden war, das – so Teodoro – mit seinem Geist nichts zu tun hatte. «Er behauptet, Harry würde keine Ruhe finden», sagte sie. «Ich weiß nicht, ob nicht etwas dran ist. Den Hund – habt ihr mal gesehen, wie ein Hund reagiert, wenn jemand ihn beim Namen ruft, nicht irgendwer, sondern sein Herr? Da springt er aus tiefstem Schlaf auf . . .»

«Aber Lia!» Diesmal war Jacob der praktisch Denkende. «Sie haben eine blühende Phantasie . . .»

«Phantasie?» Cleas ernsthaftes dreieckiges Gesicht schimmerte im Kerzenlicht geheimnisvoll. «Woher wollen Sie denn wissen, ob Sie sich eine Wahrnehmung nur einbilden oder sie empfinden? Spürt der Hund wirklich etwas? Je länger Sie an einem Ort wie diesem wohnen, lieber Freund, desto schwerer wird es Ihnen fallen, zu unterscheiden, ob etwas von innen oder außen kommt . . .»

«Aber nicht doch, nicht doch. Ich bin jetzt – mit Unterbrechungen – schon eine ganze Weile hier. Es wäre schön, wenn ich einiges von dem, was mir geschehen ist, auf übernatürliche Kräfte schieben dürfte.» Jacob sprach zu Clea, doch der ihm gegenübersitzende Malachai fragte sich, ob niemandem auffiel, wie intensiv sein Blick dabei auf Lia ruhte.

Sie gab ihn ihm zurück, und die Farbe ihrer Wangen unter der Sonnenbräune vertiefte sich. «Es ist also alles bloß eine Frage des Willens, oder? Wenn jeder auf der Welt plötzlich beschlösse, es gäbe keine übernatürlichen Mächte, würden sie deswegen aufhören zu existieren?»

«Zeitpunkt und äußere Umstände gäbe es auch dann immer noch», sagte Jacob. «Genügt es nicht, sich damit herumschlagen zu müssen?»

Wenn ein Doppelsinn in seinen Worten lag, so bemerkte Caroline ihn nicht. «Sie meinen das Mystische, den ganzen Hokuspokus? Waren Sie schon einmal in Bom Jesus da Lapa?» Sie schüttelte sich vor Widerwillen beim Gedanken an die Grotte am São-Francisco-Fluß, die manche wunderschön fanden, sie aber grauenhaft. «Diese Preisliste für Gebete, diese Bettler, die Bettler anbetteln und mit ihren Wunden hausieren. Selbst die Katholiken, die mit uns dort waren, haben sich angeekelt abgewandt. Weißt du noch, Lia? Eine Industrie der Armut haben sie es genannt. Alles, was am katholischen Mystizismus übel ist. Und doch –»

«Ja?»

«Wenn jemand schwer krank wäre – Teodoros blinde Tochter zum Beispiel – und mich fragte, ob sie nach meiner Meinung ein Medium aufsuchen sollte –» in ihren weit aufgerissenen Augen stand schrankenlose Aufrichtigkeit – «ich brächte es trotz meiner methodistischen Erziehung einfach nicht übers Herz, ihr abzuraten.»

Malachai nickte nachdenklich. «Caroline will sagen: Es wäre gefährlich, es anders zu machen.» Er lächelte Jacob zu; mit seinen von den
schwer hängenden Lidern halb verdeckten Augen sah er aus wie ein
weiser Levantiner. «Vielleicht ist das die Rettung für dieses Land, dieses
Gefühl, daß der Mensch die Verantwortung mit dem Schicksal teilt. Der
Ausdruck *se Deus quizer* ist Ihnen doch geläufig, nicht wahr?»

«Geläufig?» stöhnte Jacob. «Jeden Tag der Woche steht er mir im Weg.
Nichts wird einfach getan. Immer heißt es, wenn Gott –» er machte eine
matte Bewegung zur Zimmerdecke hinauf – «Gott will.»

«Na also, sehen Sie?» Wieder mischte Lia sich ein, wieder schien es
Malachai, als würde das Gespräch zu etwas Persönlichem, zu einem
Streit, den Lia Moran und Jacob Svedelius schon mehr als einmal geführt
hatten. «Das versuche ich Ihnen ja beizubringen. Wenn Ihnen das im
Wege steht, existiert es also. Vielleicht nicht in Dänemark. Aber Däne-
mark ist schon so zivilisiert, daß es so gut wie tot ist.» Sie äußerte es mit
verächtlicher Bestimmtheit. «Hier aber gehört es dazu wie die Bäume, die
Sie anpflanzen, wie die Erde, die Sie beackern. Wenn Sie das nicht
akzeptieren, wird es Ihnen eines Tages den Garaus machen, das sage ich
Ihnen.»

«Lia, beherrsch dich!» Josh fragte sich, ob es Jacob Svedelius wohl
auffiel, daß Lia, die über sich selbst oft schwieg, in der Diskussion so
hitzig werden konnte. «Wenn Jacob dort unten, wo er wohnt, wirklich
etwas ‹im Weg steht›, dann das Klima: Regen und Hitze, die Krankheit
und Lethargie erzeugen. Er ist einfach am völlig falschen Ort.» Doch
dann fiel ihm wieder ein, was er eben noch gedacht hatte, und er setzte
hinzu: «Aber ich glaube, ich wiederhole mich.»

«Ich weiß, ich weiß.» Jacob nickte freundlich. «Am Mato Grosso oder
irgendwo am Ufer des São Francisco, wo es trocken und windig ist. Fast
überall, nur nicht dort, wo ich bin.» Er hob hilflos die Hände. «Ich
fürchte, meine Vorliebe für Dschungel und Meer wird mir noch zum
Verhängnis.»

«Man kann ruhig das Meer lieben, wenn man das Problem löst, wovon
man seinen Lebensunterhalt bestreitet», sagte Duncan. Er war der ganzen Diskussion mit unbewegtem Gesichtsausdruck gefolgt, denn er
glaubte so wenig an Mystizismus wie an den menschlichen Willen. «Es
wäre vielleicht eine Lösung, am Berghang in einer der Höhlen eine
fromme Grotte zu eröffnen.» Seine Miene wurde drollig begeistert. «Wir
könnten ein Kompaniegeschäft gründen, Teodoro als Hohenpriester anstellen, Brathähnchen verkaufen und die Pommes frites durch Gebete
ersetzen!»

«Weißt du, das ist keine schlechte Idee», sagte Clea sofort geschäfts-
tüchtig. «Malachai könnte uns die Heiligen bildhauern.» Alle brüllten
vor Lachen, einschließlich Jacob. «Warum schließlich nicht», sagte Mala-

chai. Es war komisch, sie waren alle gehobener Stimmung, insbesondere Lia, die sich heute abend mit der besonderen Grazie der aufs neue Angebeteten bewegte; ohne dieses Angebetetwerden schon akzeptiert zu haben, genoß sie den kurzen Augenblick im Spiel mit der Liebe, wo einem alles auf die Habenseite gebucht wird. Nur daß solche Augenblicke sich so wenig festhalten ließen wie eine Flamme.

Man erhob sich und ging zu Kaffee und Cognac an den Kamin. Undeutlich durchfuhr Malachai der Gedanke, wie Josh sich den Cognac eigentlich leisten könne, während Caroline ihre Gitarre holte. Sie spielte und sang mit sympathischer Wärme für die ihr liebsten Menschen, für die sie auch am liebsten spielte. So verging der Abend, bei dem Josh zufrieden auf seinem Stuhl saß, die langen Beine ausgestreckt, und an seiner Zigarre zog, während ihm gegenüber Malachai sich grämte und kurze Züge an seiner Pfeife tat.

Clea war voller Mitteilungsdrang und erzählte von San Sebastião.

«Im Januar ist dort das Meer klar und der Himmel so herrlich. Ihr müßt alle kommen!»

«Wenn Josh vorher noch ein paar dringende Probleme löst, gerne», sagte Lia zögernd.

«Dann werdet ihr *nie* kommen», sagte Clea überzeugt. «Josh lebt von dringenden Problemen. Wenn er eines gelöst hat, erfindet er ein neues, denk an meine Worte! Komm du, mit oder ohne ihn!» Sie wedelte ungeduldig mit der Hand. «Es tut den Kindern so gut. Und wenn wir alle zusammen sind», fuhr sie fort, ohne Lia eine Chance zu lassen, irgendwelche Einwände zu erheben, «werden wir Ihre Bergfestung stürmen, Jacob, hören Sie!»

«Das hätten Sie längst tun sollen!» Malachai sah den sanftesten, nettesten, anständigsten aller Einzelgänger entwaffnend und demütig lächeln. «Ich muß Ihnen nur gleich gestehen, daß es dort mönchisch ist: ein Tisch, ein Stuhl, ein einziges Bett.»

«Nur eines?» fragte Malachai, den in seiner Erschöpfung eine Art heiterer Hysterie überfiel. «Na ja, macht nichts, wenn es sein muß, haben wir alle darin Platz!»

29

Duncan hatte Harry McGuiness nie kennengelernt, glaubte es heute aber Josh auch so, daß er an Verzweiflung gestorben war. Ihm dämmerte, daß so mancher, der sich in McGuiness' Alter noch einen Funken Begeisterungsfähigkeit bewahrt hatte, ein ebensolches Ende genommen hatte. Es war gescheiter, diesen Funken auszutreten, wie anscheinend viele seiner Kollegen es fertiggebracht hatten, die seit beinahe zwei Wochen in einer

Nonstopkonferenz um den Sitzungstisch saßen. Er konnte so etwas nicht. Er brachte es nicht über sich, dieses langsame Versteinern von Geist und Willen hinzunehmen, durch das alle Unterhandlungen der Soares-Bank in eine Sackgasse geraten waren.

Im vergangenen Jahr hatte Duncan seine Zeit damit verbracht, zu reden, zuzuhören, Sachverhalten zu studieren, bestehende Investitionen zu prüfen. Er hatte die ‹chronischen Faulpelze›, die Entschlußlosen, die Untüchtigen ausgesondert, bis er fand, auf was er sich verlassen konnte. Dann hatte er Ricardo Soares zu überzeugen gesucht, ein Investieren des Internationalen Bankvereins in seine Firma sei etwas Solides, Produktives und ein Gebot der Vernunft – und das wäre es auch gewesen. Doch dann waren die leitenden Herren der Südamerika-Abteilung per Flugzeug aus New York gekommen und hatten sich von einem Würstchen mit Harvardexamen an die Wand reden lassen.

Vierzehn Tage hintereinander – einschließlich der Wochenenden, an denen Caroline so grimmig auf ihrer Gitarre übte, als wolle sie das Ding kaputtkriegen – war man hinter verschlossenen Türen um den hochglanzpolierten Konferenztisch gesessen, hatte Zigaretten geraucht, Kaffee und Sandwichs kommen lassen, während Dr. jur. Stanley Heimowitz aus Harvard alles zerredete. Zwei-, dreimal war Duncan während der Wortklauberei über einen einzigen Satz wie narkotisiert eingenickt, aber rechtzeitig wieder aufgewacht, um mit beflissenem Stirnrunzeln dazwischenzuwerfen: «Ich finde unbedingt, daß ‹mangelhafte Auskunftserteilung› eine weniger beleidigende Formulierung ist, als ‹Verschleierungsversuch›.»

Stanley Heimowitz war ganz besessen von dem Wort ‹Oligarchie› und empört über die Art, in der Brasiliens Gesetzgebung auf den Schutz der Familie abgestimmt war.

«Total veraltet!» räsonierte er und erinnerte Duncan mit seiner hohen Stirn, seinen dicken Brillengläsern zwingend an jene Käfer, die ganze Bäume absägen, um ihre infamen Eier in den Baumstumpf zu legen.

«So oder so, es ist Gesetz, und das hier ist ein Familienunternehmen.»

«Hören Sie mal, Verehrtester, müssen Sie mich alle halbe Minute daran erinnern, daß wir's hier mit der Oligarchie zu tun haben?»

«Vielleicht sollte ich Sie daran erinnern», hatte Duncan bissig gesagt, «daß der Bursche bereits seine Fazenda und seine Grundstücke in der Stadt als Garantie gegeben hat. Was wollen Sie denn noch mehr? Vielleicht auch noch seine Frau und seine Kinder. Schließlich –» Duncan entblößte die Zähne zu einem Grinsen, das Stanley später als unbewußte Aggression schildern sollte – «müssen ja Sie beurteilen, ob Sie ihm trauen wollen oder nicht.»

Nun, nach zehn Tagen des Zerredens und der Beratungen mit dem Innenministerium hatte Ricardo Soares es abgelehnt, sich durch den großen Monolithen die Hände binden zu lassen, der Minderheitenaktien in seiner Firma kaufen wollte. Mit unerschütterlichem brasilianischem Charme und voller Freundlichkeit hatte er dem Internationalen Bankverein mitgeteilt, sie sollten sich sauer kochen lassen.

«Nun», hatte Stanley Heimowitz erwidert und versucht, über die unfaßbare Wendung der Dinge gleichmütig hinwegzugehen. «Gott sei Dank, dann kann ich ja heimfliegen nach New York und mich ein bißchen auf meinem Dachgarten sonnen.»

Worauf Duncan erwidert hatte: «Ich muß sagen, Sie verstehen zu leben, Stanley!» Ende. Aus. Amen.

Nach Duncans Meinung hatte die Bank sich das beste Projekt ganz Südamerikas durch die Lappen gehen lassen. Aber was wog schon Duncans Meinung, was wog irgendeine Meinung. Es ging darum, immer nur das ‹Sicherste› zu tun, und wenn man nicht sicher war, was das Sicherste sei, sich vor der Verantwortung zu drücken, bis das Ganze sich in Luft auflöste und man überhaupt nichts mehr unternehmen mußte.

Noch immer sah er Ricardo Soares, den jungen Mann, dem die ganze Welt offenstand und der nicht viel zu verlieren hatte, höflich lächeln, um seine Skepsis zu verbergen.

«Wissen Sie, Duncan, ich habe immer großen Respekt für den schwer arbeitenden Businessman gehabt, aber Zeit ist für mich nie etwas gewesen, das man bei stundenlangen Sitzungen mit Sandwichs verbringt und dabei wegen jedes Kommas ein Mordsgetue macht. Ich habe immer geglaubt, es ginge darum, im richtigen Augenblick einen Entschluß zu fassen.»

«Wissen Sie, woran die Dinosaurier eingegangen sind?» hatte Duncan erwidert. «Sie wurden so groß, daß sie drei Gehirne brauchten: eines im Kopf, eines am unteren Ende des Halses und eines dort, wo der Schwanz am Hintern angewachsen ist. Aber die drei Gehirne konnten sich nie über etwas einig werden – nicht einmal darüber, wie man einen Grashalm frißt und verdaut.»

Es war das letzte Gespräch über Angelegenheiten der Bank, das er mit Ricardo Soares führte. Vermutlich würde kein weiteres mehr folgen. Nicht daß ihm das etwas ausmachte – redete er sich ein –, es kam darauf an, das Leben zu genießen und ein Gehalt zu kassieren. Bloß daß dann, wenn man nur mehr ein Dinosaurierhirn benötigte, das Leben recht uninteressant wurde. Schlicht langweilig, zum Kotzen langweilig, so daß man sich nur mehr mit Mühe jeden Tag ins Büro schleppte. Darum zuckte Duncan nur lächelnd die Achseln, als per Telex die Nachricht eintraf, der Chef der Abteilung Südamerika käme nächste Woche zu erneuten Verhandlungen wieder – ohne Stanley Heimowitz. Er bat seine Sekretärin, die Tür zuzusperren und Besuchern mitzuteilen, er sei *em reunião*, auf einer Sitzung.

Anschließend begann er ernsthaft über Hähnchenbratmaschinen

nachzudenken. Nicht über die Maschinen selbst: Es gab da einen verrückten Italiener, der sich bestimmt dazu überreden ließ, sie zu konstru-
ieren. Vielmehr über die ganze Idee – über das Vergnügen, sich ein
Projekt auszudenken, jemanden so weit zu bringen, in dieses Projekt zu
investieren, Mittel und Wege zu finden, damit das verdammte Ding
funktionierte! Jetzt kam ihm zum erstenmal zu Bewußtsein, daß er es
anfangs nicht so recht ernstgenommen hatte. Für ihn war es eine Neben-
sächlichkeit gewesen, ein Ulk, in einem Zelt ausgedacht. Noch heute
konnte er keine Lebensaufgabe darin sehen – wie etwa Josh. Doch mit der
Zeit hatte das Projekt eine beunruhigende Zugkraft bekommen, und
wenn er noch gelegentlich darüber lachte, dann klang es leicht hysterisch.
Mit anderen Worten: Er fragte sich besorgt, ob das verdammte Ding sie
womöglich alle in den Abgrund reißen würde. Und als er mit dem
Sitzungssaal auch zwei Wochen prähistorischer Sümpfe hinter sich ließ,
glich diese Besorgnis einem belebenden Atemzug frischer Luft.

«Schau, Duncan», hatte Josh beim letzten Zusammensein unter den
Pinien gesagt, «wir könnten im Moment gar keine Kassenbilanz vorlegen?»

«Warum, zum Teufel, nicht?»

«Weil jede seriöse Firma vor Schreck darüber weiße Haare bekäme.
Wir brauchen ein hübsches, angeberisches Dossier mit allerlei graphi-
schen Darstellungen über Ausdehnungspotential und so und ein paar
Landkarten mit roten Tupfen, durch die Gebiete möglichen Einsatzes
markiert sind. Eine Kassenbilanz machen wir dann später, wenn wir
darin anderes aufzuführen haben als bloß Minuszahlen. Was meinst
du?»

In gewissem Sinne hatte er natürlich recht. Es hieße, sich auf den
Standpunkt eines Stanley Heimowitz stellen, weiter auf einer Kassenbilanz zu bestehen, wenn man nur zu genau wußte, wie übel die aussehen
würde.

So schob denn Duncan die nächste Serie Morast-Konferenzen in den
entlegensten Gehirnwinkel und machte sich über eigene Zahlen und
Wörter. Und um die Mittagszeit ging er nicht in den Jockey-Club, um
sich Gehabe, Erscheinung und Auftreten der ‹Finanzkreise› São Paulos
anzusehen, sondern nahm sich ein Taxi und fuhr durch die ganze Stadt,
um den verrückten Italiener aufzusuchen.

30

Er war keineswegs verrückt – nur auf italienische Weise unorganisiert, sehr lebendig und in allem Mechanischen fast so etwas wie ein Genie. Vital und verliebt in das Leben, war er während des Krieges zweimal davongelaufen, um am Leben zu bleiben. Einmal vor den Russen, die ihn erwischt hatten, als er sich gerade aus seinen verhedderten Fallschirmschnüren wickelte, und die ihn hinter Stacheldraht steckten. Und später, als er Italien glücklich wiedererreicht hatte, vor der italienischen Luftwaffe. Diesmal war ihm klar geworden, daß er erstens überhaupt für den Krieg nichts übrig hatte und daß zweitens dieser ohnehin verloren war. Daher hatte er beschlossen, es sei das beste, statt Flugzeuge zu testen, die nie mehr zum Einsatz kamen und die auszuprobieren ihn möglicherweise das Leben kosten würde, eines davon zu besteigen und damit über die Grenze in die Schweiz zu fliegen.

Gewiß, seit diesem letzten Tag zugunsten des Lebens und Amlebenbleibens war jeder Gedanke an eine Rückkehr nach Italien nur mehr für Märtyrernaturen annehmbar. Daher hatte er ein Wiedersehen mit seinem Vater in Marseille verabredet. Sein Vater, ein Werkzeugfabrikant aus Mailand, hatte seine Söhne dadurch fürs Leben erzogen, daß er sie jeden Morgen beim Aufbruch in die Fabrik in den Hintern getreten hatte. Er erschien in Marseille mit 10 000 Dollar in bar bei sich. Sein letzter Tritt in den Hintern beförderte Giovanni in Richtung Rio de Janeiro.

Auf dem Schiff verliebte Giovanni sich in eine charmante junge Frau aus Chile, die ihm half, die 10 000 Dollar binnen eines Jahres in Rio durchzubringen, und ihn aufs neue in ziemlich aussichtsloser Lage im fremden Land zurückließ. Diese immer wiederkehrenden Umschwünge im Leben hatten ihn überdurchschnittlich wendig gemacht, er wartete jetzt immer nur gerade lang genug, um zu denken: Jetzt muß aber rasch was passieren. Diesmal war er entschlossen, die in der Kindheit vom Vater erlernten praktischen Fähigkeiten anzuwenden.

Er war ein mechanisches Genie. Duncan sagte sich das immer wieder, als er sich in der Fabrikhalle einen Weg bahnte, zwischen Stapeln von Blechplatten, Schrauben und Muttern in Dosen, elektrischen Kabeln, die verfilztem Unterholz glichen, zwischen denen Arbeiter mit Hämmern und Hacken die ausgefallensten Gegenstände formten. Diese Gegenstände nun holte Giovanni im stauberfüllten Licht der verglasten Dachöffnung zur Besichtigung zusammen: Saftpressen für Orangen, Mixgetränk-Shaker, Würstchengrills, Kaffeemaschinen und Elektroherde.

«Die Modelle sind amerikanisch und italienisch», strahlte Giovanni. «Ich importiere sie, notfalls sogar legal. Doch es lohnt sich auch dann noch, wenn ich sie verzollen muß. Meine Nachbauten kosten die Hälfte des Bruttopreises und sind, was noch wichtiger ist, so vereinfacht, daß Zuckerrohrschnitter und Maultiertreiber sie bedienen können.» Er tippte sich demonstrativ vor die Stirn. «Haben Sie schon bemerkt, daß jeder Koch in einem Restaurant ein *baiano* ist? Wenn ein *baiano* sie nicht kaputtkriegt, sind sie unzerbrechlich.» Er versetzte einer Kaffeemaschine einen gewaltigen Hieb, um deutlich zu machen, was er meinte. Wolken von Staub und Eisenfeilspänen wirbelten hoch, Duncan mußte niesen. Giovanni riß eine Tür auf. Duncan erhoffte sich frische Luft. Doch eine Art schlagendes Wetter aus Dampf und leicht angegangenem Fisch riß ihn beinahe um.

Giovanni trat beiseite und ließ ihn vorgehen. «Wer meine Würstchen-brater kauft, der kauft auch meine Würstchen!» Diesmal rutschten sie durch Schleim und Dünste, vorbei an Tischen mit unbestimmbaren Brocken von Schlachtfleisch und Tüten, die so etwas wie Sägemehl enthielten; eine Maschine rülpste einen nicht enden wollenden Strom Penisse in Plastikkondomen aus, in einheitlicher Größe, oben und unten zusammengeklemmt. Duncan bemühte sich, nicht einzuatmen.

Sie kamen zu einer weiteren gigantischen Metalltür, die der Eingang zu einem Krematorium hätte sein können und in orangefarben lodernde Hitze gehüllt war. Ein schmuddeliges Stück Schnur, zu einer komplizier-ten Haltevorrichtung verknüpft, verschloß sie, und Giovanni wickelte sie mit stummer, fast ehrfürchtiger Behutsamkeit ab, als läge in dieser Schnur das wahre Geheimnis seines Erfolges, das er nicht preiszugeben gedachte. Nach vieler Mühe bekam er die Tür zerrend auf und enthüllte Tausende von weiteren plastikumhüllten Erektionen von Sägemehlfar-be, wie Duncan sie schon im Vorraum gesehen hatte, die nun in der Hölle brieten. Duncan war leicht erstaunt, daß das Plastik nicht schmolz. Doch es gehörte vielleicht zu der Sorte, mit der man Raumschiffe abdichtete. Er hätte es diesem Italiener zugetraut, auf diese Weise das Raumfahrtzeital-ter in die ‹unterentwickelte Welt› einzuführen.»

«Das gleiche System wie bei uns», sagte Duncan schwach. «Wer unsere Maschinen benutzt, kauft auch unsere Hähnchen. Entschuldigen Sie, Giovanni, ich glaube, mir wird schlecht.» Der Italiener stieß ein heiteres Gackern aus, hieb die Tür zu und wickelte die Schnur wieder nach dem komplizierten System davor zusammen.

Hinten in Giovannis Büro atmete Duncan tief und trank ein Bier, umgeben von Haufen staubbedeckter Ordner und Fächer voller ausländi-scher Modelle und brasilianischer Nachbauten. Er holte eine Abbildung des Littleschen Hühnerbraters aus der Brieftasche, und während Giovan-ni nach der Skizze das komplizierte Innenleben der Maschine studierte, studierte Duncan seinerseits den mageren, flinken Italiener vor sich, dessen scharfgeschnittene, kluge Züge einem diabolischen Kinn zustreb-ten. Es waren tiefe Falten in diesem Gesicht, sie sprachen von Ausdauer. Dieser Mann hatte seine Chancen berechnet, entsprechend gehandelt, alles überdauert, und die Freude daran leuchtete noch immer in seinen verständigen wachen Augen.

Jetzt kreuzte sich sein Blick mit Duncans. «Selbstverständlich wird die Maschine nicht wiederzuerkennen sein. Aber sie wird um einiges besser funktionieren. Die Hälfte all dieser Knöpfe –» er machte eine wegwerfende Handbewegung – «ist überflüssig. *Puras frescuras, meu amigo . . .* nur Verzierungen.» Die tiefen Falten ordneten sich zu einem breiten Grinsen. Geradezu erfrischt fragte sich Duncan, wann er wohl zuletzt mit einem so offenherzigen Menschen zu tun gehabt hätte. «Und jetzt kommen wir zum Wie.»

«Stimmt. Wie denn?» Duncan erwiderte das Lächeln und legte das letzte Restchen ‹prominenter Bankier› ab, um vor dem durchdringend gescheiten Blick des Italieners zu beweisen, daß auch er sich in der Welt der Realität auskannte. «Um überhaupt jemanden dafür zu gewinnen, mit uns ins Geschäft zu kommen, müssen wir so tun, als sei es tatsächlich ein Geschäft! Sie wissen ja, wie Banken sind: verlangen eine Quittung, ehe man überhaupt das Geld zusammen hat, sich den Kram zu kaufen.»

«Verstehe. Sie wollen also, daß ich Ihnen so ein Ding nachbaue, und hoffen, es verkaufen zu können?»

«Zunächst mal eines, später dann Hunderte. Ein bißchen Lotteriespiel ist es schon», sagte Duncan, um die Tollkühnheit Giovannis anzustacheln, und betrachtete durch seine Brillengläser aufmerksam, welchen Eindruck seine Worte machten.

Die grauen Augen verschleierten sich. Der Italiener schien in tiefe Trance zu versinken. Duncan überfiel die Vorstellung, er träte mit einer höchst privaten, unbekannten Gottheit in Verbindung, ehe er den Kopfsprung in den Don tat oder die Nase seines Kampfflugzeuges nach Norden über die Alpen richtete, und fragte Gott: «Was soll ich tun?» Gott schien zu erwidern: «Tu es sofort» – die Augen wurden wieder klar, richteten sich jedoch nicht auf Duncan, sondern auf eine Gestalt, die sich vom anderen Ende des Büros her näherte. Giovannis Kinn sank herunter. «*Meu Deus*, der Steuerprüfer!» Dann grüßte er freundlich. «*Bom dia*, Senhor Dias. Die Buchführung? *Pois não* . . . Die Treppe hinauf und gleich links.»

Duncan sah, wie der Mann mit energischem Schritt einem Treppenaufgang zustrebte, dessen Tür, was ihre Höhe anbelangte, dem Türchen eines Karnickelstalls glich. Der Inspektor war zwar klein, aber nicht klein genug. Duncan erhob sich vom Stuhl, ein warnendes Wort auf den Lippen, doch Giovannis Hand legte sich auf seinen Arm, und ein kaum hörbares ‹Pssst!› gebot ihm Schweigen. Dann tat es ‹Peng!›, und der Steuerprüfer taumelte rückwärts in die Arme zweier *baianos*, die wie durch Zauberschlag aus dem Dickicht der Drähte und Blechteile aufgetaucht waren. Sekunden später stand Giovanni über ihn geneigt und drückte ein feuchtes Taschentuch auf eine schon jetzt schildkröteneiergroße Beule auf des Inspektors Stirn.

«*Meu Deus do céu, que calamidade* . . . Großer Gott im Himmel, was für ein Unglück! Was ist mit Ihnen, *meu senhor*? Haben Sie heute früh keinen Kaffee getrunken? Hmm. Ich meine, man wird doch röntgen müssen. Nein, wirklich, ich bestehe darauf. Gleich um die Ecke ist eine Erste-Hilfe-Station. Pedro –» er glotzte den ihm zunächst stehenden *baiano* gebieterisch an – «hol ein Taxi, *súbito*!»

Wenig später war der Inspektor stöhnend, sprachlos, mit einer bereits straußeneigroßen Beule, wieder draußen, nachdem man ihn behutsam und voller Teilnahme durch die Tür hinausgeleitet hatte, durch die er vor wenigen Augenblicken gekommen war.

«*Mãe de Deus!*» Giovanni preßte das feuchte Taschentuch jetzt auf die eigene Stirn und bekreuzigte sich. Wieder spürte Duncan die private Gottheit am Werk. «Dieser erpresserische kleine Schmarotzer! Ein einziges falsch gesetztes Komma, und er greift einem in die Tasche!»

«Aber er wird doch wiederkommen», wagte Duncan einzuwenden, «und wird dann nicht besonders strahlender Laune sein!»

Giovannis Gesicht bekam etwas Philosophisches. «Ja, wiederkommen wird er. Wenn nicht er, dann ein anderer. Wir werden sie nicht los. Sie vermehren sich wie die Kakerlaken. Aber bis dahin –» er zwinkerte vergnüglich – «werde ich meine Kommas in Ordnung bringen oder mir sonst was einfallen lassen. All das gehört zum Existenzkampf, nicht wahr? – Doch nun zu unserem Geschäft. Sie wollen also im Ernst, daß ich Ihnen vertraue, Sr. Duncan, wie?»

31

An diesem Abend beschloß Duncan, aus dem Büro zu Fuß heimzugehen. Es waren über fünf Kilometer, aber der Verkehr war derart chaotisch, daß er möglicherweise so schneller heimkam und ihm dabei weniger übel wurde. Abgesehen davon wollte er gern wandern, denken und innerlich lachen über seine Verhandlungen mit Giovanni. Er stellte sich vor, Stanley Heimowitz oder der geschäftstüchtige Vizepräsident würden Zeugen einer solchen Besprechung, und sehnte sich danach, Caroline davon zu erzählen, damit sie «o nein!» stöhnen könnte und es aussah, als strömten alle feineren Genüsse ihres Lebens mit den Lachtränen zusammen ihr über die Wangen. Doch er beeilte sich trotzdem nicht, denn diesmal hatte er Spaß daran, auf der Straße zu sein. Aus irgendeinem Grund ärgerten ihn die Menschenmengen auf den schmalen Gehsteigen, die allen Zielstrebigen das Vorwärtskommen erschwerten, nicht so wie sonst. Schließlich waren auch sie nur hier, um am Existenzkampf teilzunehmen – so wie er. Jeder von ihnen, vom verkrüppelten Losverkäufer im Rollstuhl, der seine Waren auf der übertrieben breiten Brust hängen hatte, über den Araber mit seinen ‹Sonderangeboten› in Kurzwaren bis

zum flachschädeligen Nordestino, der in seiner zerlumpten Arbeitsklei-
dung einhertrottete. Gelangte man aus dem quirlenden Strudel des
Stadtzentrums zu den breiteren, baumbestandenen Avenuen hinauf, so
schienen die Menschen größer zu werden, aufrecht, hellhäutiger. Der
zerschlissene Kattun, die krummgetretenen Schuhe, die hängenden Sa-
tinsäume machten argentinischer Wolle und englischem Kammgarn
Platz. Doch auch hier bewegten sie sich mit der gleichen Intensität und
Zuversicht. Ob fadenscheinig oder elegant, es hielt schwer, unter ihnen
eine verzweifelte Miene zu finden. Gedankenschwer, das vielleicht, doch
nie geschlagen, sie waren, ganz gleich wie die Dinge standen, ihres
Erfolges absolut sicher. *«Pois lógico!* Deshalb waren sie doch hergekommen, oder?»

Manchmal machten sie ihn wütend mit ihrem geduldigen, nie enden-
den Optimismus – als genüge es schon, sich auf den Straßen São Paulos
aufzuhalten, um zum Ziel zu kommen! Auf den Straßen und jedermann
dauernd im Wege! Heute jedoch fühlte er sich sonderbar eins mit allen,
die da kämpften, wenn auch nie zu ernsthaft, die lachen mußten beim
Gedanken, das Schicksal könne sich einmal zu ihren Gunsten entscheiden, und doch im tiefsten Inneren keinen Moment daran zweifelten. Im
Bankviertel stand heutzutage ein Wachmann vor jedem Eingang, und ein
zweiter saß – vermutlich fest schlafend – in einem Bunker mit Maschi-
nengewehrschlitz und wartete auf den Sturm der Terroristen. Sonst aber
deutete nichts darauf hin, daß sich diese Stadt, dieses Land in einem
endlosen, undefinierbaren Belagerungszustand befand. Die «Türken»-
Läden waren weit geöffnet mit ihren Kurzwaren, billigen Kleidern und
Spielsachen, die bis auf den Gehsteig quollen. In Hunderten von Bars am
Weg standen Leute, tranken Bier, *pinga* oder *cafezinhos*, kauten heiße,
gebackene, mit starkgewürztem Fleisch gefüllte *pasteis*. Aus den Schall-
plattengeschäften brüllte es «Yeah, yeah, yeah», man hörte Rock oder
vereinzelt einen Samba, der die Hüften der Frauen automatisch wie der
Rhythmus des eigenen Herzschlags in Bewegung setzte. Duncan trat in
ein Plattengeschäft und kaufte Caroline einen alten Samba mit Noel
Rosas tragisch-verkniffenem Gesicht auf der Hülle, bei dessen Anblick
ihm die Worte durch den Kopf fuhren:

Wenn ich sterbe,
Will ich keine Tränen, keine Kerzen –
Will gelbes Band,
Bedruckt mit ihrem Namen . . .

Aus den zueinanderstrebenden Fäden der schmalen Gassen entstand
die breite Avenue, die am ‹Friedhof der Tröstung› vorüberführte. Im
Schatten der Kirchhofsmauer fuhren die Wagen Stoßstange an Stoßstange, schlingerten, rumpelten zusammen. Bald fluchten die Insassen, bald
unterhielten sie sich ganz freundlich während der endlosen Stauun-
gen von Rotlicht zu Rotlicht. Über die Mauern schauten die Sinnbilder

irregeleiteten Reichtums: schwarze Marmorengel mit Trompeten, rosa Granitmausoleen mit pseudo-korinthischen Säulen davor, Grabmäler, die aussahen wie Hochzeitskutschen, Symbole katholisch-lateinischer Schreckensvorstellungen, ohne dieses scheußliche Monument im Schatten der Zedern könnte man von Gott und Mensch vergessen werden. Duncan dachte verschwommen, wozu man sich überhaupt eines Menschen erinnern solle, der sich selbst ein Denkmal setzen mußte. Diese in Stein gehauenen Granit- und Marmorhöhlen boten wenigstens den vielen Erschöpften und Kranken Obdach, die von weit her kamen, um sich in dem riesigen, weitverzweigten Krankenhaus auf der anderen Straßenseite behandeln zu lassen, um gesund zu werden, um von neuem zu beginnen oder zu sterben ...

«Kommt bitte nicht», hatten die Behörden angefangen zu betteln, «wir haben keinen Platz, die Stadt stinkt, sie ist ein einziger brennender Müllhaufen, die Straßen sind aufgerissene Gräben. Wie sollen wir Trinkwasser für euch heranschaffen, woher einen Platz nehmen, auf den ihr euer Haupt betten könnt, wo ihr überhaupt gehen könnt, ohne daß euch Millionen von Autos, durch den unaufhörlichen Verkehrsstau zu Desperados geworden, über den Haufen fahren? Wir haben ja nicht einmal Zeit, eine Untergrundbahn zu bauen.» Und doch kamen sie, fanden irgendwie eine Stellung und einen Platz, um ihr Haupt hinzulegen, weil selbst der Friedhof belebter war als einige der Orte, aus denen sie kamen. Geduld, Optimismus. Es würde sich etwas finden.

Hinter dem Kirchhof wandte er sich aus der Avenida Consolação in eine Seitenstraße. Je weiter er ging, desto tiefer wurde jetzt der Schatten der hohen Bäume. Tropische Schlingpflanzen kletterten die Stämme der Palmen hinauf, hüllten Mauern ein, krochen durch eiserne Gitterzäune zwischen leuchtendrosa und weißen Azaleen. Hunde bellten, Dienstmädchen schaukelten Kinderwagen und schwatzten über Gartentüren hinweg. Hier war es hübsch zu gehen: kein Gedränge mehr, keine Schlaglöcher, in die man stolperte, nichts als Schatten und hohe Häuser, der brüllende Verkehr klang durch das dichte Laubwerk gedämpft und fern.

Er fing wieder an, über seine Begegnung mit dem Italiener Giovanni nachzudenken, darüber, wieso eine inmitten der chaotischen Unordnung von Giovannis Werkstatt verbrachte Stunde ihm Vertrauen eingeflößt hatte. Und doch war es so. Vielleicht war es die Sicherheit des Mannes selbst, der keinen Augenblick gezögert hatte, die Tür zum Würstcheninferno aufzureißen oder den erpresserischen Steuereinnehmer mittels eines Türrahmens zu fällen – geheimer Wunschtraum eines jeden! – oder zu sagen: Selbstverständlich kann ich das, nur noch besser. Und nun erwarten Sie, daß ich Ihnen vertraue? Auch Duncans Reaktion war vorschnell gewesen, ihre Gefühle daher wechselseitig. Deshalb ging er heute mit solcher Zuversicht durch die schmutzigen, verstopften, überfüllten Straßen und wußte, daß Vertrauen weit mehr eine Frage des Instinkts und des gesunden Menschenverstandes war als unterschriebener und gestempelter Papierfetzen.

Als er durchs Tor trat, fielen Hunde und Kinder sofort über ihn her und machten sein Vorwärtskommen auf dem Weg im Schatten der grellbunt blühenden Hibiskushecke so gut wie unmöglich. Alle wollten immer gleichzeitig auf seinen Schoß, sobald er sich hinsetzte. Er packte den Jüngsten, das Baby George, und nahm ihn auf den Arm, auch um ihn vor dem Zertrampeltwerden zu schützen, und stieß die angelehnte Tür mit dem Fuß auf. Heute machte nichts ihm etwas aus, nichts ärgerte ihn, mochten alle, sobald er in seinen Sessel gesunken war, übereinander auf ihn klettern, ihm war es egal. Aus dem Hintergrund des Hauses tauchte Caroline auf, mit ihr drang eine Welle Zimt-, Nelken- und Butterduft von irgendeiner hektischen Tätigkeit in der Küche herein. Er wollte eben sagen: Okay, genug für heute. Schau, ich hab dir Jamaika-Rum mitgebracht. Es gibt was zu feiern, und ich muß dir von diesem Spinner Giovanni erzählen . . .

Doch dann sah er ihr Gesicht, sah den Blick in ihren Augen, der so gar nichts mit Kuchenbacken, mit der schlichten und erfreulichen Tatsache zu tun hatte, daß er früher heimkam und was Schönes erzählen wollte. Er las in ihrem Gesicht, daß sie geglaubt hatte, er käme überhaupt nicht mehr. Es erinnerte ihn an das allererste Mal, als sie auf seiner Schwelle gestanden hatte – an die vielen anderen Male später, bei denen er gewußt hatte, daß etwas passiert sei, noch ehe sie es aussprach: etwas Unglaubliches, über das sie nicht allein nachdenken wollte. Endlich brach es aus ihr heraus, mit einem leisen, ungläubigen Flüstern: «Delia ist verhaftet worden – man hat sie eingesperrt.»

Da stand er, nicht unbedingt überrascht, und wollte es nicht glauben. Wie um die Wahrheit noch einen Augenblick länger abzuwehren, sagte er: «Aber nicht doch, Caroline! Von wem hast du das? Wer hat dir das erzählt?»

«Wer mir das erzählt hat? Sei nicht albern, glaubst du, so was denke ich mir aus? Malachai hat es mir gesagt. Er ist eben hier gewesen und sah so hundsschlecht aus, als ob er selber verhaftet worden wäre.»

«Du meine Güte!» Er setzte das Baby ab und die Schallplatte und die Flasche Rum, die er mitgebracht hatte, sinnlos gewordene Pakete. Wie konnte man eine schöne Geschichte erzählen, feiern, daß man einen Kerl wie Giovanni kennengelernt hatte, wenn einem plötzlich mit ein paar verzweifelten Worten klargemacht wurde, daß die Hölle nicht irgendwo am anderen Ende der Welt existierte, sondern ganz nah. Er ging ins Wohnzimmer hinüber, setzte sich aufs Sofa, stützte die Ellbogen auf die Knie und starrte ins Leere. Sein Gehirn arbeitete fieberhaft, schien aber nicht weiterzukommen. Noch nie hatte er sich so hilflos gefühlt.

«Himmel!» sagte er und es klang fast wie ein Gebet. «Es muß doch etwas geben, was man tun kann. Wo, zum Kuckuck, ist Francisco?»

«Das ist das Allerschlimmste», sagte Caroline mit ungewöhnlicher Bitterkeit. «Der paddelt auf dem Fluß und träumt. Es ist unmöglich, ihn zu erreichen.»

32

Francisco trieb tatsächlich auf dem Fluß und träumte, denn welcher Fluß auf der Welt lädt stärker zum Träumen ein als der São Francisco, der scheinbar aus dem Nichts entspringt und sich durch ödes, leeres, aufregend verheißungsvolles Land schlängelt?

Es war Trockenzeit und die Reise daher mühevoller als gewöhnlich. Acht Tage lang hatte es der kompliziertesten Navigationsmanöver bedurft, um die Sandbänke und Untiefen auf manchmal nur drei Fuß hohem Wasser zu umschiffen. Francisco hatte dies mehr als Ergebnis von Erfahrung und Instinkt, denn als Sache technischer Berechnungen empfunden – als Kunstwerk.

Acht Tage mit Sonnenaufgängen und Sonnenuntergängen, die das Wasser kupfern, gelbbraun und zu einem Resedagrün färbten, das kein Künstler auf der Leinwand hätte wiedergeben können, ohne billig und kitschig zu wirken. Farben, die ihre Pracht nur dort entfalteten, wo *mergulhões* und Reiher in schwarzen und weißen Schwärmen von blassen Sandbänken aufstiegen, wo der alte Fluß sich zwischen düster bewaldeten Ufern und trockener, ockergelber Erde dahinschlängelte.

Manchmal überkam ihn angesichts der Flußufer mit ihren fremdartigen, dürregepeinigten, von der Hand in den Mund lebenden Existenzen ein Gefühl der Verzweiflung. Die Städtchen, an denen sie vorüberkamen, schienen in Weiten verloren, die zu groß waren, als daß man sie sich noch vorstellen konnte. Untereinander glichen sie sich stark, ihre Lehmhäuser erhoben sich fast gleichzeitig aus der Erde und zerfielen schon wieder zu Staub. Eine einzige Straße mit Katzenkopfpflaster, eine blau angestrichene Kirche, eine aus Protest gegen die verdorrte Landschaft rosa angemalte Bar, hellrote Cannalilien auf einem staubigen Platz. Die Menschen, die an die Landungsstelle herunterkamen, um ein paar Strohmatten oder irdene Töpfe zu verkaufen, waren gleichfalls erdfarben. Hagere, zerlumpte Gestalten, die nur ein paar *centavos* verlangten und auch noch fröhlich darum baten. Die gar nicht wußten, daß man mehr verlangen könnte. Menschen von einer seltsam nachhaltigen Schönheit, von elastischem Gang und aufgewecktem Blick, wie das Spiel ums Überleben ihn hervorruft. Wie lange überleben? Francisco hatte sie angesehen, wie sie da am Landungssteg standen oder an den Ufern neben dem sauber gestapelten Klafterholz, das gefällt und über die trockene, dornige Prärie des *caatinga* transportiert worden war, um den unersättlichen Appetit des Bootes zu stillen. Und wenn man ablegte, hatte er gesehen, wie sie sich gleichsam auflösten in der braunen Unendlichkeit, der kein Mensch trotzen konnte oder wollte.

Ein andermal hatte er die winzigen, sorgfältig gepflegten Äckerchen am Wasserrand bestaunt, hatte zugesehen, wie eine Frau aus einer alten Aluminiumschüssel geduldig Wasser auf den Salat spritzte, kostbares Wasser, wie es mitten in der trockenen, windverblasenen Landschaft schimmerte. Er hatte die Inseln gesehen, die bis auf den letzten Quadratzentimeter mit Mais, Maniok und Bohnen bepflanzt waren, die Fischerboote, grauverwittert mit ihren weit ausgebreiteten weißen und orangefarbenen Segeln, und während sich sein Herz schmerzlich zusammenzog, hatte er bei sich gedacht: Das könnte das Paradies sein!

Zeit spielte auf dieser Reise keine Rolle, war bedeutungslos. Es war ungewiß, wann das Boot ankommen würde. Es hing von zu vielem ab: wo das Holz lagerte, wie lange es dauerte, es an Bord zu nehmen, wie oft eine weiße Flagge am Ufer auftauchte und das Boot anlegen mußte, um Nachrichten und Umarmungen auszutauschen oder vielleicht einen vereinzelten Passagier einsteigen zu lassen, eine Frau mit einem Kind auf dem einen, den verblichenen Sack mit ihrer Habe auf dem anderen Arm. Eines Abends hatte er wohl zwanzigmal das Kreuz des Südens zwischen den zwei Deckpfeilern vor seiner Kabine auftauchen sehen, während der Boiler ächzte, die Warnsignale schrillten und das Boot im Kampf mit dem Wind, der es im Kreis herumwirbelte, stampfte und rollte. Eines Morgens waren sie in der Dämmerung auf eine Sandbank aufgelaufen. Vom Rettungsboot aus hatten sie den Anker hochgewunden und wieder fallen lassen und sich so über die Barriere gehievt.

Und heute abend hatten sie kurz vor Einbruch der Dämmerung Dobradinha erreicht, wo die Wasserfälle waren und wo vor ein paar Jahren, als der Fluß nach Regenfällen anschwoll, ein noch unvollendeter Damm zusammen mit den flüchtigen Hoffnungen weggespült worden war. Francisco hatte auf dem Vorderdeck gestanden und jede Bewegung des Lotsen beobachtet, eines jungen, hellfarbigen Negers mit kraftvollen Zügen und hellen, entschlossenen Augen, der die Männer am Ruder über die Fälle dirigierte. Die Fälle veränderten sich von einer Jahreszeit zur anderen, von einem Tag zum anderen. Karten und mathematische Berechnung spielten bei diesem Geschäft keine Rolle. Meßinstrument war der menschliche Blick, Rechenmaschine ein flinker, zuversichtlicher Kopf, der in Sekundenschnelle beurteilen, beschließen und befehlen konnte. Während des gesamten Vorgangs, bei dem Signalements von Felsen, Palmen und Leitzeichen in kurzen Befehlen vom Lotsen zum Ruder gerufen wurden, hatte der Kapitän am Bug gestanden und das strenge, verwitterte Gesicht in den Wind gehalten wie eine Galionsfigur. Erst als die Fälle sicher überwunden waren, wandte er sich um, hob anerkennend den Daumen in die Höhe, und ein ernstes Lächeln erhellte sein Mulattengesicht. «Neuer Lotse! War sein erster Versuch. Nicht übel, was?»

Es wäre Francisco schwergefallen, das Gefühl der Verwandtschaft und Demut zu schildern, das er diesen Menschen gegenüber empfand, deren Lebenserfahrungen den seinen diametral entgegengesetzt waren. Wie ermutigt und angeregt er sich gefühlt hatte, und vor allem – wie beruhigt. Alles war zu schaffen! Das Tal konnte in ein Paradies verwandelt werden! Wenn er diese Leute sah, war er dessen plötzlich sicher. Es war vorwiegend eine Frage des Willens – wie fast alles.

Die Sonne ging schon unter, als sie die Fälle überwunden hatten, und es würde weitere vier Stunden dauern, ehe sie den Zwillingshafen Petrolina und Juazeiro erreichten, wo auf der breiten, flachen Ebene von Pernambuco und Bahia beidseits des Flusses das Projekt der COMPANY entstehen sollte. Auf dem Oberdeck saß Francisco im Gespräch mit einem Mitreisenden, einem jungen Lehrer namens Octavio, der flußaufwärts in der Stadt Xique-Xique geboren war und nun mit seiner Frau Lala eine Reise in die Vergangenheit machte. Octavios Vater war ein *vacqueiro*, einer jener armen Ritter in lederner Rüstung, die sich der *caatinga* entgegenwarfen, um das Vieh im spärlichen Gras und unter den erbarmungslosen Dornenästen weiden zu lassen. Nach dem Gesetz der Trägheit hätte Octavio zu den am Ufer zurückbleibenden Menschen gehören müssen. Doch irgendwie war er bis Salvador da Bahia gelangt und hatte sich selbst Jurisprudenz beigebracht. War später nach Brasilia gegangen, um zu unterrichten.

Von allen Passagieren an Bord interessierte dieser grimmig-finstere Maure mit den sanften brasilianischen Augen Francisco am meisten. Er bewunderte seinen Verstand und die Hartnäckigkeit, die ihn aus der stagnierenden, vergessenen Flußwelt herausgehoben und in Bewegung gesetzt hatte. Und doch fürchtete Francisco seine Naivität. Er war wie so viele seines Alters und seiner Zeit: In seiner Wißbegierde verschlang er hungrig jedes Bildungsgut, doch seine Erfahrung war eine Insel, ein Xique-Xique in der unermeßlichen, komplizierten Welt, in der Wissen und Handeln nie so recht zusammenpaßten.

«Sie glauben also wirklich, daß in diesem Tal etwas geschehen wird?» Octavio saß da, seine Hakennase, seine vollen Lippen und sein bärtiges Kinn hoben sich scharf gegen die ineinanderfließenden Farben des Himmels ab. Er sprach mit einer rührenden Mischung aus Sehnsucht und Skepsis. «Hier, wo nie etwas so geworden ist, wie es sollte?»

Francisco lächelte in Gedanken an seine Gefühle beim Durchschiffen der Wasserfälle. «Warum nicht? Das Land ist fruchtbar, das Volk fix und erfinderisch. Warum sollte es ihm mit ernsthafter Hilfe nicht eines Tages doch gelingen?»

«Ernsthafter Hilfe?» Octavio erinnerte ihn manchmal an die wilden Tiere des Flußtales, die tatsächlich allen Grund hatten, wachsam zu sein.

«Schauen Sie sich unsere Minister doch an mit ihren ewigen Auslandsreisen, für die mir jedes Verständnis abgeht. Wie oft sind sie schon nach Frankreich, England, Deutschland gefahren? Und wie oft waren sie hier und haben sich die Sache angesehen? Was wissen sie über den Nordosten?»

«Aber hören Sie . . .» Francisco lockte das wilde Tier mit einem Bissen Rationalismus. «Deshalb bin ich doch hergeschickt worden. Ist es nicht besser, wenn ich, der den Fluß verändern helfen soll, ihn erst mal kennenlerne? Mich müssen sie herschicken, sie selber können meinetwegen ins Ausland reisen.»

«Um was zu erreichen? Bankette und Diners und Versprechungen und Schlagzeilen in den Zeitungen?»

«Möglicherweise.» Francisco wunderte sich über seine eigene Beharrlichkeit. «Aber wenn wir tonnenweise Tomaten und Melonen und Orangen produzieren, wer soll sie denn kaufen, wenn nicht das Ausland? Unsere eigenen Leute können sie sich nicht leisten, zumindestens noch nicht.»

«Noch nicht oder niemals?» Octavio, der Jüngling, warf seinem älteren Freund den müden Blick eines Menschen zu, dem der Pessimismus von Generation zu Generation weitervererbt wird. «Was bringt Sie auf den Gedanken, daß wir je den Punkt erreichen, wo wir produzieren, geschweige denn Handel treiben? Worüber sind wir vor noch nicht einer Stunde weggeschnurrt? Über die Ruinen eines zerstörten Dammes. Alles, was es hier je gegeben hat, waren immer Ruinen zerstörter Dämme: das Geld, das man verteilt hat, vertröpfelt, vertrocknet, verschwunden wie das Wasser aus einer Gießkanne in der Wüste. Ach, Francisco, Sie sind *paulista*. Daher stammt Ihr Glaube. Wir sind hier im Nordosten, hier ist alles anders.»

Ratlos bewegte Francisco den Kopf. «Sie sagen das ja fast mit Stolz, Freund. Schön, vielleicht ist es so, höchstwahrscheinlich haben Sie recht. Aber man muß ein wenig glauben, wenn man nicht schon gleich zu Anfang aufgeben will, finden Sie nicht?»

In diesem Moment kam Lala an Deck, das breite Indianergesicht lachend. «Beeilt euch, ihr verpaßt ja alles! Felicio, der Chefsteward, verlost gerade seine Uhr. Sie sieht aus, als hätte er sie vom Grund des Flusses gefischt. Kommt schnell!»

Octavio stand auf. «Kommen Sie mit?»

«Nein, danke. Ich glaube, ich bleibe hier noch ein Weilchen sitzen. Da sehen Sie, was ich damit gemeint habe, daß Ihre Landsleute einfallsreich sind. Schauen Sie sich Felicio an!» Francisco langte in die Tasche und holte einen Schein von zehn *contos* heraus. «Da, kaufen Sie mir ein Billett, oder was man da nehmen muß.»

«Mit Vergnügen.» Octavio legte Francisco leicht die Hand auf die Schulter. «Seien Sie nicht böse, *amigo*, vielleicht wird Ihr Glaube Ihnen diese herrliche Uhr einbringen. Auf alle Fälle wird er einem Nordestino helfen, ein tolles Geschäft zu machen!»

Als sie gegangen waren, blieb Francisco noch lange allein sitzen und lauschte dem Schornstein, der atmete und an eine riesige Lunge denken ließ, als sei das Boot ein lebendes Wesen. Mit jedem Atemgeräusch erhob sich ein Funkenregen, stob mit dem Wind davon und schien sich unter die Sterne zu mischen.

Er war froh, daß Octavio fort war, er wollte sich nicht länger unterhalten. In der Ferne, noch mehrere Stunden weit, mahnten ihn die Lichter von Juazeiro zu seinem Bedauern daran, daß dies die letzte Nacht war, die er allein auf dem obersten Deck verbrachte, wenn alle hinuntergegangen und nur er und die beiden *practicos* zurückgeblieben waren, Zwillingsbrüder, bronzehäutig, mit mageren Gesichtern, die das schwere Steuerrad zwischen sich drehten, als seien sie Glieder ein und desselben Körpers. Während sie das Boot durch seine verborgene, gewundene Fahrrinne steuerten, unterhielten sie sich ständig mit leiser Stimme. Er hatte nie gehört, was sie sagten, aber ihr Gespräch, ein heiteres, zwangloses Murmeln, war trostreich, war etwas Menschliches in einer Nacht von solcher Einsamkeit und Weite, daß man sie sonst nicht hätte ertragen können.

In dieser letzten Nacht nun, als er dem Atmen des Schornsteins und dem Gemurmel der *practicos* lauschte, wurde ihm bewußt, daß er auf dieser Reise mehr gelernt hatte als nur das Wissen um den Verlauf des Flusses und sein Tal. Beim Dahintreiben auf den trägen, starken Wassern des glänzenden Flusses inmitten des großen Sertão, bei dem er bis zum Bestimmungsort keinen Terminkalender hatte einhalten müssen, war es gewesen, als habe jemand die Uhr angehalten und ihm Zeit geschenkt, die er nach Belieben verwenden durfte. Er hatte sie ausschließlich aufs Nachdenken verwendet, doch nicht auf das harte, disziplinierte Nachdenken, das seine Arbeit verlangte und das er seit vielen Jahren gewohnt war. Statt sich nach außen zu projizieren, hatte sein Hirn sich in ein Gefäß verwandelt, in das neue Gedanken, neues Verständnis aus der Dunkelheit und Leere ringsum einzuströmen schienen. Vieles war ihm klargeworden, ganz zwanglos war er zu den wichtigsten Entscheidungen seines Lebens gelangt.

Erstens: Was immer Techniker, Politiker und Generäle aussheckten, indem sie die Köpfe zusammensteckten, ob sie nun einen einzigen Riesendamm oder mehrere kleinere bauen wollten – er würde daran mitarbeiten. Das bedeutete, daß er sein Geschäft in São Paulo verließ, und zwar nicht für Wochen und Monate, sondern für Jahre. Es hieß die Zelte abbrechen und in der Stadt Juazeiro mitten im nahezu wüsten Sertão leben. Er war bereit dazu, weil ihn noch keine Idee je im Leben so begeistert hatte. Dieses riesenhafte, flache Land bis zu den Hügeln, der endlose, schimmernde Fluß zwischen hohen, verdorrten Ufern, die erdfarbenen Menschen mit ihren hellen, fragenden, zweifelnden Augen waren eine ungeheure Aufgabe mit unermeßlichen Schwierigkeiten. Doch sie reizte ihn. Trotz Octavios Pessimismus und seinen Scherzen über den Glauben wollte er mittun und denjenigen mit Rat und Tat beistehen, die ihm gesagt hatten: «Fahren Sie hin, schauen Sie sich's an und lassen Sie uns dann wissen, ob Sie den Versuch wagen wollen.»

Auch Delia mußte sich entscheiden, wenn sie ihn liebte – und mit ihm gehen. So einfach war das, obwohl ihm bei der Entscheidung nicht wohler wurde. Er fürchtete sich davor, in der Erkenntnis, wie vieles schon zerbrochen war und daß vielleicht schon zu viele Stücke am Ganzen fehlten, um es zu gutem Ende wieder zu reparieren.

«Manchmal kann eine Erfahrung in einem kritischen Augenblick die Lebensauffassung, ja das Leben selbst ändern. Sie sollten darauf bestehen, daß sie diese Reise mit Ihnen zusammen macht.» Malachai war beunruhigend dringlich geworden, als er davon sprach. Das schlimme war, er hatte noch nie darauf bestanden, daß Delia etwas tat. Statt dessen waren sie beide von Anfang an übereingekommen, in der Liebe dürfe man keine Konzessionen verlangen. So ohne Auflagen, als freiwilliges Geschenk, hätte ihre Liebe sich festigen sollen. Doch als er da so allein saß und den Funken zusah, die aus dem Schornstein in die Unendlichkeit hinausflogen, begriff er, daß die Liebe etwas zu Kompliziertes war, um von Theorien regiert zu werden. Mit Angst und Bitterkeit wurde ihm klar, daß jeder seiner Wege gegangen war, bis sie sich so weit voneinander entfernt hatten, daß kaum noch genug gemeinsamer Boden bestand, um einen Fuß darauf zu setzen.

Hätte er doch, wenn er von irgendwo zurückkehrte, zu ihr gesagt: «Hör mal, es ist mir egal, ob du es hören willst oder nicht, ich muß dir erzählen, was ich gemacht habe und was es für mich bedeutet.» Vielleicht hätten sie dann einen Weg gefunden, einander immer mehr zuzuhören, statt immer weniger. Statt dessen hatten sie töricht geleugnet, daß Geben und Nehmen eine Notwendigkeit war, und hatten jeder dem anderen gestattet, seine Leere auf andere Weise zu füllen. Er durch seine Arbeit, sie durch ihre verrannten ‹Anliegen›.

«Sie sollten darauf bestehen.»

Jetzt begriff er, was Malachai gemeint hatte, bisher hatte er es nicht recht verstanden. Es waren der Fluß und die geschenkte Zeit, die ihm all das klarmachten. Wenn er nun zurückkehrte, würde er sie zwingen, zuzuhören, würde erklären, betteln und befehlen, daß sie mitkam und sich mit eigenen Augen ansah, was für ein Leben da für sie bereitlag, ein Leben, in dem sie ihre schöpferischen Talente anwenden konnte und nicht durch Fanatismus für Ideen zerstörte.

«Ideen sind etwas Reines», würde er ihr sagen, «Menschen sind es niemals. Du kannst ihre Unvollkommenheit nicht mit Regeln und Vorschriften und Gesetzen beseitigen. Du kannst keine neue Welt schaffen. Verliere deine Zeit nicht damit, das zu glauben.»

Schon oft hätte er so zu ihr sprechen wollen. Aber er hatte sich an ihren Pakt gehalten. Diskutiere nicht, hatte er sich gesagt, laß sie denken, was sie will. Und später dann: Diskutiere nicht. Wozu denn? Schließlich ist es ihr Leben.

Jetzt sah er ein, daß der Pakt unsinnig gewesen war. Daß er trotz dieses Paktes noch immer in sie verliebt war. Verliebt genug, um zu sagen: «Ich bin nicht so anspruchsvoll, nicht so herzlos und tyrannisch wie eine Idee. Wenn du dich schon verschenken willst, dann schenke dich mir.»

Und bei diesem Gedanken ergriff ihn plötzlich das Gefühl panischer Unruhe. Die Lichter von Juazeiro schienen undenkbar weit weg und das Atmen des Schornsteins quälend langsam.

33

Selbstverständlich hätte keiner etwas tun können, weder Duncan noch Malachai, noch Josh, ja nicht einmal Francisco, dessen Vater Direktor einer altehrwürdigen Firma war, ein geachteter Geschäftsmann mit dem langjährigen Ruf, seinem Vaterland treue Dienste geleistet zu haben. Überall hieß es immer wieder: «Wenn die Geschichte erst einmal in Händen der DOPS ist, kann keiner mehr etwas daran ändern.» Delia Cavalcanti, Professorin der Philosophie, war mit gefährlichem subversivem Material ertappt worden, das sie bei sich trug, und galt so lange als schuldig, bis ihre Unschuld erwiesen war. Und das Beweismaterial war nicht ermutigend.

Im Städtchen Pinheiros war die Banco de Commercio überfallen worden, eines jener Ereignisse, bei dem die Jünglinge, die von der ausländischen Presse gern liebevoll als die ‹jungen Robin Hoods› bezeichnet werden, aus dem Nichts aufgetaucht waren, mit Maschinengewehren herumgefuchtelt und allen Anwesenden befohlen hatten, sich an die Wand zu stellen. Der Wachmann hatte offensichtlich, betäubt von der Langenweile und der Stickluft in seinem Bunker, geschlafen. Als er schließlich seine MP durch den Schlitz steckte, war niemand mehr da, auf den er hätte anlegen können.

Der Pförtner des Hauses, in dem Delia und Francisco wohnten, hatte Malachai berichtet, am gleichen Nachmittag sei ein junges Mädchen erschienen, das einen Koffer trug und nach Delia fragte. Der Pförtner hatte ihr zunächst keine besondere Aufmerksamkeit geschenkt. Wozu auch? «Es kommen oft Studenten, um Dona Delia zu besuchen. Sie mögen sie gern, sie ist jung und *muito simpatica.*» Doch dann hatte er die Braue gehoben, um anzudeuten, daß es nun spannend würde und der Knoten des Dramas sich schürzte. «Dona Delia war aber nicht zu Hause. Als ich das dem Mädchen sagte, sah sie ganz unglücklich aus, fast als würde sie gleich anfangen zu weinen.

Als ich den Koffer sah, dachte ich bei mir, vielleicht hat sie übernachten wollen. Das tun viele Leute, weil doch Sr. Francisco so viel weg ist. Darum habe ich ihr gesagt, sie solle warten. Dona Delia sei ins Kino gegangen und würde bestimmt bald zurückkommen, sicherlich noch vor Einbruch der Dunkelheit. Da ist das Mädchen im Lift hinaufgefahren. Aber sie ist nicht geblieben, verstehen Sie. Nach ein paar Minuten war sie wieder unten, ohne den Koffer.» Der Pförtner betonte diesen letzten Teil seiner Auskunft bedeutungsvoll. «Hat nicht mal adieu gesagt. Ist einfach aus der Tür gerannt. Und schon ein paar Minuten später waren die DOPS da. Die müssen sie von der Straße aus beobachtet haben. Als Dona Delia dann nach Hause kam, hatten sie schon die ganze Wohnung durchsucht und das Unterste zuoberst gekehrt. Wissen Sie, *meu senhor*, was die in dem Koffer gefunden haben? Unter anderem Teile von einem Maschinengewehr!»

«Einem Maschinengewehr?» hatte Malachai mit schwacher Stimme wiederholt.

«*Pois é* – und da haben sie sie mitgenommen.» Der Pförtner spreizte die Hände und schüttelte erneut den Kopf. Er blickte Malachai an, als habe man ihn tief enttäuscht. «Dona Delia! Ich habe es nicht glauben wollen. Sie war so . . . so *simpatica*.»

«Sind Sie sich . . .» Die sanften Augen Malachai Kenaths wurden plötzlich nadelscharf, und man konnte ihnen nicht ausweichen. «Sind Sie ganz sicher, daß nicht Sie es waren, der die Polizei informiert hat?»

«Das verhüte Gott!»

Der Pförtner rang theatralisch die Hände. Malachai wandte kein Auge von ihm. «Ist Ihnen bekannt, was die mit denen machen, die sie mitnehmen?» Das bleiche Mulattengesicht des Pförtners schien sich ins Grünliche zu verfärben. Malachai erwartete, daß er nun in Tränen ausbrechen oder in Ohnmacht fallen würde. Was änderte das noch? Er wandte diesem Narren mit einem Gefühl unheilvoller Ahnung den Rücken, das ihn schon seit langem beherrschte und jetzt beinahe lähmte, bestieg seinen kleinen Wagen und fuhr zur Militärpolizei.

«Cavalcanti?» Der Gefängnisbeamte ging eifrig eine neue Namensliste durch und blickte dann skeptisch auf. «Selbstverständlich können Sie sie nicht besuchen. Man hält sie *incommunicado*.» Er beugte sich über den Schreibtisch, und seine Augen waren dunkel und bedrückend bösartig. «Sind Sie ein Freund von ihr?»

Malachais Herz stand still, doch dann sagte er mit einem Mut, der ihn selbst überraschte. «Jawohl. Ein alter, guter Freund.»

Es war nichts zu machen.

Der Konsul sah Duncan an, als sei er ein Nachtmahr, entstanden infolge von Verdauungsbeschwerden, die man auch mit Natron nicht vertreiben konnte, und sagte dann in seiner Ratlosigkeit, als wäre das ein guter Einfall: «Wie kommen Sie darauf, daß die Dame unschuldig ist?»

«Weil sie, wie ich Ihnen schon sagte, nicht der Mensch dafür ist. Sie führt eine deutliche Sprache, gewiß, aber bei Gott, sie ist kein Desperado, nie und nimmer. Ich bin bereit, mich dafür zu verbürgen. Ein offizieller Antrag . . . nicht gerade auf Freilassung ohne Beweise, aber auf Haftprüfung nach dem Habeas-Corpus-Gesetz – könnte das vielleicht etwas helfen?»

«Tut mir schrecklich leid.» Das Gesicht des Konsuls bekam den verschlossenen scheinheiligen Ausdruck des Behördenvertreters, der ihn im Lauf der Jahre schon vor so vielen Entscheidungen bewahrt hatte. «Es ist unsere Pflicht, die amerikanischen Bürger zu schützen. Sie müssen wissen, Mr. Roundtree, das Konsulat hat erst diese Woche an sämtliche Angestellten Merkblätter mit besonderen Vorsichtsmaßregeln verteilt. Kein Konsulatsangehöriger darf mehr selber seine Haustür aufmachen, und jeder muß seinen Weg zwischen Wohnung und Büro ständig wechseln. Ich würde Ihnen empfehlen, doch einmal selber ernsthaft zu erwägen, wie kritisch die Lage ist. Es ist noch kein Jahr her, daß der Botschafter gekidnappt worden ist, und weniger als sechs Monate, daß Winslow vor seiner eigenen Haustür kaltblütig niedergeschossen wurde!»

Doch nicht nur der Konsul gab sich amtlich. Der Präsident der Handelskammer war ein alter Freund der Cavalcantis, ebenso der Berater des Gouverneurs. Der hob die Schultern und ließ sie hilflos wieder sinken. «Wie hat Delia sich nur in solche Geschichten einlassen können? Völlig zwecklos, so was. Aber schließlich haben wir ja einen Krieg, nicht wahr? Trotzdem, wenn es in meiner Macht liegt, etwas zu unternehmen . . . Glauben Sie mir, Francisco . . .»

Doch weder der Gouverneur noch sein Berater, noch die Obersten oder die Generäle – ja nicht einmal Teodoro, wenn es auf Wahrheit beruhte, daß er einen Schwager bei den DOPS hatte, bekam einen Fuß zwischen die Tür.

Einmal im Monat durften Familienangehörige die Inhaftierten besuchen. Geschäftspartner, sofern es nötig war, mit einer Sondererlaubnis. Nahrungsmittel und Proviant durften regelmäßig gebracht werden. Das einzige, was die Freunde tun konnten, war, einmal die Woche einen Kuchen zu backen. Und selber konnte man nur eines: weitermachen, obwohl mit einem Schlage die schönsten Träume und Hoffnungen rettungslos zerstört schienen.

34

Giovanni hatte eine grandiose Maschine konstruiert. Getreu seinem Versprechen hatte er allen überflüssigen elektrischen Hokuspokus weggelassen, so daß es theoretisch jedem *baiano* zwischen São Paulo und Manaus am oberen Amazonas möglich war, sie zu bedienen, ohne ganze Straßenzüge kurzzuschließen. Ein kleiner Fehler hatte sich bloß in die Konstruktion des automatischen Deckelöffners eingeschlichen – man hatte angesichts eines Vesuvausbruchs von siedendem Öl die Fabrik evakuieren müssen. Doch das war nun aus der Welt geschafft, wie Giovanni Duncan und Josh mit einem so frohen Blick versicherte, daß sich jeder Zweifel verbot – und es würde nie wieder passieren. Nun stand die Maschine prächtig funkelnd in der Restaurantküche in Campos und briet einen Probe-Schub Hühner. Josh stand daneben, äußerlich zuversichtlich, innerlich ein Stoßgebet sprechend.

Die Küche war frisch getüncht. Es war erst eine Stunde her. Josh hoffte, daß der Geruch bratender Hühner für seine ‹wichtigen Besucher› das Aroma hastig aufgetragener Farbe überdecken würde . . . denn Josh buhlte um einen Geldgeber.

Ganz plötzlich war die Geschichte ins Rollen gekommen. Schwer zu sagen, wann genau. Vielleicht zu dem Zeitpunkt, an dem sie den Parkplatz mit einem Ziegelestrich versehen und Tische und Sonnenschirme aufgestellt hatten, in der richtigen Erkenntnis, daß die sich gerne Zeit lassenden Brasilianer es nie so eilig hatten, daß sie im Wagen aßen. Jedenfalls hatte Josh monatelang mit Schecks jongliert und das Publikum mit Broschüren überschüttet, mit Rundfunkreklamen und Werbeeinschaltungen in den örtlichen Lichtspieltheatern und all solchem fruchtlosen Blödsinn, den Reklamefirmen ihren Opfern einreden, um das ‹Publikum zu erobern›. Nun war er davon überzeugt, daß die Geschichte infolge von Mund-zu-Mund-Propaganda eingeschlagen hatte. Jeden Tag saßen Leute unter den Schirmen und fühlten sich ‹modern›, aßen Brathähnchen mit den Fingern, tranken Bier, sahen dem Verkehr zu, der auf der Avenue vorüberflitzte – und wurden gesehen.

Der Besucher war Amerikaner, Wayne Merkelson von der Firma Maximillian Grain Corporation, Getreide- und Futtermittel, die von Des Moines in Iowa aus der Central Feeds in Omaha in Nebraska starke Konkurrenz machte. Er trug die Haare militärisch kurz und war höflich, aber von unerschütterlicher Bestimmtheit. Was für Macimillian Grain taugte, taugte unweigerlich auch für diejenigen, mit denen diese Firma zu tun hatte. Mit dem blinden Glauben eines Kreuzritters aus dem 12. Jahrhundert sah er nichts Ironisches in seinen Worten, als er äußerte: «Central Feeds will sich nicht an einer Restaurantkette beteiligen, droht Ihnen aber den Zwischenhandel zu nehmen, wenn Sie mit uns abschließen? Aha. Da machen Sie sich mal keinerlei Sorgen. Das ist kein Problem. Wir werden eben dann Ihnen den Zwischenhandel für Campos übertragen.»

Josh zog an seiner Zigarre und sah ihn erstaunt an. «Ihren Zwischenhändler kenne ich. Er heißt Moretti. Er hat so ziemlich alles, was er besaß, verpfändet, um sich die Vertreterlizenz zu verschaffen.»

Wayne Merkelson schaute betont geduldig drein. «Es geht ihm nicht besonders gut.»

«Das kann man anfangs von niemand erwarten.»

«Es ist im Moment unerheblich», sagte Wayne Merkelson mit leichter Gereiztheit im Ton, die Josh zu verstehen geben sollte, daß man ihm soeben ein phantastisches Angebot gemacht hatte. Er trommelte mit den Fingern auf den Tisch. Wenn ein Hähnchen in sieben Minuten fertig sein sollte, dann waren es jedenfalls die längsten sieben Minuten seines Lebens. Er fing schon an zu bzweifeln, daß die Brasilianer vernünftige Stoppuhren bauen könnten, als ein Pfiff wie der eines Eisenbahnzugs verkündete, der entscheidende Augenblick sei da.

Das Brathähnchen war wirklich köstlich: außen knusprig, innen zart und brutzelnd heiß. Wayne Merkelson schürzte die Lippen und blickte zur Decke auf, seine Miene gab wieder, was in ihm vorging. Vorgebratene Hühner, die man aufbewahrte, bis die Kruste durchweicht war, und dann in einem Infrarotgrill aufwärmte, schmeckten nie so. Er runzelte kritisch die Stirn. «Hmmm. Ein bißchen anders, aber nicht schlecht. Ich könnte mir denken, daß Sie es mit der Zeit schon rausbekommen. Es eine Frage der Organisation.» Sonderbarerweise hatte Josh das Gefühl, als sträubten sich ihm die Nackenhaare. Nie wäre ihm der Gedanke gekommen, daß er sich mit dem von ihm geschaffenen Unternehmen einmal in die Verteidigung gedrängt sehen würde.

«Wir kriegen all das schon noch hin», fuhr Wayne Merkelson fort. «Innere Organisation, bessere Buchführung, Werbung. Kurzum, wir können Ihnen die nötigen Fachkenntnisse auf allen Gebieten vermitteln. Jawohl, Sir. Ich glaube, dies könnte sich zu einer ganz netten Industrie entwickeln. Zu schade, daß man Einkommensteuer dafür zahlen muß», sagte er wehmütig und fügte dann ganz redlich hinzu: «Ich meine, wir pumpen da Geld rein, die nötigen Fachkenntnisse, Arbeitsplätze, Märkte liefern wir, und die lassen uns nur zehn Prozent Reingewinn rausholen!»

«Damit müssen Sie sich abfinden», sagte Josh und dachte sich: Ihr habt noch Glück, daß sie euch überhaupt was rausholen lassen!

Josh war zumute, als würde ihm langsam der Hals zugeschnürt. In gewissem Sinn erinnerte ihn Wayne Merkelson an einen Methodisten-Missionar, dem nie der Gedanke kam, sein Weg sei wohl doch nicht der einzig wahre zum Heil. Vielleicht wäre es weniger schlimm gewesen, wenn der Kerl nur ein einziges Mal gelächelt oder beklommen geblickt hätte statt bieder, als er milde vorschlug, einen mit Haut und Haar zu verschlingen. Josh lächelte an seiner Stelle, und seine Augen bekamen den Ausdruck ‹orientalischer Händler›: «So weit, so gut, aber wir haben noch nicht über die prozentuale Beteiligung gesprochen.»

«Ach so. 51/49.» Wayne Merkelson sah leicht erstaunt aus. «Wir arbeiten nie anders als auf dieser Basis.»

«51 für wen?» Josh hätte gern gewußt, ob er jetzt sehr naiv wirkte.

«Nun, für die Firma Maximillian natürlich. Schließlich ist es ein Risiko. Wir müssen irgendwelche Garantien haben.»

«Und für mich gäbe es – mit anderen Worten – nur eine Garantie – die einer festen Anstellung, stimmt's!»

«Aber das steht doch außer Frage!» Der Direktor der Maximillian Grain sah Josh großmütig an.

«Ja, das ist interessant», sagte Josh und hoffte, seine Stimme klänge gleichgültig. «Doch gibt es hier eine Finanzierungsgesellschaft, die mit einem Aktienkapital von 49 Prozent einzusteigen gedenkt und uns freie Hand läßt.»

Beispiellose Ungläubigkeit überzog Wayne Merkelsons Gesicht. «Eine amerikanische Firma?»

«Nein, eine brasilianische.»

«Ach so. Tja dann . . .» Der Direktor des Maximillian-Konzerns zuckte die Achseln, als läge eine solche Vorstellung außerhalb jeder seriösen Diskussion. «Ist sonst noch jemand interessiert?»

«Um offen zu sein», rückte Josh mit sanfter Stimme heraus – er fing an, sich zu amüsieren –, «der alte Colonel selbst hat bereits Fühler ausgestreckt.»

Wayne Merkelsons selbstsicheres, wohlwollendes Gesicht wurde blaß. Diesem Farbwechsel folgte ein neuer Ausdruck respektvoller Aufmerksamkeit, als käme ihm zum erstenmal der Gedanke, es könnte vielleicht nicht nur interessant, sondern sogar ratsam sein, Josh Moran und seine Hühnerbratereien an sich zu locken.

Es war kurz nach 12 Uhr mittags, eine günstige Zeit. Schon drängte sich die Menge der Gäste, die Mittag essen wollten, um die Tische im Inneren und quoll bis hinaus auf die sonnige Terrasse. Viele von ihnen würden zwar nur für eine halbe Stunde ein Bier trinken und wieder gehen, weil sie schon daheim gegessen hatten, doch sie wirkten eindrucksvoll. Wayne Merkelson sah sie – und sein Lächeln war jetzt nicht mehr selbstsicher oder wohlwollend, sondern unzweifelhaft grimmig, seine geheimen Gedanken an den ‹alten Colonel› mörderisch. Josh beobachtete ihn eine Weile, wie er übellaunig an seinem Hähnchen herumkaute, und fing dann an, ihn nach seiner Frau zu fragen. Ob sie an einem Kulturschock litte?

«Nicht direkt.» Das Kreuzrittergesicht Wayne Merkelsons nahm eine drollige Leidensmiene an. «Aber diese verdammten Dienstboten machen sie noch verrückt, und nirgends kriegt sie hier anständige Hamburger.

Immer bietet man ihr Fileh Minjong an. Was zum Teufel ist das eigentlich?»

Josh lachte laut heraus. Der Direktor der Maximillian hatte in seiner Beklommenheit sekundenlang fast menschlich ausgesehen.

An dem Tage wurde nicht mehr vom Geschäftlichen gesprochen. Josh vermied bewußt, nochmals davon anzufangen, im Grunde wollte er sich noch gar nicht entscheiden. Als er später heimfuhr und die altvertraute Straße seine Gedanken nicht im geringsten mehr ablenkte, kam ihm die Szene, an der er eben teilgenommen hatte, weniger lächerlich und amüsant als vielmehr erschreckend vor. Denn was war schließlich der ‹alte Colonel› anderes als ein lärmend auftretender Gründertyp namens Mike Buchanan, der aus Kalifornien hergeflogen kam und nach guten Investitionsobjekten suchte. Ein Kerl, der dauernd von Millionengeschäften redete, es sich in Wahrheit aber nicht einmal leisten konnte, die Restaurantrechnung auf Spesen abzubuchen.

Und wie stand es um die Finanzierungsgesellschaft mit Ricardo Soares an der Spitze, der noch immer das Aroma des Internationalen Bankvereins in der Nase hatte und die ‹Nummer›, die er sich mit Duncan ausgedacht und zu ihrem Benefiz aufgeführt hatte, noch immer ‹prüfte›? 49 Prozent für Soares' Bank und 51 Prozent für *Frango Frito*, wenn sie das Ding je über die Bühne bekamen.

Und zwischen diesen beiden Alternativen ragte – recht bedrohlich – Maximillian Grain und die Erkenntnis, *was* 51 Prozent bedeuteten. Nämlich daß man, ungeachtet alles dessen, was man besaß, beim Unterschreiben eines solchen Kontrakts wieder zum Angestellten wurde. Gewiß, sie hatten schon vor der heutigen Zeremonie recht genau gewußt, wie das Angebot aussehen würde. Mit seiner gewohnten bitteren Art zu scherzen, hatte Duncan kurz und bündig geäußert: «Für mich wär's nicht so übel. Ich bin bereits Angestellter, was also habe ich zu verlieren? Aber du . . .?»

Sie hatten beide lachen müssen, doch die sonst immer komische Ironie schmerzte diesmal. Hatte er sich deshalb bei der Air Force versklavt, die fürchterlichen einmotorigen Kisten über Mato Grosso geflogen, hinter dem Schreibtisch gehockt für das Institut und sich schließlich in den ‹Dschungel› gestürzt, nur um zum Schluß wieder dort zu sein, wo er angefangen hatte? Gab es denn keine andere Möglichkeit?

Oder war es wahr, wie Lia mit erschreckender Bitterkeit in der Stimme vor nicht allzu langer Zeit geäußert hatte: «Du kannst eben den Mund nicht voll genug kriegen!» Das war ungefähr in den Tagen gewesen, als er Giovanni die Maschinen bauen ließ. «Tu's nicht!» Ihre Heftigkeit war verblüffend, da sie sonst nie vom Geschäft sprach und schon gar nicht darüber nachdachte. Es war, als sei ihr plötzlich klar, daß sie jetzt oder nie damit herausrücken müsse und daß die Konsequenzen aus diesem Entschluß beträchtlich sein würden, einschneidender vielleicht als alles übrige, was in ihrem Leben geschehen war. «Halte dich an das, was du hast», hatte sie gesagt, «mehr brauchst du nicht.»

«Brauche ich wozu nicht?» Er war müde und irritiert gewesen. Er hatte ihre Worte übelgenommen, als habe sie sich plötzlich in Dinge gemischt, die sie nichts angingen, nur weil sie nie miteinander darüber gesprochen hatten.

«Um Land dazuzukaufen, Vieh, und den Besitz hier abzurunden.» Er hatte nie ein solches Flehen in ihrer Stimme gehört. Vielleicht hätte er Rücksicht darauf nehmen sollen. Er hätte anders antworten müssen, das fiel ihm immer wieder mit schlechtem Gewissen ein. Es lag ihr nicht, um etwas zu bitten, schon gar nicht zu betteln. Aber in seinem Zorn war er herausgeplatzt: «Großer Gott, wieder das alte, abgedroschene Thema!»

Er wäre sehr erstaunt gewesen zu erfahren, daß er sie damit genau an der empfindlichsten Stelle traf. Daß es ihr seit geraumer Weile so vorkam, als sei ihm die Fazenda gerade das geworden: etwa Altes, Abgedroschenes, nichts Entwicklungsfähiges mehr, eine Art Luxusartikel, ein Wohnhaus, das er – wer weiß – vielleicht nur mehr für sie unterhielt. Diesem Gedanken folgte der noch finsterere, daß es von Anfang an nicht Josh Moran gewesen war, in den sie sich verliebt hatte, sondern dieser Ort, dieser oder ein anderer. Dieses Land.

«Wenn das so ist», hatte sie ihm halb in Abwehr der eigenen erschreckenden Erkenntnisse zugerufen, «dann verkauf doch! Für Spielzeug bin ich zu alt!» Hatte die Tür hinter sich derart zugeknallt, daß Putzbrocken heruntergefallen waren, und war weggegangen, Gott weiß, wohin. Da es ihm nicht lag, ihr nachzugehen, war er geblieben, unnachgiebig, verbissen. Doch es war ihm nicht entgangen, wie tief er sie gekränkt hatte, und als sie wiederkam, zerrte er sie ins Bett, rauh und besitzfreudig – er kannte keine bessere Art, seine Liebe zu ihr auszudrücken.

Danach hatte er sich mit ihr ausgesprochen, ihr noch einmal all das gesagt, was er ihr schon früher gesagt und ernstgemeint hatte. Daß dieser Besitz genauso der Mittelpunkt seines wie ihres Lebens sei. Daß er manches andere unternehmen könne, aber nicht mehr Bedeutung hätte, wenn dieser Besitz ihm plötzlich genommen würde. Daß sie recht hatte: hundert Kühe auf hundert *alqueires*. «Das ist die einzige Zahl, die du dir je hast merken können, du Dummbart, was? Aber im Moment kann ich nicht aufhören, ich kann es einfach nicht, verstehst du?»

Sie hatte erwidert: «Doch, doch. Natürlich. So einfach sind ja die Dinge nie.» Aber trotz allem: wenn er jetzt hie und da eine Jeremiade über das Wetter anstimmte, das die Kaffee-Ernte zerstörte, oder in die Dunkelheit hinausspähte und fragte: «Weswegen brüllt diese Kuh jetzt, glaubst du?», warf sie ihm einen Blick zu, der besagte: «Ist das noch wichtig?», und dann wußte er, daß sich etwas verändert hatte und daß sie ihm jetzt möglicherweise alles nur halb glaubte.

Aber er konnte jetzt tatsächlich nicht aufhören. Wie denn auch? Standen nicht Giovannis Maschinen einsatzbereit aufgereiht? Rechnete Duncan nicht plötzlich so fest mit der ganzen Sache wie noch nie? Hätte er Duncan sitzenlassen sollen? Ganz zu schweigen von Teodoro, dem der ganz große *negocio* nebelhaft immer vor Augen schwebte? Selbst wenn . . . selbst wenn sie beschlossen, sich mit dem zu begnügen, was sie hatten . . . die Worte des Gründertyps, des cleveren Burschen aus Kalifornien, waren schwer zu überhören: «Wollt ihr Kerle euch eine solche Gelegenheit durch die Lappen gehen lassen?» Er, der sich Tausende solcher Gelegenheiten hatte durch die Lappen gehen lassen. Ihm bedeuteten die Worte etwas. Eine innere Stimme fuhr fort: «Das ist ein Millionengeschäft. Wissen Sie, wer darauf gekommen ist? Ein gewisser Moran – aber der ist zu früh ausgestiegen. Er hat gemeint, er müßte sich an das halten, was er hat. Da ist er natürlich aus dem Rennen gefallen . . .» Er konnte sich sagen, daß er eine derartige Stimme niemals gehört hatte. Daß sie Oberflächliches, Unwesentliches äußerte, das nichts mit dem Wesen der Dinge zu tun hatte, nichts mit dem, was er im Leben zu bewirken wünschte. Das einzig Dumme war: Er hörte sie tatsächlich, und alle Instinkte des zielbewußten, ehrgeizigen, wagemutigen Menschen sagten ihm: «Jetzt ist nicht der Moment, jetzt schon gar nicht!»

So hing er denn wie das Zünglein an der Waage und wartete darauf, nach der einen oder anderen Seite auszuschlagen. Absurd, aber wahr.

Allmählich wurden die Tage schon etwas länger, die Sonneneinstrahlung intensiver. Er wußte, jeden Nachmittag, wenn die Sonne heiß niederbrannte, die Blätter welken ließ, das Gras niederdrückte und das Vieh in den Schatten der *guimbé*-Bäume drunten am Fluß trieb, sah Lia die Wolken, die sich zusammenballten, die Baumwipfel, die sich im Winde regten – und dachte an Regen. Fast täglich fiel nun, wo alles neue Blätter trieb und in der Hitze brütete und das Vieh nach Regen brüllte, ein neugeborenes Kalb ins tiefe, dichte Gras.

Wenn er in Campos vor fünf Uhr losfuhr, kam er jetzt noch rechtzeitig heim, um mit Lia und den Kindern auf der Veranda zu sitzen und zuzuschauen, wie die Wolkentürme sich mit leuchtenden Farben säumten und die Kälber, den Schwanz hoch in der Luft, vor lauter Lebensfreude über die Weiden hopsten und rannten. Er hatte den unwiderstehlichen Drang, vor Sonnenuntergang daheim zu sein. Deshalb hatte er Wayne Merkelson aus Des Moines in Iowa nach dem Lunch so rasch und geschickt wie möglich abgewimmelt. Es lohnte sich nicht – wirklich nicht –, sich um seinetwillen auch nur eine Minute zu verspäten.

Er fuhr noch schneller als sonst über den Hügel, wo die weiße Kirche auf der Kuppe, genannt *Capela do Alto*, ankündigte, daß die letzte Etappe der Heimfahrt nahte. Nun, da es schon kühl wurde, goß Lia wahrscheinlich den Garten oder stand einfach am Zaun und sah den Kühen zu, wie sie mit ihren Kälbern von der Salzlecke fort zum Fluß zogen. Doch sie tat weder das eine noch das andere. Selbst die Hunde kamen nicht wie sonst herausgestürzt, um ihn zu begrüßen. Eine seltsame Stimme lag über allem. Aus irgendeinem Grund beschleunigten sich sein Schritt und sein Atem, bis er beinahe rannte. Da verkündete ein hohes Stimmchen in der Haustür:

«Daddy! Paul ist verunglückt!»

35

Lia war im Haus, mit Paul, bei dem sie geblieben war, seit der Doktor geäußert hatte, er habe auf die Tetanusspritze nicht reagiert, und sie und Jacob dürften ihn nun heimfahren. Wenn ein Unfall überstanden ist, sagt man als erstes: «Wir haben noch einmal Glück gehabt.» Das ist töricht, aber man kann nicht anders. Deshalb war sie nun glücklich und erleichtert, daß die Wunde zwar tief und lang, aber nicht ganz so schlimm war, daß Jacob zur Hand gewesen war, um sie samt dem Jungen in die Stadt zu fahren, der zwischen ihnen saß, die Wunde mit den Leinenstreifen eines zerrissenen Bettuchs zusammengebunden. Jacob war, als er sicher sein konnte, Paul sei gut versorgt, weggefahren.

Er war am frühen Morgen eingetroffen nach einer durchfahrenen Nacht in die Berge hinauf. Wozu? Um sich seine Leistungsfähigkeit zu bestätigen, zu erproben, wieviel er aushielt? Manchmal sah es tatsächlich so aus. Er war ins Haus getreten, frisch und kregel, ohne daß man ihm irgendwelche Übermüdung anmerkte, und hatte mit beinahe kindlich begeistert leuchtenden Augen gesagt: «Ich komme mir meinen Büffel holen!»

«Vor dem Kaffee werden wir keine Geschäft machen», hatte Lia streng gesagt und sich bemüht, die Erregung zu unterdrücken, die sie bei seinem Anblick überfiel und die sie ein wenig atemlos machte. Sie hatte ihm Brot, Honig, dampfenden Kaffee und Milch hingestellt und sich zu ihm gesetzt. «Kann ich Sie statt für den Büffel für einen Santa-Gertrudis-Bullen interessieren?»

«Nicht für meine heißen, sumpfigen Niederungen.»

«Na schön. Trinken Sie Ihren Kaffee aus, und wir reiten hinüber zu Ari Gomez.» Ihr Lächeln ließ an etwas denken, das in Panzerplatten verpackt ist, und er äußerte, als fiele es ihm in diesem Augenblick ein, daß sie so etwas wie einen Waffenstillstand miteinander geschlossen hatten: «Ich bestücke schon mein Weideland, das ist doch ganz ordentlich, wie?»

«Sehr ordentlich», hatte sie mit der gleichen betonten Begeisterung erwidert. «Freut mich riesig.»

Bei den Ställen war niemand. Gardenal war bereits auf die Suche nach einer Kuh gegangen, deren Gebrüll aus der Richtung der Schlucht darauf schließen ließ, daß sie ihr Kalb verloren hatte. Sie hatten sich die Pferde selber gesattelt und waren losgeritten. Ari Gomez' Fazenda *Santa Ana* war die einzige, die man von droben sehen konnte, mit ihren Büffelteichen, die einen ständig wechselnden Himmel spiegelten. Der Weg dorthin führte durch das Tal über eine Straße, die von alten Eukalyptusbäumen gesäumt war, deren Stämme dick, grau und altersfleckig waren und deren Äste so hoch aufragten, daß man ihre Spitzen nicht mehr sah. Ständig heulte der Wind in diesen oberen Ästen, doch infolge ihrer Höhe war das Geräusch nur ein leises, einlullendes Murmeln. Drunten warf die Sonne Licht- und Schattenstreifen zwischen den Stämmen über den Weg, und von den abgefallenen Blättern stieg ein kräftiger Duft nach Menthol und Laub auf.

Sie waren eine lange Zeit schweigend geritten, jeder froh über die Gegenwart des anderen und doch voller Unruhe in der Erkenntnis, daß die Dinge seit jenem Tag im Obstgarten nicht mehr dieselben waren. Der alte Kontakt bestand noch, der sie über so manches gleich denken ließ, über Musik und Bücher, über die Berge, das Meer und das ungerodete Land, das der Mensch sich untertan machen konnte, wenn er sich darauf kaprizierte. Über die Kürze des Lebens und die Notwendigkeit, zu tun, was man am liebsten tat, weil einem so wenig Zeit blieb . . . über all das. Sie hatten über vieles gesprochen und einander mit so tapferer Unbefangenheit angesehen. Doch es ist schwer, tapfere Unbefangenheit aufrechtzuerhalten. Ja, die ursprüngliche Gleichgestimmtheit bestand noch, die sie damals so erschreckt hatte und aus der heraus sie Jacob beim Streit mit Josh über das Gebirge hatte beipflichten müssen. Jetzt wurde sie durch eine ins Uferlose wuchernde Hoffnungslosigkeit problematisch. Sehnsucht klang aus jedem Wort, zitterte in jeder Geste und gab allem etwas Doppelsinniges. Als sie schließlich das Schweigen nicht mehr aushielt, sagte sie: «Und was kommt jetzt dran, Jacob, nachdem Sie Ihre Bäume gepflanzt und mit der Aufstellung Ihres Viehbestands angefangen haben?»

«Ich glaube, jetzt kommt erst einmal das Haus. Ich habe das damals ernst gemeint: es ist wirklich spartanisch. Ich gestehe, ich weiß da nicht so recht weiter.» Doch dann, als könne er dieses leere Geschwätz nicht länger ertragen, verhielt er sein Pferd und zwang sie, das gleiche zu tun. Als er wieder sprach, war seine Stimme leise und drängend, wie damals im Obstgarten, sie bettelte darum, etwas zu erkennen, ihn von der Verstellung zu erlösen: «Wissen Sie noch, was ich damals über Zeitpunkt und Umstände gesagt habe? Lia, haben Sie je darüber nachgedacht, wie alles geworden wäre, wenn wir einander schon früher kennengelernt hätten?»

«Noch ehe wir uns das Leben schufen, das jeder jetzt führt?» Sie versuchte, ihre Stimme ruhig und vernünftig zu halten. «Es ist zwecklos, Jacob, über so etwas nachzudenken.»

«Zwecklos. Ja. Das sage ich mir auch immer wieder: voller Besonnenheit und Vernunft. Doch dann lehnt sich mein ganzes Inneres dagegen auf und fragt: Ist es meine Schuld, daß ich es nicht gewußt habe? Und dann kommen mir all meine hochfliegenden Pläne sinnlos vor, und ich selbst fühle mich traurig und betrogen.»

«Hören Sie auf», sagte sie. «Sie werden das einzige zerstören, das uns noch erlaubt ist.»

«Ich weiß», erwiderte er mit ätzender Bitterkeit, «unsere Freundschaft. Ich muß Ihnen gestehen, daß ich auf die nicht den mindesten Wert lege!»

Sie hätte in diesem Moment gerne gesagt: «Ich auch nicht!» Statt dessen spornte sie ihr Pferd zum Galopp.

Sie durchquerten das Tal und kamen an eine Anhöhe, jenseits der das breite Flußtal und die Büffelteiche lagen, die jetzt friedlich im Morgenlicht glitzerten. Als sie näher kamen, flatterte ein Schwarm Wildenten auf und fiel zwischen die hohen Schachtelhalme am Ufer ein. Ringsum senkten sich von dichtem, graugrünem *caatingeiro*-Gras bewachsene Hügel zu den Teichen hinab. Wenn die Sonne hoch stand, pflegten die Büffel schwerfällig zum Wasser hinunterzuziehen, wie schwere, schwarze Segelschiffe durch ein Meer von Gras. Jetzt standen sie regungslos, mit durchhängenden Rücken, die mächtigen Häupter erhoben, die Nasen im Wind. Hinter ihnen auf der Hügelkuppe befanden sich die Stallungen und Ari Gomez' Haus, rings umgeben von *jaboticabeiras*, deren gefiederte Blätter im Hochsommer Trauben von schwarzen Früchten an ihren Zweigen beschatteten.

Ari Gomez stand neben dem Corral. Lia erblickte ihn mit einer Erleichterung, als habe er sie vor dem Ertrinken gerettet.

«Oh, Ari!» rief sie dem breiten, schweren Mann zu, der in weißem Hemd, *bombachas* und abgetragenen Stiefeln mit einem Melker an der Corralpforte stand. Offenbar war das Melken vorbei, denn die Kälber waren zusammen mit den Kühen auf die Weide gelassen worden, und der ganze Corral quirlte durcheinander, weil sämtliche Kälber an den Eutern soffen, manchmal vier an einer Kuh. Die Kühe ließen es stumpfsinnig geschehen, ihnen schien es gleichgültig, welches Kalb zu welcher Kuh gehörte.

«Gut für das Leben in einer Kommune, wie?» lachte Lia, sprang vom Pferd und umarmte den Freund.

«*Pois é*. Diese Viecher sind reinweg verrückt», sagte Ari begeistert, «nicht so mutterschaftsbetont wie Rinder sonst.» Er war ein gut aussehender Mann mit dem jungenhaften Gesicht eines Menschen, der sich selten grämt und das äußerst einfache Leben, das er führt, genießt. Er hatte diesen Besitz mit den niederen Hügeln und reichlichen Wasserstellen geerbt und eben wegen des Wassers angefangen, Büffel zu züchten. Mit der Zeit waren ihm diese grobschlächtigen, sonderbar vollgesogenen Kreaturen, die nicht so sehr Haustiere als vielmehr eine Spezies ganz für sich waren, zum Hobby, zur Leidenschaft geworden. Man behauptete, er kenne jedes einzelne und liebe sie, wie er seine Kinder liebte. Nur selten verließ er die Fazenda, um einmal jährlich auf der Suche nach neuen Bullen eine Pilgerfahrt an den Amazonas zu machen.

«Haben Sie Wasser?» fragte er Jacob gleich, nachdem sie einander vorgestellt waren. «Wenn nicht, hat das Ganze keinen Sinn. Kein Zaun hält die Tiere zurück. Auch bin ich nicht bereit, einem Kunden eines meiner Tiere zu verkaufen, wenn ich nicht sicher sein kann . . .» Er musterte Jacob, wie um ihn abzuschätzen. «Sind Sie sicher?»

«Aber ja, ich habe viel Wasser – sumpfige Niederungen.»

«Ist es gutes Wasser – kein Brackwasser?»

Jacob nickte eifrig und dachte insgeheim, ob der Kauf, den zu tätigen er gekommen war, überhaupt zustande kommen würde. «Meine Seen werden von Gebirgsbächen gespeist.»

«Ja, dann . . .» sagte Ari Gomez, dessen Vorbedingungen anscheinend hiermit erfüllt waren, «wollen wir *jaboticabas* lutschen?»

«Mit Vergnügen.»

Die nächste halbe Stunde standen sie unter den großen alten Bäumen und saugten die weiße, süße Frucht aus ihrer bitteren schwarzen Schale, spuckten die Samenkörner aus und sprachen über Büffel. Als Ari meinte, Jacob sei nun mit den Präliminarien hinlänglich vertraut, zogen sie miteinander erneut los, zum Corral. Dort lehnten sie am Zaun und beobachteten, wie der *vacqueiro* die Kühe aus dem Gehege trieb, damit Jacob Platz bekam, sich seinen Bullen auszusuchen, als sie Hufschlag hörten und den Jungen, Ken, auf seiner Stute herangaloppieren sahen.

Irgend etwas an seiner ungestümen Art zu reiten, an der Art, wie er das Tempo kaum zurücknahm, bis er fast über ihnen war, warnte Lia. Dann sah sie sein Gesicht, als er sich vornüber auf den schweißnassen Hals des Pferdes neigte. Es war unter der frischen Farbe bleich, und seine Augen waren schreckgeweitet. «Eine Kuh hat Paul erwischt», keuchte er, «sein Bein – sein Bein ist total kaputt. Bitte kommt.»

Ari, der selbst sieben Kinder und mit ihnen zahllose Unfälle erlebt hatte, handelte als erster: «Laßt die Pferde da», sagte er, «mein Jeep ist in der Garage, nehmt den!»

Lia konnte sich nicht erinnern, ob sie ihm überhaupt geantwortet hatte. Einen Augenblick später war sie im Jeep. Wenn jemand noch schneller reagierte als sie, so war es Jacob, der bereits am Steuer saß.

Paul und Gardenal hatten die Kuh mit ihrem Kalb gefunden, das in die Schlucht gestürzt war, und es erwies sich als notwendig, daß einer von ihnen ans Ufer hinunterkletterte und dem Kalb ein Seil umschnürte, damit der andere es nach oben ziehen konnte. Paul war der Kräftigere und wurde zum Ziehen angestellt, sobald der alte Mann mit dem Verschnüren fertig war. Es wäre auch alles gut gegangen, hätte nicht die Kuh, ein wild dreinschauendes Biest, es sich in den Kopf gesetzt, Paul auf der Stelle umzubringen. Im ersten Anlauf warf sie den Jungen zu Boden, mit dem zweiten Stoß riß sie ihm mit ihrem spitzen Horn den Oberschenkel auf. Willenskraft ist in solchen Fällen alles. Der alte Mann, der nicht mehr kräftig genug war, ein Kalb aus dem Loch hochzuhieven, sprang mit dem Geschick eines Jünglings heraus und stürzte sich wie eine Wildkatze auf die Kuh. Ihre Überraschung hielt lange genug an, daß sich Paul irgendwie unter dem Zaun hindurchrollen konnte, und der alte Mann folgte ihm. Keuchend, fluchend und betend, packte er sich den Jungen auf die Schultern und bekam ihn auf irgendeine Art den steilen Hang hinauf.

Jacob war es, der Pauls Hosenbein mit dem Messer aufschlitzte, als erster die Wunde untersuchte, ein klaffendes schartiges Loch an der Innenseite des Schenkels, fünf Zentimeter breit und 25 Zentimeter lang. Wie durch ein Wunder hatte das Horn die Arterie nicht getroffen, so daß die Wunde seltsam weiß war und fast nicht blutete. «Reißen Sie ein Leintuch in Streifen, damit binden wir das zusammen.» Seine Stimme klang – Lia würde es nie vergessen – leise, ruhig und befehlend. Als sie das Krankenhaus erreicht hatten, mußte Jacob den Arzt erst suchen gehen. So hatte sie den Nonnen geholfen, mit dem halbbetäubten Jungen gesprochen, während er in seiner plötzlich unglaublichen Länge auf dem Operationstisch lag und festgebunden wurde, eine Beruhigungsspritze bekam und ein Tuch, auf das er beißen konnte.

Als alles vorbei und der Arzt mit dem Nähen fertig war, 25 Stiche innen und außen, hatten sie ihn in ein Zimmer geschoben, in dem er die Medikamente ausschlafen und die Reaktion auf die Tetanusspritzen abwarten sollte. Erst dort, als die Tür sich hinter ihnen geschlossen hatte, nahm Jacob Lia in seine Arme. Sie sank an seine Brust und preßte ihr Gesicht in seine Halsgrube. Während sich Entsetzen, Angst und Sorge in der Macht, dem Frieden und schließlich dem Entzücken seiner Gegenwart auflösten, bemerkte sie kaum, daß er sie wieder und wieder auf Stirn und Haar küßte.

Sie warteten, bis der Junge aus der Narkose erwachte, saßen schweigend in der luftlosen Atmosphäre des Zimmers, mit seinen gegen die blendende Nachmittagssonne geschlossenen Jalousien, die Gesichter im Schatten. Sie warteten und schwiegen.

Als der Arzt ihnen versicherte, es sei keine Gefahr mehr, trug Jacob den Jungen in den Jeep, und sie fuhren ihn heim.

Später sollte sie sich immer wieder an jede Geste, an jeden Blick erinnern, während sie den Jungen aufs Sofa packten, ein Kissen unter das verbundene Bein legten und ihn mit einer warmen Decke zudeckten, denn trotz der Hitze des Tages war ihm kalt. Als alles erledigt war, hatte

Jacob mit einer Miene tiefster Niedergeschlagenheit, die ihn sehr jung aussehen ließ, auf sie niedergeblickt. «Sie wissen doch, wie furchtbar ungern ich Sie jetzt allein lasse?»

Es war zu schwer, «ja» zu sagen, deshalb nickte sie nur und sagte statt dessen: «Sie müssen Ari seinen Jeep wiederbringen, außerdem wartet er noch immer darauf, Ihnen seine Bullen zu zeigen.»

«Alles in Ordnung?»

«O ja . . . alles.»

Der Junge regte sich und bat um ein Glas Wasser. Sie wandte sich ab, um es zu holen, und war froh, daß er ihr Gesicht nicht sah.

Wenige Augenblicke später waren auch die anderen Kinder und alle Hunde da, umdrängten Paul und sahen ihn besorgt an, und Paul lächelte schwach und empfand zum erstenmal erfreut das herzerwärmende Gefühl, der Held des Tages zu sein. Josh fand bei seinem Eintreffen eine fröhliche Familie vor, die sich gegenseitig eifrig die Einzelheiten der überstandenen Gefahr erzählte. Nur Lia schien zu still und distanziert, als habe sie alle Emotionen bereits verausgabt.

«Wie, zum Kuckuck, ist das passiert?» Ihre Teilnahmslosigkeit erweckte in ihm den Wunsch, sie zu schütteln, bis sie antwortete. So kannte er sie gar nicht.

«Genau wie Kenny gesagt hat: Er und Gardenal haben versucht, ein Kalb aus der Schlucht hochzuziehen. Die Kuh hat ihn angegriffen –»

«Und was hat Gardenal gemacht?» fragte Josh ärgerlich.

«Getan, was nur möglich war!» Plötzlich war in ihrer Stimme ausbrechender Zorn. «Wäre er nicht gewesen, so wäre Paul jetzt tot. Die beiden allein –»

«Vermutlich ist es meine Schuld?»

«Du kannst nicht überall sein.» Sie konnte es selbst kaum fassen, wie sarkastisch das klang. «Aber wir haben es geschafft. Gottlob war Jacob da.»

Josh schwieg einen Augenblick und dachte, ohne recht zu wissen warum: Dieser Jacob mit seiner ewigen Tüchtigkeit, Güte und Opferbereitschaft! Dann sagte er laut: «Gut, daß er da war. Aber du hättest es auch allein geschafft.»

«Ja», antwortete sie, und ihr Gesicht war dabei wieder seltsam ausdruckslos. «Ja. Ich hätte es sicherlich auch allein geschafft.»

36

Als die Fäden an Pauls Bein gezogen waren, fuhr Lia mit den Kindern zu Malachai in sein Haus in São Sebastião. Das Schwimmen im Meer, hatte der Arzt gemeint, würde für Entspannung und Training der verletzten Muskeln eine ausgezeichnete Übung sein. Es waren sowieso Sommerferien, und Clea hatte seit langem mit ihrem Kommen gerechnet.

Josh hätte mitkommen sollen, es war dann aber doch nicht möglich. «Du wirst das verstehen, nicht wahr? Teodoro steckt bis über die Ohren in Behördenkram, und Duncan und ich müssen noch ein bißchen die ernsthaften Unternehmer spielen!»

«Paß nur auf, daß du nicht einer wirst!»

Die zarten Lachfältchen um seine Augen hatten sich vertieft. «Darüber mach dir keine Sorgen», hatte er ironisch gemeint. «Wäre ich das, hätten wir eine echte Kassenbilanz und nicht bloß eine fingierte. Ich werde dich allerdings vermissen!» Plötzlich sah er fast kindlich verlassen aus und erinnerte sie an ein paar andere Gelegenheiten, bei denen sie für kürzer oder länger weggefahren war. Der Anblick hatte bei ihr immer lächerliche Gewissensbisse hervorgerufen.

Es fiel ihr jetzt ein. Später jedoch, als sie am Strand wanderte und Muscheln suchte oder ganze Stunden lang zuschaute, wie die durchsichtigen Fische in den Felstümpeln hoch oben über dem Meer herumflitzten, dachte sie: Für so etwas hätte er nicht die Geduld. Das ist eben der Unterschied zwischen uns. Und sie versuchte den Gedanken zu verdrängen, daß ihr Schuldgefühl in Wahrheit nichts mit diesem Unterschied zu tun hatte, sondern damit, daß sie sich, als er diesmal sagte, er könne nicht mitfahren, gefühlt hatte, als hätte er ihr die Freiheit geschenkt.

Eduardo da Silva war unter den Gästen, dessen gutes, nur für Farbige geschriebenes Stück *Agora Nos Vamos Cantar* – «Nun wollen wir singen» – in Frankreich einen etwas zweideutigen Erfolg hatte.

«Wieso eigentlich in Frankreich?» wollte Malachai wissen, der eben im Korbsessel unter dem niederen Ziegeldach seiner Veranda saß.

«Komisch, daß gerade Sie das fragen.» Eduardos kummervolles, negroid-indianisches Gesicht war mißtrauisch: «Sie kennen doch die übliche Prozedur: Die Franzosen geraten in Ekstase, wenn einer Neger und damit ‹schick› ist. Und die Brasilianer akzeptieren ein Negerstück nur dann, wenn es zuerst in Frankreich aufgeführt wurde. Hab ich recht?»

«Ich kann es kaum erwarten, es zu sehen», sagte Francisco, doch es klang, wie alles, was er seit Tagen äußerte, sonderbar hohl und gepreßt.

Seit Delias Verhaftung hatte er sich jeden Gedanken an den Fluß aus dem Kopf geschlagen, und obwohl er sie nur einmal in der Woche besuchen durfte, blieb er nun ganz in São Paulo, der Großstadt, die er früher so hemmungslos oft verlassen hatte. Damals hatte seine Liebe zur Arbeit ihn fortgetrieben, und er war beinahe froh darüber gewesen, daß er ihr anscheinend nicht fehlte. «Soll sie ruhig Fanatikerin sein, wenn sie nur beschäftigt ist», hatte er oft lachend geäußert. Jetzt tat die Erinnerung an diese Worte weh, und selbst die Arbeit vermochte ihn nicht zu trösten. Es war, als bestünde seine einzige Erleichterung darin, in der Stadt und ihr so nah wie möglich zu bleiben und ihr Leiden zu teilen, soweit er konnte.

Malachai hatte ihn verstanden und ermahnt: «Dadurch, daß Sie sich vor der Sonne verkriechen, erreichen Sie für Delia auch nichts.»

Worauf er erwiderte: «Manchmal darf sie in den Hof, an die Luft und in die Sonne. Aber wenn sie an die Reihe kommt, ist es schon Spätnachmittag. Seit drei Monaten hat sie die Wärme der Sonne nicht mehr gespürt, nur mehr ihren Schein auf einer Mauer gesehen.»

Selbst hier saß er unabsichtlich im Schatten, als bereite das Flimmern des Meeres ihm Schmerzen. Cleas aufrichtiges, nobles Herz zog sich bei diesem Anblick zusammen. Sie versuchte, etwas Ermutigendes zu sagen. «Gott sei Dank, daß sie sich selber was kochen dürfen. Wie ich höre, haben sie sich alles organisiert, haben gemeinschaftliche Vorräte und all das.»

«Im Organisieren war Delia immer gut.» Er lächelte ironisch. «Deswegen vermutlich ist sie überhaupt dort.»

«Schon etwas Neues über die Verhandlung?» Lia hatte Angst, danach zu fragen.

«Doch, doch, sie haben jetzt endlich das Mädchen aufgetrieben, das den Koffer eingestellt hatte. Sie hat gestanden, daß Delia nichts davon wußte. Es heißt, daß man sie möglicherweise freilassen wird, weil man ihr nicht nachweisen kann, in die Sache verwickelt zu sein.»

«Gott sei Dank», sagte Lia. Doch Francisco zuckte die Achseln wie einer, der jeden Optimismus aufgegeben hat, weil er darin zu oft enttäuscht worden ist. Diese Verzweiflungsgeste rührte ihnen allen ans Herz, so daß auf der Veranda des alten Fischerhauses, die Malachai und Clea mit Ziegeldach, Hängematten und Topfgeranien so hübsch eingerichtet hatten, sich jeder auf seine Weise bang und unbehaglich fühlte. Und jeder merkte, daß er sich innerlich immer wieder fragte: Warum bloß? Wozu das Ganze?

«Ich stricke ihr einen Pullover», sagte Clea und hielt sofort erschreckt den Atem an, eine so fatale Nebenbedeutung hatten ihre Worte.

In dem folgenden Schweigen schien die Luft unbewegt, finster und drückend zu sein. Draußen auf dem Meer zog sich ein Unwetter zusammen, Wolken verdeckten vorübergehend die Sonne, die Francisco freiwillig mied. Es war allen eine Erleichterung, plötzlich Jacob Svedelius am Rande der Terrasse auftauchen zu sehen, der überarbeitet und unterernährt, aber alles andere als unglücklich aussah.

«Was ist denn los?» wollte Malachai wissen. «Haben wir heute einen lokalen Feiertag?»

«Etwas Ähnliches», sagte Jacob und lächelte vergnügt. «Wieder mal die Kreissäge. Es fehlen Ersatzteile. Ich habe aber meinen *tractorista* ins Gebirge hinaufgeschickt, um sie zu holen. Darum ist nur für mich Feiertag.» Seine Augen schweiften über die Terrasse, erfaßten jeden der Anwesenden und kamen schließlich auf Lia zur Ruhe. «Sie sind also doch gekommen?»

«Sieht so aus!»

«Und die Kinder?»

«Die warten jetzt gerade darauf, mit mir ans Meer hinunterzugehen und Muscheln zu suchen. Kommt jemand mit?»

«Glaube ja nicht, daß ich sie dir koche, wenn du sie nicht auch sauber-machst», warnte Clea.

«Sind Sie sicher, daß nicht Sie selber einen Schraubenschlüssel in Ihre Kreissäge geschmissen haben?» fragte Malachai.

Kein anderer, so schien es, hatte Lust, auf den scharfkantigen Felsen am Ende des Strandes nach Muscheln zu suchen, außer Jacob. Ebensowenig lag irgend jemandem daran, endlos nach Schalentieren zu jagen, ein Fischerboot für den ganzen Tag zu mieten, auf den Felsen herumzuklettern, bis man außer Atem war, und anschließend stundenlang mit den Füßen in einem der Felstümpel sitzenzubleiben.

Jacob kannte keinen schöneren Zeitvertreib, er hatte das schon in den wenigen kurzen Augenblicken auf der Fazenda erwähnt, wenn Lia sich einen Moment Ruhe gönnte und man mit ihr reden konnte: «Bücher und Musik sind lebensnotwendig, aber ich könnte auch nicht existieren, ohne in unbewohntem Gelände herumzustiefeln. Etwas wie dies brauche ich jeden Tag!»

Es gab unzählige Plätze solcher Art an der rauhen Küste. Unzählige Felstümpel, an denen man stundenlang sitzen und zuschauen konnte, wie die Flut stieg und der friedliche Spiegel, durch den transparente Geisterfische flitzten, sich in ein zerstörerisches Chaos verwandelte, von der seltsamen Vermählung zwischen Erde und Mond aufgepeitscht und zerfetzt.

Sie erinnerte sich noch, wie Jacob Svedelius zum erstenmal auf die Fazenda gekommen war, damals, als Josh ihn mitbrachte, sie am Kamin saßen und über seinen Besitz im Gebirge sprachen. Sie erinnerte sich noch, wie erregend ihr alles vorgekommen war, was er äußerte. Und wie sie dann später merkte, daß es nicht seine Äußerungen gewesen waren, sondern er selbst, sein Eigensinn, seine Entschlossenheit, seine absurde Zartheit. Sie hatte gedacht: Das muß leicht sein, einen solchen Mann zu lieben. Und diesen Gedanken hatte sie an seinen Platz verwiesen, wo er rein objektiv bewahrt und erwogen wurde.

Und so wäre es geblieben, wäre Jacob nicht während der langen Zeit ihrer Zweifel und ihrer Einsamkeit immer wieder auf die Fazenda gekommen. Damals, als ihr schien, als sei ihr Leben und das Joshs nicht dasselbe und der ‹Besitz› ein halbvergessener, kindischer Traum.

Doch er war zurückgekehrt und hatte zu ihr gesprochen wie damals am ersten Tag, in einer Sprache, die sie vor seinem Erscheinen nie gehört, wohl aber schon immer verstanden hatte. Sie hätte sagen sollen: «Kommen Sie nicht mehr, Jacob. Das Spiel, das Sie spielen, ist zu schwer.» Doch sie sprach es niemals aus. Sie überlegte erst jetzt, wie sie wohl ausgesehen hatte, als Josh äußerte: «Ich kann nicht mitkommen, es ist unmöglich!» Lächerlich ausdruckslos sicherlich. Als könne sie es nicht glauben, von der Leine gelassen zu werden, frei schweifen zu dürfen, und doch zwischen Mond und Meer gefangen zu sein wie die Flut.

Einen Augenblick lang hatte sie sich sicher geglaubt. Im nächsten schon hatte sie ihr Wort gebrochen, sich das Unerlaubte gestattet, ihren nie ausgesprochenen Verwunderungen nachzuspüren, alles zu riskieren, Blick und Wort als das hinzunehmen, was sie waren.

«Alle fahren am Montag weg, nur Sie nicht, Lia. Kommen Sie mit mir hinauf in die Berge.»

«Und die Kinder?»

«Maria ist ja da. Sie brauchen sich keine Sorgen zu machen. Sagen Sie, Sie besuchen eine Freundin drüben in der Stadt, sagen Sie irgend etwas. So schwer wird's doch nicht sein?»

«Manchmal schon.»

«Nicht, wenn Sie wirklich kommen wollen. Sagen Sie nicht, daß Sie es nicht wollen. Das kann ich nicht glauben!»

So fuhr sie denn hinauf in das Haus am Hang, wo ein Mensch nach dem anderen versucht hatte, auf halbem Weg zwischen Meer und Himmel das Paradies zu schaffen. Einer hatte, ehe Jacob kam, diese festen Mauern gebaut, diese tiefen Fensteröffnungen, Patios, Terrassen und Balkons, dieses einzige Zimmer im Obergeschoß mit seinem weltabgeschiedenen Balkon, der über den Bäumen hing und von dem aus man weit hinaussah über Buchten und Meerengen und steinige, von Dschungel gesäumte Inseln. Stand man dort und blickte über die Wipfel, war es fast unmöglich zu glauben, daß es noch etwas anderes gab als diesen Berg, diese Inseln und das Meer.

Es hatte leer gestanden, dieses Haus, denn viele Jahre lang war niemand Träumer genug gewesen, um sich vorzustellen, wie es hätte sein können, oder hatte die Kühnheit gehabt, es so zu gestalten. So waren denn die Mauern zu einem grünlich schillernden Hellblau verblaßt, heller als der Himmel. Schlingpflanzen hatten sich über die Balkons hinaufgerankt und die Dachziegel abgehoben, im Patio waren Wurzeln durch die Risse in den Mauern gekrochen, Moos und Farn hatten Zutritt gefunden und gediehen nun in den feuchten Spalten.

Jacob hatte die Schlingpflanzen zurückgeschnitten, die Ziegel repariert, das Haus abgeschrubbt, so daß seine verblichenen Mauern und breiten Dielenbretter nun etwas von der Emsigkeit und Reinlichkeit klösterlichen Lebens ausstrahlten und zugleich eine seltsame, beharrliche Trauer. Denn es war zu spät. Jacob war zu spät gekommen, um diesen Dschungel zur Ordnung zu rufen, wie ein Mann es muß, der darin überleben will. Es war zu spät zu allem, selbst dazu, sich zu verlieben.

Und doch: Als er mit ihr durch die Gärten wanderte, die der Dschungel schon beinahe wieder überwuchert hatte, die Höfe mit ihrem Farn und Moos, ihr von seinen Plänen erzählte und sagte: «Das hier wird so . . . das so», ließ sie sich ein Weilchen von dem Zauber anstecken. Dieses Spiel hatte er wohl vorher schon allein gespielt, jetzt beteiligte sie sich daran mit der Hingabe eines romantischen Herzens, das sich ein Leben lang hatte zügeln und zurückhalten müssen.

Auf dem Herd, auf dem er sich so manchen Abend seine einsame Mahlzeit gewärmt hatte, kochte sie für ihn, wie schon so oft, diesmal aber für ihn allein – die ganze übrige Welt war ausgesperrt. Dann erstiegen sie die Treppe zu dem einzigen Zimmer unter dem Dach, mit dem Balkon über den Baumwipfeln, und sahen zu, wie das schimmernde Sonnenlicht zurückwich und die Inseln zu Schatten in einem schweigenden Meer wurden.

Obwohl sie nie hier gewesen war, kam ihr das Zimmer mit seinem Schatten von Jasmin und Bougainvillea an der mondbeleuchteten Wand vertraut vor. Sie hatte es sich vorstellen können, wie sie sich die Umarmungen dieses Mannes hatte vorstellen können: zart, unirdisch, voller Spürsinn für jenen Teil in ihr, der stets so distanziert und unerreichbar geblieben war. Den sie sich bewahrt hatte aus jener Zeit, als sie noch ein Kind und Josh Moran noch nicht in ihr Leben getreten war, rauhbeinig, ‹unmöglich› und voller Leben, um ihr, wenn auch nicht Romantik, so doch das Abenteuer zu bringen. Ein Teil von ihr, den Josh nie kennengelernt hatte. Vielleicht weil es für Josh nur ein Märchen gewesen wäre. Doch für Jacob war es Wirklichkeit und erschloß sich daher ihm allein.

Sie schlief nicht richtig ein, lag nur ganz still da, während sich die Schatten der Ranken vertieften und wieder verblaßten, als der Mond sich in jenes graue Nichts auflöste, das der Dämmerung vorangeht. Neben ihr lag Jacob, tief und gleichmäßig atmend, den Arm besitzergreifend nach ihr ausgestreckt, ahnungslos, daß sie ihm bereits entglitten war. Sie war froh, daß er schlief, sie wollte jetzt nicht mit ihm sprechen. Doch sie sah ihm ins Gesicht, dessen vornehme Züge sich, dessen war sie gewiß, mit den Jahren nur wenig verändern würden, dazu war der Schädel zu kraftvoll gefügt, das Fleisch darüber zu fein modelliert. Es war das Gesicht eines Mannes, der seiner Zeit für immer und ewig voraus war – niemals würde es eine Zeit geben, in der ein so zartbesaiteter Eigensinn durchkam.

«Dies wird so . . .» und «Das wird so werden . . .»

«Ach nein, Jacob, nichts wird werden, niemals.»

Wußte er, während er so friedlich schlafend dalag, wohl schon, daß er bereits geschlagen war? Daß diese Pracht und Herrlichkeit hoch über dem Meer gar nicht zum Leben gehörte, sondern ein wunderschönes Trugbild war, herzlos und gleichgültig, an das man all seine Träume verschwendete? Würde er beim Erwachen erkennen, daß sie niemals hätte herkommen dürfen und ebensowenig jemals wiederkommen würde?

Das Licht vom Fenster her änderte sich, verfärbte sich ins erste Blaß-gelb des kommenden Tages. Ein flatternder Schatten an der Wand mahnte sie, daß sie nicht mehr viel Zeit hatte. Sie zog sich rasch und leise an, um ihn nicht zu wecken – denn sie wollte dem beharrlich drängenden Blick dieser dunklen Augen nicht standhalten müssen. Sie schlich die Treppe hinunter, durch die leeren Räume, über die Terrassen, durch die Patios und die zerstörten portugiesischen Gärten im Schatten der düsteren hohen Bäume und verschwand.

Sie fuhr sehr schnell. Es kam ihr vor, als sei der Weg bergab noch gewundener, hätte noch mehr Schlaglöcher als gestern abend. Sie nahm trotzdem die Kurven in rasendem Tempo. Sie mußte um jeden Preis zu Hause sein, ehe die Kinder wach wurden und Maria schüchtern, aber doch mit innerem Schmunzeln sagen hörten: «Eure Mutter kommt bald wieder – bestimmt!»

Es war nicht der Moment, nachzudenken, seine Gefühle objektiv zu betrachten, jetzt nicht. Es gab nur den schrecklichen Drang, die gerade, glatte Autostraße zu erreichen, die zu Malachais Strand führte, zum Leben, zu ihrem Leben. Wenn sie nur rechtzeitig hinkam und Josh nichts davon erfuhr, nie.

Sie fuhr den Wagen unter das Schuppendach und ging durch das Kokoswäldchen auf das Haus zu. Alles war still, nichts rührte sich, und sie dachte: Gott sei Dank, daß Meer und Sonne sie so müde machen, sie sind noch gar nicht wach.

Dann sah sie Josh Moran. Diese magere, zähe, verständnislose Gestalt, auf die sie sich immer verlassen hatte, saß in Malachais Stuhl, rauchte eine Zigarre und sah ihr entgegen, während sie näher kam. Vor dem kalten Blick seiner Augen wurde ihr schwach.

«Nett von dir, daß du wenigstens vor dem Frühstück heimkommst. Wo warst du?» Seine Augen waren immer noch kalt, aber etwas in seiner Stimme bat flehentlich um eine andere Antwort. Wenn sie hätte lügen können, sie hätte es getan. Aber sie hatte nicht damit gerechnet, daß sie Josh noch nie angelogen hatte. Zwischen ihnen gab es keine sorgsam aufgebauten Gebäude aus Täuschungen. Sie konnte wohl jetzt nicht damit anfangen.

«Ich war bei Jacob Svedelius», sagte sie.

«Verdammt!» Er starrte sie noch einen Augenblick länger an, wie um sich zu zwingen, es zu glauben. Dann sprang er auf die Füße, brauchte für die Verandatreppe nur zwei lange Schritte und eilte in Richtung des Strandes davon. Sie rief ihn weder zurück noch versuchte sie ihm zu folgen. Was hätte es für einen Sinn gehabt? Was konnte man sagen, wenn man mit wenigen kurzen Worten alles so zerstört hatte, als sei es nie Wirklichkeit gewesen?

Ich muß ins Haus gehen, dachte sie. Ich muß für Frühstück sorgen und die Kinder wecken. Gleichzeitig fürchtete sie sich vor diesen einfachen, befriedigenden Tätigkeiten, weil solche Verrichtungen plötzlich ironisch und grotesk geworden waren. So stand sie auf Malachais Terrasse, als plötzlich das Schrillen des Telefons scharf, zudringlich und rücksichtslos in ihre Gedanken drang.

Die Verbindung war genauso, wie man es bei einigen durchhängenden Drähten, die kilometerweise einen Weg durch den Dschungel begleiteten, erwarten konnte. Durch Myriaden knackender, summender Laute drang schwach die Stimme von Ricardo Soares. Zumindest dachte sie, es sei seine Stimme, obwohl sie schwand und wieder hörbar wurde und wieder schwand, als spiele sie ein neckisches Spielchen. Sie wollte schon sagen, er sollte doch nochmals versuchen, eine bessere Verbindung zu bekommen, als es ihm wie durch äußerste Willensanstrengung gelang, die unglaubliche Nachricht durchzugeben. Er habe, sagte er, die ganze Nacht versucht, Josh zu erreichen, aber das Telefonamt in São Sebastião sei von zehn Uhr dreißig abends bis sechs Uhr morgens geschlossen. Ja, Josh solle unverzüglich nach São Paulo kommen. Warum? Weil Duncans Wagen gestern auf dem Heimweg aus der City überfallen worden und Duncan gekidnappt worden war. Die ferne, schwankende Stimme berichtete weiter, daß der Küster eine Botschaft im Opferstock der Kirche Nossa Senhora de Consolação gefunden hatte. Die Freilassung politischer Gefangener sei gefordert worden. Auf der Liste der auszutauschenden Personen befände sich auch Delia Cavalcanti.

Bestürzt, in momentaner Gedankenleere, hängte Lia ein und lief an den Strand hinunter – hinter Josh her.

37

Es waren offenbar nicht nur die Freunde mit ihren Kuchen und der getreulich Wache haltende Francisco, die an Delia Cavalcanti dachten. Es gab noch andere. Ausländische Zeitungen bezeichneten sie romantischerweise als ‹die Robin Hoods›, aber Leute wie Dorval, der Caroline Gitarrenstunden gegeben hatte, wußten, daß der Fall nicht ganz so einfach lag.

Es kam darauf an, wie man es sah. Dorval hatte es anfangs auf eine ganz bestimmte Art gesehen. Ein armer, junger Student aus dem Nordosten, der Gitarrenstunden gab, um sein Studium zu finanzieren und außerdem noch Zeit übrig hatte, seine Mission zu erfüllen, indem er Fabrikarbeiter aufklärte und unterrichtete. Ein unermüdlicher junger Mann aus einem Ort, wo Hunger und Ungerechtigkeit zum Alltag gehörten, wo um politische Stellungen und Parteieinkünfte immer noch mit Schußwaffen gestritten wurde. Wo weit draußen in staubigen Städten des Sertão und in den reichen *cacau*-Gebieten der ungeheuren Dschungel- und Flußländer die *coroneis*, jene Landbesitzer, die von Anfang an alles regiert hatten, womöglich lieber selber starben, als sich den Regeln des modernen Zeitalters zu unterwerfen.

Dorval war ungeduldig. Es wäre ihm schwergefallen, es nicht zu sein. Die einzige Lösung für die Menschen dieses übervölkerten, verhungerten Erdenwinkels, der er je begegnet war, hatte darin bestanden, sein Bündel zu schnüren und nach Süden zu ziehen. Und was war das für eine Lösung, sich in eine der großen Städte zu pferchen und in Bruchbuden aus Kisten und Belchkanistern zu leben?

Die Tatsache, daß keine der bisherigen Regierungen sich eifrig genug bemüht hatte, die Leiden des Nordostens zu unterbinden, und daß noch immer so viele litten, machte ihn noch ungeduldiger. All diese Straßenbau-, Dammbau-, Landwirtschafts- und Wirtschaftsprogramme waren wirklich zu langsam. Es mußte eine Möglichkeit geben, die rascher zum Ziel führte. Und als Mitglied des Movimento Revolucionario Popular, abgekürzt MRP, ging er nun daran, nach einer solchen zu suchen.

Das Fach, das ihn an der Universität am meisten beflügelt hatte, war die Philosophie, wie Delia Cavalcanti sie lehrte, die mit ihrer Wärme, Intelligenz und ihrem brillanten Stil immer faszinierend gewesen wäre, ganz gleich, was sie lehrte. Die verschiedenartigsten politischen Systeme wurden in ihrer Vortragsreihe behandelt, doch war der Marxismus ‹das natürliche Ergebnis aller anderen›.

Auch Delia war ungeduldig. Sie gehörte keiner politischen Organisation an, sympathisierte aber offen mit denjenigen, die sich ‹der Sache› verschrieben hatten, und würde nie jemand Geld oder Obdach verweigern, der es nötig hatte. Manchmal kam Dorval schüchtern, mit der Entschuldigung, er brauche wegen einer schriftlichen Arbeit ihren Rat, zu Francisco und Delia in die Wohnung. Delia war offenherzig, freimütig, faszinierend. Wenn der ‹Rat› gegeben war, blieb Dorval meist noch, und man unterhielt sich aufs angeregteste mehrere Stunden lang. Und obwohl Delia selbst keiner Partei angehörte, war doch sie es hauptsächlich, die ihn dazu begeisterte, tätig zu werden und sich der MRP anzuschließen.

Eine Weile führte er ein erregendes, berauschendes Leben. Studieren, unterrichten, Reden halten, Arbeiter indoktrinieren. Er hatte wenig

Kontakt mit Terroristen und ihren Führern. Das war nicht sein Fachbereich. Und wie so vielen wäre auch ihm die Wahrheit darüber vielleicht nie aufgegangen, hätte man nicht John Winslow ermordet.

Die Geschichte stand natürlich in allen Zeitungen. Am Morgen des 21. August 1969 wollte Winslow, Captain der US-Armee und ehemaliger Vietnamkämpfer mit Fulbright-Stipendium für das Studium der politischen Wissenschaften an der Universität von São Paulo, seinen Sohn und noch ein paar andere Jungen zu einem Pfadfindertreffen der amerikanischen Schule in Morumbi bringen. Er rief seinem Sohn zu, er solle die Haustür zuschließen, und ging zum Wagen, den er vor dem Haus in dem alten, vornehmen Villenvorort Pacaembú geparkt hatte. Da er die Wagentür aufschloß und öffnete, sah er nicht, was sein Sohn sah: daß aus der Seitenstraße ein Wagen herausbog, dessen Insassen mit Maschinengewehren bewaffnet waren. Er sah sie niemals, denn als sein Sohn schrie, hing er bereits zusammengesunken über dem Wagensitz, von Kugeln durchlöchert und tot. Die Botschaft, die man in der Nähe der Leiche fand, war so verworren wie die Denkungsart dahinter. Winslow wurde beschuldigt, er sei amerikanischer Agent, Spion und Kriegsverbrecher, und hier sei ein Urteil vollstreckt worden.

Im Leben jedes einzelnen kommt einmal der Zeitpunkt, an dem er nicht mehr verkraftet, was ihm widerfährt. Es ist der Moment, in dem er entweder sein Denken ändert oder sich selbst gegenüber unaufrichtig wird. Die immer mehr sich steigernde Notwendigkeit, Entschuldigungen zu erfinden, ist unabdingbares Schicksal jedes Fanatikers. Diesmal konnte Dorval für das Geschehen keine Entschuldigung finden. Er hatte Winslow auf der Universität kennengelernt und manchmal recht heftig mit ihm über politische Themen diskutiert. Ein etwas angeberischer Bursche, alles andere als zurückhaltend, der den Mund voller nahm, als für ihn gut war. Captain in der US-Armee mit Stipendium fürs Studium der politischen Wissenschaften, und konnte doch nicht der Versuchung widerstehen, sich mit jemand in ein lautes Rededuell einzulassen. Bei der CIA? Dorval bezweifelte, daß man einen so redseligen, obstinaten Menschen auf eine heikle Aufgabe angesetzt hatte. Ein gutes Propagandaziel war er, das war alles.

Dorval konnte sich die Geschichte nicht aus dem Kopf schlagen. Das Gesicht Winslows, ausdrucksvoll, kampflustig, überaus lebendig. Und das Foto der Leiche – im Auto verblutet. Derselbe Mensch. Und noch schlimmer: Er meinte, einen der in die Geschichte Verwickelten zu kennen, einen mageren, nervösen Jungen namens Mario, der einem entweder nicht in die Augen sehen konnte oder aber einen mit so brutalem, durchdringendem Blick anstarrte, daß man sich abwandte. Am Tage nach dem Mord erschien Mario nicht auf der Universität. Man sah ihn nie wieder.

Diesmal war Dorval nahe genug gewesen, um die beiden Personen des

Dramas zu sehen und nie wieder zu vergessen. Dorval, ein empfindsamer, kluger, begabter und musikalischer Junge, wurde sich mit einem Schmerz, der ebenso tief ging wie sein vorheriger blinder Enthusiasmus, darüber klar, daß er zu einer Gruppe kaltblütiger Mörder gehörte, die einen Mann vor den Augen seines Sohnes niederschossen, um ihm ein blutiges Etikett anheften zu können.

In diesem Augenblick beschloß Dorval auszusteigen.

Leider ist es – die Geschichte hat es immer wieder bewiesen – weit schwerer auszusteigen als mitzumachen. Er wußte, daß er überwacht wurde, vermutlich von beiden Seiten. Es beeinträchtigte sein Studium, er arbeitete schlecht. Ein kalter Blick von einem Kameraden in einer Klasse, und ihm wurde dunkel vor Augen, er konnte an nichts mehr denken, hatte nur noch Angst, fror und war gleichzeitig atemlos.

An dem Tage, an dem er keine Vorlesungen an der Universität hatte, gab er Gitarrenstunde in einer altmodischen, versnobten Schule in einem ehemals viktorianischen Hause an der Rua Libero Badaró. Eines Morgens erwachte er mit der Vorahnung, er würde – wie Winslow – beim Verlassen seines Zimmers umgebracht werden. Nichts von dem, womit er sich das auszureden versuchte, konnte ihn dazu bringen, aufzustehen, zu frühstücken und auf die Straße zu treten. Selbstverständlich wurde er aus seiner Stellung entlassen. Delia war zu scharfsichtig, als daß ihr der Wandel im Verhalten eines ihrer besten Schüler entgangen wäre. Sie sah, wie zerstreut er während der Vorlesungen war, stellte fest, daß er so bleich aussah wie einer, der übermüdet ist, Würmer hat oder unter unfaßlichem Streß steht, oder vielleicht alles gleichzeitig. Als er bei einer wichtigen Prüfung durchfiel, bat sie ihn, nach der Vorlesung dazubleiben, um mit ihm zu sprechen, und legte ihm nahe, einen Arzt aufzusuchen. Doch er sagte, er würde lieber sie aufsuchen. Er müsse mit jemand sprechen. Und so sagte sie denn: «Natürlich, kommen Sie zu mir nach Hause, sofort, wenn Sie wollen.»

«Nein», sagte er mit einem solchen Verschwörerton, daß sie lächeln mußte. «Ich glaube, wir sollten die Uni nicht miteinander verlassen. Ich komme dann später allein nach.»

«Gut, gut. Sr. Francisco ist wieder in Paraná und versucht, den Damm fertigzubekommen, ehe der Regen die Arbeit eines ganzen Jahres wegschwemmt und man ihm die Schuld dafür zuschiebt. Heute nacht wird er wohl wieder auftauchen, und ich werde wach bleiben und auf ihn warten . . .»

Allzuviel hatte er nicht zu erzählen. Nur von dem Ekel und der Angst, die ihn zermalmten und lähmten. Sie hörte ihm schweigend zu, rauchte und sah ihn mit ihren großen Augen an, die so sprühen, aber auch so mitfühlend blicken konnten.

«Sie können also so etwas wie den Tod von Winslow nicht schlucken», sagte sie endlich. «Ist Ihnen nie der Gedanke gekommen, wie viele treue Anhänger der Revolution als Folge dieser einzigen Tat haben leiden müssen?»

«Aber begreifen Sie denn nicht», sagte Dorval verzweifelt, «Sie können doch nicht erwarten, daß solcher Fanatismus keine Repressalien auslöst? Muß es denn immer und ewig so weitergehen?»

Sie antwortete nicht auf diese Fragen, als sei es nutzlos, sondern sagte nur schlicht: «Wenn Sie es nicht schlucken können, müssen Sie unbedingt aussteigen. Das ist nicht leicht, ich weiß. Sie sind jetzt wie ein Bazillenträger, der von allen gesucht und gejagt wird. Ich glaube nicht, daß Ihnen etwas passiert. Aber Sie müssen um jeden Preis standhalten und dürfen nicht weglaufen! Das wäre wirklich gefährlich. Ihre Stellung haben Sie bereits verloren, und Sie brauchen doch das Geld, nicht wahr? Nun, wir werden sehen, vielleicht kann man da etwas tun. Aber laufen Sie ja nicht weg!»

So war es gekommen, daß er in Privathäusern Gitarrenstunden gab, von Delia empfohlen, die so viele Menschen aus so vielen verschiedenen Gesellschaftsschichten kannte. Die meisten seiner Schülerinnen waren hübsche Mädchen, deren Mütter einen rasanten Terminkalender zu bewältigen hatten und sie zwischen der Pubertät und der Verheiratung ‹beschäftigen› wollten. Ihre natürliche musikalische Begabung war weit größer als die Carolines. Sie bewegten instinktiv den ganzen Körper im Sambarhythmus, seit sie laufen konnten. Aber ihre Musikkenntnisse waren gleich null, und ihr Geschmack tendierte – aus der brasilianischen Sehnsucht heraus, nur ja modern zu sein – zu brasilianischen Abarten des Rock-Sound, bei denen es einem den Magen umdrehte. Außerdem übten sie nicht. Bei Caroline mit ihrer strengen, disziplinierten Selbstkontrolle war jeder Ton das Ergebnis grimmiger Entschlossenheit. Aber sie verstand etwas von Musik. Sie glaubte, daß der *Bossa nova* mit seiner poetischen Zartheit ein unvergleichlicher Augenblick in der brasilianischen Musik sei, ein Happening des Menschengeistes. Den wollte sie ganz erfassen. Darum saßen sie an den für Caroline bestimmten Nachmittagen brütend über den besten Nummern von Baden Powell, Vinicius de Moraes, Dorival Caymmi, Jobim, Chico Buarque, brachten Noten und Akkorde zu Papier, probierten, horchten, forschten, so daß er sich manchmal vorkam wie ein Musikarchäologe, ein Entdecker, ein Historiker. Es war anregend und erhebend. Unbewußt freute er sich schon die ganze Woche auf diesen Nachmittag als auf einen lichten Tupfer des Vergessens in der langen Trostlosigkeit der Angst.

In gewissem Sinne hatte Caroline damit einen Bann gebrochen, der seit langem über ihm lag, er konnte sich kaum noch erinnern, seit wann. Vielleicht seit damals, als die anderen, die ihn von den Mißständen seines Vaterlandes immer betroffener sahen, ihn überzeugen wollten, alles

Wesentliche daran sei politischer Natur. Es gäbe kein anderes Mittel, dem Vaterland zu dienen, als radikale Selbstverleugnung.

Der Gedanke war haftengeblieben. Selbst nachdem der Tod Winslows ihn überzeugt hatte, daß diese Leute im Unrecht waren, hatte er die eigene Unausgewogenheit nicht erfaßt, war weiter mitgelaufen, weil er damals gedacht hatte: Es gibt überhaupt keine Lösung. Dieser Geisteszustand hatte angehalten bis zu dem Moment, in dem Caroline, um dem düsteren Angestarrtwerden ein Ende zu machen, höchst ungehalten gesagt hatte: «Hören Sie mal gut zu: In diesem Raum ist während des Unterrichts alles außer der Musik – einschließlich Politik – reine Zeitverschwendung!» und somit unterstellte, er sei auf völlig falschem Geleise.

Caroline weckte mehr als alles und alle den Musikus in ihm. Ohne je über derlei zu diskutieren, denn dazu hatte sie die Zeit nicht, hatte sie ihm klargemacht, daß es zwischen bedingungsloser Hingabe an eine Sache und dem Vegetieren im leeren Raum noch etwas gab, das man ‹Leben› nannte. Und daß es dabei darum ging, seinen Teil zur Welt beizutragen, indem man seine Talente voll ausbildete.

Es war demnach keine Sünde, zu genießen, zu lieben und an sich selbst zu denken, während andere litten. Trotz seiner Sorgen begann er nun so zu leben, wie er es seit der spontanen Unbekümmertheit der Kinderzeit nicht mehr gekonnt hatte. Er sah sein Vaterland, sein Volk, wie er sie damals gesehen hatte: lebhaft, farbig, zutiefst schöpferisch. Kam er nicht aus dem Bahia des Candomblé, der zerfallenden Kirchen, der weißen Türvorhänge aus Spitzen, wo Krabbenkuchen und *quitutes* an jeder Straßenecke auf Kochherden brutzelten und *jangadas* sich täglich aufs Meer hinauswagten, gesegnet oder verdammt von der Göttin Yemanjá? Hatte er nicht die arme, wunderbare Stadt verlassen, die in der Sonne döste, und war nach São Paulo gefahren, dem rohen, vitalen, voller Ideen, die nach Köpfen verlangten? Und jeder Schritt trug Musik in sich. Als sie jetzt miteinander an der Musik arbeiteten, lernte er auf so manches achten, auf das er früher nie geachtet hatte. Er fing an zu komponieren.

Seine Sorgen verließen ihn deshalb nicht. Ja, je stärker er sich an das Leben mit all seinen Möglichkeiten klammerte, desto tiefer wurde seine Angst, dies alles könne wegen etwas, das er wußte, eines Tages ein jähes Ende nehmen.

Dann wurde Delia verhaftet. Caroline war es, die es ihm sagte. Sie, die sich nicht für Politik, nur für Musik interessierte, schleuderte es ihm anklagend entgegen: «Wie ist das möglich? In diesem Land?»

Lakonisch und verzweifelt, als habe ihn soeben eine Erkenntnis zermalmt, hatte er erwidert: «Wir haben es dazu gemacht!»

Irgend etwas daran war unbegreiflich. Er dachte an diese temperamentvolle, intensive und geistreiche Frau, die dabei so viel Herz besaß. Er dachte

an ihre Unterhaltungen, an ihren Rat, standzuhalten und nicht davonzu-
laufen. Sie hatten Beweise gefunden. Dort, in ihrer Wohnung. Irgendwie
konnte er es nicht glauben. Oft, wenn er auf der Straße ging oder in der
Vorlesung saß, überkam ihn die Überzeugung, daß er sofort hingehen
und mit jemand sprechen mußte, ihm erklären, das alles könne nur ein
Mißverständnis sein. Delia Cavalcanti in solche Taktiken verwickelt? Sie
redete. O ja, sie sagte, was sie dachte, und war bereit, zuzuhören und
Verständnis zu zeigen. Aber so zu handeln? An einem Raubüberfall
teilzunehmen? Andere Menschen zu gefährden? Mehrmals entging er,
der so um sein Leben bangte, nur knapp dem Tode, indem er gedankenlos
auf die Fahrbahn hinaustrat – völlig abwesend. Doch sowohl im Straßenverkehr als auch wenn er wach lag und dem tiefen, unbekümmerten
Schnarchen seiner Zimmergenossen in der ‹Republica› lauschte, wurde
ihm seltsam, widrig überdeutlich klar: Zu wem würdest du gehen bei der
Polizei? Wer würde dich anhören? Und wenn man denen alles vortrug,
würden sie dann nicht sagen: Aha, soso? Und wieso wissen Sie das alles?
Erzählen Sie mal! Er hatte von anderen gehört, die, des Fliehens und sich
Versteckens überdrüssig, sich gestellt hatten und denen man tatsächlich
noch einmal eine Chance gegeben, sie mit einer bloßen Ermahnung
heimgeschickt hatte. Die ‹Rekuperablen›, die Eingliederungsfähigen,
nannte man sie. Wozu sie durch die Mühle drehen? Bot man ihnen eine
nochmalige Chance, war man ihrer Dankbarkeit gewiß. Doch er hatte zu
lange mit der tief im Unterbewußtsein vergrabenen Angst leben müssen.
Das ‹Standhalten› war ihm zu gut gelungen. Er brachte es nicht fertig,
alles aufs Spiel zu setzen.

«Standhalten!» Manchmal sah er ihre großen, dunklen Augen, kühn
und aggressiv, den Mund, dessen Winkel sich zu einem Lächeln hoben,
zugleich trotzig und beruhigend. Und manchmal wieder stellte er sie sich
abgemagert, hohläugig vor, ein Hohn auf ihre eigenen Worte, wie sie ihn
aus dem Abgrund der lebendig Begrabenen anblickte.

Er lebte in zwei Welten, einer von Leben strotzenden, voller Härte und
Ehrgeiz – der unwiderstehlichen Welt der Hoffnung. Und der anderen,
die er fürchtete, die der Hingabe an etwas Totalitäres, an das er nicht
mehr glaubte und das ihn dennoch verfolgte . . .

38

Selbst als er noch Mitglied des Movimento Revolucionario Popular gewesen war, hatte er nie unmittelbar mit Banditen zu tun gehabt. Eines Tages
jedoch, etwa um die Zeit, als Duncan Giovanni dazu überredete, die
Maschinen zu bauen, als Josh die erste Herde Bullen einem Fazendeiro in
Mato Grosso verkaufte, Teodoro seinen ersten *grande negocio* abschloß,

indem er den Grundbesitz der Mätresse eines Politikers an die Prefeitura von Campos verkaufte, um darauf ein Kulturzentrum zu errichten, als Präsident Medici das erste Land entlang der Amazonas-Autobahn an Nordestino-Siedler verteilte – da lernte Dorval den Terroristenführer Julio Bandeira von Angesicht zu Angesicht kennen.

Ein Kommilitone namens Shinishi überbrachte ihm die Nachricht, Bandeira wolle ihn persönlich sprechen. Dorval wußte viel über Shinishi und hatte sich sogar während der Zeit, in der er noch ganz ‹der Sache ergeben› gewesen war, gewundert, daß dieser Sohn fleißiger, hart arbeitender japanischer Einwanderer mit ihr zu tun hatte. Doch schließlich waren es nicht bloß die armen Nordestinos, sondern die bemerkenswertesten, verschiedenartigsten Persönlichkeiten, die sich von der Vision inspirieren ließen, ‹die Welt neu zu gestalten›.

Als sich seine Begeisterung gelegt hatte, war ihm oft aufgefallen, daß Shinishi ihn beobachtete und seine Schlitzaugen mit verächtlichem, ja noch schlimmer: mit so mitleidigem Ausdruck auf ihm ruhen ließ, daß ihm davon flau im Magen wurde. Eines Tages trat Shinishi nach der Vorlesung an ihn heran.

«Ich?» Dorval spürte, wie ihm vor Nervosität der Schweiß aus den Achselhöhlen trat, als Shinishi den bekannten Decknamen und seine Instruktionen wiederholte, wo er sich einzufinden hätte. Ihm war, als sei er schon früher einmal dort gewesen, vielleicht im Traum. «Tut mir leid. Ich habe damit nichts zu tun», hatte er so überzeugend wie möglich geäußert.

«Sie kommen trotzdem besser mit mir.» Die erbarmungslosen Augen waren sonderbar kalt und hart geworden. «Er hat's nicht gern, wenn man seine Meinung ändert.»

Das Gesicht von Marighela, Bandeiras Vorgänger, der im Gefecht mit der Polizei erschossen worden war, war das Gesicht eines Straßenräubers gewesen, den man sich in anderen Zeiten vorstellen konnte, wie er aus den Schluchten des Sertão mit einer Bande Marodeure hervorpreschte, um die Städte zu terrorisieren. Bäurisch und brutal. Das Gesicht Bandeiras hatte keinerlei derartige Merkmale. Es war von düsterer Schönheit, die Züge mager und asketisch. Er hatte viel ausgehalten, und dabei war sein Körper nicht fürs Aushalten geschaffen. Man fragte sich, wie soviel Zerbrechlichkeit das alles hatte überstehen können. Sein Anblick brachte Männer und Jungen dazu, ihn wegen seines Mutes zu bewundern, und Frauen sehnten sich danach, ihn zu verzärteln und zu behüten. Mindestens eine hatte seinetwegen Selbstmord begangen. Jetzt hatte er die nächste. Es gab immer eine nächste. Gerade die Magerkeit seiner feingemeißelten maurischen Züge intensivierte den Ausdruck seiner Augen. Sie waren schwarz und lagen tief in dunkel verschatteten Höhlen. Ihr Blick war fesselnd und überzeugend. Als Dorval vor diesem zwingenden Blick saß, kam ihm der Gedanke, dieser Bandeira vermöchte einem alles als plausibel einreden.

«An einem bestimmten Menschen liegt uns nichts. Warum auch? Warum sollten unsere Herzen für den einen mehr bluten als für den anderen? Wir können unsere Tränen, unsere Gedanken nur für die gesamte unterdrückte Welt einsetzen, nicht wahr? Wo wären wir, wenn wir an diesen oder jenen dächten? Und doch denken wir im Moment an Meneghel. Wir wissen alle, daß er Winslow erschossen hat, das ist nicht das Entscheidende. Das Entscheidende ist, daß er mein Leibwächter war. Er weiß alles. Er ist irrsinnig tapfer und standhaft. Bis jetzt hat er nichts ausgesagt. Aber wenn man ihn vor Gericht stellt, bekommt er dreißig Jahre. Nicht einmal Meneghel kann so lange schweigen. Es ist daher unabdingbar, daß wir ihn vor Beginn der Verhandlung herausholen.»

«Und warum erzählen Sie das alles ausgerechnet mir?»

«Weil –» der feste, vernünftige Blick wurde kalt und zynisch – «wir glauben, Ihnen vertrauen zu können.» Er hielt sekundenlang inne, wie um diese Worte wirken zu lassen, und fuhr dann fort: «Es ist Ihnen natürlich klar, daß ein einziger Name auf einer Gefangenenliste nicht genügt, besonders einer wie Meneghel. Es muß noch weitere geben, um damit zu handeln. Namen, die unwichtig sind, aber vielleicht manchen Leuten peinlich sind, wenn sie in Mexiko oder Algerien auftauchen. Namen wie der von Delia Cavalcanti.»

«Delia Cavalcanti.» Dorval war sicher gewesen, daß dieser Name fallen würde, doch als er ihn hörte, spürte er einen Schrei in seinem Inneren anschwellen, der sich dennoch nur als verzweifeltes Flüstern entlud. «Ich habe gehört, daß man ihr nichts nachweisen kann, es ist nichts Neues aufgetaucht. Sie wissen doch, daß sie möglicherweise entlassen wird?»

«Ein Grund mehr, sie jetzt schon herauszuholen, *não è?* Was ist denn los?» Bandeira lächelte unschuldig. «Ich habe gehört, sie hätte viel getan, um Ihnen in einer schwierigen Phase Ihres Lebens zu helfen. Wollen Sie ihr jetzt nicht auch helfen?»

«Aber nicht ins Exil!» Das Flüstern wurde zum Wutschrei.

«Schschsch! *Calma!* Selbst hier müssen wir leise sprechen. Zu schade, daß Sie ihr nicht helfen wollen. Sie müssen es nämlich.» Bandeira nahm eine Zigarette heraus, steckte sie sich langsam zwischen die Lippen und zündete sie endlich an, wobei er Dorvals Blick auswich. «Weil wir, wie gesagt, Ihnen vertrauen. Wir wissen, wie loyal Sie gewesen sind, wieviel gute Arbeit Sie geleistet und wie Sie alles für sich behalten haben, sogar –» er wandte sich Dorval zu und zwinkerte mit dem Auge – «während der schlimmen Zeit.» Das Zwinkern paßte nicht zu ihm, zu seiner asketischen Art, die fast etwas von einem Heiligen an sich hatte. Mehr als irgendeine Äußerung erniedrigte es ihn, schuf in diesem muffigen Versteck mit den unterm Dach baumelnden Ranken eine üble Finsternis, aus der es kein Entrinnen gab. «Aus den gleichen Beweggründen, die Sie damals hatten, würden Sie uns vermutlich auch jetzt nicht verraten.»

«Was könnten Sie schon dagegen tun?» Diesmal schrie Dorval es nicht laut heraus, er wütete mit erstickter, heiserer Stimme, ein Junge, der kaum noch atmen kann und gegen die Wände der Finsternis Sturm läuft.

«Aber das wissen Sie doch.» Bandeira sah ihn vorwurfsvoll an, wie ein Schulleiter, der tadelt. «Haben Sie unsere Lektionen denn nicht gelernt? Glauben Sie uns nicht, was wir sagen?» Dann fuhr er freundlich und ermutigend fort: «Wir verlangen nicht viel von Ihnen. Daß Sie mutig sind, wissen wir. Diesen Mut möchten wir nicht gern bis zur Zerreißprobe belasten. Es ist nur so: Wegen früherer peinlicher Vorkommnisse werden die Diplomaten jetzt bewacht – für unsere Meinung zu scharf bewacht. Wir haben daher an einen Geschäftsmann gedacht, einen Amerikaner, vielleicht den Direktor eines bekannten Bankhauses? O nein, wir erwarten nicht von Ihnen, daß Sie jemanden entführen, seien Sie unbesorgt. Das machen wir schon. Wir brauchen nur noch ein paar zusätzliche Einzelheiten über das Kommen und Gehen des Sr. Duncan Roundtree. Ist er ein Gewohnheitsmensch?»

39

Nein, er war kein Gewohnheitsmensch, war es eigentlich nie gewesen. Es hatte zu den größten Genüssen seines Lebens gehört, alles nach momentanen Eingebungen zu tun. Eines der wenigen Dinge, die er regelmäßig tat: Er nahm freitags immer den Wagen mit in die Stadt. Damit konnten die Roundtrees ohne große Vorbereitungen vor Sonnenuntergang im durchgesehenen, abgeschmierten Wagen ins Wochenende fahren. Manchmal auf die Fazenda, manchmal ans Meer. Sie kannten jeden Strand, jedes *caicara*-Dorf zwischen Ubatuba und Angra dos Reis, hatten sich alles ohne vorherige Pläne nach Lust und Laune angesehen. Man mußte nur bereit sein, loszufahren, denn nach dem ungeheuerlichen Chaos des Werktages war São Paulo an den meisten Wochenenden deprimierend, ja fast unheimlich leer.

An diesem Abend fuhr er mit Teodoro neben sich den gewohnten Weg, wobei er gewisse Nebenstraßen nahm, um den Freitagabendstoßverkehr soweit wie möglich zu umgehen. Die unvermeidliche Consolação zwischen Tausenden von Desperados hinaufzufahren, die sämtlich genau wie er auf ihre Fazendas und an die Strände flüchten wollten, brachte gewöhnlich seine schlimmsten manisch-depressiven Neigungen an die Oberfläche. Doch an diesem Abend war er den übrigen Verkehrsteilnehmern gegenüber von fröhlicher Unbekümmertheit. Es war heute nachmittag wie durch ein Wunder so vieles nach Wunsch gegangen, er konnte nicht anders empfinden. Vieles ließ vermuten, daß das ‹Unternehmerspiel›, das er, Josh und Teodoro gespielt hatten, womöglich tatsächlich eine ganz große Sache wurde. Daß er eines Tages vielleicht den Laden selbst schmeißen würde. Schmeißen mußte! Von diesem Nachmittag an hatte sich das Kapital der *Frango Frito Limitada*, das klägliche Sümmchen, das sie so großartig als Anfangskapital bezeichnet hatten, verdoppelt. Ricardo Soares' Banco Nacional de Investimento hatte sich mit 49 Prozent eingekauft und die Zügel in Händen der ursprünglichen Eigentümer belassen. Es war ihre Sache, dafür zu sorgen, daß die Geschichte lief. Wenn nicht, konnte man sich die Flutwelle mühelos vorstellen, die alles unter sich begrub: das Futtermittelgeschäft, die Immobilien, die Fazenda. Aber sie würden es schaffen. Jetzt war er fest davon überzeugt.

Als er mit Teodoro neben sich im Wagen saß und nach Hause fuhr, lächelte er daher unwillkürlich bei der Erinnerung an den heutigen Nachmittag und die Schau, die er für den Aufsichtsrat der Bank abgezogen hatte. In Duncans Augen jedenfalls hatte alles ausgesehen wie eine Laternamagica-Szene, die er mit ein paar imponierend wirkenden Karten und Diagrammen bestückt hatte sowie einer Bilanz, die er eigenhändig nach höchst vagen Informationen zusammengestückelt hatte. Diese Leute jedoch, die gewohnt waren, im Dschungel Geschäfte abzuschließen, hatten sie willig hingenommen. Jeder hatte seine Rolle überzeugend gespielt. Duncan den Konservativen, Erfahrenen mit dem guten Leumund; Josh den Soliden, Entschlossenen, der auch bei schweren Belastungen den Kopf nicht verlor; Teodoro den Eifrigen, Ernsthaften, Untadeligen, Respektvollen. Es zeugte von Teodoros Talent, daß er aussehen konnte wie ein bewährter Autobusfahrer, ohne Gönnerhaftigkeit oder Verärgerung auszulösen.

Alles in allem war die Schau gut gelaufen. Die Direktoren hatten Gelegenheit bekommen, sie zu mustern und festzustellen, ob die Schuhe der drei Partner tadellos besohlt, ihre Hemdkrägen nicht besorgniserregend durchgescheuert aussahen. Gelegenheit, sich die Diagramme anzuschauen, nachdenklich die Stirn zu runzeln und zu sagen: «Und wie wäre es nun mit einer Cash-Flow-Analyse?» Wären sie darauf aus gewesen, daß Duncan eine solche Analyse vorlegte, oder hätten sie wie Stanley Heimowitz verlangt, daß er über jeden einzelnen ausgegebenen oder binnen der nächsten fünf Jahre auszugebenden *centavo* Rechnung legte – die ganze Sache wäre ins Wasser gefallen. Doch wie Malachai sich schon vor Monaten unter den Bäumen seiner Fazenda ausgemalt hatte, war es auch hier eine Frage des Augenblicks, der Personen gewesen. Im Moment nämlich hatte man in Brasilien allgemein das Gefühl, mit den richtigen Leuten an der Spitze würde so ziemlich alles gelingen. Wenn die fehlgeschlagenen Verhandlungen mit dem Internationalen Bankverein einen praktischen Sinn gehabt hatten, dann den, daß Ricardo Soares Duncan Roundtree bei dieser Gelegenheit wirklich kennengelernt hatte. Dies war für das Direktorium der Banco Nacional de Investimento überzeugender gewesen als alle Bilanzen und Cash-Flow-Analysen. Es waren mehrere

‹Arbeitsessen› eingenommen worden, in deren Verlauf über alles gesprochen wurde – außer über das Geschäftliche, bis es Zeit war, die *cafezinhos* zu servieren, die Ricardo Soares aber reichlich Gelegenheit boten, Josh Moran zu beurteilen. Und zum Schluß dann die Laterna-magica-Vorführung.

Als das Geschäftliche erledigt war, hatten sie miteinander in der Cambridge-Bar gefeiert. Josh, dem der Gedanke, in ein leeres Haus heimkehren zu müssen, schrecklich war, wollte bei Ricardo Soares und seiner Familie übernachten, und Teodoro war mit Duncan gefahren, um einen Augenblick in seinem Haus zu bleiben, ehe die Roundtrees in ihr Küstendorf Angra dos Reis aufbrachen und Teodoro den Abendautobus zurück nach Campos nahm.

Sie fuhren schweigend, jeder in seine Gedanken vertieft, versunken in seine Träume von Investmentgesellschaften und Immobilienfirmen, einander kaum wahrnehmend. Sie hatten Pacaembú erreicht, eine Art Oase in der vergleichsweisen Stille hoher, diskreter Mauern und großer, dichtbelaubter Bäume. Es waren nur noch fünf Minuten bis nach Hause. Er brauchte bloß noch nach links und wieder nach links einzubiegen. Da schoß aus einer der krummen Gassen, die auf der Rua Julieta zusammenliefen, ein Wagen heraus und schnitt ihnen den Weg ab. Instinktiv trat Duncan fluchend auf die Bremse. Der andere Wagen machte eine seitliche Schwenkung und hielt vor ihm. Diese Idioten, dachte Duncan. Na, ich hab sie nicht mal gestreift und möchte keine Zeit mit Auseinandersetzungen verlieren, ich möchte schnellstens nach Hause.

Da spürte er Teodoros Hand auf seinem Arm und hörte ihn leise warnen: «*Cuidado, fique quieto.* Vorsicht! Ganz ruhig bleiben!»

Zuerst wollte er nicht glauben, was er sah. Als er es glauben mußte, war es zu spät. Sie hatten Maschinengewehre, Strümpfe über den Kopf gezogen und hielten die Waffen wie in einem Kriminalfilm. «Tun Sie, was wir Ihnen sagen, dann passiert Ihnen nichts», sagte einer von ihnen. «Steigen Sie um, in unseren Wagen, schnell.» Die Stimme war schrill und nervös, die Stimme eines angstvollen Jungen, der gerade wegen seiner Angst um so grimmiger entschlossen ist. Einen Augenblick lang dachte Duncan einfach daran, Gas zu geben und loszupreschen, doch der andere Wagen versperrte ihm den Weg, und als er sich umwandte, spürte er den Lauf einer zweiten Waffe im Genick. Es war nichts zu machen. Sekunden später hatten sie ihn in ihrem Wagen, mit verbundenen Augen, auf den Knien. Er glaubte noch gehört zu haben, wie sich seine Wagentür öffnete, Geräusche eines Kampfes und dann ein dumpfer Schlag und ein Stöhnen. Teodoro! erinnerte er sich später gedacht zu haben. Dann begann die unbequeme, dunkle, schwankende endlose Fahrt ins Nichts.

Teodoro war flink, so flink wie damals, als er als Junge durch die Straßen lief, *futebol* spielte oder den Wellen am Strand von Rio auswich.

Wäre sein Gesichtssinn auch nur annähernd normal gewesen, hätte er vielleicht, wie er vorhatte, einen von ihnen durch Aufstoßen der Tür umwerfen und dann nach seiner Waffe greifen können. Wie die Dinge lagen, schätzten Teodoros armselige, rollende Augen die Entfernung falsch ein. Das fragliche Opfer stand zu weit weg, um von der Tür getroffen zu werden, und nahe genug, um Teodoro, der sich hastig vornüber warf, mit aller Kraft den Kolben der Waffe über den Kopf zu hauen. Teodoro sank bewußtlos über die Lehne seines Sitzes. Sein Angreifer schob seine Beine in den Wagen, knallte die Tür zu und verschwand.

Als er zu sich kam, wirbelten Boden, Decke, Spiegel, Fenster, Bäume, Mauern, Straßenlaternen und Häuser in der Dunkelheit vor seinen Augen. Er bemühte sich, Herr seiner Sinne zu bleiben, und zwang seine Hände, ganz langsam den Sitz, den Boden abzutasten. Da sie nichts fanden, langte er nach dem Türgriff, öffnete langsam die Tür und fingerte suchend behutsam im Rinnstein herum. Jenseits des Rinnsteins unterschied er schwach als Begrenzung des Gehsteiges Büschel von Blüten und Dornen. Er schauderte verzweifelt, doch dann glitzerte etwas. Er griff danach und rammte sich einen Dorn in den Finger. Die Brille verschwand. Er griff nach, spürte kaum, wie die Dornen seine Finger zerkratzten und zerrissen. Dann setzte er die Brille auf und mußte feststellen, daß es keinen Grund zum Jubeln gab. Erst jetzt merkte er, wie ihm der Kopf schmerzte, und als er ihn untersuchte, spürte er eine Beule und warmes, klebriges, gerinnendes Blut. Sekundenlang glaubte er ohnmächtig zu werden, darum setzte er sich wieder, und sein Kopf hinterließ einen Blutfleck auf der Rückenlehne des Sitzes. Weiß Gott wie lange er bewußtlos gewesen war: Es hatte noch kaum gedämmert, als sie ihn niederschlugen, jetzt war es finster. Die Straße war völlig leer. Selbst wenn jemand vorbeigekommen wäre, würde er eilends weitergegangen sein und sich gedacht haben: Ein Betrunkener oder: Geht mich nichts an. In der Großstadt bleiben Menschen nur stehen und schauen, wenn schon Gedränge ist. Allmählich ließ das Gefühl der Schwäche und Leere nach. Er neigte sich vornüber, hielt seine Uhr ans Licht und sah, daß es sieben Uhr dreißig war. Noch während er es tat, wurde ihm mit Entsetzen und Abscheu klar, was mit Duncan passiert war.

Ich muß irgendwo an ein Telefon! dachte er. Sein Geist arbeitete jetzt klar und dringlich. Sein Blick überflog die Häuser mit ihren hohen Mauern und Eisentoren, und er verwarf sie alle. Am Ende der Straße lag eine Bar. Selbst wenn er erst ein wenig gehen mußte, ging es dort leichter und schneller, als eines der Tore zu öffnen, sich zum Telefon durchzufragen und Erklärungen abgeben zu müssen. Während er zu der Bar eilte, überlegte er, wen er zuerst anrufen sollte. Er entschied sich für Josh. Hatte er nicht erzählt, er bleibe im Haus von Ricardo Soares und würde vermutlich morgen früh an den Strand hinausfahren, um Lia die guten

Nachrichten zu überbringen? Hatte er nicht gesagt, er könne eine weitere Nacht allein auf der Fazenda nicht ertragen?

Sein Gesichtsaudruck war höflich nichtssagend, als er bat, telefonieren zu dürfen. Erst als er schon wählte, bemerkte man die Beule und das Blut auf seinem Hinterkopf, und die Leute umringten ihn, um das Gespräch mit anzuhören.

Soares kam selbst an den Apparat. Josh war, wie sich herausstellte, nicht mehr da. Sie hatten ihm zugeredet, über Nacht zu bleiben, aber er war kolossal aufgedreht und voller Energie gewesen nach dem profitablen Ereignis des Tages. Ja, er hatte nicht bis zum Morgen warten wollen, sondern war noch in derselben Nacht an die Küste gefahren, um Lia von dem Abschluß zu berichten.

«Großer Gott», sagte Teodoro, den es plötzlich schmerzhaft im Kopf stach. Dann bemühte er sich, vor diesem beinahe Fremden glaubwürdig zu klingen und zugleich mit so wenig Worten wie möglich zu berichten, was geschehen war. Als er ausgesprochen hatte, klang Ricardo Soares' Antwort entsetzt und empört.

«*Escuta*, haben Sie sich die Autonummer der Leute gemerkt?»

«Sie haben mir eins über den Schädel gezogen, ich war ohnmächtig.»

«Na ja, egal. Inzwischen haben sie vermutlich ohnehin den Wagen gewechselt. Hören Sie, ich werde versuchen, Josh zu erreichen. Sie gehen zur Polizei; rufen Sie mich später noch mal an.»

Als er schließlich Verbindung mit der DOPS hatte und mit dem Chef dieser Organisation sprach, für den er stets mißtrauische Abneigung empfunden hatte, mit dem er jetzt aber plötzlich mit beflissener Vertraulichkeit sprach, war er dicht umringt von Barbesuchern, die gern ihren Alltag mit ein bißchen Katastrophe würzen wollten. «*Oh que passa, que passa?*» Sie umdrängten ihn immer enger.

«Eine Entführung.» Während sie das noch verdauten, sagte er so korrekt und höflich wie immer: «*Com licença* – Sie erlauben?» und bahnte sich einen Weg hinaus auf die Straße.

Zum Wagen ging er gar nicht erst zurück. Er sah am Tage schon nicht genug, um chauffieren zu können, geschweige denn nachts. Duncans Haus war ohnehin nur eine Straße weiter unten. Eine Stiegengasse führte zwischen den Häusern hindurch den Hügel hinunter, das war viel näher, als wenn er der Straße folgte. Er fand sie, auf der einen Seite war eine hohe Mauer, die nach Urin stank, ein verwildertes Grundstück auf der anderen. Er rannte die Stiegengasse so schnell hinunter, daß seine Füße kaum den Boden berührten.

Caroline war regelrecht wütend. Sie waren alle angezogen und fertig, Taschen und Körbe standen seit über einer Stunde bereit, um in den Wagen geladen zu werden. Schließlich hatte sie aufgegeben und die Kinder ins Bett gesteckt. Es war zu spät, die lange Fahrt bis Angra noch heute abend anzutreten. Entweder würden sie sich mit dem Sonntagmorgenverkehr herumschlagen – oder aber zu Hause bleiben müssen.

Im Geist sah sie Duncan und Josh und die anderen irgendwo in einer Bar sitzen und überall auf der brasilianischen Landkarte Filialen von *Frango Frito* verteilen . . . «Piruibi, Passo Fundo, Caruarú . . . ach, hol dich doch der Teufel, Duncan Roundtree.» Ihre Augen füllten sich mit Zornestränen.

Da trat Teodoro ein, keuchend und nach Luft ringend, und forderte sie auf, ruhig zu bleiben, es würde alles gut gehen. Und je mehr er sich verzweifelt bemühte, endlich zur Sache zu kommen und sie schonend vorzubereiten, desto sicherer war sie, daß etwas Schreckliches passiert war, etwas unvorstellbar Grauenvolles.

«*Pelo amor de Deus* – um Gottes willen!» Sie packte ihn schließlich am Arm, wie um es ihm herauszuschütteln. «Nun reden Sie doch schon!»

Er tat einen tiefen Atemzug und sagte dann so ruhig und freundlich er konnte: «Auf dem Weg hierher hat uns jemand aufgehalten, Sr. Duncan und mich. Sie haben mir eins über den Schädel gegeben, Dona Caroline. Und als ich wieder zu mir kam, war Sr. Duncan verschwunden.»

«Duncan.»

Sie war sehr dankbar, daß seine Hand, verblüffend stark bei seiner Magerkeit, sie festhielt, zum Sofa führte und hinunterdrückte. Es war alles so erschreckend, so sinnlos, so schwer zu begreifen.

«Teodoro, bitte, soll das ein Scherz sein?» Einen Augenblick lang flammten ihre Augen ärgerlich und hoffnungsvoll auf.

«Nein, es ist kein Scherz. Die meinen es ernst, Dona Caroline. Die schrecken vor nichts zurück.» Er stieß den schlimmsten Fluch aus, den er kannte: «*Espiritos de porco!*» Dann fuhr er eilends fort, weil er schon kostbare Zeit vertrödelt zu haben meinte: «Die Polizei habe ich bereits verständigt.» Er konnte sich ein seltsam verlegenes Lächeln nicht verkneifen. «Ich weiß, Sie alle halten das für einen Witz, aber ich habe wirklich einen Schwager bei der DOPS.»

«Bei der DOPS?» Sie sah ihn verwundert an. Bei jeder anderen Gelegenheit hätte sie jetzt laut heraus gelacht, doch plötzlich war dieser Witz von Schwager sehr ernst zu nehmen.

«Ich rufe ihn wieder an, sobald ich nähere Einzelheiten weiß.» Teodoro richtete sich auf und blickte Caroline angestrengt an. In seinem Blick lag fast etwas Professionelles, er sah drein wie ein auswärts schielender Polizist.

«War irgend jemand hier? Irgend jemand außer Ihren guten Freunden, der Sie über Sr. Duncan ausgefragt hatte, über sein Kommen und Gehen?»

«Natürlich nicht», stieß sie hervor. «Wen interessiert das schon?»

«Denken Sie ein bißchen nach», sagte Teodoro. «Irgendwer wollte es wissen, irgend jemand hat sich dafür interessiert!»

Da kam ihr mit der Bitterkeit der Hintergangenen einer in den Sinn – Dorval, der Musiker.

40

Wer nachts eine unbekannte Straße fährt, dem kommt die Strecke doppelt so lang vor, als sie in Wahrheit ist. Und nun gar eine Nachtfahrt, bei der man mit verbundenen Augen auf den Knien liegt, den Kopf seitlich gewendet hält und sich in Achtern und Kreisen vorwärtsbewegt wie ein verrückt gewordener Wasserkäfer! Irgendwann, wie Ricardo Soares es vorausgesehen hatte, vertauschten Ducans Entführer den Wagen gegen einen anderen, vermutlich ihren eigenen.

Er wurde rauh herausgezerrt und wieder hineingestoßen, und eine kalte Revolvermündung in seinem Nacken sorgte dafür, daß er bestimmt nicht versuchte, zu rufen oder zu fliehen.

Als man endlich am Ziel anlangte, waren seine Beine vom Knien schmerzhaft verkrampft. Der Kopf tat ihm aus vielerlei Gründen weh: Angst, Sorge, das Übelkeit erregende Gefühl, im Finstern aus dem Nichts ins Nichts geschleudert zu werden. Es bedurfte seiner ganzen Konzentration, sich nicht über den Sitz und die Knie seiner Entführer zu übergeben, und das war vermutlich ein wahrer Segen, denn es lenkte ihn davon ab, seine fatale Lage gänzlich zu erfassen.

Sie gelangten schließlich – das konnte er aber nicht wissen – an einen Ort, der gar nicht weit von dem Punkt lag, an dem man ihm und Teodoro aufgelauert hatte. Das Haus lag, wie so viele in São Paulo, an einem steilen Hang, mit einer Garage darunter. Als sie in die Garage hineingefahren waren und ihn herausholten, meinte er zuerst, die Beine würden ihn nicht tragen. Und doch war es eine ungeheure Erleichterung, endlich wieder Beine und Rücken geraderichten zu dürfen, als sie ihn, mit noch immer verbundenen Augen, die Treppe hinaufstießen. Aber das war nur vorübergehend. Er fühlte, wie man ihn durch eine Tür führte, und hörte, daß sie sich hinter ihm schloß. Licht wurde angeknipst, und die schwarze Kapuze, die seinen Kopf verhüllte, wurde abgenommen.

Die zwei Gestalten, die vor ihm standen, trugen noch die gleichen Kapuzen wie beim Überfall. Er sollte tatsächlich nie anderes von ihren Gesichtern sehen als ein gewisses Blitzen durch die kleinsten aller vorstellbaren Augenschlitze. Diesmal erschrak er über ihre Schmächtigkeit. Keiner der beiden ging ihm auch nur bis ans Kinn, und ihre Körper waren nicht gerade muskulös. Kurz gesagt, sie sahen aus wie unzählige andere junge Brasilianer, die in ihrem Leben noch nie die geringste körperliche Arbeit geleistet hatten. In einem Handgemenge wären sie kinderleicht zu überwältigen gewesen, doch zwischen ihnen und Duncan stand immer noch die beherrschende Macht einer Schußwaffe.

«Wo . . .?» Die sinnloseste aller Fragen formte sich auf Duncans Lippen. Doch offenbar war keiner in Stimmung, sich zu unterhalten.

«Verhalten Sie sich ruhig und schweigen Sie, dann passiert Ihnen nichts.» Die Worte wurden von einer hohen, erregten Stimme unter der ihm zunächst stehenden Kapuze hervorgestoßen. Im nächsten Augenblick hatten seine Entführer den Raum rückwärts verlassen und die Tür hinter sich abgesperrt.

Duncan hörte einen Schlüssel im Schloß und dann so etwas wie eine Eisenstange, die man in einen Schlitz schiebt. Im Geist sah er die Stange und den Schlitz. Viele Türen, ja selbst Fensterläden alter brasilianischer Häuser hatten diese Vorrichtung. Er hatte sich oft gewundert, warum in der modernen Welt der Großstädte und ewiger Bagatellvergehen dieses Mittel, Feindliches auszusperren, durch luxuriösere, aber keineswegs wirksamere Vorrichtungen ersetzt worden war. Nun, seine Entführer hatten sie zu schätzen gewußt. Nur mit einem Rammbock war eine derartige Tür aufzubrechen, und er hatte nichts Größeres bei sich als einen Kugelschreiber.

Das Haus selbst schien alt zu sein, nur nach der derzeitigen Mode ein wenig umgebaut, denn der Raum, in dem er sich nun befand, war einer jener *alcovas*, die Lia in dem Haus auf der Fazenda so widerwärtig gefunden und in Badezimmer mit Oberlicht umgewandelt hatte. Hier jedoch hatte niemand ein Oberlicht durchgebrochen. Vier fensterlose Wände und eine hohe Decke bildeten einen idealen Verwahrungsort für einen Gefangenen, den niemand sehen oder hören sollte. An der einen Wand stand ein schmales Bett mit einem Nachttopf darunter. Der Anblick des letzteren erinnerte ihn daran, daß sein Harndrang allmählich ungemütlich wurde. Doch da er in seinem Leben schon bei anderen Gelegenheiten für alberne kleine Vergehen wie Trunkenheit am Steuer oder öffentliche Ruhestörung im Gefängnis gewesen war, fiel ihm zugleich ein, daß eines der unsympathischsten Merkmale einer Zelle der Geruch nach abgestandenem Urin war. So beschloß er denn, es noch ein Weilchen auszuhalten. Schon bei kaltem Wetter wäre der Raum bedrückkend genug gewesen, jetzt aber war es so heiß darin, daß zur vollständigen Hilflosigkeit auch noch das scheußliche Angstgefühl trat, langsam zu ersticken. Erneut überkam ihn eine lächerlich übertriebene Erleichterung, als er beim Hinunterschauen bemerkte, daß die Tür unregelmäßig behauen war und zwischen ihr und dem Boden ein Zwischenraum von etwa zwei Zentimetern klaffte.

Er sollte in den kommenden Tagen viel Zeit damit zubringen, diesen Zwischenraum auf vorbeiziehende Schatten zu belauern oder angestrengt auf ein Geräusch zu lauschen. Jetzt warf er Jacke und Schlips ab und setzte sich, die Ellbogen auf die Knie gestützt, auf das Bett, alle

Gedanken in Aufruhr. Von dem Moment an, wo man ihn gepackt und in den Wagen gestoßen hatte, war ihm nie ein Zweifel gekommen, daß es sich um eine politische Entführung handelte. Sie waren derzeit in der ganzen Welt nichts Ungewöhnliches, nur hätte er nie geglaubt, daß gerade ihm so etwas zustieße, vielleicht weil er sich seit langem nicht mehr als Ausländer ansah oder als Repräsentanten für irgend etwas außer sich selbst. Jetzt kam ihm natürlich zu Bewußtsein, daß es für diese Leute unwesentlich war, als was er sich selbst sah. Sie waren an Persönlichkeiten interessiert, mit denen sich die Regierung Brasiliens in Verlegenheit bringen und unter Druck setzen ließ. Als Repräsentant einer der wichtigsten Banken Amerikas eignete er sich als Geisel ebensogut wie jeder andere. Hier verzweigte sich der Strom seiner Gedanken in zahllose Nebenflüsse – am häufigsten schweiften sie zu der aufgeregten Reaktion Carolines, die allein war, sich Sorgen machte und gewiß immer größere Angst bekam, während sie einen in Frage kommenden Ort nach dem anderen anrief, bis keiner mehr übrig war, an dem er sich hätte aufhalten können.

Oder war Teodoro davongekommen? Wenn ja, konnte er wenigstens Caroline verständigen. Es war besser, das Schlimmste zu wissen, als überhaupt nichts zu wissen. Was konnte Teodoro sonst noch unternehmen, außer die Polizei anzurufen und Josh herbeizuzitieren? Was konnte sonst jemand unternehmen? Welchen Hinweis darauf, wo er sich befand, könnten sie möglicherweise haben? Was ließ sich mit dieser Information anfangen? Sehr wenig. Deshalb war Kidnapping die wirksamste Form der Erpressung, deren Erfolg davon abhing, welchen Wert die Betroffenen auf ein Menschenleben legten.

‹Robin Hoods›? Großer Gott im Himmel! Er wünschte, sie würden einmal den Repräsentanten der Nachrichtenagentur UPI kidnappen. Nein, wenn er es sich recht überlegte, das wünschte er niemandem . . . diese absolute Hilflosigkeit. Sein Kopf hämmerte, seine Augen brannten. Er nahm die Brille ab, schloß die Augen und lehnte sich an die Wand. Erschöpft fiel er in einen unruhigen Halbschlaf.

Ein Geräusch weckte ihn: Jemand schob den Riegel zurück und öffnete die Tür. Er schauderte leicht und rückte die Brille zurecht, um die magere, verhüllte Gestalt recht zu sehen, die nun, gefolgt von einer anderen mit der Waffe im Anschlag, eintrat. Immer zu zweit, wie die Nonnen, dachte Duncan. Wäre nicht die Waffe gewesen, die Anwesenheit der beiden hätte ihm keine Angst gemacht, etwas so Dilettantisches lag in ihrem Auftreten, sogar in der Art, wie der Wachhabende seine Waffe krampfhaft festhielt, als sei sie lebendig.

Der erste trug einen Block billiges Briefpapier und einen Kugelschreiber. Es war der, der Duncan in hohem, scharfem Ton befohlen hatte, «sich ruhig zu verhalten und zu schweigen». Diesmal klang seine Stimme seltsam konziliant. «Möchten Sie ein Glas Wasser?»

«Ein Whisky on the rocks wäre mir verdammt viel lieber», sagte Duncan aufrichtig.

«Alkohol haben wir hier nicht.» Der Junge klang jetzt ungemütlich selbstgerecht. Überscharf fiel Duncan wieder ein, was ihm schon immer aufgefallen war, wenn er über diese Leute etwas las. Kein Alkohol, keine Drogen, nichts, was sie aufrechthielt außer ihrer abnormen Ernsthaftigkeit. An ihrer äußeren Erscheinung war nichts Einschüchterndes, aber diese Ernsthaftigkeit war erschreckend. Sie wurde noch dadurch verstärkt, daß man die Augen des Jungen nur undeutlich blitzen sah. Die Vorstellung, daß er Gefühle, sofern er welche hatte, derart verbergen durfte, empörte den derzeit überempfindlichen Duncan zutiefst.

«Hören Sie mal, das alles mag Ihnen ja äußerst heldenhaft vorkommen, aber mir paßt es nicht im geringsten, hier herumzusitzen.»

«*Sim, comprendemos.*» Wieder klang es versöhnlich. «Und es tut uns auch sehr leid. Leider ist es notwendig. Es sind Menschen gefangen, die freigelassen werden müssen.»

«Möglich. Aber ich bin nicht schuld daran, daß sie im Gefängnis sitzen. Ich habe eine Frau und –»

«Das System ist schuld», unterbrach ihn der Junge. «Und zu dem gehören Sie, nicht wahr? Wir halten keinen für unschuldig.» Er wiederholte, wie um es zu unterstreichen: «Keinen.»

«*Bom*, das zu hören freut mich.» Duncan verzog den Mund sarkastisch. «Ich war immer der Meinung, ihr Burschen hättet die Tugend gepachtet.»

«An Ihrer Stelle würde ich keine Witze reißen.» Die Stimme des Jungen wurde erneut hoch und schrill und machte deutlich, daß er selber nervös war. «Ich bin gekommen, um Ihnen etwas zu sagen. Hören Sie gut zu.» Duncan spürte, wie der Junge um Beherrschung rang, während er fortfuhr: «Wir haben nicht vor, Ihnen etwas zu tun. Ich wiederhole: Die Notwendigkeit hat uns gezwungen, Sie hierherzubringen. Sie werden hier festgehalten, bis die brasilianische Regierung und Ihr Arbeitgeber sich der Gerechtigkeit beugen –» er räusperte sich – «den gerechten Forderungen des Movimento Revolucionario Popular, wie sie im Manifest niedergelegt sind, das in Kürze ergehn wird –»

«Darf ich fragen», fiel Duncan ihm ins Wort, «welche Forderungen das sind?»

«Ich wollte sie soeben aufzählen», sagte der Junge scharf, «damit Sie sie kennen und wissen, wer die Verantwortung trägt, wenn sie nicht erfüllt werden. Unsere Organisation braucht Geld, um die Revolution fortzuführen. Daher haben wir von Ihrer Gesellschaft, einer der größten und reichsten der Welt, einen Betrag von 500000 Dollar verlangt. Das ist doch gewiß nicht viel, oder?»

Als Antwort hob Duncan ironisch die Augenbrauen.

«Unsere zweite Forderung ist die Freilassung von zwanzig Gefangenen», fuhr der Junge fort, «darunter Ignacio Meneghel, von dem wir glauben, daß er infolge erlittener Mißhandlungen dem Tode nahe ist.»

«Meneghel!» Duncan wiederholte den Namen leise und mit dem Gefühl ahnungsvoller Betroffenheit. «Der Winslow erschossen hat? Sie scherzen wohl?»

Das Achselzucken des Jungen war beredt und schien die Arroganz von vorhin auszulöschen. Als er wieder sprach, war es für Duncan so, als habe er, ein Patient, einem widerstrebenden Krankenpfleger eine fatale Wahrheit entrissen. «Unser Chef ist Bandeira, der scherzt nicht.» Er tat einen Schritt vorwärts und schob Duncan Papier und Stift hin. «Vielleicht möchten Sie Ihrer Frau schreiben?»

Duncan nahm den Block und saß einen Augenblick lang hilflos grübelnd davor. Was sollte er ihr sagen, wie sie beruhigen, und womit? Wie beruhigt und warnt man gleichzeitig? Unwillkürlich fielen ihm die Worte des amerikanischen Botschafters, des japanischen Konsuls ein, Nachrichten an ihre Frauen, die in den Zeitungen abgedruckt gewesen waren. Kurze, verstohlene, liebevolle Worte.

«Ich sitze in einem *alcova* wie eine *donzela*. Man behandelt mich gut. Mach Deinen Einfluß bei den Betreffenden geltend, damit sie den Forderungen nachkommen. Diese Leute meinen es tödlich ernst. Hab keine Angst, das nützt nichts. Bleibe hart.

Ich liebe Dich. Duncan.»

Der Junge nahm den Brief und las den Anfang, dann schüttelte er stirnrunzelnd den Kopf. «Der erste Satz geht nicht. Sie wissen doch sicher, daß es nur mehr wenige Häuser in São Paulo mit *alcovas* gibt.»

Duncan wußte es genau, meinte aber, ein Versuch könne nicht schaden. Der Junge gab ihm ein neues Briefblatt, und er schrieb die Botschaft noch einmal. Als er sie diesmal dem Jungen reichte, fragte er: «Wie lange geben Sie ihnen?»

«Drei Tage», sagte der Junge. «Unter Umständen auch länger, es kommt darauf an. Manchmal muß man Ersatzmänner suchen.»

«Aber nicht für Meneghel», sagte Duncan.

«Nein», sagte der Junge, «nicht für Meneghel.»

41

Als Josh mit Lia und den Kindern an diesem denkwürdigsten aller Vormittage in São Paulo eintraf, waren mehrere einschneidende und erschreckende Ereignisse eingetreten. Erstens hatte man Teodoro losgeschickt, den Musiker Dorval zu suchen. Er hatte zunächst mit der Politischen Polizei Verbindung aufgenommen und anschließend seinen

Schwager, Offizier bei dieser Organisation, aufgesucht, um mit ihm ins *Jogral* zu gehen. Dort trat Dorval üblicherweise immer noch an den Wochenenden auf. Jetzt spielte er dabei oft selbstverfaßte Lieder. Sein Auftritt erfolgte regelmäßig um zehn Uhr, denn er war der Liebling einer Elite von Musikfreunden, die sich, einzig und allein, um ihn zu hören, in das winzige Loch klemmten wie Zahnpasta, die man in die Tube zurückdrückt. Doch obwohl es schon beinahe elf war, als Teodoro und sein Schwager eintrafen, teilte der Barbesitzer ihnen mit äußerst besorgter Miene mit, daß Dorval noch nicht aufgetaucht sei. «Es sieht ihm gar nicht ähnlich.» Immer war er bisher rechtzeitig erschienen. Nein, er habe kein Telefon, doch der Barbesitzer gab Teodoro Dorvals Adresse, wobei er die Stirn runzelte und kopfschüttelnd meinte: «Hoffentlich ist nichts passiert . . . ein sonderbarer junger Mann, *não é?* Aber sehr begabt.»

Die ‹Republica›, die Dorval mit anderen Studenten aus verschiedenen Gegenden des Landesinneren teilte, war ein altes Gebäude wie unzählige andere in einer jener gewissen Straßen, die weder Geschäfts- noch Wohnviertel waren, sondern beides und noch etwas mehr. Im Souterrain lag eine Bar. Die Studentenkommune hatte die fünf Räume im zweiten Stock. Teodoro bekam durch Fragen heraus, daß Dorvals Zimmergenossen beide im eine Stunde entfernten Städtchen Tietê lebten und übers Wochenende heimgefahren waren. Ob Dorval zu Hause oder ausgegangen war, wußte der Besitzer nicht, hatte aber nichts dagegen, daß Teodoro über die Hintertreppe hinaufstieg und selber nachsah.

Als auf ihr beharrliches Klopfen niemand antwortete, entnahm Schwager Roberto seiner Aktenmappe das nötige Werkzeug und brach die Tür auf. Die Gestalt auf dem Bett, die das Kopfkissen an sich gepreßt hielt, hätte sehr wohl ein nach langem Studieren erschöpft Schlafender sein können, doch die beiden Eintretenden hatten genügend Erfahrung, um die Totenstarre zu erkennen, noch ehe sie den Leichnam berührten. Auf dem Tischchen am Bett lag ein leeres Röhrchen Schlafmittel, darunter ein gefalteter Zettel. Als Teodoro danach griff, sah er, daß er an Caroline Roundtree gerichtet war. Als diskreter, fein empfindender Mensch wollte er ihn zunächst nicht lesen. Roberto war zwar ebenfalls diskret, doch überwogen bei ihm praktische Erwägungen jede sentimentale Anwandlung. «Wenn du ihn nicht liest, du Narr, dann tu ich es.»

Da las Teodoro und litt dabei entsetzliche seelische Qualen.

«Wären Sie nicht, würde ich meine Tat gar nicht erst erklären, denn wen kümmert sie schon? Da ich jedoch getan habe, was ich tat, möchte ich nicht, daß Sie den Rest Ihres Lebens meinen, bei mir hätte eine üble Absicht vorgelegen. Es ist mir lieber, wenn Sie wissen, daß es Feigheit war, die Feigheit eines Menschen, der mit dem Rücken an der Wand steht und nicht den Mut hat zu sprechen. Eingeklemmt zwischen zwei Alternativen, entschied ich mich, die Menschen zu verraten, die mir auf der Welt am meisten bedeutet haben, Dona Delia und Sie, die Sie mir den

Glauben an mein Talent geschenkt haben, das vielleicht – wäre alles anders gelaufen – zu großen Erfolgen geführt hätte.

Ich war das Werkzeug für die Entführung Ihres Gatten, Duncan Roundtree. Ich erwarte nicht, daß Sie mir verzeihen, meine aber, daß es Ihnen eine kleine Erleichterung bedeuten wird, zu erfahren, daß es sich bei meiner Tat nicht um eine Tat des Hasses gehandelt hat, sondern um menschliche Schwäche, die aus von allen Seiten herandrängenden unglücklichen Umständen keinen Ausweg mehr sieht.

Darüber, wo Sr. Duncan sich befindet, weiß ich nicht mehr, als was ich in einem unbewachten Augenblick aufgeschnappt habe: das Haus muß ein altes Gebäude sein, denn der Raum, in dem man Ihren Gatten festgesetzt hat, ist ein *alcova de donzela.*

Ich bete um Ihre Sicherheit und die Ihres Gatten.

Dorval.»

Als Teodoro die Botschaft zu Ende gelesen hatte, reichte er sie Roberto, der sie seinerseits las und triumphierend ausrief: «Siehst du! Was habe ich dir gesagt? Wie viele Häuser stehen in São Paulo noch, die alt genug sind, um einen *alcova* zu haben?» Weil Teodoro nichts zu sagen vermochte, beantwortete er seine Frage selbst: «Nur sehr wenige!» Vor seinem inneren Auge erschienen bereits die Schlagzeilen: *Primeira Pista Descoberta pelo Tenente Roberto de Oliveira!* – Leutnant Oliveira entdeckt erste Spur! Und dann ließ er augenblicklich in Gedanken jene *bairros* Revue passieren, in denen derart ‹antike› Häuser stehen konnten.

Der Todesfall wurde ordnungsgemäß gemeldet und die notwendigen Schritte zur Abholung des Toten unternommen. Und während Roberto sich mit seinem kostbaren Hinweis zur DOPS begab, kehrte Teodoro zurück, um Caroline den Zettel zu überbringen. Dabei zog sich ihm immer noch die Kehle schmerzhaft zusammen. Vermutlich würde er den Anblick des bleichen, empfindsamen Gesichts des toten Jungen, dessen Abschiedsbrief er eben gelesen hatte, nie wieder vergessen können. Wie viele solche Jungen hatte er gekannt? Einst war er selbst so gewesen, jung und arm und entschlossen – und voller Träume. Hätte nicht ein launisches Schicksal ihn die Welt anders sehen lassen – dieser Dorval hätte er selbst sein können.

«Ich weiß, es ist vielleicht nicht ganz passend, es in diesem Moment zu äußern», sagte er, während er Caroline den Zettel reichte, «aber Sie denken hoffentlich nicht zu schlecht von ihm.»

«Schlecht?» Sie riß ihm den Zettel aus der Hand und blickte starr darauf nieder, in ihren schlaflosen Augen loderte Empörung. Doch schon nach wenigen Zeilen veränderte sich ihre Miene, und als sie zu Ende gelesen hatte, setzte sie sich und sah Teodoro mit tränenüberströmtem Gesicht wortlos an.

Es war sieben Uhr dreißig, als der Küster der Kirche Nossa Senhora de Consolação den Opferstock aufschloß, wie er es gewöhnlich am Sonnabend um diese Stunde tat. Als er den breiten, altmodischen Schlüssel im Schloß drehte und den Deckel hochklappte, der so alt, knarrend und störrisch war wie er selbst, erblickte er darin auf den zerknitterten, schmuddeligen *cruzeiro*-Scheinen zwei zusammengefaltete Notizbuchblätter mit Hinweisen, bei deren Lektüre sich ihm fast der schüttere Haarkranz um die Glatze gesträubt hätte. Wie bei jedem besorgniserregenden Anlaß seit 35 Jahren stürzte er mit seiner Entdeckung zum Herrn Pfarrer, der bereits schlechter Laune war, weil heute am Sonnabend ein endloser Strom von Trauungen und Taufen auf ihn wartete, säuerlich über seine Brillengläser äugte und das Ganze als schlechten Scherz bezeichnete. Der Küster wollte sich damit jedoch nicht zufriedengeben. War nicht, als man den amerikanischen Botschafter entführte, ebenfalls die erste Nachricht in dem Opferstock einer Kirche in Rio de Janeiro gefunden worden? Seit damals hatte er auf ein ähnliches Vorkommnis gewartet. Schließlich überredete er seinen geistlichen Herrn, die Polizei anrufen zu dürfen.

Gegen neun Uhr war bereits ein Bote zu Caroline unterwegs mit dem Versprechen, die brasilianische Regierung würde alles in ihrer Macht Stehende tun, damit ihr Gatte unverletzt heimkehrte. Durch diplomatische Kanäle hatte man den Internationalen Bankverein von der Höhe des geforderten Lösegeldes informiert und rechnete jeden Augenblick mit dessen Antwort.

Ricardo Soares hatte inzwischen angerufen und erklärt, er habe endlich Verbindung mit Josh, der bereits unterwegs sei. Diese letzte Neuigkeit wirkte auf Caroline beruhigender als alle übrigen. Wenn es außer Duncan einen Menschen auf dieser Welt gab, dem sie vertraute, so war es Josh Moran. Irgendwie schien alles in einem Zustand der Schwebe zu verharren, bis er eintraf und die nötigen Schritte unternahm. Weil Duncan sie in seinem Brief dazu ermahnt hatte, war sie entschlossen, hart zu bleiben. Einer der Polizisten, die jetzt ständig um das Haus der Roundtrees Wache hielten, war abkommandiert worden, den kleinen Andrew zum Kindergarten zu begleiten. Man hatte ihm gesagt, solange Daddy nicht da sei, würde die Polizei auf sie alle aufpassen. Fröhlich war er an der Hand des Polizisten davongetrabt. Dann hatte sich Caroline, das Baby nachzerrend, an die täglichen Hausarbeiten gemacht, mit automatischem Eifer, um sich vom Gefühl der Panik nicht völlig lähmen zu lassen. Gegen zehn Uhr pflegte sie eine Stunde lang auf der Gitarre zu üben. Alles andere hatte sie relativ besonnen, wenn auch wie betäubt, hinter sich gebracht. Als es jedoch darum ging, die Gitarre aus ihrer Ecke im oberen Schlafzimmer herunterzuholen, gaben ihre Knie nach und eine innere Stimme sagte: Das kannst du einfach nicht! – Dann werde ich etwas anderes tun, sagte sie sich energisch, nur nicht auf einem Stuhl sitzen und ins Leere starren! Ich werde Brot backen! Sie gab sich diesen Befehl ohne innere Anteilnahme, es fiel ihr sonst nichts ein. Als sie sich eben zwang, in die Küche zu gehen, läutete es an der Haustür, es klang laut und ohrenbetäubend in der Stille eines Hauses, das gewöhnlich um diese Stunde von Musik erfüllt war.

Auf der Schwelle stand Clea, das Fehlen ihres üblichen theaterhaften Make-ups unterstrich noch ihr fahl-entsetztes Aussehen. Einer der Wachsoldaten stand neben ihr, den Arm zögernd auf ihren Ellbogen gelegt. «Sag dem Kerl, er soll mich loslassen!» Ihre Stimme klang leise und schrill.

«*Pode deixar.*» Caroline warf dem Wachsoldaten einen gebieterischen Blick zu, der jede weitere Frage verbot. Er wich zurück und ließ Clea ins Haus treten. Sie sah Caroline mit wild aufgerissenen Augen an.

«Ich weiß tatsächlich nicht mehr weiter. Jetzt haben sie Malachai verhaftet –»

«Malachai?» Sekundenlang starrte Caroline Clea mit so leerem Blick an, als sei dies letzte zuviel und nicht mehr zu bewältigen. Dann sagte sie lahm: «Wann?»

«Vor einer Stunde. Du weißt doch, daß Delia mit auf der Liste gestanden hat. Sie verdächtigen ihn, er hätte mit der . . . entsetzlichen Geschichte irgendwas zu tun.»

«Warum verhaften sie dann nicht auch mich?» Caroline kam plötzlich und heftig zu sich. «Diese Vollidioten! Ein solch gottverdammter Blödsinn!» Sie schien drauf und dran, hinauszustürzen oder ans Telefon, um ihren ganzen schmerzlich-verzweiflungsvollen Zorn an irgend jemandem auszulassen. Doch dann sah sie Clea in einen Sessel sinken und den Kopf in den Händen verbergen.

«Der arme, liebe Kerl.» Sie brach in Tränen aus. «Sein ganzes Leben lang hat er darauf gewartet, daß so etwas passiert. Sein ganzes Leben lang. Und er ist doch so ein Angsthase!»

Caroline setzte sich auf die Sessellehne und legte Clea den Arm um die Schultern. «Es ist ein Mißverständnis», versuchte sie aufmunternd zu sagen. «Wenn so was passiert, zieht es immer weite Kreise. Er wird ja sofort wieder entlassen.»

Und weil Clea das offenbar nicht als sehr trostreich empfand, fügte sie hinzu: «Sie haben Duncan erlaubt, mir ein paar Worte zu schreiben. Darin ermahnt er mich, ich solle hart bleiben. Ich glaube, das ist das beste, meinst du nicht?»

Daraufhin richtete Clea sich auf, nahm ein Taschentuch aus ihrer Handtasche und putzte sich die Nase. «Ich bin aber auch gut, mit meinen Sorgen herzurennen!» Ihre Stimme war nun wieder fest und tief. «Ich weiß wenigstens, wo Malachai ist: im Gefängnis!»

Caroline konnte ein Lächeln nicht unterdrücken. «Ich bin froh, daß du da bist, Clea. Du wärst doch sowieso gekommen. Bitte bleib. Keiner von uns braucht allein dazusitzen.»

So fanden Josh, Lia und die Kinder sie bei ihrer Ankunft vor. Caroline kochte Kaffee für alle, und sie setzten sich mit dem besonderen Gehabe von Strategen im Kriege zusammen und überlegten, was zu tun war.

Clea, so wurde beschlossen, sollte bei Caroline wohnen bleiben, nicht nur um Gesellschaft zu haben, sondern aus dem einleuchtenden Grund, daß den Verantwortlichen dann vielleicht dämmerte, Malachai müsse unschuldig sein, wenn seine Frau mit der Frau des Entführungsopfers unter dem gleichen Dach lebte. Ferner sollte Teodoro nochmals zur DOPS gehen und wiederum unter Zuhilfenahme seines findigen Schwagers prüfen, was sich für Malachai erreichen ließ.

Josh wurde sofort ausgeschickt, um herauszubekommen, was von offizieller Seite für Duncans Befreiung unternommen wurde. Wie Caroline erwartet hatte, ließ ihre Verzweiflung bei Joshs Eintreffen ein wenig nach, obwohl keiner wußte, wo Duncan festgehalten, ja, ob überhaupt ehrliche Anstrengungen gemacht wurden, ihn zu finden.

«Weißt du, dir ist es *nicht* wurst», sagte sie mit kleiner, spitzer Stimme und bemühte sich, ihre Tränen zurückzuhalten. «Ich weiß, daß du nicht aufgibst . . .»

«Selbstverständlich gebe ich nicht auf.» Er umarmte sie kurz und hob dann Cleas Kinn empor. «Und Malachai geben wir auch nicht auf, hörst du? Nicht jeder hat einen Schwager bei DOPS!»

Lia verabschiedete sich und versprach Caroline, wiederzukommen, sobald sie die Kinder Gardenal anvertraut und für die nächsten paar Tage auf der Fazenda alles geordnet hätte. Josh und sie waren seltsam förmlich zueinander, doch das bemerkte keiner von den anderen, so beschäftigt waren ihre Gedanken mit ihren eigenen Angehörigen.

42

Es war eine gespenstische Welt, in der alle Betroffenen während der nächsten paar Tage lebten. Eine Welt der sonderbaren Zusammenkünfte und sonderbaren Gespräche, belastet von der Vorstellung, daß jedes Gespräch sich um den Handel mit einem Menschenleben drehte. Die Entführer waren klar im Vorteil, weil sich dieses Leben in ihren Händen befand.

Der amerikanische Konsul, Mr. Berkly Parks, konnte trotz aller Mühe die Bestürzung darüber nicht verhehlen, daß Duncan Roundtree, ein privater Geschäftsmann, es – wie er sich ausdrückte – «fertiggebracht hatte», sich entführen zu lassen. Das schuf einen neuerlichen Präzedenzfall, der den alptraumhaften Eiertanz internationaler Sicherheitsvorkehrungen weiter komplizierte. Welche Schritte sollte man unternehmen? Wie weit durfte man dabei gehen? Mr. Parks war wie gelähmt.

«Fertiggebracht ist wohl kaum der richtige Ausdruck», meinte Josh trocken.

«Gewiß, gewiß, Mr. Moran, aber Sie werden zugeben müssen, daß ein Mann in Mr. Roundtrees Position gewisse Vorsichtsmaßregeln hätte befolgen sollen, als da sind: eine Alarmanlage installieren, seine gewohnte Route zeitweilig ändern, ganz zu schweigen davon, die politische Vergangenheit der Musiklehrer seiner Frau zu überprüfen.»

«Die politische Vergangenheit des Musiklehrers seiner Frau war ihm bekannt!»

Der Konsul hob beide Arme. «Na, sehen Sie! Und wenn dann etwas passiert wie jetzt, wer muß dann die Suppe auslöffeln?» Er warf einen Märtyrerblick auf Josh. «Ich kann Ihnen die Maßnahmen im einzelnen nicht schildern, Mr. Moran, aber ich versichere Ihnen, daß unsere Regierung alles in ihrer Macht Stehende unternimmt, um Mr. Roundtrees Sicherheit zu garantieren. Das Geld ist, wie wir Mrs. Roundtree bereits mitteilten, in sicherem Besitz und wird übergeben, wenn es nötig ist. Selbst das ist nicht gerade ein Kinderspiel. Die Rechtsabteilung des Internationalen Bankvereins scheint die Möglichkeit zu erwägen, die US-Regierung wegen mangelhafter Schutzmaßnahmen auf Schadenersatz zu verklagen. Ist so etwas zu glauben? Und auch der andere Teil ist nicht leicht», fuhr Mr. Parks fort, «dieser Meneghel . . .»

«. . . hat bereits einen unnötigen Todesfall auf dem Gewissen.» Josh blickte den Konsul nachdrücklich an, der plötzlich aussah, als würde der Ernst der Lage ihm klar.

«Nun, wir wollen hoffen», sagte Mr. Parks, «daß die brasilianische Regierung darüber ebenso denkt.»

Auf der Fahrt zum Hauptquartier des Obersts Silveiro Amaral, der in diesem Fall mit den Terroristen verhandeln sollte, war Josh seit Stunden zum erstenmal mit seinen Gedanken allein. Er dachte an Duncan, der irgendwo in dieser Stadt wartete, während die Zeit allzu rasch vorüberjagte. Erschien sie ihm erschreckend kurz? Erschien sie ihm endlos? Ob Duncan wohl meinte, er, Josh, könne noch anderes unternehmen, als nur eruieren, welche Absichten die Verhandelnden hegten, und Caroline zur Seite zu stehen, soweit möglich? Mehr war es ja nicht. Mit einem Wort, er war sich noch nie im Leben so hilflos vorgekommen, nicht einmal damals, als das Flugzeug abstürzte, da hatte er doch wenigstens den Steuerknüppel in den Händen gehabt. Außerdem hatte es Lia gegeben. Wenn sie ihm jetzt einfiel, war ihm zumute, als bekäme er einen Schlag in den Magen, als verließen ihn Sicherheit, Kraft und Lebensfreude. Er konnte jetzt nicht an sie denken. Er wollte überhaupt nicht mehr an sie denken. Er verbannte sie aus seinen Gedanken.

In seiner derzeitigen Gemütsverfassung wirkte es beinahe erfrischend, sich den Oberst vorzustellen, den er jetzt gleich kennenlernen würde. Halbbewußt trug er ein wenig ermutigendes Bild mit sich herum, nämlich das des Obersts Ramiro Basto, den er auf einer Cocktailparty getroffen hatte, als eben der japanische Konsul entführt worden war. Der Oberst, ebenfalls ein großes Tier in Sachen Sicherheitsmaßnahmen, hatte völlig festgefahrene Ideen gehabt, als läge für ihn schon darin eine gewisse Sicherheit. «Wir sind im Krieg», hatte er mit pompöser Entschiedenheit verlauten lassen, «jeder Diplomat hat sich als Soldat zu betrachten.»

«Das heißt mit anderen Worten . . .?»

«Ein Verhandeln mit Verbrechern führt immer nur zu weiteren Verbrechen.»

Es muß herrlich sein, hatte Josh damals gedacht, sich seiner Sache so sicher zu fühlen. Für mich zeugt es von totaler Phantasielosigkeit.

Zum Glück schien Oberst Silveiro Amaral kein Mann sorgsam gehüteter Begriffskategorien. Dennoch hatte Josh den Eindruck, daß der Mensch, der ihm jetzt entgegentrat, auf höfliche, bedachtsame Art kompromißlos sein konnte, wenn die Situation es verlangte. Er war groß, hielt sich sehr gerade, sein eisengraues Haar war tadellos aus seiner gewölbten Stirn zurückgebürstet. Zu beiden Seiten der einer Cyrano de Bergerac würdigen Riesennase blickten tiefliegende Augen einen prüfend an. Seine einleitenden Worte waren zugleich teilnahmsvoll und reserviert. «Es ist bedauerlich, was da geschehen ist, sehr bedauerlich. Diese Leute sind skrupellos. Hoffentlich können wir irgend etwas tun. Bitte setzen Sie sich doch, Sr. Moran.»

Josh ergriff die gebotene Hand und setzte sich dann auf den vom Oberst bezeichneten Stuhl. Ein junger Mann in Uniform brachte ein Tablett mit *cafezinhos*. Die Geste kam ihm erst übertrieben vor, doch im Augenblick, in dem Josh das heiße, dampfende Täßchen an die Lippen führte, wurde ihm klar, daß er sehr dankbar dafür war.

«Lassen Sie mich Ihnen versichern –» Josh spürte den irren Drang in sich, diese allmählich sattsam bekannten Worte mit dem Oberst mitzusprechen – «daß unsere Regierung alles in ihrer Macht Stehende tut, um die gesunde Heimkehr von Sr. Roundtree zu garantieren.»

«Es ist mir klar», sagte Josh und kam sich dabei sonderbar förmlich und diplomatisch vor, «daß dies in solchen Fällen stets die Gepflogenheit der brasilianischen Regierung gewesen ist.»

Die Augen des Obersts verschleierten sich. Er schien Josh aus ihren tiefsten Tiefen zu beobachten. «Ein ziemlich ungewöhnlicher Fall. Wir sind davon unterrichtet, daß Mr. Roundtree mit diesem Dorval recht gut bekannt war, der den Entführern Beihilfe leistete und sich dann das

Leben genommen hat.»

«Dorval war der Musiklehrer von Dona Caroline. Ich habe aus seinem hinterlassenen Brief den Eindruck gewonnen, daß er das alles nicht freiwillig begangen hat», sagte Josh.

«*Sim*», meinte der Oberst nachdenklich, «es gibt viele von dieser Art, die sich in einer Zwangslage glauben. Wir würden ihnen eine Chance geben, wenn sie zu uns kämen, das kann ich Ihnen versichern, Sr. Moran», sagte er nachdrücklich. «Es wäre ihr Vorteil, aber wie sollen wir sie davon überzeugen? So werden sie denn zu Schachfiguren. *Bom –*» der Oberst zuckte die Achseln – «wir können nun nichts mehr für ihn tun. Doch er hat uns auf eine Spur gebracht – es ist nicht viel, aber immerhin eine Spur.»

«Der *alcova*?» fragte Josh.

«Stimmt. Die Stadtviertel, in denen noch so alte Häuser stehen, lassen sich eingrenzen.»

«Und wenn Sie das Haus finden?» Josh rückte plötzlich nach vorn auf die Stuhlkante.

«Dann warten wir eine günstige Gelegenheit ab.» Der Oberst sah Josh bedeutungsvoll an. «Einen Entführten mit Gewalt befreien zu wollen ist sehr gefährlich, verstehen Sie. Nur im äußersten Notfall –»

«Und welches wäre der äußerste Notfall?»

«Sr. Moran.» Die Miene des Obersts wurde feierlich. Sie schien zu sagen: Nun paß auf, hier geht es um Grundsätzliches. «Wir bemühen uns, unseren Gegnern den Handel so leicht wie möglich zu machen, damit sie merken, daß er Aussichten hat, sofern auch nur die kleinste Kompromißbereitschaft vorliegt. Doch Sie müssen bedenken, daß dort andere Spielregeln herrschen. Für sie heiligt der Zweck die Mittel. Die Konsequenz des Erwischtwerdens wird, selbst wenn sie den Tod bedeutet, stets sorgfältig gegen die Vorteile für die gemeinsame Sache abgewogen: Geld, eine Aura der Unruhe und Verunsicherung, Publicity –»

«Publicity!» Joshs Bitterkeit, die schon die ganze Zeit über innerlich an ihm genagt hatte, stieg plötzlich an die Oberfläche. Was wollen diese Leute eigentlich? Daß die ganze Welt sie haßt?»

«Meinen Sie, das macht ihnen etwas aus?» Der Oberst sah plötzlich ungeduldig aus. «Sie werden mir doch nicht sagen wollen, Sie gehören zu denen, die da glauben, diese Leute wollten die Welt dazu bringen, sie zu lieben?» Er schüttelte müde den Kopf und lehnte sich dann mit gleichsam beschwörender Miene zu Josh hinüber. «Ist es so schwer zu begreifen, Sr. Moran, daß die es nicht darauf anlegen, populär zu sein? Daß sie beweisen wollen, wie hilflos jede Regierung ist, die sich angesichts ihrer Entschlossenheit an die Regeln zu halten sucht? Und wenn sie Erfolg haben –» er lächelte bitter – «dann nennen sie es die Macht der Geschichte.»

Josh betrachtete erstaunt diesen Militär, den er verachten zu müssen geglaubt hatte und dessen Verständnis er für eine leere Phrase gehalten hatte wie das jenes anderen Obersts mit seinem «wir sind alle Soldaten». «Sie haben mir Ihren Standpunkt durchaus begreiflich gemacht», sagte er. «Er ist nicht schwer zu verstehen, doch angesichts dessen, wohin es führt, schwer hinzunehmen.»

«Und dennoch notwendig, sonst siegen sie tatsächlich.» Der Oberst sagte es so eindringlich und zutiefst überzeugt, daß es Josh sonderbar kalt überlief.

Er bemühte sich, gelassen zu klingen, als er äußerte: «Damit wären wir wieder beim Ausgangspunkt, Colonel Amaral. Was wäre der äußerste Notfall, in welchem Sie es für notwendig halten würden, Sr. Roundtree mit Gewalt zu befreien?»

Der Oberst runzelte die Stirn, tat einen tiefen Atemzug und blickte Josh scharf an. «Die meisten der auf der von der MRP vorgelegten Liste ·stehenden Personen sind austauschbar. Es sind politische Häftlinge, die gegen das Gesetz für Nationale Sicherheit verstoßen hatten. Delia Cavalcanti zum Beispiel –»

«*Sim*, Delia.» Josh wollte noch mehr sagen, doch der Oberst hob warnend die Hand.

«Wir befassen uns hier mit der Lebensgefahr, in der Sr. Roundtree schwebt, nicht wahr? Lassen Sie mich daher fortfahren. Ein Name auf dieser Liste ist leider ein total anders gelagerter Fall. Meneghel ist ein Killer. Sein Vorstrafenregister kennen Sie. Bisher sind wir noch nie aufgefordert worden, einen solchen Mann freizulassen. Sie werden auch zugeben müssen, daß das angesichts dessen, was ich Ihnen soeben über die Ziele der Terroristen gesagt habe, ein äußerst gefährlicher Präzedenzfall wäre.»

«Er ist also nicht austauschbar», sagte Josh sehr leise.

Noch immer blickte der Oberst ihn freimütig und offen an. Die Unnachgiebigkeit, die Josh ihm beim ersten Blick zugetraut hatte, hing lastend zwischen ihnen.

«Sicherlich ist es schwierig für Sie, Sr. Moran, aber lassen Sie mich Ihnen eine einzige Frage stellen: Wie würden Sie an unserer Stelle handeln, wenn Sie *nicht* persönlich betroffen wären?»

Joshs Blick verdunkelte sich. Für den Oberst war unschwer zu erraten, daß er nun diplomatisch vorgehen, daß er Strategie betreiben wollte und innerlich dachte: Ich *darf* ihm jetzt nicht beipflichten, ganz gleich, was ich denke.

«Aber das ist ja das Entscheidende an der Sache», sagte er endlich. «Ich *bin* persönlich betroffen.»

Der Oberst nickte und sagte nicht ohne einen Anflug von Trauer: «Tja, das ist immer das Entscheidende an der Sache.»

43

Als er auf der Straße war, ging Josh langsam. Er hatte, obwohl ihm eigentlich keine Zeit dazu blieb, das dringende Bedürfnis, ruhig zu werden, ein paar Atemzüge in normaler Luft zu tun, und wenn es nur zwischen dem Militärhauptquartier und der Ecke war, an der er seinen Wagen geparkt hatte. Zum erstenmal überkam ihn das sonderbare Gefühl, wieder in einer anderen Welt zu wandern, der Alltagswelt, zu der er noch vor kurzem gehört hatte und in der es im Moment nur galt, durch den nie abreißenden Wagenstrom auf die andere Straßenseite zu gelangen. Der Alltagswelt, in der, bis auf ganz wenige, jeder emsig, energisch und normal mit ganz gewöhnlichen Problemen beschäftigt war. Noch immer war es schwer faßbar, daß er zu den ganz wenigen gehören sollte, die sich einer Katastrophe gegenübersahen. Doch genau das hatte der Oberst natürlich gemeint, als er ihn als ‹persönlich betroffen› bezeichnete.

«Im Augenblick versuchen wir, die zwanzig auf der Liste namentlich aufgeführten Personen zu lokalisieren. Unter anderem, um uns zu versichern, daß sie tatsächlich im Gefängnis sind. Wir haben nicht viel Zeit.» Unvermittelt hatte der Oberst sich erhoben. «Sobald wir Neues wissen, setzen wir Mrs. Roundtree davon in Kenntnis, und sie wird das gleiche tun.»

Nun mußte Josh unbedingt zu Caroline und ihr berichten, einen wie günstigen Eindruck der Oberst auf ihn gemacht hatte. Daß er ihn für intelligent und verständnisvoll hielt, ja daß er ihm ein klareres Bild von den Absichten der Terroristen vermittelt hatte als je ein Mensch zuvor. Doch dann überlegte er, ob er auch zugeben sollte, daß aus eben diesem Grund wenig Hoffnung bestand, der Oberst werde einen Mörder freilassen.

Es war nicht nur Caroline, bei der er sich melden mußte. Unzähligemal war er drauf und dran gewesen, Malachai zu erwähnen, hatte sich dann aber jedesmal überlegt, daß man in diesem Spiel, bei dem der kleinste Fehler den Verhandlungswillen anfressen konnte, nicht um Vergünstigungen bitten durfte. Falls Malachai zu helfen war, dann erst, wenn die Geschichte mit Duncan so oder so vorüber war. Bis dahin konnte man nur durch Teodoros Schwager, den Tenente Roberto de Oliveira, etwas unternehmen. Er hoffte zu Gott, daß dieser Roberto soviel *jeito* hatte, wie Teodoro behauptete. Der arme Malachai, dessen einziger Wunsch im Leben gewesen war, in Frieden leben und nachdenken zu dürfen. Vielleicht durfte man überhaupt nicht nachdenken. Das war's vermutlich!

Er fand den Wagen, fuhr aus der Parklücke hinaus und die Consolação hinauf bis zu der Seitenstraße, die den Abkürzungsweg zu Duncans Haus bildete. Es schien eine Ewigkeit her, daß Duncan diese Strecke gefahren und nicht mehr zurückgekehrt war. Eine Ewigkeit, in der er, Josh Moran, der früher immer Auswege gewußt, nicht das geringste erreicht hatte.

Er traf die beiden Frauen beim Kartenspiel mit Teodoro an und erkannte an dem vagen Ausdruck der Erleichterung auf Cleas Gesicht, daß in Sachen Malachai irgendeine Wendung zum Besseren eingetreten war. Clea bestätigte es durch einen anerkennenden Seitenblick auf den dritten Mitspieler beim *burraco*. «Weißt du noch, daß du mal gesagt hast, in einem Land wie Brasilien könne man nicht leben, ohne einen Teodoro zu kennen? Du hattest völlig recht, mein Lieber. Dieser Schwager, den er da hat, ist einfach phantastisch.»

Josh blickte Teodoro an, der bescheiden lächelte und den Daumen hob, ehe er die Erklärung vom Stapel ließ, es sei sinnlos, im Polizeiapparat die großen Tiere zu kennen. In einer Klemme sei nur auf die kleinen Niemande Verlaß, die herumwandern und unbemerkt Wunder tun könnten. «Es gibt Verdächtige der oberen und der unteren Kategorie», erläuterte er. «Als man sie auseinander sortierte, war Roberto zufällig dabei und sorgte dafür, daß Sr. Malachai zur alleruntersten Gruppe kam.» Er zuckte die Achseln und setzte eine verächtliche Miene auf. *«Gente sem importância* – Leute ohne Bedeutung. Ich habe keinen Zweifel, daß er in wenigen Tagen wieder frei sein wird. Außerdem ist Roberto bei irgendeiner Gelegenheit so nahe an ihn herangekommen, daß er ihm zuflüstern konnte, er sei mein Schwager. Er war sehr blaß, aber er bekam eine Farbe wie ein Holländer, ich schwöre es bei Gott, Dona Clea.»

Joshs Blick begegnete dem Carolines. «Irgend etwas Neues?»

Sie schüttelte den Kopf. Ihr Blick war klar und forschend. Josh merkte, daß sie sich mit aller Kraft zusammennahm. Er hatte sich viele Möglichkeiten überlegt, seinen Bericht ermutigender zu gestalten, wußte aber jetzt, daß keine davon brauchbar war.

«Es ist Meneghel, über den sie sich in die Haare kriegen, nicht wahr?» fragte sie.

«Es scheint so. Dennoch habe ich einen positiven Eindruck, Carol. Dieser Amaral ist kein Narr!»

«Trotzdem wird man den Mörder nicht freilassen, nicht einmal, wenn das zur Folge hat, daß . . .» Sie biß sich auf die Lippe und schluckte mühsam.

«Irgendwie müssen sie ja Stellung beziehen.»

«Warum? Verdammt noch mal, warum?» Caroline warf ihre Karten auf den Tisch und stand auf. Die Beherrschung, die sie während der letzten Stunden gezeigt hatte, machte plötzlich einer grauenvollen Angst Platz. «Gebt ihnen doch um Himmels willen ihren Drecksmörder heraus, schickt ihn nach Algerien oder sonstwohin. Was macht das schon aus, verglichen mit dem Leben eines Unschuldigen?»

«In unserer Lage und für uns – nichts. Für uns kann es nichts Wichtigeres geben. Das habe ich ihm auch gesagt.»

«Und?»

«Er weiß es, er weiß es so genau wie jeder andere auf der Welt. Und er ist Brasilianer – vergiß das nicht.»

«Was soll das heißen?» fragte Caroline mißtrauisch.

«Vielleicht gar nichts. Darüber hinaus ist er ein Mensch in einer prekären Lage. Aber jetzt freut es mich irgendwie, daß er nicht zum Beispiel Paraguayer oder Israeli oder Argentinier ist. Verstehst du, was ich sagen will?»

Caroline hob das Kinn, blickte Josh fest an und nickte.

«Hast du dich denn überhaupt mal ausgeruht?» fragte Josh.

«Kaum.»

«Ich finde, sie sollte was einnehmen, damit sie mal ein bißchen entspannt», meinte Clea. «Ich selbst bin vollgestopft mit *calmantes* und komme mir vor wie ein Halbtrottel.» Caroline schüttelte den Kopf. «Ich möchte lieber vor Erschöpfung einschlafen, statt noch deprimierter aufzuwachen, als ich schon bin.» Sie lächelte ein verzerrtes kleines Lächeln. «Es ist schon eine irre Welt, in der wir plötzlich leben, wie?»

«Und weißt du was?» sagte Josh. «Die ganze Zeit lebt jeder am Rande einer solchen Welt!»

In dieser Nacht tat – von einem kurzen, erschöpften Eindösen abgesehen – keiner ein Auge zu. Jedenfalls zog sich niemand allein in ein Schlafzimmer zurück. Es war besser, zusammenzubleiben und sich zu unterhalten. Besser für Josh, der sich alleingelassen von der körperlichen wie seelischen Abwesenheit Lias hätte überwältigen lassen. Besser für Clea, die in Teodoros Gegenwart beinahe an einen wirksamen Schutz durch Roberto de Oliveira glauben konnte. Besser für Caroline. Ach, für Caroline war, obwohl sie oft in Perioden des Schweigens versank, alles besser, als diese Stunden allein zu verbringen. Sie unterhielten sich mit ihr, scherzten sogar darüber, daß Duncan ohne den alleinseligmachenden Alkohol wahrscheinlich völlig entwöhnt und dafür politisch infiziert wiederkommen würde. Hatte der freigelassene amerikanische Botschafter nicht in aller Bescheidenheit zugeben müssen, daß seine Kidnapper redegewandt und intelligent gewesen seien und er sich mehrmals sehr interessant mit ihnen unterhalten hätte?

«Was den Gedanken nahelegt», meinte Josh, «ob er wohl erst entführt werden mußte, um festzustellen, wo er bisher in Wahrheit gelebt hatte.»

«In einem wunderschönen, schützenden Vakuum», sagte Clea verärgert. «Ach, diese Geistlichen und Diplomaten! Die gehören alle in die gleiche Märchenwelt. Und wenn sie die Füße in heißes Wasser stecken und sich verbrühen, dann sagt jeder: Stellt euch vor, so was einem Priester! *Bananas!*» Sie machte die entsprechende Geste, und Teodoros Augen rollten, bis man nur mehr das Weiße darin sah, weil ein gewaltiges Gelächter ihn innerlich schüttelte.

Nicht lange danach stand er auf und entschuldigte sich mit den Worten, da nun Sr. Josh die Rolle des Beschützers übernommen habe, wolle er gehen und in Erfahrung bringen, ob sein Schwager irgend etwas Neues wisse. «Wenn ja, komme ich heute abend wieder. Ich wünschte, ich dürfte etwas Schriftliches mitnehmen.» Er sah Clea teilnahmsvoll an.

«Nun ja, es ist schon gleich», sagte Clea brüsk. «Sorgen Sie nur dafür, daß der Tenente ihm ausrichtet, er soll die warmen Socken überziehen, die ich ihm geschickt habe. Wir wollen doch nicht, daß er sich auch noch erkältet, nicht wahr?»

Als er gegangen war, saß Clea da, rauchte und starrte auf die Fenster, als habe er die wenige Beruhigung mitgenommen, die sie empfunden hatte. Ihre kurze Euphorie wegen des Umstandes, Malachai sei ‹ohne Bedeutung›, war verflogen. Die Angst kehrte wieder wie der Schmerz einer Wunde, wenn die Wirkung des Betäubungsmittels nachläßt.

Alle bemühten sich, von etwas anderem zu sprechen. Doch wie kann man, wenn das ganze Leben plötzlich in der Schwebe hängt, längere Zeit die Ursache aller Qualen totschweigen? Es war besser, davon zu sprechen als drumherumzureden, und das taten sie auch. Clea fing aufs neue davon an mit der trübsinnigen Bemerkung: «Erinnert ihr euch noch, wie Malachai gesagt hat, das finstere Mittelalter käme von Zeit zu Zeit wieder? Ich glaube, jetzt ist so ein Moment.»

«Worin besteht das finstere Mittelalter für dich?» fragte Josh.

«Nun», meinte Clea, «einfach in der absichtlichen Zerstörung der Werte, alles dessen, was mühsam aufgebaut wurde. Als seien es keine Werte. Was meint ihr?»

«Vielleicht», meinte Josh, «besteht es vor allem in der Zerstörung des Ehrbegriffs. Des Manneswortes.» Er berichtete, was ihm der Oberst heute vormittag über die Gleichgültigkeit der Terroristen gegenüber der öffentlichen Meinung gesagt hatte, über ihre Entschlossenheit, der Regierung die Möglichkeit zu nehmen, nach althergebrachten Regeln zu verfahren. «Jedesmal, wenn sie so etwas tun wie jetzt, bringt ihnen das Pluspunkte ein. Leute, die hinter Gitter gehören, werden frei. Andere, die unschuldig sind –» er warf einen durchdringenden Blick auf Clea – «wandern ins Gefängnis.» Er breitete hilflos die Arme aus. «Man muß mit ihren eigenen Mitteln kämpfen oder überhaupt nicht.»

«Das ist ja interessant», sagte Caroline so bissig und sarkastisch, als habe jemand ein bisher unerwähntes, aber unheilvolles Symptom bei Namen genannt. «Wenn sie keine Ehrbegriffe haben und ein Ehrenwort nicht halten, wie sollen wir dann mit ihnen verhandeln? Wozu?» Sie versuchte, keine Angst in ihrer Stimme mitschwingen zu lassen, als sie sagte: «Dürfen wir denn dann überhaupt glauben, daß sie etwas tun, bloß weil sie es versprechen?»

«Das will ich dir erklären», sagte Josh, dem es leid tat, sie erschreckt zu haben. «Das ist kein Einzelfall für sie. Wenn sie sich nicht an die

Abmachungen halten, wird für die nächste Zeit jede Entführung für sie ergebnislos verlaufen.» Dann fiel ihm Meneghel ein, und er wünschte, er hätte auch das nicht gesagt. Ihm war plötzlich, als habe man ihn beim Lügen ertappt.

Caroline spürte es, und er und Clea taten ihr genauso leid wie sie sich selbst. «Ich habe keine Zigarillos mehr», sagte sie, «und brauch unbedingt was zum Rauchen.»

«Wie wär's mit einer Chico?» Josh griff in seine innere Jackentasche und zog die dünnen Zigarren heraus, die von Exilcubanern auf den Kanarischen Inseln gedreht werden.

Sie entzündete sie mit ein paar kräftigen, entschlossenen Zügen und sah die übrigen durch den Rauch hindurch an. «Denkt ihr noch daran», sagte sie, «wie oft wir über die Bedeutung des Glücks gestritten haben? Wir tun immer so weltklug, und dabei ist alles ganz einfach: Man kennt das Glück erst, wenn man es gerade nicht hat.» Sie zog wieder energisch an ihrer Zigarre und sah sich in der Runde um, doch keiner im Zimmer schien das Thema aufgreifen zu wollen.

Wer weiß, wie das Schweigen sonst gebrochen worden wäre, wenn nicht plötzlich die Türklingel geläutet hätte. Josh eilte hin, öffnete und erblickte unmittelbar hinter dem Wachsoldaten die hochgewachsene, gebeugte Gestalt Francisco Cavalcantis.

Wie nach einer schweigenden Übereinkunft hatte niemand ihn je erwähnt, obwohl jeder den ganzen Tag auf sein Auftauchen gewartet hatte. Keiner hatte angedeutet, daß er sein Schweigen merkwürdig fand, oder Spekulationen darüber angestellt, wie er wohl auf die Tatsache reagiert hätte, daß Delia auf der Liste stand. Zu wissen, daß ihre Ausweisung auch für ihn das Exil bedeuten würde, weil er nicht ohne sie im Lande bleiben würde, war fast nicht zu ertragen. Es glich einem Vertrauensbruch, sich zu überlegen – obwohl der Gedanke bei jedem von ihnen gegenwärtig war –, daß andere Gefangene es bei anderen Gelegenheiten, bei denen man sie mit Ausweisung bedroht hatte, vorgezogen hatten, nicht abzureisen. Alles gut und schön, doch wenn ein Gefangener es ablehnte, abzureisen, so war es früher in solchen Fällen Ehrensache gewesen, statt dessen einen Ersatzmann an seiner Stelle abreisen zu lassen. Wieder dieses Wort: Ehre. Eben noch war es zerstört und schon im nächsten Augenblick offenbar doch unzerstörbar. Und was geschah in der langen, quälenden Zwischenzeit, die so enden konnte, wie keiner es wollte? Wenn ein Ersatzmann nicht aufzutreiben war?

Daher erhob sich in ihnen ein wahrer Aufruhr einander widerstreitender Gefühle, als Francisco munter ins Zimmer kam und mit den Worten zu ihnen trat: «Ich habe schon den ganzen Tag herkommen wollen. Aber hat einer von euch mal versucht, den Paßbehörden klarzumachen, daß die Eheliebste morgen entlassen wird und man seine Papiere in Ordnung haben muß, um sich mit ihr in Mexiko zu treffen?»

44

Lange Zeit schien es Delia Cavalcanti, als habe sie nun alles durchlitten, was man durchleiden konnte. Die Verhöre waren so, wie man sie ihr geschildert hatte, obwohl sie es nicht hatte glauben wollen. Sie hätte immer gern geglaubt, Brasilianer wären menschlicher. Das sind sie auch und toleranter dazu. Doch unter gewissen Gegebenheiten verwandeln Menschen sich in Bestien. Nicht alle, aber diejenigen, die von Natur Bestien sind. Und solche gibt es in allen Völkern.

Sie hatte geschrien und geweint wie alle anderen, aber ihnen keine Informationen geben können, weil sie im Grunde keine Ahnung hatte. Sie hatte das Mädel mit dem Koffer gekannt, doch das Mädel mit dem Koffer war verschwunden, und Delia wußte nicht, wohin.

Der Ort, wo sie eingekerkert war, hatte in den frühen Tagen des Kaiserreichs als Quartier gedient für die Sklaven, welche nachher auf dem Markt versteigert wurden. Es hatte sich seit jener Zeit dort nicht viel geändert: eine riesige Zelle mit einem hohen, vergitterten Fenster, durch das ein schwaches Licht eindrang. Am entgegengesetzten Ende in der Ecke eine Art improvisierter Abort zwischen Holzbrettern und ein Ausguß mit einem Wasserhahn. Die Inspektoren des Gesundheitsamtes schienen nie hier gewesen zu sein, denn die Installationen hätten der Vorschrift Nr. 195730 nicht genügt.

Als man Delia durch die Gefängniskorridore führte, die man an diese Lokalität angebaut hatte, war sie anfänglich erleichtert, weil das Verhör vorüber war. Doch dann kam sie sich vor wie lebendig begraben.

Eine Frau mit ihrem Temperament konnte nicht lange völlig niedergeschlagen bleiben, und allmählich begann sie zu denken und zu hoffen. Sie machte sehr bald die Bekanntschaft der anderen Inhaftierten – es waren 49 – und fing an, sich an den täglichen Trott zu gewöhnen. Das Gefängnisleben ließ sich auf mancherlei Art erleichtern, und das wurde ihr Anliegen. Besaßen die Gefangenen Geld, so konnten sie sich viele Annehmlichkeiten verschaffen, sofern sie den Sicherheitsbestimmungen entsprachen. Es war daher in der dem Abort entgegengesetzten Ecke eine Küche mit einem Flaschengasherd und eine Art Vorratsraum mit einem improvisierten Regal aus alten Kisten eingerichtet worden.

Man schuf eine gemeinsame Kasse zum Einkauf von Desinfektionsmitteln – die in großen Mengen gebraucht wurden – und Proviant. Wer sich solche Dinge leisten konnte, versorgte die übrigen, die es nicht konnten, denn es liegt nicht in der Natur der Brasilianer, im gleichen Raum Roastbeef zu essen, in dem ein anderer eine Art stark mit Salpeter gewürztes Ragout zu sich nimmt. Es war einer der wenigen Fälle, in denen das Gebot ‹Jeder nach seinen Fähigkeiten, jedem nach seinen Bedürfnissen› tatsächlich befolgt wurde.

An einem Ende der Zelle wurde ein Fernsehapparat für diejenigen aufgestellt, die Chacrinha, Ebby Camargo oder alte amerikanische Filme sehen wollten, in denen alle Darsteller die gleichen Stimmen hatten und endlos die Lippen bewegten, obwohl das, was sie zu sagen hatten, aus zwei gelangweilten Worten bestand. Wie draußen in der Freiheit auch, waren die Fußballspiele im Grunde das einzige, was anzusehen sich lohnte. Delia beschränkte ihre Zerstreuung auf Bücher, deren Zensur so unberechenbar war wie die Bildung der Zensoren. Manchmal war der Lesestoff Kinderkram wie Donald Duck, manchmal hätte er eine Revolution auslösen können. Nur daß mittlerweile die meisten von Revolution genug hatten.

Da fünfzig Personen fünfzig Betten benötigten, war die Platzfrage ein Problem. Betten standen die Wände entlang, Betten waren in der Mitte des Raumes aufgereiht. Viele davon waren mit kleinen Vorhängen zugehängt und echte Zufluchtsstätten in einer Welt, in der Intimsphäre nichts anderes sein konnte als ein Geisteszustand.

In dieser bedrückenden Atmosphäre des Zusammengepferchtseins verwendete Delia viel Zeit darauf, die menschliche Natur zu bewundern. Einige der inhaftierten Frauen waren mittleren Alters, und ihre Zugehörigkeit zum Kommunismus reichte bis in die frühen Tage des jungen Helden Luis Carlos Prestes zurück. Doch in der Mehrzahl waren es gesunde junge Geschöpfe, lebhaft und übermütig. Es wurde reichlich Unfug getrieben, und doch mußte Delia über die bemerkenswerte Selbstbeherrschung staunen. Hemmungsloses Betragen kam so gut wie nie vor. Ein gelegentlicher Wutausbruch, wenn die innerliche Verzweiflung und der Kummer ihren Siedepunkt erreichten, wurde irgendwie abgefangen und beschwichtigt, davor bewahrt, irreparablen Schaden anzurichten. Und dabei hatten viele dieser Mädchen Maschinengewehre abgefeuert, Bomben hergestellt, Überfälle auf Banken und Geldtransporte durchgeführt. Wodurch wurde ihre rasante Unverfrorenheit im Zaum gehalten? Vielleicht durch die Angst, von etwas entfernt zu werden, das ihnen mittlerweile wenigstens vertraut war? Vielleicht durch die Notwendigkeit, sich von den anderen Gefangenen zu unterscheiden, jenen im gegenüberliegenden Trakt, deren rauhe, klagende Lebensäußerungen die ohnehin nie zur Ruhe kommende Luft zu jeder Tages- und Nachtzeit erschütterten?

War es Toleranz, die sie in diesem Hort der Verzweiflung endlich gelernt hatten, oder die Entschlossenheit zu überleben? Sie würde es nie erfahren, grübelte aber viel darüber nach, ebenso wie darüber, was sie eigentlich hergeführt hatte. Sie waren noch so jung. Was konnten sie schon wissen? Das, was Menschen wie sie selbst und andere noch Unentwegtere ihnen beigebracht hatten, sagte sie sich, ehe die eigene Erfahrung sie hatte etwas lehren können. Ihre einzige Erfahrung bestand in dem kurzen romantischen Augenblick des Fanatismus und der erbarmungslosen Wirklichkeit des Gefängnislebens.

Während diese Wirklichkeit vor ihren Augen durchlebt, durchatmet und durchlitten wurde, formte sich in ihrem Inneren der schlichte, schreckensvolle Satz: Schade um sie. Im Schlaf beunruhigte sie der Gedanke an die vielen Gelegenheiten, bei denen sie zu ihr gekommen waren, und statt sie zu ermahnen, sie sollten sich amüsieren, sich ihren Studien widmen, der Liebe, dem Leben, einem geruhsamen, aber beharrlichen Streben nach Wissen, hatte sie sie flammenden Auges aufgehetzt!

Sie mußte oft an Malachai denken, daran, wie er so manches Mal sanft, mit Trauer in den Augen, zu ihr gesprochen hatte. Als er noch der einzige unter den Freunden – ach, einschließlich Francisco – gewesen war, mit dem sie über das sprechen konnte, was sie anging.

Nicht daß sie in Glaubensfragen anderen Sinnes geworden wäre. Sie war überzeugt, wie eine Nonne überzeugt ist, die ihre Grundsätze nicht anzweifeln läßt, daß ein anderes System die Habgier wenn auch nicht abschaffen, so doch mindern könne. Und diesen Glauben an das System war sie so hartnäckig zu verteidigen bereit, wie Josh Moran das seine verteidigen oder Francisco es ablehnen würde, überhaupt eines zu verteidigen. Doch in den endlosen Nachtstunden, wachgehalten von den Gesprächen ihrer Zellengenossen, den widerwärtigen Willkommensschreien, die besagten, daß drüben im allgemeinen Gefängnisblock ein Neuzugang eingetroffen war, hatte sie ein Grundprinzip zu verwerfen gelernt, das nämlich, daß der Zweck die Mittel heiligt. Er heiligte sie nicht, wenn das zum Tode Unschuldiger führte, zu sinnlosen Anstrengungen guter Köpfe, zu vertanem Leben in Gefängniszellen, zu Gewalt als Antwort auf Gewalt.

An das alles dachte sie, weil es monatelang wenig anderes zu tun gab, als zu denken. Sie hätte trotzdem vielleicht bei aller aufgewendeten Energie für Kochen und für die Aufrechterhaltung von Ordnung und Moral des Gefangenendaseins die daraus resultierenden Grübeleien nicht ertragen, hätte sie nicht gewußt, daß Francisco irgendwo ganz nahe war. Daß er am Besuchstag dastehen würde, mit einem Paket, mit Büchern und Leckerbissen der Freunde und mit seinem unerfüllbaren, aber ungebrochenen Traum.

Er sprach vom Fluß, der sich durch die sonnengedörrte Ebene schlängelte. Schimmerndes Wasser, weißer Sand, Wind und Sonne, die dornige *caatinga*, der endlose, rätselhafte Sertão. Er sprach von den staubigen Städtchen und den seltsamen, schönen Menschen, so dürr und so braun wie ihre Erde, wach und halb verwildert, mystischer und faszinierender als alle, die er je gekannt hatte. «Unser Volk, Delia, und wir kennen es gar nicht! Sie müssen so viel lernen, einfache, praktische Dinge, die für uns Selbstverständlichkeiten sind, für sie aber unbekannt. Ach, dieses Tal würde sich begrünen, wenn nur einer es sie lehren könnte. Wäre das nicht ein viel befriedigenderes Leben –»

«Ich muß zugeben, Liebster, es wäre etwas ganz anderes.»

«Lehren, Delia», drängte er, «ganz gleich auf welcher Stufe. Die Menschen müssen etwas wissen, sonst werden sie als Narren eingestuft. Etwas wissen, was sie praktisch anwenden können. Dort draußen bringen *tecnicos* ihnen bei, die Bewässerung zu regulieren, und sie bringen den *tecnicos* bei, wie man die Feuchtigkeit des Bodens prüft, indem man eine Handvoll Erde zwischen den Fingern zerdrückt. Für uns, die ‹Gebildeten›, immer wieder ein Wunder.»

So redete er mit ihr in dem flüchtigen Augenblick, in dem sie beieinandersaßen, fast ohne sich zu berühren, und einander mit den Augen verschlangen, während die Wache verlegen an der Wand stand. Seltsamerweise waren diese kurzen, unzulänglichen Zusammenkünfte, überschattet von der Angst vor der Trennung, in vieler Hinsicht befriedigender als je ein Beisammensein in der Vergangenheit. Denn früher hatten sie sich getroffen, sich leidenschaftlich, aber egoistisch geliebt, und dann war jeder seiner Wege gegangen. Keiner hatte viel gegeben, obwohl die Liebe gerade ein solches Geben verlangt. Jetzt aber hatte Francisco sich geweigert, die Stadt zu verlassen, obwohl die Möglichkeit von Tag zu Tag mehr schwand, die Arbeit auszuführen, die er sich so glühend wünschte.

«Mach dir keine Sorgen, es wird noch andere Jobs am Fluß geben. Ingenieure braucht man für alles.»

«Aber gerade dieser Job, Francisco . . .»

«. . . ist halb so wichtig. Ich will nur wissen, ob du mitkommst.»

«Ich komme mit.»

Dieser Traum wurde zu ihrem Leben, wurde zum Allerwichtigsten. Doch manchmal kam er einem vor wie eine widerwärtige Ironie. Die große Zelle war so kalt. Es war eine Kälte, die man nicht dadurch bekämpfen konnte, daß man drei Pullover und zwei Paar Socken übereinander anzog. Sie kroch einem zuerst in die Knochen, dann in die Seele. «Stellt euch mal die Erde ohne Sonne vor.» Sie hatte die lebhafte Schilderung ihrer Lehrerin in der vierten Klasse nie vergessen, die den Kindern die Abhängigkeit der Erde von der Sonne eindrücklich klarmachen sollte. Sie dachte oft an die Schilderung zurück, wenn sie im Gefängnishof spazierenging und die Sonne auf die entfernteste Mauer scheinen sah, ohne jemals ihre Strahlen zu spüren. Eines Tages sagte sie in übertrieben beiläufigem Ton zu Francisco:

«Berechne doch mal, nur so zum Spaß, wo die Sonne hinkommt, damit ich weiß, wo ich mich hinstellen muß und wann.»

Und nur so zum Spaß hatte er Berechnungen angestellt, und dabei war herausgekommen, daß es niemals einen Tag geben würde, an dem sie in diesem Hof die Sonnenstrahlen auf der Haut spürte, statt sie auf der fernen Mauer zu sehen. Als er es ihr sagen wollte, versagte ihm die Stimme.

Die Sonne war anderswo – brannte und dörrte den Sertão und leuchtete auf dem Fluß. Und trotz allem, was er ihr erzählte, bekam sie allmählich das Gefühl, die Welt hätte sie vergessen. Schließlich und endlich: Wie viele Leute wußten überhaupt von der Sache, und wie vielen ging es nahe? Vielleicht war es besser, wenn sie starb. Dann wäre er wenigstens frei.

Und so hatte sie denn an dem Tag, als die Wache sie holen kam und ins Büro des Gefängnisdirektors führte, gemeint, sie habe bereits alles durchgemacht und es könne nichts mehr kommen.

45

Der Gefängnisdirektor war ein unscheinbares Individuum, das sie von Zeit zu Zeit rufen ließ, damit ihr Anwalt ihr mitteilen konnte, welche Fortschritte er gemacht beziehungsweise nicht gemacht hatte. Seine herablassende Gleichgültigkeit war ihr allmählich widerlich geworden, dieses Verhalten des Pilatus, mit dem er ausdrücken wollte: Nun ja, Sie haben sich schließlich alles selbst zuzuschreiben. So viel Mitleid habe ich nicht übrig, daß es dazu noch reicht.

Diesmal war es jedoch nicht der Gefängnisdirektor. Wer ihr mit einer gewissen unmißverständlichen Achtung entgegentrat, ihr die Hand drückte und sie zum Sitzen aufforderte, war nicht ein Mann mit groben, unbestimmten Zügen, sondern einer, dessen Gutrassigkeit noch durch ein Leben auf dem Lande verstärkt schien. Selbst seine lange und markante Nase sah charaktervoll aus. Die tiefliegenden Augen waren streng und befehlend, und doch lag darin, obwohl sie nicht darauf zu bauen wagte, etwas von jener Humanität, auf die sie an anderen Tagen gehofft hatte. Als er sich als Oberst Silveira Amaral vorstellte, wußte sie sofort und mit einem jähen Angstgefühl, wer er war. Abwehrabteilung! Was war jetzt wiederaufgetaucht? Gab es überhaupt etwas? War es denkbar?

Er eröffnete das Gespräch mit einem sonderbaren Geständnis. «Ihre Akte ist mir zur Kenntnis gelangt, Dona Delia. Es hätte schon vor geraumer Zeit der Fall sein sollen. Ich muß daher gewissermaßen um Entschuldigung bitten. Doch das wäre ziemlich sinnlos, nicht wahr? Ich sage daher wohl besser, daß wir in einer schwierigen Zeit leben, auf die wir nicht so recht vorbereitet sind.»

«Vielleicht», sagte Delia und etwas vom alten Feuer sprühte aus ihren Augen, «sagen Sie am besten gar nichts.»

«Vielleicht», räumte der Oberst ein, doch sein Blick bedeutete ihr, er habe sich nun genug entschuldigt. «Ich bin aus einem sehr wichtigen Grund hier, Dona Delia. Wie gesagt, ist mir Ihr Fall vorgelegt worden. Nach den Aussagen der Beteiligten besteht die Möglichkeit, daß Ihre

Verbindung zu den Terroristen, die zur Hinterlegung des belastenden Materials in Ihrer Wohnung am 14. März geführt hat, die einer Sympathisantin, nicht die einer Verschwörerin war. Ich möchte hier nicht auf Einzelheiten eingehen, dazu habe ich die Zeit nicht. Vor allem ist es meine Pflicht, Sie davon in Kenntnis zu setzen, daß man Sie in etwa einer Woche bis zu Ihrer Verhandlung freilassen wird.»

Delia umkrampfte die Seitenlehnen des Holzstuhles, auf dem sie saß. Ihr war so kalt, als sei die Sonne schon zu lange verschwunden, als könne sie diese Nachricht nun nicht mehr bewältigen. Da ihr nichts einfiel, was sie hätte sagen sollen, saß sie da und starrte den Oberst an, als könne sie den Blick nicht von ihm wenden. Dabei wurde ihr mit einem sonderbar unheilvollen Vorgefühl bewußt, daß er noch nicht zu Ende gesprochen hatte.

«Es war notwendig, Ihnen diese Mitteilung als erstes zu machen, damit Sie sie im Licht dessen betrachten, was ich Ihnen nun zu sagen habe.» Er sah sie mit tödlichem Ernst an. «Es hat eine Entführung stattgefunden.» Delia richtete sich starr zu einer Habacht-Stellung auf. «Im Austausch gegen das Leben des Entführten wurde eine Gefangenenliste vorgelegt. Und auf dieser Gefangenenliste steht auch Ihr Name.»

«Mein Name? Ja aber warum, wenn –»

«Die Entführer kennen Ihren Status nicht, er ist ihnen auch gleichgültig», fuhr der Oberst unerschütterlich fort, als gälte es, zum Ende seiner Geschichte zu kommen. «Das Opfer ist ein amerikanischer Bankier, wie man mir berichtet, ein Bekannter von Ihnen, ein gewisser Duncan Roundtree.»

«Duncan Roundtree?» Sie empfand plötzlich das hysterische Bedürfnis, ihrem Gegenüber ins Gesicht zu lachen, der jedesmal, wenn er den Mund auftat, etwas noch Absurderes zu sagen wußte. Es war zuviel, und sie meinte, es sei unmöglich Delia Cavalcanti, die da auf dem Stuhl saß, sondern eine irreale Gestalt aus einem bösen Traum, die zugleich sie und doch nicht sie war. Jetzt würde sie jeden Augenblick aufwachen!

«Ich weiß, wie schwer es Ihnen fallen muß, das zu begreifen», sagte der Oberst jetzt nicht unfreundlich, «und doch müssen Sie es. Er ist ein wichtiger Bankier, eine prominente Persönlichkeit.»

Delia lächelte töricht. «So habe ich ihn eigentlich nie gesehen.» Sie war einem hysterischen Ausbruch nahe.

«Trotzdem ist er es.» Wie in einem weiteren eigensinnigen Versuch, ihr zur Einsicht zu verhelfen, fuhr der Oberst fort: «Es ist noch ein weiterer von Ihren Bekannten in die Geschichte verstrickt . . . ein Musiklehrer, Dorval Ribeiro.»

«Nein.» Sie schüttelte den Kopf. Was sollte das sein? Eine neue, raffinierte Folter? Doch noch während sie es dachte, rückte dieser langsam und deutlich ausgesprochene Name alles aufs kläglichste an seinen Platz. Daraufhin hätte sie den Oberst beinahe angeschrien, als es aus ihr hervorbrach: «Na und, wenn ich auf der Liste stehe, so tauschen Sie mich doch aus! Worauf warten Sie denn noch?»

«Nehmen Sie sich zusammen», sagte er scharf. Und setzte dann mit einer Stimme, die unbedingte Aufmerksamkeit erforderte, hinzu: «Noch eines: Sie müssen genau zuhören und selbst entscheiden. Sehen Sie, Dona Delia, die Verfasser des Erpresserbriefes machen ihre Bedingungen nur zu klar. Die zwanzig auszutauschenden Gefangenen sollen mit einer Sondermaschine nach Mexiko geflogen werden. Natürlich ist es auch in unserem Interesse, daß keiner hier bleibt. Jeder Austausch, jeder Handel, auf den wir uns mit ihnen einlassen, ist einzig und allein die Bemühung, das Leben eines Unschuldigen zu retten. Wenn sie das Land verlassen, dann ist es für immer.» Er hielt inne und sagte mit noch größerem Nachdruck: «Es besteht keine Möglichkeit für sie, nach Brasilien zurückzukehren.»

«Ich verstehe.» Sie sah vor sich ins Leere, während sie sich mit dieser Vorstellung vertraut machte. An so etwas hatte sie in ihren kühnsten Träumen nicht gedacht.

«Es haben jedoch», sagte er in dem gleichen ruhigen Ton, gegen den es keinen Einspruch gab, «bei früheren Gelegenheiten Gefangene einen Ersatzmann angefordert, jemanden, der an ihrer Statt ins Exil geht. Sie werden begreifen, daß das nicht so leicht ist. Der Ersatzmann muß nicht nur unsere Bedingungen erfüllen, sondern auch die der Terroristen. Und bis dahin ist, milde ausgedrückt, für das Opfer jede Minute ebenso quälend wie gefährlich.»

Die ganze Zeit, seit sie in diesen kahlen, ungastlichen Raum mit seinem Gefängnisgeruch geführt worden war, hatte er sie beobachtet und sich ein Bild von ihr gemacht. Man konnte nicht umhin, von einer solchen Frau gefesselt zu sein. Die Blässe und Magerkeit des Gefängnislebens hatten die Schönheit ihrer Züge nur noch gesteigert. Und trotz der Erschöpfung, die breite Ringe um ihre Augen zeichnete, lag in der vorgeschobenen Unterlippe eine Kompromißlosigkeit, in den tiefliegenden Augen ein Lodern, das ihn daran erinnerte, daß so etwas wie unbezwingbarer Geist wirklich existierte. Kurioserweise hob diese Erkenntnis seine Stimmung oft gerade dann, wenn sie am gedrücktesten war, auf undefinierbare, widersprüchliche Weise. Und warnte ihn zugleich, so wie eben. Diese Frau war, obwohl als solche klassifiziert, keine der ‹Rekuperablen›, der Besserungsfähigen. Sie hatte nicht zu den Terroristen gehört, nein. Doch sie glaubte an deren Sache und hatte ihren Einfluß benutzt, gearbeitet, geredet, überzeugt, den Brennstoff geliefert, aus dem die anderen das Feuer entzündet hatten. Wenn sie erst wieder draußen im Sonnenschein war, würde sie von neuem damit anfangen. Er wußte zwar nicht, wie, war aber davon überzeugt. Und doch hatte er eine Weile ihre Entlassung betrieben und nach Möglichkeiten gesucht, damit sie im Lande bleiben konnte.

Als könne sie seine Gedanken lesen, sah sie ihn jetzt aus dunklen bösen Augen an. «Sie glauben also, ich gehöre zu den Besserungsfähigen! Ist das der Grund, warum Sie mir das Angebot machen?»

Er antwortete ihr nicht direkt. «Es gehört zu meinem Amt, zu wissen, was innerhalb der Gefängnismauern vor sich geht. So weiß ich zum Beispiel, daß Sie Camus gelesen und in Umlauf gesetzt haben.»

Sie fiel ihm ins Wort: «Das ist nicht der Grund – wir verlieren nur Zeit.»

«Also gut, wir wissen unter anderem auch, was Ihr Mann sich von der Zukunft erhofft. Er ist ein hervorragender Ingenieur. Wir können es uns kaum leisten, ihn uns zu versagen.»

Sein Blick wurde in seiner Intensität wieder fast unerträglich. «Oder ihm etwas zu versagen.»

«Ach so.» Ihr Mund verzog sich bitter. Wie es schien, spielte er ein besonders grausames Spiel mit ihr. «Jetzt kommen Sie darauf. Wenn Ihnen das doch vor – sagen wir mal – fünf Monaten eingefallen wäre. Wieviel Zeit haben wir denn noch?»

«Höchstens ein paar Stunden», sagte er. «Darüber hinaus dürfen wir kein weiteres Risiko eingehen. Infolgedessen –» er erhob sich und drückte auf einen Knopf, um die Wache herbeizurufen, die vor der Tür wartete – «muß ich Sie fragen: Haben Sie eine Antwort für mich?»

«Selbstverständlich», sagte sie überdeutlich. «Wenn Sie alles über mich wissen, wenn Sie durch einen Horchposten bei der Wache oder einen Apparat alle Gespräche zwischen meinem Mann und mir haben abhören lassen, kennen Sie gewiß meine Wünsche so gut wie die jedes beliebigen anderen. Aber Duncan Roundtree ist mein Freund. Und selbst wenn er es nicht wäre, möchte ich Ihnen sagen, daß ich von Camus etwas gelernt habe: Ich will nicht, daß um meinetwillen das Leben eines Unschuldigen in Gefahr gerät.»

Da entließ er sie, und sie wandte ihm den Rücken und ging davon, eine kleine aufrechte Gestalt, von der Wache durch die Tür geführt – ohne die geringste Nachsicht mit ihm. Einen Augenblick lang saß Silveiro Amaral ganz still und preßte die Fäuste vor die Augen.

46

Manchmal tauchte, wenn er so dasaß, ein altes Traumbild hinter seinen geschlossenen Lidern auf: der Ort im fernen, kahlen Bergland von Minas Gerais, aus dem er stammte. Wo es die meiste Zeit so still gewesen war, daß man nichts anderes hörte als den stürmischen Wind in den Baumkronen oder die Stimme eines mageren schwarzen Mineiro hinter seinem Maulesel. Dort hatte es ein großes, blaugetünchtes Haus gegeben mit einer Holzveranda davor, die *passarella* hieß und von der aus der *patrão* hinabblickte auf den Kaffee, den man auf dem darunterliegenden quadratischen Ziegelplatz immer wieder umschaufelte. Ein großes Haus mit vielen Kindern. Zu vielen. Die Mädchen waren daheim geblieben. Die Jungen waren verteilt worden wie Figuren auf dem Schachbrett: einer wurde Arzt, einer Rechtsanwalt, einer Geistlicher, einer ging zum Militär, einer blieb auf der Fazenda. Er war nicht besonders gern zum Militär gegangen, doch ihn verlangte danach, etwas zu lernen, und die Familie war alles andere als reich gewesen. So wenigstens hatte sein Mineiro-Vater sich geäußert.

Die Vision zerrann, verschlungen von Staub und Wind, Ferne und Zeit. Es gab kein Zurück. Den Ort gab es nicht mehr. In Wirklichkeit wollte er nicht wieder dorthin. Was er am meisten wünschte, waren Ruhe und Frieden. Wenn man kein Unmensch war, wünschte man sich in seinem Beruf bald nichts anderes mehr. Und er war kein Unmensch. Das war einer der Gründe, warum man ihn auf diesen Posten berufen hatte. Er hatte Phantasie, verstand hier und dort aufgeschnappte Einzelinformationen zusammenzusetzen und etwas darauf zu lesen, was andere nicht sahen. In der Beurteilung der menschlichen Natur irrte er sich selten. Er besaß eine unheimliche Gabe, Stolz, Eigensinn, Habgier, Mitleid, Fanatismus zu erkennen als die Ingredienzen, die bei der Begehung einer Verzweiflungstat zusammenwirken. Deshalb hatte man ihm die Unterhandlungen übertragen und nicht etwa Colonel Ramiro Bastos («Wir sind alle Soldaten»). Doch jetzt war er tödlich erschöpft, niemand konnte sich vorstellen, bis zu welchem Grade er abgespannt war, und je müder er wurde, desto hoffnungsloser schien ihm alles.

So sehr Amaral sich in Gedanken drehte und wendete, er stieß gegen die rachsüchtige tragische Jammergestalt Meneghels. Ein Kind des windverblasenen Flachlandes im Süden, Sohn einer Dirne, Zielscheibe des Spottes, häßlich wie er war mit seinem schwarzen Haarbusch, seinen niederen Brauen, die über der Wurzel einer großen Hakennase zusammenstießen, und den schwarzen Äuglein, die so nahe beieinander standen, daß man glaubte, er schiele, obwohl das nicht der Fall war. Immer zum Streiten aufgelegt: «Soll ich euch mal eine prima Frau zeigen?» Die anderen konnten nicht umhin, ihn auszulachen und zu bemitleiden. Aber wer will schon bemitleidet werden?

Seine Mutter starb, betrunken, bedeckt mit Wunden. Ihn nahm ein Arzt auf, dem er den Hof sauberhielt und der ihn dafür von der Syphilis kurierte, fütterte, kleidete und zur Schule schickte. In seiner Schuluniform zwischen den Erstklasslern hatte er sicherlich zu alt und fehl am Platz gewirkt. Dem Doktor tat er leid, aber ihn zu lieben war unmöglich, es war schon schwer genug, ihn überhaupt für voll zu nehmen. Als er Gehilfe bei einem Autoschlosser wurde, war der Doktor froh, ihn loszusein. Es fielen nicht viele Reparaturen an in der öden kleinen Grenzstadt in Rio Grande do Sul, selbst Ende der fünfziger Jahre, aber es gab nur einen Mechaniker, der sich ein bescheidenes Vermögen dadurch erwarb, daß er Meneghel alle Arbeit tun ließ und ihm so gut wie nichts dafür bezahlte. Im Grunde war keiner schuld an seinem harten, einsamen Leben, denn der Gedanke, alles darauf schieben zu müssen, daß er häßlich und von wenig sympathischem Wesen war, wäre doch zu schmerzlich.

Eines Tages im Winter 1962 kam der Gouverneur Brizolla in die Stadt. Er gehörte zu jenen Rednern, die Qualität durch Quantität und Lautstärke des Gebotenen ersetzen. Er hatte Vorwürfe gegen jedermann, doch mit der üblichen Phantasielosigkeit tadelte er die amerikanischen kapitalistischen Blutsauger am schärfsten. Weil sie das Land beherrschten, konnten die Bewohner des Südens mit den Preisen für importierten Weizen nicht konkurrieren und sich die teuren importierten Maschinen nicht leisten oder auch nur die in den amerikanischen Fabriken auf brasilianischem Boden hergestellten. Und Menschen wie Meneghel, die von früh bis spät an Autos und Traktoren und Lastwagen arbeiteten, konnten sich nicht einmal ein Fahrrad kaufen. Der Fall lag klar. Meneghel wurde (Amaral bekam Kopfschmerzen bei dem Gedanken) ausgerechnet ein fanatischer Anhänger Brizollas. Und als die Kommunisten für den 1. Mai 1964 die Übernahme der Regierungsgewalt vorbereiteten, hätte Meneghel zu einer der berühmten Vertrauensgruppen der Elf, *grupos de onze*, gehören sollen, die Schlüsselstellungen der Stadt besetzen und reaktionäre Bürger gleichschalten sollten. An der Spitze der Liste derer, die gleichzuschalten waren, stand der Arzt, der Meneghel zur Schule geschickt hatte.

Da jedoch der Umsturz des 1. Mai niemals stattfand, weil die Revolution, die den Händen Goularts die Regierungsgewalt entriß, bereits im März stattfand, bekam Meneghel seine Chance erst viel später.

Als er schließlich vor Winslow hintrat und ihm Maschinengewehrkugeln in den Leib jagte, glaubte er vermutlich, er beseitige einen Kriegsverbrecher, einen Feind des Volkes. Das jedenfalls äußerte er, als man ihn einige Monate später festnahm. Mehr bekam man nicht aus ihm heraus. Er wollte über niemanden und nichts reden. Widerwillig mußte man zugeben, daß seine Verstocktheit etwas Heldisches hatte. Diese tierhafte, dunkelhäutige Kreatur, die ihre Befrager herausforderte, sie umzubringen. Doch das gedachten sie nicht zu tun. Sie behielten ihn in Einzelhaft, bewachten ihn sorgfältig und warteten ängstlich darauf, daß man ihm den Prozeß machte.

Außerhalb der Gefängnismauern beobachtete man ihn ebenso besorgt wie innerhalb. Die MRP wollte nicht, daß man ihn verhörte und aburteilte. Sie wollte ihn entweder frei sehen oder ausgewiesen in irgendein fremdes Land, von wo er nie wieder zurückfand. Oder sie wollte ihn tot.

Jedesmal, wenn Amaral bei seinem endlosen Eiertanz um das Leben Duncan Roundtrees gegen dieses unüberwindliche Hindernis stieß, ertappte er sich bei dem Wunsch, Meneghel möge einen Weg finden, das eine oder das andere zu tun.

«Meneghel ist ein Mörder, der einen unbewaffneten, unschuldigen Mann vor den Augen seines Sohnes erschossen hat. Um das Leben eines weiteren Unschuldigen zu retten, sind wir auf Ihre Forderungen eingegangen, mit einer Ausnahme. In diesem Punkt nachzugeben sehen wir uns nicht berechtigt.» So hieß es in seiner Schlußbotschaft, die um sieben Uhr früh auf der von der MRP für Mitteilungen und Antworten der Regierung genannten Welle gesendet worden war.

Jetzt war es neun, und keinerlei Reaktion war erfolgt. Er überlegte, ob die Entführer wohl wußten, daß dank des Briefes von diesem Musiklehrer das Haus gefunden war und nun überwacht wurde. Und welche Wirkung es hätte, wenn sie es wüßten. Doch im Grunde war keine Zeit, jetzt über so etwas nachzudenken. Er schob es von sich und richtete angestrengt all seine Bemühungen auf das Nächstliegende, als sich die Tür nochmals öffnete und die Wache Malachai Kenath hereinführte.

47

Sein Anzug war zerknittert, sein Gesicht unter dem zwei Tage alten Stoppelbart grau. Er ging mit dem unschlüssigen Schritt dessen, der über sein Tun und die Ereignisse die Kontrolle verloren hat. Amaral erschrak, denn er hatte diese Angst schon mehrfach beobachtet, und hier handelte es sich nicht um einen Mann von besonderer Tapferkeit. Doch als Malachai den Blick hob und den Oberst ansah, lag darin eine Würde, die alle übrigen vom Oberst sofort bemerkten Eigenschaften aufwog. Bis zu diesem Moment hatte Amaral geglaubt, er besäße zahllose Möglichkeiten, bei diesem Menschen seinen Willen durchzusetzen: Lügen, Einschüchterungen . . . Er schlug sie sich nun alle aus dem Kopf.

«Sr. Kenath, bitte setzen Sie sich.» Auch diesmal glaubte er sich entschuldigen zu müssen. «Es tut mir leid, daß Sie so viel durchmachen mußten. Wenn etwas vom Umfang und von der Dringlichkeit einer Entführung vorkommt, geraten gelegentlich die Falschen in Verdacht. Man hat so wenig Zeit. Sie wurden uns als guter Bekannter Delia Cavalcantis genannt, als einer, der mehr als einmal versucht hat, ihre Freilassung zu erwirken.»

«Sie war in Not», sagte Malachai. «Ich habe versucht, ihr zu helfen. Ich wußte nicht, was sie getan hat, und ich weiß es noch immer nicht.» Sein Ausdruck bekam etwas Erschöpftes. «Ich habe mich immer bemüht, mich aus solchen Geschichten herauszuhalten und alles nur von fern zu beobachten. Das ist einer der Gründe, warum ich vor zwanzig Jahren nach Brasilien gekommen bin. Weil ich dachte, hier kümmert sich keiner um den anderen, hier wird Frieden sein.»

Er hob resigniert die Schultern, und wieder rührte etwas den Oberst eigentümlich an und ließ ihn äußern: «Vor zwanzig Jahren waren die Leute auch noch gleichgültig. Brasilien war ein Witz. Manchmal wünscht man, es wäre noch so.» Das hätte er nicht sagen dürfen, und er wußte, daß einzig und allein seine Müdigkeit ihn dazu trieb. Und das resignierte Zuhören des Mannes vor ihm, das beinahe hypnotisch wirkte. Er zauderte und überlegte sich genau, was er als nächstes sagen mußte.

In diesem Augenblick straffte Malachai sich unvermutet, nahm seine ganze fadenscheinige Courage zusammen und fragte: «Sr. Colonel, darf ich das so verstehen, daß meine Inhaftierung ein bloßes Mißverständnis war und daß ich, wenn dies der Fall ist, freigelassen werde?»

Die Plötzlichkeit der Frage überraschte den Oberst wie ein unerwarteter Fechtausfall. Ihm blieb nichts übrig, als zu erwidern: «Jawohl. Im Prinzip, ja. Doch ist das nicht der Anlaß, warum ich Sie habe zu mir führen lassen.»

Malachai stockte der Atem, er beobachtete gespannt und fühlte, wie der Fluß der Ereignisse unaufhaltsam wieder in Bewegung geriet, wobei er nicht ahnte, daß auch der Oberst sich in diesem Augenblick sonderbar ohnmächtig vorkam, vom gleichen Strom mit fortgerissen. Jetzt endlich hörte er sich diesem Malachai Kenath auseinandersetzen, als erzähle er einem Freund eine unglaubliche Geschichte, wie Delia Cavalcantis Situation war, sprach ihm von seiner Überzeugung, daß sie nicht ins Exil wolle. Sprach ihm von der dringenden Notwendigkeit, einen Ersatz für sie zu finden. Als er geendet hatte, saß Malachai noch immer da, die Hände ruhig im Schoß, und sah ihn an. Doch seine Augen blickten nicht mehr sanft und ergeben. Es war plötzlich, als sei im Inneren von Malachai Kenath ein Damm gebrochen und etwas, das sich seit Gott weiß wann aufgestaut hatte, bräche nun hervor.

«Und mich fordern Sie zu so etwas auf? Mich? Nein! Genügt Ihnen diese Antwort? Delia Cavalcanti ist eine Närrin und hat das Exil verdient. Wenn es noch um Duncan Roundtrees Leben ginge . . . aber nein, für nichts und wieder nichts hat man mich eingesperrt, und jetzt –» er beugte sich vor und drohte Amaral mit zitterndem Finger – «ich bin kein Terrorist und hatte auch nicht die Absicht, einer zu werden. Wenn ein System nur durch Entführungen und Mord an Unschuldigen verändert werden kann, dann ist daran etwas falsch. Wie viele Male habe ich versucht, Delia das zu erklären! Aber sie wollte ja nicht hören, und jetzt erwartet sie von *mir* –»

«Sie nicht», unterbrach ihn der Oberst, noch den Strohhalm in diesem tobenden Sturzbach erkennend, «sie keinesfalls. Sie hat keine Ahnung, daß ich Sie als Ersatz vorschlagen möchte. Sie darf es gar nicht erfahren.

Es ist auch nicht um ihretwillen, daß sie hierbleiben möchte, sondern um ihres Mannes willen.» Er tat einen tiefen Atemzug und sagte langsam: «Sie wissen doch, Sr. Kenath, daß Francisco Cavalcanti ein ausgezeichneter Ingenieur ist. Vielleicht der beste im ganzen Land.»

«Ich weiß nur eines», sagte Malachai hartnäckig, «daß mir Unrecht geschehen ist. Nach so vielen Jahrhunderten wird man es leid, Unrecht zu leiden.» Er stieß es hervor, als habe es ihn das letzte bißchen Kraft gekostet, schloß aber dann den Mund mit verblüffender Festigkeit.

«*Muito bem.*» Der Oberst neigte sekundenlang den Kopf und sah dann auf. «Es wird bis nachmittags dauern, ehe Ihre Entlassung ‹bearbeitet› ist, wie man so sagt.» Er drückte auf einen Knopf, und der Wachtposten erschien.

Der Wachtposten hatte Malachai schon die Hälfte des zu den Zellen unwichtigerer politischer Häftlinge führenden Korridors entlanggeführt, als Malachai ihn am Arm packte und schrie: «Warten Sie!» In dem sich anschließenden Handgemenge war es ein wahres Wunder, daß Malachai nicht von seinem Wärter erschossen wurde, der glauben mußte, der Häftling mache einen Fluchtversuch.

48

Es war Montag. Für die meisten Menschen der Beginn einer weiteren Woche voller Verkehr, Rauch, Lärm, mangelhafter Telefonverbindungen, Geschäfte, die ewig in der Schwebe hingen. Für einige jedoch näherte sich das Ende.

In seinen sonderbar sporadischen Unterhaltungen mit dem Oberst, die täglich mehr bloßen hypothetischen Bemühungen glichen, äußerte Josh, daß ein Austausch Meneghels vielleicht zweckdienlicher sei, als man annähme. Denn hier handele es sich nicht um einen Diplomaten, sondern um einen Bankier, und wenn man das Leben eines ausländischen Geschäftsmannes opfere, welche ausländische Firma würde dann noch Investitionen riskieren? Worauf ihm der Colonel ein ebenso stichhaltiges Argument entgegenhielt: Wenn Entführungen solchen Erfolg hätten, warum sollten sie dann nicht weitergehen und dadurch Leben und Investitionen erst recht gefährden?

Von diesen beiden Kampfpositionen aus, die sich aufhoben und immer aufheben werden, sahen die beiden Männer einander an und dachten an den Killer Meneghel. Sein Bild hing zwischen ihnen, verhängnisvoll und böse.

«Das schlimmste», sagte Josh und verlieh damit seinen Gedanken endlich Ausdruck, «ist ja, daß seine eigenen Leute ihn zum gegenwärtigen Zeitpunkt ebensowenig brauchen können wie wir.»

«Glauben Sie, daran dächte ich nicht?» fragte der Oberst. «Leider bringt uns das –» er sah Josh fest an – «einer Lösung nicht näher.» Diese Antwort beschämte Josh.

«Was er sagte und ich dachte», erläuterte Josh später seine Beschämung vor Caroline, «war, daß er Meneghel mit einem einzigen Satz hätte ausradieren können. Aber so was tut er nicht.»

«Und so was nennst du Gerechtigkeit?» Caroline erinnerte an ein Tier, das Schmerzen leidet, ohne daß jemand sie lindern kann. «Daß Duncan sterben soll, damit ein Mörder am Leben bleibt?»

«Findest du, daß er unrecht hat?» Es war, als gäbe er Caroline das Tuch, das man vor einer Operation dem Patienten gibt, damit er darauf beißen kann. Sie lehnte sich im Stuhl zurück, schloß die Augen und schüttelte den Kopf.

Das Haus, in welchem Duncan gefangen saß, lag unweit des Zentrums. Eines der letzten schweren, imposanten pseudo-viktorianischen *palacetes*, die gegen Ende des großen Kaffee-Booms gebaut worden waren. Es hatte überdauert, weil seine frühere Besitzerin es so wollte. Eine strenge herrschsüchtige Matrone, eine Frau von starkem Willen und Traditionsbewußtsein, war darin geboren worden, hatte darin geheiratet, ihre Kinder großgezogen, ihren Mann verloren und war gerade dabei, in den dunklen, verwinkelten Verliesen ihre Kindeskinder aufzuziehen, als sie eines natürlichen Todes starb. Ihre Nachkommen, endlich befreit von den Gefühlsrücksichten, die sie gezwungen hatten, diese Bastion brütender Tradition mit der Oma zu teilen, waren nur zu bereitwillig ausgezogen und hatten das Gebäude an eine Privatschule für Fremdsprachen vermietet, *Instituto de Idiomas Practicos*, bis es vielleicht eines Tages abgerissen wurde und für immer in Vergessenheit geriet. Reguläre Schüler, die sich auf die Zulassungsprüfung in städtischen Ämtern vorbereiteten, wurden im Vorderteil des Hauses unterrichtet. Der rückwärtige Teil war besonderen Intensivkursen vorbehalten. Niemand fragte danach, worin diese bestanden, und es fiel den Nachbarn auch nicht auf – besonders weil das Haus von den gleichgültigsten aller Wohnbunker, von Mietskasernen umgeben war –, daß diese Spezialkurse auch während der langen Sommerferien andauerten. In dieser Welt, so man nach Bildungsgut griff, wann und wo man konnte, waren Studenten, die während der Ferien weiterbüffelten, keine Seltenheit.

Da es jedoch ein besonders altes Haus war, in einer Zeit gebaut, in der es Vätern noch ratsam schien, ihre Töchter in fensterlose Gelasse einzusperren, waren die in Dorvals Brief erwähnten Merkmale bezeichnend gewesen. Genauere Untersuchungen hatten es dann zu «dem Haus» werden lassen. Ob seine Entführer gemerkt hatten, daß sie entdeckt waren, konnte Duncan nicht ahnen, weil er es selber nicht gemerkt hatte. Doch während die Zeit in höllischer Langsamkeit dahinschlich, wurde ihr Verhalten zunehmend neurotisch und tollkühn. Es war das Verhalten von Geschöpfen, die selbst in die Falle gegangen sind.

Anfangs, im ersten Rausch darüber, daß die Geschichte erfolgreich verlaufen war und sie ihn dorthin geschafft hatten, wo er sich jetzt befand, und als ihre erste Forderung ihrer Meinung nach «äußerst zahm» beantwortet wurde, waren sie vorübergehend selbstsicher, ja sogar überheblich gewesen. Die Sache mit Meneghel war eine Frage der Zeit. Die schlappe brasilianische Regierung konnte es nicht riskieren, die Amerikaner dadurch vor den Kopf zu stoßen, daß sie das Opfer des Internationalen Bankvereins annahmen. Duncan würde schon sehen! War schon jemals ein Entführungsopfer in Brasilien ums Leben gekommen?

«Das macht Ihrer Regierung alle Ehre!»

«*Puxa sacos dos estrangeiros* – die kriecht ja dem Ausland hinten rein», erwiderte der Junge, der in der Tür stand. Dann fügte er hinzu: «Hören Sie mal, wollen Sie vielleicht was lesen?» Er war derjenige, der ihn den Brief hatte schreiben lassen. Seine Stimme war sehr jung und wurde leicht aufgeregt. Sein Gesicht konnte Duncan natürlich nicht sehen, doch war er überzeugt, es müsse vor lauter Nervosität und Jugend voller Pickel sein. Das Buch war die «Zusammenfassung der Gedanken des Vorsitzenden Mao» in portugiesischer Übersetzung.

«Habt ihr nicht ein bißchen was Spannenderes, was Lebensnahes, vielleicht was von Hemingway?»

«Hemingway und lebensnah!»

«Hast du je was von dem gelesen?»

«Er hat sich nie über was Wichtiges ausgelassen», wich der Junge aus.

«Du meinst natürlich die Politik», sagte Duncan. «Aber er hat das Forellenfischen gut beschrieben und die Stierkämpfe und den Krieg, und wie die Menschen sind. Nicht, wie er sie haben wollte.»

«Das Produkt eines entarteten Gesellschaftssystems», fuhr der Junge in der gleichen Tonart fort.

«Ach, du lieber Gott.» Duncan spürte, wie sich ihm das Nackenhaar sträubte. Er wedelte mit der Hand zu Maos Gedankengut hinüber, das verlassen auf dem Bett lag und so absurd wirkte wie die Kapuzen, die Maschinengewehre, die ganze irrsinnige Situation, in der sie sich alle befanden. «Hör mal, ich habe einiges von Mao gelesen. Hast du überhaupt mal darüber nachgedacht? Ich meine, glaubt ihr Burschen wirklich, ihr könntet durch Änderung eines Systems die Menschen ändern?»

«Wenn wir das Übel des kapitalistischen Konkurrenzkampfes beseitigen . . .»

«*Que merda.*» Duncan schüttelte mitleidig den Kopf. «Ebensogut könnt ihr sagen, das Geld sei schuld an dem, was die Leute damit machen. Ich verstehe ja bloß nicht, was, in Gottes Namen, glaubt ihr eigentlich zu erreichen?»

«In Gottes Namen überhaupt nichts!» Die Stimme des Jungen bekam etwas vehement Fanatisches. «Im Namen der Anständigkeit. Sie meinen vielleicht, wir wären allein, aber das sind wir nicht! Das hier ist nur ein Teil einer großen Bewegung. Wir haben Freunde in Cuba, Chile und Uruguay, die uns unterstützen werden, wenn der Moment gekommen ist.»

«Unterstützen?» Duncan zuckte die Achseln. «Und jemand anders wird eure Feinde – wen immer ihr dafür haltet – unterstützen. Und dann gibt es eine Riesenschießerei, und wer hat den Nutzen davon, glaubt ihr? Irgendein Knilch in Illinois oder in Frankreich. Weil der nämlich Waffen herstellt. Hört doch mal zu –» Duncans Stimme wurde beinah väterlich – «hat euch nie jemand gesagt, daß die Menschen durchweg ein habgieriges Gesindel sind? Man muß nur lernen, wie man der Schiebungen Herr wird, worin diese Schiebungen auch im Moment bestehen mögen. Du könntest womöglich mit deiner Zeit was anfangen, das der Mühe wert wäre!»

«Und was zum Beispiel?» In der Stimme des Jungen klang Hohn, und doch bebte sie.

«Na, eine Menge, zum Beispiel mit einer schönen reichen Industriellentochter pennen, die dich dann so lange finanziert, bis du ein Mittel gegen die Chagas-Krankheit entdeckt hast. Woher soll ich es wissen, laß dir selber was einfallen.» Er sah sich um und warf einen Blick auf die engen, hohen Mauern, die sie beide umschlossen. «Ich würde doch meinen, alles wäre besser, als in einem solchen Loch zu hocken.»

Der Junge antwortete nicht, doch er stand ganz regungslos, wie sprungbereit, als wisse er nicht, was er sagen oder tun solle. Duncan wurde plötzlich von der Vorstellung überwältigt, daß der Junge wirklich am Ersticken sei, daß er sich nur mit aller Kraft beherrschte, um nicht die lächerliche Kapuze vom Kopf zu reißen und Duncan Auge in Auge gegenüberzustehen. Am liebsten hätte Duncan gerufen: «Nun mach schon, nimm doch das Ding ab, du armes Würstchen, du!» Das Schweigen im Raum wurde stickiger als der Raum selbst. Nur um es zu brechen, hörte er sich sagen: «Hör mal, ich muß aufs Klo. Könntest du mir vielleicht, bloß dies eine Mal, so weit vertrauen, daß ich allein . . .»

Das genügte offenbar. Der Junge richtete sich auf, kam zu sich und nahm die ihm zugewiesene Rolle wieder an, die des Vogelfreien, des robusten und unerschütterlichen Fanatikers.

«Was glauben Sie denn, wo Sie hier sind? Im Kindergarten?» schnauzte er.

«Nein», sagte Duncan. «Ich wollte nur mal gern allein aufs Klo.» Doch es hatte keinen Sinn, nicht einmal bei so etwas. Wenn er einen Drang verspürt hatte, so war der jetzt vergangen. Aber da er nun einmal darum gebeten hatte, stand er auf und ließ sich zur Toilette führen. Er hatte sich damit abgefunden, nichts mehr zu verdauen bis zum Tage seiner Entlassung oder seines Todes.

49

Im Grunde wußte nur Meneghel genau, wie es sich abgespielt hatte, und der würde es nie mehr erzählen. Bei allem übrigen war man auf Vermutungen angewiesen, deren es ja dann auch viele gab.

Menegehl war in den drei Monaten, seit man ihn in dem Städtchen im Vale da Ribeira endlich gefunden hatte, in Einzelhaft verblieben. Vom Tag seiner Geburt an hatte er kaum etwas anderes gekannt als Leiden. Das Leiden unter der Schande der Mutter, das Leiden unter seiner Häßlichkeit und wortkargen Art, das bittere Leiden, immer bemitleidet, aber nie geliebt zu werden. Später hatte er das köstliche Leiden des Fanatikers kennengelernt, der sich einem Ziel geweiht hat, und das wiederum hatte sich zu der hitzigen Ergebenheit für den ‹Helden› Bandeira gewandelt. Bandeira hatte nie Mitleid mit ihm gehabt. Er hatte ihn gebraucht und dazu benutzt, einen Mann umzulegen, den er nie gesehen und dem er persönlich nichts vorzuwerfen hatte. Meneghel hatte ihn kaltblütig niedergeschossen, weil er ihn für das Elend der Welt verantwortlich machte.

Er hatte ihn erschossen mit allem Haß, der sich in seiner Seele aufgespeichert hatte, und aus einem Gefühl heraus, das der ihm ewig unbekannt bleibenden Liebe am nächsten kam: aus Anhänglichkeit für Bandeira. Im Gefängnis hatte er mehr gelitten, als die meisten überhaupt ausgehalten hätten, nur um Bandeiras Geheimnisse nicht preisgeben zu müssen. Vielleicht hatte er vom Leiden genug gehabt. Vielleicht auch hatte ihn trotz oder gerade dank seiner Bewacher die Nachricht erreicht, daß Bandeira um seine Entlassung feilschte, die jedoch undurchführbar sei. Und daß man ihn, sollte er etwa doch freikommen, als nicht mehr nützlich abschieben wollte.

Jedenfalls hatte Meneghel in der Nacht zum Montag, allein in seiner Zelle, sein grobes Gefängnishemd in Streifen zerrissen, sie zu einer handfesten Schnur zusammengedreht und diese am Deckengitter befestigt, durch das schwaches Mondlicht drang. Dann hatte er sie sich um den Hals gelegt, und so war es ihm, indem er sich vom Bettrand fallen ließ, gelungen, seinem Leben ein Ende zu machen.

Sofort nach der Entdeckung des Vorfalls wurde Oberst Silveiro Amaral per Geheimtelefon, über das er mit dem Gefängnis Verbindung hatte, davon in Kenntnis gesetzt. Er war nach einer Nacht unruhigen Dösens in jenen Zustand absoluten Vergessens abgesunken, durch den sich der Geist manchmal vor dem Zusammenbruch schützt. Von der aufgeregten Stimme eines *tenente* durch den Draht geweckt zu werden war wie das Auftauchen aus der Bewußtlosigkeit in den gewohnten Alptraum. Bewußtes und Unterbewußtes kämpften miteinander, verschwammen und wurden eins, während Amaral mühsam die Kleider überzog. Schon im nächsten Augenblick, als er die Treppe hinunterlief und den Kopf durch die Küchentür steckte, um der Köchin zu sagen, sie möge sich mit dem Kaffee beeilen, gewann die Realität die Oberhand. Es war die Erhörung eines Gebetes. Obwohl man, rügte er sich innerlich, um solche Dinge nicht beten darf. Er hatte sich ja nicht einmal gestattet, einem derartigen Ereignis durch einen Befehl nachzuhelfen. Und doch . . .

Die Köchin murrte, daß der Sr. Colonel jeden Tag früher aufstünde, und setzte ihm ein Tablett mit dampfendem Kaffee und Milch auf den Schreibtisch in seinem Arbeitszimmer. Er trank ihn in kleinen Schlückchen, saß ganz still und versuchte, die Nachricht zu verdauen, sich ihre Wirkung auf die Terroristen auszumalen. Die letzte Funkbotschaft an die Entführer hatte nochmals bestätigt, daß all ihre Forderungen erfüllt seien. Die in der Liste aufgeführten Gefangenen waren ausfindig gemacht und alle auf einem Militärflugplatz in Cumbica zusammengezogen worden, von wo aus eine Transportmaschine des Heeres sie nach Mexico City ausfliegen würde. Die mexikanische Regierung hatte ihnen Asyl zugesagt. Der Gefangene Malachai Kenath war an die Stelle der Gefangenen Delia Cavalcanti getreten und der Austausch sowohl von der brasilianischen Regierung als auch seitens des Unterhandlungsausschusses der MRP gebilligt worden.

Nur eine Forderung blieb unerfüllt und unerfüllbar: Die Freilassung des Gefangenen Sergio Meneghel, der am 30. des Monats wegen vorsätzlichen Mordes vor Gericht gestellt werden sollte. Als Ersatz für die Freilassung Meneghels hatte die brasilianische Regierung die Summe von 500000 Dollar angeboten, die gleiche Summe, wie sie vom Internationalen Bankverein verlangt und ausgezahlt wurde (und von der US-Regierung garantiert). Wie üblich hatte er seine Botschaft mit der Bitte geschlossen, «das Angebot im Namen der Menschlichkeit, des Anstandes und um das Leben eines Unschuldigen zu retten wohlwollend zu prüfen.»

Amaral war gestern spät zu Bett gegangen, davon überzeugt, daß die Antwort negativ ausfallen würde. Wenn die Gegenseite wie erwartet reagierte, wollte er der Polizei, die das alte Haus umstellte, den Befehl erteilen, einzudringen. Es war dies ein verzweifelter, höchst gefährlicher letzter Schritt, und er hatte nachts wach gelegen und an die Frau und die Kinder Duncan Roundtrees denken müssen.

Jetzt würde die Ausweglosigkeit vielleicht zum gegenteiligen Ergebnis führen. Meneghel das Werkzeug war im Gefängnis zu Meneghel dem Hindernis geworden, und die Vorstellung, was er alles wußte, hatte Bandeira Tag und Nacht beunruhigt. Würden nicht die Terroristen vielleicht nachgeben, nun, da das Hindernis aus dem Wege war, nur um die mißliche Angelegenheit hinter sich zu haben? Was sich ihm rein verstandesmäßig in den vergangenen drei Schreckenstagen insgeheim als naheliegende Lösung aufgedrängt hatte, war nun ohne sein Zutun eingetreten. In der inständigen Hoffnung, die im alten Haus möchten nicht merken, daß sie beobachtet wurden, machte er sich daran, seine letzte Botschaft abzufassen.

Die Antwort ließ quälend lange auf sich warten. Das lag naturgemäß daran, daß man Bandeira erst kontaktieren mußte und daß es, wie bei allen solchen Gelegenheiten, eines Zusammenspiels von verschlüsselten Telefonaten und Rennereien bedurfte, wie nur ein ständig Gejagter sie erfinden konnte.

Duncans Entführer waren genauso beunruhigt wie alle übrigen. Sie bewachten die Tür seiner *alcova de donzela* mit zwei Mann statt nur mit einem. Durch die Spalten dieser Tür drang gedämpftes Stimmengewirr und Unruhe bis zu ihm. Als sie sich schließlich öffnete und der Junge mit dem vermutlich pickligen Gesicht und der Kapuze sich schwer atmend mit gespreizten Beinen vor ihm aufpflanzte, dachte er in dumpfem Erstaunen, der Moment sei gekommen: Es ist soweit, ich bin erledigt.

Statt dessen sagte der Junge mit leiser, aufgereger Stimme: «Wissen Sie, was die gemacht haben? Meneghel ist tot!»

Im ersten Augenblick empfand Duncan ausschließlich Erleichterung, als sei ein schweres Gewicht von ihm genommen. «Mein Gott, das ändert alles», keuchte er, doch der Junge schüttelte den Kopf und stieß wie einen Fluch hervor:

«*Tudo depende de Bandeira!* – alles hängt von Bandeira ab.»

«Bandeira», schrie Duncan auf, während der Junge ihm schon den Rücken wandte, «der Teufel hole Bandeira!» Doch der Junge schlug ihm die Tür vor der Nase zu. Zum erstenmal wurde sich Duncan der vollen Tragweite der Macht Julio Bandeiras bewußt, und das ließ ihn verstummen.

Auch bei Caroline hatte nach einer schlaflosen, verzweifelten Nacht die Nachricht ein wildes Aufflackern von Hoffnung ausgelöst. Doch als der Tag sich neigte, schwand auch die Hochstimmung wieder. Erschöpft saß sie am Funkgerät, in einem Zustand, wie er bei weniger widerstandsfähigen Naturen kurz vor dem Nervenzusammenbruch einsetzt.

Undeutlich hörte sie, wie im Hintergrund Clea den kleinen George beruhigte und Lia mit Amalia, dem Dienstmädchen, für die Kinder das Abendessen kochte. Sie war von den langen Stunden der Ereignislosigkeit, Angst, Hoffnung und Enttäuschung so betäubt, als hätte sie ein Beruhigungsmittel genommen. Ihr war, als könne sie nichts mehr auffassen, nichts mehr empfinden, als auf der vereinbarten Wellenlänge nochmals eine Botschaft durchkam, die von Selbstgerechtigkeit und Unverschämtheiten strotzte.

«Ohne Rücksicht auf das Leben des amerikanischen Kapitalisten Duncan Roundtree hat sich die brasilianische Regierung beharrlich geweigert, den Gefangenen Meneghel als Gegenleistung für die Freilassung Roundtrees herauszugeben. Gestern nacht hat der Held Meneghel, unfähig, die Härten der Gefangenschaft und die Grausamkeiten der Verhöre länger zu ertragen, bis zum letzten Atemzug getreu der großen Sache des Movimento Revolucionario Popular, seinem Leben ein Ende gemacht.

Roundtree ist ein Verbrecher, wie alle, welche die kapitalistische Unterdrückung unterstützen. Als Vergeltungsmaßnahme für den Tod Meneghels müßte er gerichtet werden. Um jedoch 19 heldenhaften Menschen die Freiheit zu sichern, die in Gefängnissen schmachteten und nun des Landes verwiesen werden sollen, das ihren Kampf um die Gerechtigkeit nicht unterstützt hat, wird der Austausch wie vereinbart durchgeführt werden. Sobald die Mitglieder der MRP auf mexikanischem Boden in Sicherheit sind, wird der amerikanische Kapitalist Duncan Roundtree freigelassen.»

Im Rausch freudiger Erregung, der nun folgte, merkte zwar jeder den Ausdruck plötzlicher tiefster Niedergeschlagenheit auf Cleas Gesicht, jeder hörte sie sagen: «Ich kann's nicht mehr aushalten, ich werde selber nachsehen gehen.» Doch folgte ihr keiner, als sie eine Jacke überzog und aus der Tür ging – keiner, außer Teodoro.

Die Reise nach Mexico City über Brasilia, Manaus und Caracas mit einem Transportflugzeug ist eine Sache von zwölf Stunden. Irgendwann am Dienstag etwa um fünf Uhr morgens stellte Duncan Roundtree, der eine halbe Stunde lang seitwärts auf den Knien liegend gefahren worden war, erstaunt fest, daß er auf steifen, schmerzenden Beinen in einer verlassenen Straße unweit seines eigenen Hauses stand. Einer seiner Entführer hielt die Waffe auf seinen Rücken gerichtet, damit er sich nicht umdrehte, während ein anderer ihm die Hülle vom Kopf zog, dann ließen sie ihn los und waren verschwunden. Sie kehrten nie mehr in das alte Haus zurück, und von den fünfen, die ihn und sich dort gefangengehalten hatten, waren sie die einzigen, die entkamen.

Die Luft war an diesem Morgen erfüllt von dem schwefligen Geruch einer Stadt, die nicht recht glauben will, welche Menge von Luft verpestenden Industrien sie im Lauf der letzten zwanzig Jahre geschaffen hat. Doch für Duncan war es die frische, reine Luft der Freiheit. Er sog sie tief in die Lungen und begann dann schneller auszuschreiten – zu rennen hatte man ihm verboten – seinem Heim zu. Binnen zehn Minuten hatte er die Gartentür aufgestoßen und hielt Caroline in den Armen, während Hunde und Kinder ihm wie verrückt umsprangen und umtanzten.

Irgendwie brachte Josh es fertig, die Reporter bis sieben Uhr abends abzuwehren. Doch länger ließ die Presse sich ihr angestammtes Recht nicht schmälern. Duncan störte es im Grunde nicht. Was stört einen schon noch, wenn man beinahe ermordet worden ist und wie durch Zufall wieder freikommt. Es bereitete ihm sogar einiges Vergnügen, mit einer Tasse Kaffee, Caroline neben sich, im Wohnzimmer zu sitzen und der

Presse eine Audienz zu gewähren. Insbesondere Zach Huber, der als hauptsächlicher Interviewer auftrat.

«Ich nehme an, Mr. Roundtree», sagte er wegen der Kollegen betont förmlich, «daß Sie unter diesen Umständen die Rückkehr in die Vereinigten Staaten ins Auge fassen?»

«Im Gegenteil. Wenn so was überall vorkommt, kann ich ja gleich hier bleiben, wo ich schon einmal entführt worden bin. Nach dem Gesetz der Wahrscheinlichkeit . . .»

«Haha, sehr hübsch, gut gegeben, sehr amüsant. Nun aber mal im Ernst: Können Sie uns etwas über Ihre Entführer sagen? Was für einen Eindruck hatten Sie von ihnen?»

«Sie waren so jung und so dumm, wie ich in ihrem Alter war. Und in der Klemme.» Duncans Miene wurde nachdenklich. «Ich meine, wie soll es mit ihnen hier weitergehen?»

Zach stutzte kaum merklich. «Eine sehr gute Frage. Darf ich Ihnen jetzt vielleicht noch eine stellen? Hatten Sie öfter Gelegenheit, sich mit ihnen zu unterhalten? Ich meine, kam es während der Tage in jenem Zimmer zu einem echten Gespräch?»

«Von Zeit zu Zeit. Sie hatten genau solche Angst wie ich.»

«Und haben Sie sich während dieser Gespräche zu irgendeinem Zeitpunkt veranlaßt gesehen, mit der Auffassung Ihrer Entführer zu sympathisieren?»

«Darüber, daß dies eine Dreckswelt ist?» fragte Duncan. «Daß die Oberen die Unteren ausbeuten? Aber ja.»

«Wollen Sie damit so etwas wie Bewunderung ausdrücken . . .?»

«Zum Donnerwetter!» wies Duncan ihn zurecht. «Hören Sie, junger Mann: Sind Sie schon mal auf der Straße gepackt, weggeschleppt und vier Tage lang mit dem Tode bedroht worden? Manche Menschen sind Monate hindurch so festgehalten worden und zum Schluß gestorben. Und wofür?»

«Verstehe.» Zach Huber nickte wie ein Rekrut, den der Sergeant heruntergeputzt hat. Duncan mußte grinsen. Das ebnete den Weg für die nächste Frage, die – da Duncan anscheinend in der rechten Stimmung für Wortgefechte war – so etwas wie ein Ausfall sein sollte.

«Trotz Ihres Urteils über derlei Individuen, Mr. Roundtree, scheinen mehrere der an dieser Entführung mittelbar oder unmittelbar beteiligten Personen Bekannte von Ihnen gewesen zu sein. Der Gitarrenlehrer Dorval Ribeiro, die Gefangene Delia Cavalcanti, die ausgetauscht werden sollte, jedoch im letzten Augenblick durch den Gefangenen Malachai Kenath ersetzt wurde . . .»

«Malachai Kenath!»

Irgendeine Reaktion hatte Zach erwartet, aber keine so heftige wie den Ausdruck ungläubigen Entsetzens auf Duncans Gesicht. «Was sagen Sie da? Was geht hier vor?»

Fragend blickte Duncan sich im Zimmer um, wie auf der Suche nach einer Antwort, doch jeder der Anwesenden schien genauso erschrocken wie er. Das heißt, jeder außer dem mageren, blassen Mulatten mit den dicken Brillengläsern, der in einer Ecke gesessen und sich offenbar größte Mühe gegeben hatte, nicht aufzufallen. An ihn wandte sich Duncan jetzt mit erhobener Stimme, die das Geraune aller übrigen Anwesenden abschnitt.

«*Teodoro, que aconteceu?* Was ist mit Ihnen? Ist Ihnen schlecht?»

50

Erst nachdem die Presse sich schließlich unter Protest zerstreut hatte, erholte sich Teodoro, genoß leicht verlegen die gespannte Aufmerksamkeit seiner Zuhörer und gestattete sich, ihnen Einzelheiten über das Verschwinden ihrer Freunde zu liefern. Daß Clea beim Eintreffen in der Militärpolizeiwache vom Oberst ein an sie gerichtetes Schreiben von Malachai übergeben worden war. Daß Clea daraufhin Teodoros und des Colonels Hilfe in Anspruch genommen hatte, um sicher an Bord des Flugzeugs zu kommen, und sie beide schwören ließ, das Geheimnis bis nach dem Abflug zu wahren. Ja sogar – erinnerten sie sich denn nicht mehr? – irgendwann um Mitternacht bei ihnen vorbeizuschauen und ihnen zu sagen, Sr. Malachai sei heil und gesund und Dona Clea in ihre Wohnung gegangen. Er hatte nicht dazugesagt, daß sie nur heimgegangen war, um einige ihrer unentbehrlichen Sachen zusammenzupacken.

Obwohl Korrespondenz mit Leuten, die des Landes verwiesen waren, streng verboten war, bekamen die Freunde später – wie es eben vorkommt in einem Lande, in dem es immer noch ein Hintertürchen gibt – alle nacheinander Briefe von Malachai. Francisco bekam den seinigen in Juazeiro, wohin er sich unmittelbar nach Delias Freilassung im Dienst der COMPANY gemeldet hatte, um sich an einem Projekt zu beteiligen, bei dem 50 000 Hektar bisher dürren, ungenutzten Landes bewässert werden sollten. Delia lehrte junge Leute, die in der Kindheit dazu keine Gelegenheit gehabt hatten, lesen, schreiben und rechnen. Fünfzehn- und Sechzehnjährige in einer ersten Klasse, deren Anstrengungen, Geschriebenes zuwege zu bringen, nicht weniger ernsthaft waren als die ihrer besten Universitätsstudenten bei den Theorien von Kant, Marx und Spengler.

Das Sonderbarste, das sich über die beiden berichten ließ, war vielleicht, daß Delia, wenn sie wollte, ihre Stellung an der Universität hätte wiederhaben können. Doch sie wollte es ganz ehrlich nicht. An Malachai schrieb sie in ihrem Antwortbrief:

«Das allererste, was wir nach meiner Entlassung unternommen haben,

243

war die Flußreise. Francisco wollte, daß ich mich erst danach endgültig entschließe, was wir künftig mit unserem Leben anfangen. Alles war genauso, wie er es geschildert hat: der schimmernde Fluß, die seltsamen Menschen, die in der vergessenen, endlosen Wildnis ein Räuberdasein führen. Zum erstenmal sah ich die Menschen, die ich meinen Studenten so oft geschildert hatte, wenn ich sie zur Rebellion aufwiegeln wollte, ihnen die Revolution predigte und nahelegte. Darum habe ich auch zum erstenmal gesehen, worin ihre Bedürfnisse wirklich bestehen.

Jetzt sind wir also hier und fangen ganz von vorne an. Wenn Sie sich nur vorstellen könnten, wie berauschend es ist, wenn die unwissende Tochter eines ungebildeten *caboclo* mit dem ihr bisher völlig ungewohnten Wort ‹Warum?› zu einem kommt! Es bedeutet nichts Geringeres, mein lieber Malachai, als daß sie nicht mehr alles bloß hinnimmt!»

Als Malachai diese Worte las, verdrehte er die Augen ängstlich himmelwärts.

An Duncan schrieb er einen Glückwunschbrief nach São Paulo. Da die Bank verlangt hatte, er möge sich in eine Gegend begeben, in der er weniger gefährdet sei, hatte Duncan sich überstürzter als geplant selbständig gemacht und war nun als freiberuflicher Investmentberater tätig. Es war nicht leicht, denn für einen so folgenschweren Schritt war er finanziell keineswegs genügend abgesichert, doch der ‹Augenblick› hatte ihm keine Zeit gelassen, die nötigen Vorkehrungen zu treffen. Das bringen solche Augenblicke so mit sich.

Josh bekam seinen Brief am Mittag des 12. Februar. Das war der Karnevalssonntag. Früher waren alle zum Karneval auf die Fazenda gekommen. Die Umzüge der Oberschüler, deren Festwagen als Raumschiffe dekoriert waren oder Szenen aus Tausendundeiner Nacht und griechischen Tragödien darstellten, die Neger mit ihren Trommeln, Pfeifen und *cuicas*, in bunten Seidenstoff gekleidet, der im Verlauf der Tage immer stärker roch – dieser Karneval in der kleinen Stadt São João da Barra war irgendwie amüsanter als sämtliche Festlichkeiten, die die Großstadt zu bieten hatte. Sich ganz dem Trommelrhythmus hinzugeben, begeistert zu tanzen, sich zu drehen und zu schlängeln in der lastenden Hitze des *clube*, den Negern hinaus auf die Straße zu folgen, die regenfrischen dampfenden Gehsteige entlang, zum wechselvollen magischen Schlag ihrer *batucada*, jeden Abend wieder, um dann am Aschermittwoch in den tiefen, unschuldigen Schlaf der Kindheit zu versinken – all das bewirkte etwas seltsam Grundlegendes: Man streifte Müdigkeit und Enttäuschungen eines ganzen Jahres ab und begann neu.

So waren denn die Freunde alljährlich gekommen, um an diesem kindlich vergnügten Ritual teilzunehmen, alles Trübselige wegzuschwemmen und neu anzufangen ... Auch in diesem Jahr hatten sie wie sonst die Nächte durchtanzt, waren den *escolas de samba* auf die Straße gefolgt, hatten tagsüber geschlafen, bis sie wieder die Trommeln in der fernen Stadt hörten, während die Sterne eine Pause in den unvermeidlichen Sommergewittern des Karnevals ankündigten. Selbst Francisco und Delia hatten die weite Reise aus dem Nordosten nicht gescheut, denn dies war der geeignete Moment, um Differenzen auszuräumen und das abzulegen, was Malachai einmal als ‹die Illusion der Arroganz› bezeichnet hatte.

Doch in diesem Jahr mußte es notwendigerweise anders sein, denn sie alle hatten ihren Zusammenstoß mit dem «finsteren Mittelalter» hinter sich und allem, was damit zusammenhing: der Grausamkeit, der Qual, der Trennung und Zerstörung. Diesmal war es nicht etwas, was sie gelesen oder gehört oder ganz neutral besprochen hatten, wobei man das Thema wechseln konnte, wenn die Sache zu verwickelt wurde. Diesmal war es ihnen geschehen, jedem auf seine Art. Und obwohl sie lachten und womöglich munterer waren als je zuvor, gab es eine Menge Trauriges wegzuspülen. Und Malachai und Clea fehlten.

Malachai war nicht dabei, hopste nicht mit der den Negern folgenden Menschenmenge, döste nicht auf der Veranda im Schaukelstuhl, die Arme vor dem Bauch verschränkt, oder unter den Pinien. Als jedoch Josh den Brief öffnete, kam es ihm ganz natürlich vor, ihn laut vorzulesen. Und als er las, hörten die anderen nicht seine Stimme, sondern die Malachais, die hohe, dünne Stimme mit dem rollenden R, zugleich fatalistisch und von freundlicher Vernunft.

«Hier bin ich nun und muß immer noch von Zeit zu Zeit innehalten und mich fragen: Wie konnte mir das geschehen? Als könne noch eine andere Antwort kommen. Mir, dem reservierten, distanzierten Beobachter, der offenbar zu vieles beobachtet hat. Und dann meine ich, es sei völlig unmöglich, sofern man innerlich teilnimmt, nicht in die Ereignisse und Lebensläufe verwickelt zu werden, die man beobachtet. Ich gestehe Dir, daß ich trotz des rüden Vorgehens des Landes wirklich keine Lust hatte, es zu verlassen, und das habe ich dem Oberst auch gesagt. Das heißt, ich habe ihm den Rücken gekehrt und bin gegangen. Ich glaube, es gibt eben trotz meiner zynischen Lebensauffassung, die aus zweitausendjähriger Erfahrung stammt, gewisse Hoffnungen in meinem Innersten, an die ich mich eigensinnig klammere.

Hast Du zum Beispiel gemerkt, daß die Zivilisation gelegentlich unterbrochen wird, aber nie verlorengeht? Die Römer nahmen sie schließlich von den Griechen wieder auf, und in der Renaissance kehrten die Europäer zu den Ruinen zurück und suchten nach Phidias und nach dem, was Herodot und Euklid zu sagen gewußt hatten. Ganz zu schweigen von den strengen Vorschriften, welche die Juden müde von Kontinent zu Kontinent und wieder zurück geschleppt haben. Ich glaube ernstlich, ich könnte nicht weiterleben, wäre ich nicht der festen Überzeugung, daß Zivilisation und Machtkampf zwei verschiedene Begriffe sind. Eroberer schaffen nie eine Zivilisation. Wenn sie ihren Hader einstellen und die Menschheit für ein Weilchen wieder aufatman kann, nehmen Menschen, die Sinn dafür haben, die Zivilisation wieder auf und führen sie fort.

Ich nehme daher an, daß eigentlich Francisco der Grund war, warum ich umgekehrt und auf das sonderbare Angebot des Obersten eingegangen bin. Ich weiß, er ist einer von denen, die Zivilisation schaffen. Er kann keine Landschaft sehen, ohne sie sofort sorgfältig und mit Bedacht verbessern zu wollen. Er kann Stein, Stahl und Zement nicht sehen, ohne sofort damit bauen zu wollen. Die Zivilisation braucht Menschen wie ihn. Sie braucht sogar jemanden wie Delia, mit ihrer flammenden Intelligenz, die nie fünfe gerade sein läßt. Delia irrt nur darin, daß sie meint, es gäbe ein Zaubermittel, die Menschheit zu etwas zu machen, was sie nicht ist. Vielleicht lernt sie es noch, vielleicht hat sie es sogar schon gelernt, daß der Glaube an das absolut Gute im ‹neuen Menschen› genauso gefährlich ist wie die zynische Versicherung, der ‹alte Mensch› habe, korrumpiert vom Profitdenken, überhaupts nichts Gutes mehr. Profitdenken korrumpiert keinen Menschen. Es ist kein aufgepfropftes Element, es gehört zu seiner Natur. Der ‹neue Mensch› und der ‹alte Mensch› sind ein und derselbe. Wir müssen ihn auch künftighin innerhalb der Grenzen dessen manipulieren, was er *ist*.

Über all das habe ich nachgedacht an den feuchten, kalten Winterabenden in London, genau und logisch, und habe vor allem mich selbst davon zu überzeugen gesucht, damit ich das Ganze leichter ertragen kann. Doch selbstverständlich war es nicht all das oben Erwähnte, was mich damals im Dezember plötzlich den Wachmann am Arm packen und ‹Warten Sie!› rufen ließ. So schnell hätte ich damals unmöglich denken können. Mir kam vielmehr unvermittelt die unumstößliche Gewißheit, ich könne Francisco das nicht antun. Ich könne nicht zulassen, daß man ihn aus dem Land verbannt, das er liebt.

Infolge der Machtgier des ‹finsteren Zeitalters›, das immer dann hereinbricht, wenn der Mensch versucht, anderen seine Überzeugungen aufzuzwingen, bin ich mein ganzes Leben lang ein Verbannter gewesen. Einer ohne Vaterland, der trotzdem glaubt, es sei gut, eins zu haben und zu lieben. Das ist eine starke Konstellation – vielleicht die stärkste überhaupt. Francisco könnte natürlich seine Dämme und Brücken überall bauen. Die Welt schreit nach seinen Leistungen.

Aber für ihn wäre das nicht das gleiche. Er würde immer an den Ort denken, wo er gern wäre, wo er hingehört.

Im Moment gibt es wenige Länder auf der Welt, die Liebe einflößen. Brasilien ist, trotz all seiner Fehler, eines davon. Vielleicht nur im Moment. Die Menschen vergessen, verlieren ihre Illusionen, lassen zu, daß ihre Träume zerbrechen. Auch ein Land ist nur eine Reflexion. Doch solange diese Liebe anhält, ist sie eine Erfahrung, die – ebenso wie eine wahre Liebe zu einer Frau – keinem Mann vorenthalten werden sollte.

Es ist klar, daß jeder von Euch auf irgendeine Weise diese Erfahrung teilt. Duncan mag über die vergleichsweise Sicherheit des Verbleibens an einem Ort, wo das Schicksal schon einmal zugeschlagen hat und vermutlich nicht nochmals zuschlagen wird, so viele Witze reißen, wie er mag. Er hat trotzdem die Sicherheit eines hochdotierten Jobs aufgegeben, um dort bleiben zu können. Warum?

Und Du, Josh? Du bist zufällig hergekommen, um ein Stück Land zu kaufen. Es hätte liegen können, wo es wollte, Du hättest Dich diesem Besitz angepaßt. Aber nun, da Du es hast, weiß ich, daß Du Franciscos Erfahrung teilst. Nun, da Du ein Teil dieses Landes und von dessen Gegenwart geworden bist, könntest Du Dich nicht mehr davon losreißen.

Was Clea und mich angeht, so habe ich Nachricht vom Oberst, daß eine Begnadigung ins Haus steht. Es gibt sozusagen keinerlei Beweise, daß ich mich terroristisch betätigt hätte oder an Duncans Entführung beteiligt war. Die Frage ist, kann ich denen verzeihen? Wie weit kann ein Land den Kampf gegen das ‹finstere Zeitalter› treiben, ohne selbst davon angesteckt zu werden?

Andererseits geht es ja genau darum, nicht wahr? Soll ich es riskieren, ein ebensolcher Träumer zu sein wie Du und zu hoffen, daß Brasilien ‹anders› genug ist, um Sieger zu bleiben?»

51

Es gab da noch einen anderen Teil von Malachais Brief, den Josh nicht laut vorlas. Er reichte ihn statt dessen Lia und sagte barsch: «Da, vielleicht kannst du was damit anfangen.»

Sie las ihn nicht sofort, sondern wartete, bis sie später am Nachmittag allein unter den Pinien lag.

«Ich weiß, daß Du Probleme mit Lia hast und daß es trotz der heutigen intellektuellen Einstellung ein Problem ist, wie ein Mann es schwer erträgt. Besonders nicht jemand, der so wenig nachgeben kann wie Du. Aber laß mich Dir eines sagen: Von Euch allen mit Euren Hirngespinsten, Plänen und Phantasien hat allein Lia in den letzten Jahren in einer mythischen Welt gelebt, und das ist etwas anderes als im Traum, denn Träume gründen sich auf eine Wirklichkeit. Wenn alles so gelaufen ist, wie ich glaube, wird sie das nun wohl wissen. Und wenn sie es weiß, so wäre es ein Jammer, wenn diese Erkenntnis, nun, da sie endlich gekommen ist, für Dich verloren wäre.»

Diese Worte Malachais waren die Wahrheit. Lia verstand sie vollkommen. Ihr Erinnern flog zurück zu dem Mädchen, das in einer Buchhandlung Salinger las und sich vorkam wie gefangen. Zurück zu dem großen, mageren, ungeschliffenen, unmöglichen jungen Mann, der ihr die Möglichkeit geboten hatte, aus der vorfabrizierten Langeweile in eine selbstgeschaffene Welt zu entfliehen. Die Fazenda, die sie – sie beide – haben würden. Es war etwas Selbstgeschaffenes gewesen, und doch hatte immer etwas gefehlt. Sie hatte nicht gewußt, daß es ihr eigener Sinn für Realität gewesen war, bis zu dem Tage, an dem sie allein auf die Fazenda zurückkehrte.

Sie wußte es noch so genau, was für ein Tag das gewesen war: heiß und drückend, mit Wolken, die sich in der Nordostecke des Himmels türmten, dort, woher immer der Regen kam. Eine schwache Brise hatte ihr die Wangen gekühlt, die von nirgendwo kam, Vorbote eines Gewitterwindes, der kommen wollte. Wie sehr hatte sie immer die Gewitter geliebt, die auf das Tal niederstießen, Gras und Bäume zu Boden preßten und den Himmel mit wilden, unbezähmbaren Lichtblitzen füllten. Und dann der lange, stetige Regen die ganze Nacht hindurch, wie er auf die Dachziegel trommelte und die verdorrte Erde erquickte. Doch an diesem Tag war ihr das Gewitter gleichgültig gewesen, alles war ihr gleichgültig gewesen.

Mechanisch hatte sie den Tag hinter sich gebracht, war die langen Reihen der Kaffeestauden entlanggegangen, wo die Männer die fette, laubbestreute Erde unter den Bäumen hackten, hatte den vernachlässigten Garten gegossen, der in ihrer Abwesenheit verwelkt war. Der alte Gardenal hatte auf sie gewartet, als sie in den Schuppen fuhr, Empörung, Mitleid und morbide Neugier funkelten in seinen stechenden blauen Äuglein. «Wer hätte das gedacht, Dona Lia? Sr. Duncan hat nie jemand was zuleide getan. Eine Moral wie die Schweine! Aufhängen sollte man sie und kastrieren!» Er hatte sich die Lippen geleckt, und ihr war die unausrottbare, gemeine Blutdürstigkeit des Menschengeschlechts widerwärtig gewesen, und sie wollte nichts mehr hören.

«Was mit denen geschieht, ist mir egal. Nur Sr. Duncan zählt», hatte sie geäußert, vielleicht ein wenig zu schroff. «Man darf jetzt nicht aufgeben.»

«Pois é.» Er hatte zustimmend genickt und mit verlegener Tugendhaftigkeit gesagt: «Möge Gott sie leiten.» Dann hatte er ihr von einem neuen Kalb erzählt, das auf der unteren Weide geboren worden war, und daß die Kuh es saubergeleckt hatte und das Kalb an allen vier Zitzen saugte, daß er aber noch nicht Zeit gehabt hätte, die Nabelschnur abzuschneiden. Er hätte endlos so weiter geschwatzt, aber sie hatte nichts mehr hören, nicht wie sonst beruhigende Antworten geben wollen, wie er sie von der *patroa* erwartete.

So war sie ihm denn ins Wort gefallen. «Schaff mir ein Pferd her, ich schau es mir selber an.» Und war fortgeritten, die Hunde hinter sich, hinauf auf die Anhöhe, über die Schlucht hinüber zu den Weiden, auf denen Joshs Gras dicht und hoch wuchs.

Das Gewitter war mit aller Gewalt niedergegangen. Ein Mast der elektrischen Leitung war gebrochen, und überall war es finster geworden. Sie hatte das Kind Christina mit ins Bett genommen, um jemanden bei sich zu haben. Es war nicht Angst, was sie dazu bewegt hatte, denn selbst in dem Schreckensaugenblick, in dem es um Duncan Roundtree ging, hätte sie ein solches Vorkommnis nicht mit diesem Ort in Verbindung gebracht, mit dieser Welt, in der sie lebte. Es war eher eine wachsende, schmerzliche Einsamkeit, was sie das Kind mit sich ins Bett nehmen ließ. Dann hatte sie die Kerze ausgeblasen und still dagelegen, während das Kind neben ihr schlief. Die Blitze draußen hatten ihre Gedanken unterbrochen. Wie oft hatte sie so mit Josh gelegen, beider Köpfe dem Fußende zugekehrt, und das Wetterleuchten am fernen Himmel beobachtet, bis Josh sie an sich zog, der sie immer stärker begehrte als sie ihn. Und sie dabei immer in sich selbst verschanzt, versteckt in einem Teil ihres Wesens, zu dem niemand Zugang besaß. Doch in jener Nacht hatte sie, die an solche Einsamkeit so gewöhnt war, sich unerträglich verlassen gefühlt, so sehr, daß sie die Morgendämmerung kaum erwarten konnte und damit die Chance, ihr zu entrinnen.

Als die Sorge um Duncan verflogen war und sie miteinander auf die Fazenda zurückgekehrt waren, hatte dieses Gefühl sich nicht geändert. Die Fazenda, die ihr alles bedeutet hatte, war zu fremdem Boden geworden, auf den sie trat, ohne die Kraft und Güte der Erde unter den Füßen zu spüren. Es war jetzt ganz leicht, den Grund dafür einzusehen. Das Leben hier war nicht nur Gras, Bäume und Erde, das schattige Land unter den wandernden Wolken, die über der Höhe schwebten. Das Leben hier war Josh mit seinen Plänen und Kämpfen, seiner Neigung zu riskieren, aber nie zu opfern. Es war schon immer so gewesen, aber sie hatte sich nie erlaubt, es zur Kenntnis zu nehmen, sondern borniert an einer anspruchsvollen, mythischen Welt festgehalten.

Der Gedanke an diese Welt hatte sie in das Haus am Bergeshang und in die Arme von Jacob Svedelius getrieben. Und alles war gewesen, wie sie es sich vorgestellt hatte – bis auf die Tatsache, daß sie nie mehr dorthin zurückkehren wollte. Dort nämlich hatte sie entdeckt, daß es zwar Mythen gibt, aber nur so lange, wie man sie im Kopf behält und nicht versucht, sie zu einem Teil seines Lebens zu machen.

Sie war so versunken gewesen in ihre Gedanken, daß sie gar nicht hörte, wie Josh herankam, und bemerkte ihn erst, als er sich in einem der grünen Holzstühle niederließ. Er legte die Beine auf den Tisch, zündete sich eine Zigarre an und saß schweigend, bequem zurückgelehnt da, rauchte und wartete, daß sie sprach. So jedenfalls wirkte er. Immerhin war es lange her, daß er sie überhaupt etwas gefragt hatte. Plötzlich blickte er sie an, des Alleinseins überdrüssig. Der Anblick war fast unerträglich, wie bei jemand, der Schmerzen leidet und bei dem man nicht weiß, ob man die richtige Medizin hat. Sie nahm den Brief zur

Hand, der ihr in den Schoß gesunken war, und brach das Schweigen mit den Worten: «Vielleicht sagst lieber du mir, ob du was damit anzufangen weißt.»

«Doch, doch, ich schon.»

«Es wäre demnach tatsächlich schade, wie?» fuhr sie fort.

Er zuckte die Achseln, um seine Augen spielte ein halb ironisches, halb klägliches Lächeln.

«Josh!» Sie setzte sich auf und sah ihn mit einer Gereiztheit an, die besagen wollte: Genug. Genug Märtyrertum. Was haben wir schon davon? «Hör mal», sagte sie. «Ich bin froh, daß der Brief gekommen ist, denn es gibt verschiedenes, was ich dir sagen muß. Wenn ich es nicht sage, geht es, wie Malachai sich in solchen Fällen ausdrückt, für immer verloren.»

«Also sag es.»

«Gut.» Sonderbar, wie mutig sie plötzlich war, wie ein Spieler, der die Karten auf den Tisch legt, während es ums Ganze geht. Sie genierte sich nicht mehr, darüber zu sprechen, irgend etwas zwang sie dazu mit aller Macht. «Ich habe dir unrecht getan. Nicht bloß das eine Mal, sondern viele Jahre lang. Ich glaubte so sicher zu wissen, was das Leben ist und was ich von ihm erwartete. Jetzt begreife ich, was Malachai mit dem Unterschied zwischen Mythen und Träumen meint. Jetzt habe ich nämlich keines von beiden mehr und bin völlig verloren.»

Sie hielt kurz inne, wie um ihre Gedanken zu klären, und fuhr fort: «Verstehst du mich, Josh, wenn ich sage, wenn du mich jetzt zurücknimmst, so werden meine Füße festen Boden berühren, wie noch nie vorher ... Aber du müßtest mich in jeder Hinsicht wieder zurücknehmen.»

«Soll das ein Befehl sein?»

«Himmel noch mal, es ist die Wahrheit! Und wenn du nicht aufhörst, so verdammt lakonisch zu sein, schreie ich!» Es war der alte Trotz in ihrer Stimme, der ihn irgendwie erwärmte und zum Lachen reizte.

«Okay», sagte er. «Ich werde aufhören, lakonisch zu sein. Ich weiß, daß es die Wahrheit ist, und ich glaube dir. Ich nehme an, daß ich dir, wie üblich, außergewöhnlich brutal vorkomme. Aber diesmal ist es was anderes. Bei anderen Gelegenheiten habe ich es dir heimzahlen wollen. Diesmal nicht. Ich bin nur einfach verletzt worden, und das ist nicht geheilt. Manchmal heilen solche Wunden nicht.»

«Dann kann man nichts als warten, oder?» fragte sie ruhig.

«Wahrscheinlich kann man nur warten.»

«Aber nicht für immer», sagte sie. «Das wäre auch nicht das Richtige. Wir würden uns schließlich hassen.»

«Nein», sagte er. «Nicht für immer.» Er erhob sich, beugte sich über die Hängematte und küßte sie mit ungewohntem Ernst und ungewohnter Zartheit. Dann rief er die Hunde und ging über die Weide davon.

Sie folgte ihm nicht, sondern blieb mit einem sonderbar dankbaren Gefühl, wo sie war. Noch hatte er sie nicht wieder aufgenommen. Vielleicht tat er es nie. Und doch empfand sie es als etwas unaussprechlich Schönes, einen Menschen zu kennen, dem alles so naheging wie ihm.

Es war jetzt heiß und windstill. Sie legte sich wieder in die Hängematte zurück, blickte hinauf zu den hohen Ästen der Pinien und sah den Vögeln zu. Es gab erstaunlich viele Arten, Rotkehlchen, Zaunkönige und Sperlinge, stahlblaue *sanhassos* und gelbe *Bem-ti-vis*, Kolibris, die wie schwarze und türkisfarbene Lichtblitze hin und her schossen, und die törichten Rindervögel, die sich ewig über ihren Gelegen stritten und rauften. Vögel, die hergezogen waren, weil ein Instinkt ihnen gesagt hatte, daß sie hier, in diesen Bäumen, auf diesem Grundstück unbehelligt blieben.

Drunten auf dem Rasen hörte sie die Stimmen der Jungen, die sich bei einem Fußballspiel zuschrien. Es war still und drückend, und ein Gewitter lag in der Luft. Als die kühle Brise aus dem Nordwesten ihr ins Gesicht blies, merkte sie, daß sie sich nach diesem Gewitter sehnte, wie schon seit langem nicht mehr.

Ellen Bromfield-Geld

Ein Wintertraum
Roman. 336 Seiten. Ln. DM 28,-

Das faszinierende Seelendrama einer jungen Frau, die sich
der inneren Abhängigkeit von dem geliebten, doch allzu
selbstherrlichen Vater durch die Flucht in die Wintereinsam-
keit der Berge von Colorado zu entziehen sucht. Die psycho-
logisch subtile Geschichte einer fürsorgenden Liebe, die sich
in Besitzanspruch verwandelt, von guten Absichten, die sich
ins Gegenteil verkehren.

Ein Tal in Ohio
Roman. 268 Seiten. Ln. DM 26,-

Dan Fagan hat Tag und Nacht geplant und gespart, um sich
dieses Stück Land zu kaufen. Cass Fagan liebt dieses Tal, in
dem sie ihr eigenes Leben leben kann. George Porterfield
hat die Idee mit dem Millionen-Tourismus. Er will das Land
erschließen. Die Ereignisse spitzen sich zu, aber am Ende
ist es das Tal selbst, das den Sieg davonträgt, weil alle, die es
näher kennenlernen, seinem eigenartigen, einmalig schönen
Zauber erliegen.

Wildes Land am Mato Grosso
Roman. 416 Seiten. Ln. DM 28,-

Anna verläßt ihr großbürgerliches Elternhaus in Neu-Eng-
land, heiratet ihren Kommilitonen Jacinto Madureira und
folgt ihm in seine Heimat, in das abgelegene brasilianische
Hinterland. Dies ist die Geschichte ihres Lebens und ihres
Kampfes mit den Gewalten der Natur und der menschlichen
Seele im wilden Mato Grosso, in das keine Straße führt.

Preisänderungen vorbehalten.

Schneekluth Verlag München

Neue Frau

Eine Reihe des Rowohlt Taschenbuch Verlages mit erzählenden Texten aus den Literaturen aller Länder: Zentrales Thema ist die Beziehung der Geschlechter und das Selbstverständnis der Frau.

Elisabeth Albertsen
Das Dritte
Geschichte einer Entscheidung (4134). Eine Mutter von zwei Kindern unternimmt eine Schwangerschaftsunterbrechung: Die Geschichte einer jungen Frau, die entschlossen ist, aus der passiven Schicksalsergebenheit der Mütter zu lernen.

Evelyne und Claude Gutman
In der Mitte des Betts
Roman (4143). Nach der Geburt von zwei Kindern suchen Muriel und Sebastian einen Ausweg aus der Einsamkeit zu zweit: in abwechslungsreichen Aufzeichnungen beginnen sie ein Buch über ihre schwierige junge Ehe.

Sarah Kirsch
Die Pantherfrau
Fünf Frauen in der DDR (4216). Frauen in der DDR erzählen von ihrem Leben und ihrem Alltag. Noch in Ost-Berlin hat Sarah Kirsch mit dem Mikrofon diese fünf Selbstbeschreibungen eingefangen.

Violette Leduc
Die Bastardin
Mit einem Vorwort von Simone de Beauvoir (4179). Von wütender Besitzgier in allen Beziehungen, gilt die Neigung der Autorin den Frauen; Gefährten sucht sie sich unter den Männern, die sind wie sie selbst: besessene Außenseiter. Ein herausforderndes Buch.

Doris Lessing
Der Sommer vor der Dunkelheit
Roman (4170). Der eindringliche Roman vom Wiedereintritt einer Ehefrau und Mutter in das Berufsleben.

Margaret Mead
Brombeerblüten im Winter
Ein befreites Leben (4226). Einfühlsam und leidenschaftlich klar erzählt Margaret Mead ihr prall gefülltes Leben. (Juni 1978)

Isabel Miller
Patience & Sarah
Roman (4152). Es ist eine zarte Geschichte, die hier erzählt wird: die Geschichte zweier junger Frauen aus dem ländlichen New England des 19. Jahrhunderts.

Emma Santos
Ich habe Emma S. getötet
(4161). In ihrem autobiographischen Text beschreibt Emma Santos eine bedrängende Grunderfahrung: die totale, krankmachende Abhängigkeit von einem anderen und einen lebensgefährlichen Prozeß – den der Ablösung und Selbstfindung.

Victoria Thérame
Die Taxifahrerin
(4235). Die Taxifahrerin und Autorin Victoria Thérame hat viereinhalb Jahre lang notiert, was ihre Fahrgäste so von sich geben. Besser als jede soziologische Untersuchung faßt ihre bunte, schnoddrige, tiefsinnige Erzählung zusammen, was Frauen und Männer heute voneinander halten. (Juli 1978)

Rowohlt

roro ro neu